L'ÎLE DE NERA

DU MÊME AUTEUR
CHEZ LE MÊME ÉDITEUR

Enquête dans le brouillard
Le Lieu du crime
Cérémonies barbares
Une douce vengeance
Pour solde de tout compte
Mal d'enfant
Un goût de cendres
Le Visage de l'ennemi
Le Meurtre de la falaise
Une patience d'ange
Un petit reconstituant (nouvelles)
Mémoire infidèle
Les Reines du crime (anthologie)
Un nid de mensonges
Sans l'ombre d'un témoin
Mes secrets d'écrivain
Anatomie d'un crime
Le Rouge du péché
Mortels Péchés (nouvelles)
Le Cortège de la mort
La Ronde des mensonges

Saratoga Woods

Elizabeth George

L'ÎLE DE NERA

THE EDGE OF NOWHERE

Roman

Traduit de l'anglais (Etats-Unis)
par Alice Delarbre

PRESSES DE LA CITÉ

Titre original : *The Edge of the Water*

ISBN 978-2-258-09008-8

Presses de la Cité un département **place des éditeurs**

place des éditeurs

A Gail Tsukiyama, petite sœur chérie, et auteur du mot qui a fourni le point de départ de cette histoire

« Je n'ai rien fait que par sollicitude pour toi,
Pour toi, ma chérie, toi, mon enfant, qui ignores
Quelle est ta condition[1]... »

William SHAKESPEARE, *La Tempête*

1. Traduction de Victor Bourgy, Robert Laffont, 1995.

PREMIÈRE PARTIE

Deception Pass

Le monde de Cilla

J'avais deux ans lorsque mes parents m'ont eue, et les seuls souvenirs que j'ai de cette période s'apparentent à des rêves. Quelqu'un me porte. Il y a de l'eau à proximité et je grelotte. Je suis dans les bras d'un homme qui court, et j'ai la tête pressée contre son épaule, si fort qu'elle se cogne douloureusement à chacun de ses pas. Je sais qu'il s'agit d'un homme à la façon dont il me porte. C'est une chose qui ne leur vient pas naturellement.

Il fait nuit, je me rappelle les lumières. Et les voix. Je me rappelle que je tremble, effet de la peur et de l'humidité. Puis on m'emmitoufle au chaud, mes frissons s'atténuent et je m'endors.

Suivent d'autres fragments de rêve : je suis ailleurs. Une femme m'explique qu'elle est « maman » maintenant, avant d'indiquer le visage d'un homme penché au-dessus du mien et de me dire qu'il est « papa » maintenant. Ils ne sont pas mes parents, cependant, ils ne le seront jamais, tout comme les mots qu'ils prononcent ne sont pas les miens et ne le deviendront jamais. C'est ce qui explique mes problèmes.

Je ne parle pas. Je me contente de marcher, de montrer du doigt et d'observer. Je ne fais aucune difficulté, j'obéis à tout. Ce qui ne m'empêche pas de nourrir des terreurs que les autres enfants ne connaissent pas.

Plus que tout, je crains l'eau, ce qui a causé des ennuis dès le début. Je vis en effet avec la maman et le papa dans une maison en haut d'une falaise, dominant de l'eau à perte de vue. Toutes les fenêtres donnent sur l'océan, rien que sur l'océan. Pour cette raison, je veux rester cloîtrée à l'intérieur, sauf que ce n'est pas possible pour un enfant : il faut aller à l'église, passer du temps en famille et, plus tard, s'inscrire à l'école.

Je ne fais aucune de ces choses. Ce n'est pas faute d'essayer. La maman et le papa tentent de me forcer. D'autres gens aussi. Nos efforts à tous se soldent par un échec.

Voilà comment je finis par me retrouver très loin de là, dans un endroit où l'eau ne m'encercle plus. Il y a des gens qui me bousculent. Ils me remuent dans tous les sens. Ils parlent de moi comme si j'étais absente. Ils me filment. Ils me soumettent des photos. Me posent des questions. Pendant toute la durée de ces examens, je n'entends qu'une seule phrase, en boucle : « Vous devez faire quelque chose pour elle ! Nous vous l'avons amenée pour cette raison ! » Si les mots ne signifient rien pour moi, je reconnais dans leurs sonorités une forme d'adieu.

Et je reste dans cet endroit loin de l'eau, où j'apprends les rudiments de ce qui passe pour la vie humaine. Rester propre et se nourrir. Mon apprentissage ne va pas au-delà. Je suis capable d'accomplir une tâche simple si on me montre exactement les gestes à faire : on en déduit que ma mémoire n'est pas le problème. Personne ne dépassera jamais ce constat. On me colle l'étiquette d'« énigme vivante ». C'est une bénédiction, apparemment, que je puisse au moins marcher, me nourrir et me laver. Une occasion de se réjouir.

Je suis enfin rendue à la maman et au papa. Quelqu'un m'annonce : « Tu as dix-huit ans maintenant, n'est-ce pas formidable ? » Même si ces mots sont vides de sens, je devine que tout va changer. Par une matinée de janvier au froid mordant, nous partons pique-niquer dans un parc pour fêter mon retour à la maison.

Le trajet en voiture semble interminable. Nous traversons un pont élevé et la maman s'écrie : « Ferme les yeux, Cilla ! Il y a de l'eau en dessous ! » J'obtempère, et bientôt le pont est dans notre dos. Nous nous retrouvons alors entourés d'arbres qui s'élancent vers le ciel. Nous suivons une route sinueuse qui descend, descend, descend... La chaussée est couverte d'aiguilles de cèdre, déposées là par les tempêtes hivernales.

Tout au bout de cette route, il y a un endroit pour garer les voitures. Ainsi que des tables. « Quelle belle journée pour un pique-nique ! dit la maman. Va faire un tour sur la plage pendant que j'installe tout, Cilla. Je sais combien tu aimes les plages. » Le père ajoute : « Oui, viens, Cill. » Il se dirige vers d'épais buissons aux feuilles luisantes, sous les arbres, et je le suis. Le sentier, sablonneux et terreux à la fois, se faufile sous les cèdres et les sapins. Après avoir longé des fougères et des blocs de roches, nous débouchons enfin sur la plage.

Je ne crains pas ces étendues de sable, seulement l'eau qui les borde. Les plages, je les adore, avec leurs parfums salés et les serpents d'algues qui rampent un peu partout. Ici, un morceau de bois flotté lissé par l'eau. Là, de gros rochers à escalader. Ici, un aigle planant très haut dans le ciel, là, une mouette à tête grise. Là encore, un poisson mort exposé au soleil dur et froid. Un bar.

Je m'arrête devant lui et me penche pour l'examiner. Je m'approche plus près pour le sentir. L'odeur me pique les yeux.

La mouette crie et l'aigle trompette. Il plonge en piqué puis s'élève à nouveau ; je suis sa trajectoire du regard. Il s'éloigne vers le nord et disparaît derrière les immenses arbres.

Je guette son retour, mais il s'est évanoui. Tout comme, je m'en rends soudain compte, le papa qui m'a guidée à travers les fourrés jusqu'à cet endroit. Il s'est arrêté à la lisière du chemin et de la plage, sous les feuillages. « Je crois que je vais m'en griller une, a-t-il dit. Ne le répète pas à Sa Majesté, hein, Cill ? » J'ai poussé plus loin. Il est peut-être retourné à la voiture pour le fameux pique-nique. Je me retrouve seule. Je n'aime ni l'isolement ni l'eau. A la hâte, je reviens sur mes pas.

La voiture est partie avec le papa. Et la maman. A l'endroit où le pique-nique aurait dû avoir lieu, sur la table de bois mangée par le lichen, sous les arbres, il n'y a que deux objets. Un sandwich emballé dans du plastique. Et une petite valise à roulettes.

Je m'approche. Regarde autour de moi. Je vois, j'observe, je montre du doigt, comme toujours. Sauf qu'il n'y a personne pour me répondre.

Je suis seule. Et je ne sais pas où je suis.

1

Dès qu'elle entendait quelqu'un dire que l'argent ne faisait pas tout, Jenn McDaniels tirait deux conclusions sur cette personne. Primo, elle n'avait jamais connu la pauvreté. Secundo, elle n'avait même pas une vague idée de la question. Jenn vivait dans la misère, et ce depuis quinze ans, soit toute son existence. Elle avait donc une idée plus que précise du sujet. S'habiller dans les friperies, se nourrir avec ce qu'on trouvait dans les banques alimentaires... Et quand une opportunité, même minuscule, se présentait d'échapper à cette vie où tout n'était que recyclage, jusqu'aux draps usés qui devenaient des rideaux, on la saisissait sans hésiter.

C'était d'ailleurs bien l'intention de Jenn l'après-midi où Annie Taylor débarqua dans sa vie. Si la sublime Honda Accord gris métallisé, dans un état irréprochable, n'avait pas soufflé à la jeune fille qu'Annie Taylor n'était pas de Whidbey Island – la voiture étincelait carrément ! –, la plaque d'immatriculation lui aurait appris qu'elle venait de Floride. Tout comme ses vêtements tendance et sa coiffure à la mode – cheveux rouges coupés court et savamment décoiffés – l'auraient renseignée sur son milieu social, aisé. La jeune femme descendit et, une main posée sur la hanche, interpella Jenn :

— On est bien à Possession Point ?

Avisant alors seulement les obstacles installés sur toute une portion de route, elle se renfrogna.

Ce parcours était la fameuse clé pour échapper à la vie de misère que connaissait Jenn. Ou plus simplement, pour quitter Whidbey. Des objets hétéroclites – couvercles de poubelles, abattants de W-C cassés, seaux, bouées et gilets de sauvetage déchirés – remplaçaient les cônes que n'importe quel autre adolescent (qui aurait eu un peu d'argent) aurait utilisés pour s'entraîner. Jenn avait prévu de slalomer et de dribbler entre les obstacles pendant une heure minimum. Les essais pour l'équipe féminine de football de l'île auraient lieu d'ici à quelques mois, et Jenn l'avait décidé : elle serait recrutée comme milieu de terrain. Une vraie comète sur le gazon ! Une joueuse à la dextérité inégalée ! Promise à un avenir brillant ! A elle la bourse universitaire… Dans l'immédiat, cependant, la voiture d'Annie Taylor lui barrait la route. A moins que ce ne soit l'inverse. Question de point de vue.

Jenn confirma qu'on était bien à Possession Point, mais n'esquissa pas le moindre geste pour débarrasser la chaussée. Elle ne voyait aucune raison de le faire. La rouquine n'était pas chez elle, et si elle voulait profiter de la vue – qui ne valait pas grand-chose, soit dit en passant –, elle n'avait qu'à se bouger les fesses et marcher jusqu'à l'océan.

Poussant le ballon de foot devant elle, Jenn se dirigea vers une lunette de W-C brisée en exécutant une feinte adroite pour esquiver des défenseurs imaginaires. Elle s'apprêtait à faire une passe pour contourner un couvercle de poubelle lorsque Annie Taylor l'apostropha à nouveau :

— Hé ! Désolée… Pourrais-tu me dire… Je cherche Bruce McDaniels.

Voyant que Jenn s'arrêtait pour jeter un coup d'œil pardessus son épaule, Annie ajouta :

— Tu le connais ? Il est censé habiter ici. Il a une clé pour moi. Je suis Annie Taylor… j'aurais dû commencer par me présenter.

Récupérant, sans se baisser, le ballon d'un coup de pied agile, Jenn soupira. Bien sûr qu'elle connaissait Bruce. C'était son père. La dernière fois qu'elle l'avait vu, il testait cinq variétés de bière, toutes d'origine artisanale. Il les avait alignées sur la balustrade de la véranda malgré le froid de ce début de février, pour pouvoir admirer la mousse qui les couronnait avant de les siffler d'un trait. Il les brassait dans une remise située sur sa propriété, qu'il barricadait toujours comme s'il s'agissait de Fort Knox. Quand il ne préparait pas de la bière, il en vendait sous la table. Et quand il n'était pas occupé à ça, il fourguait des appâts aux pêcheurs assez téméraires pour amarrer leurs bateaux au ponton croulant attenant à leur maison.

A la mention d'une clé, Jenn pensa tout d'abord que son père cédait sa brasserie à une étrangère. Celle-ci précisa cependant :

— Il y a bien une caravane ici, non ? Je vais m'y installer. Le type auquel je la loue, un certain Eddie Beddoe, m'a dit que Bruce serait là pour m'accueillir. Il vit là-bas ? ajouta-t-elle en indiquant l'extrémité de la route, au-delà du parcours d'obstacles.

Jenn confirma d'un hochement de tête. En son for intérieur, elle était convaincue qu'Annie faisait erreur : personne n'accepterait d'habiter dans la caravane à l'abandon qui se trouvait à un jet de pierre de chez elle.

— Super, reprit Annie. Dans ce cas, si ça ne t'embête pas... Je... Est-ce que je pourrais dégager le passage ?

Jenn entreprit de repousser, du pied, tous les obstacles d'un côté de la route. Sans couper le moteur de sa Honda, Annie vint lui prêter main-forte. Elle était grande – du haut de son petit mètre cinquante-huit, Jenn rangeait à peu près tout le monde dans cette catégorie – et elle avait le visage constellé de taches de rousseur. Elle s'était sans doute arrêtée à Bellevue avant de quitter le continent, pour s'équiper : elle portait un jean très moulant, un pull à col roulé, une parka, une écharpe et des bottines. Bref, une vraie pub ambulante pour un magasin de sportswear. L'ensemble était trop travaillé pour qu'on le trouve dans la garde-robe d'une personne réellement habituée à la vie dans la nature. Qu'est-ce qu'Annie Taylor pouvait bien fiche sur l'île, si elle n'était pas en cavale ?

Son ballon de foot coincé sous le bras, Jenn suivit la voiture jusqu'à la caravane. La réaction de la jeune femme quand elle la découvrirait serait sans doute plus intéressante qu'une série de dribbles.

Oh… L'expression qui se peignit sur les traits d'Annie ne laissa aucune place au doute. Elle ne pensait pas : « Trop cool ! », mais bien plutôt : « Mon Dieu, dans quel pétrin me suis-je fourrée ? » Pétrifiée à côté de sa voiture, elle ne parvenait pas à détacher ses yeux de la seule caravane du terrain.

— C'est… euh… c'est ça ? s'enquit-elle en jetant un coup d'œil à Jenn.

— Plutôt classe, non ? dit celle-ci avec ironie. Si vous aimez la compagnie de l'humidité et de la moisissure, vous allez être gâtée.

— Possession Point, souffla-t-elle presque pour elle-même, avant d'ajouter plus haut : C'est… sérieux ? Je veux dire, je suis vraiment au bon endroit ? Tu ne vis pas ici, toi, si ?

Annie promenait son regard autour d'elle ; elle ne découvrait, évidemment, rien de très rassurant dans ce décor lugubre. Jenn lui indiqua sa maison, à quelques mètres de là. Sa construction avait beau remonter à plusieurs décennies, son état de délabrement était légèrement moins avancé que celui de la caravane. Faite de bardeaux gris et coiffée d'un toit douteux, elle était flanquée, à la lisière de l'eau, d'un cabanon penchant dangereusement vers la jetée et d'un bassin rempli de harengs, qui servaient d'appâts. Les bâtiments semblaient émerger des monceaux de bois flotté, de vieux filets et de débris en tout genre, de la barque en aluminium retournée au W-C renversé sur le flanc.

Tandis qu'Annie Taylor prenait la mesure de la situation, le père de Jenn, Bruce, sortit de la maison et descendit les marches branlantes du perron.

— Annie Taylor ? s'écria-t-il.

— Vous devez être M. McDaniels, répondit la jeune femme avec un enthousiasme mesuré.

— En personne.

— Eh bien… euh, merveilleux.

Son ton hésitant laissait deviner le fond de sa pensée. Jenn pouvait difficilement lui reprocher sa réaction. De toute sa vie, Annie Taylor n'avait sans doute rencontré personne de l'acabit de Bruce McDaniels. Aimant l'idée d'incarner un personnage haut en couleur, il exagérait tout ce qui pouvait le faire passer pour un excentrique. D'où les cheveux gris à la Benjamin Franklin, qui lui tombaient aux épaules. Il cachait sa calvitie, de la taille d'un bol de soupe, sous un bonnet à l'effigie d'une station de ski – il n'avait, évidemment, jamais mis les pieds à la montagne et l'avait déniché dans une friperie. Il était dans une forme affligeante, aussi maigre qu'un clou à l'exception d'une bedaine qui débordait de son pantalon et donnait l'impression qu'il attendait un enfant.

Fouillant dans sa poche, il précisa à Annie :

— J'ai les clés juste là...

La porte de la maison se rouvrit alors, et les deux petits frères de Jenn déboulèrent comme des diables.

— C'est qui, celle-là ? demanda Petey.

— Purée, papa, il a mangé un hot dog alors que c'était censé être notre dîner ! s'écria Andy. Jenny ! Explique-lui, toi ! Tu as bien entendu maman !

— Ça suffit, les morpions ! répondit Bruce McDaniels d'un ton guilleret. Je vous présente Annie Taylor, notre nouvelle voisine. Annie, voici la chair de ma chair : Jennifer, Petey et Andy. La fille, c'est celle qui a le ballon de foot sous le bras. Je le précise au cas où, ajouta-t-il en ricanant.

Sa blague aurait pu être drôle, si les cheveux courts de Jenn et son absence de formes ne lui avaient valu, plus d'une fois, d'être prise pour un garçon.

Annie répondit poliment qu'elle était enchantée de faire leur connaissance à tous, puis Bruce lui remit, avec cérémonie, la clé de la caravane. Il précisa qu'il avait huilé la serrure le matin même et qu'elle trouverait tout en parfait état de marche à l'intérieur.

Dubitative, Annie accepta cependant les clés en murmurant :

— Formidable...

Redressant les épaules, elle déverrouilla la porte, passa la tête à l'intérieur et laissa échapper un cri de surprise.

— Bonté divine !

Elle ressortit aussi précipitamment qu'elle était entrée. Après avoir adressé un sourire aux McDaniels, qui suivaient la scène avec intérêt, elle entreprit de vider sa voiture. Ses affaires étaient soigneusement emballées dans des cartons étiquetés. Elle avait un ordinateur et une imprimante. Une impressionnante collection de bagages assortis. Elle fit plusieurs allers-retours pour déposer le tout à l'intérieur de la caravane, juste derrière la porte.

Aucun membre de la famille McDaniels n'esquissa le moindre geste pour l'aider, et qui aurait pu le leur reprocher ? Pour eux, cela ne faisait aucun doute : la jeune femme ne tiendrait pas plus d'une nuit dans cet endroit.

Jenn évita Annie Taylor toute la journée. Elle était trop gênée. Trois heures après que la jeune femme eut vidé sa voiture, la mère de Jenn était rentrée, annoncée par le vacarme métallique du Subaru Forester, qui faisait office de taxi dans le sud de l'île. Entre-temps, Bruce McDaniels avait poursuivi avec application le contrôle de qualité de sa production personnelle. Alors que son épouse regagnait la maison d'un pas las et traînant, il se précipita à sa rencontre. Tombant à genoux, il chanta à tue-tête :

— Ka-ka-ka… Katie ! Ma-gni-fiii-que Ka-tiiie !

La mère de Jenn s'écria aussitôt :

— Comment as-tu pu ? Encore !

Et elle fondit en larmes. Afin de fuir cette scène humiliante, Jenn se terra dans sa chambre et pria pour que ses parents disparaissent, sans oublier d'emmener Andy et Petey avec eux.

Depuis sa fenêtre, elle espionnait Annie Taylor, qui sortait régulièrement, soit pour aller ramasser de quoi alimenter le poêle de la caravane, soit pour marcher sur la plage semée de bois flotté. Dans ce dernier cas, elle prenait avec elle une paire de jumelles. Perchée sur les racines noueuses d'une vieille souche, elle s'en servait pour balayer la surface de l'eau. Jenn en déduisit qu'elle guettait les orques. Celles-ci pouvaient emprunter Possession Sound, une partie du bras de mer entre l'île et la côte, à n'importe quelle période de l'année, et soixante-dix d'entre elles s'étaient établies à moins de quatre-vingts kilomètres de Whidbey. Aux yeux de Jenn, c'étaient les seules créatures marines dignes d'intérêt. La troisième fois qu'Annie était sortie arpenter la plage, elle avait emporté un appareil photo et un trépied. Elle devait être une photographe naturaliste.

Le lendemain matin, Jenn interrogea son père à ce sujet. Ils étaient les seuls à être debout. Il faisait un froid de loup dehors, et à peine plus chaud dans la maison. Les autres membres de la famille McDaniels avaient apparemment décidé d'attendre des températures plus supportables pour quitter leur couette. Il ne pleuvait pas, et Jenn comptait profiter de ce ciel dégagé pour améliorer sa technique de dribble. Avant cela, toutefois, elle voulait obtenir quelques précisions à propos d'Annie.

— Qu'est-ce que j'en sais, moi ? lui répondit Bruce. Je suis chargé de récupérer le loyer, rien de plus. J'espère juste qu'elle ne fera pas la java et qu'elle n'effraiera pas mes appâts. Interroge Eddie si tu veux en savoir plus. En ce qui me concerne, moins j'en sais, mieux je me porte !

Tout en parlant, il feuilletait une édition du *South Whidbey Record* vieille d'une semaine. Il releva soudain la tête et avisa la tenue de Jenn.

— Tu vas quelque part ?

— Je vais m'entraîner. Les sélections approchent. Pour l'équipe de foot féminine de l'île. Je t'en ai déjà parlé…

— Sois prudente sur la route. Il y a du verglas, et si tu te casses une jambe…

— Je ne me casserai pas la jambe, rétorqua-t-elle.

Dehors, elle prit appui sur les marches du perron et la balustrade pour faire ses étirements. Dans l'air glacé, son souffle formait de vrais nuages de vapeur, telle une locomotive. Un bruit sec résonna du côté de la caravane, à l'autre bout de la propriété, juste avant qu'Annie Taylor n'en surgisse d'un pas raide. Elle portait un tel empilement de vêtements que Jenn s'étonna qu'elle puisse se déplacer aussi rapidement. Fonçant sur le tas de bois, elle en prit une brassée.

— Imbécile, stupide, pauvre bourrique… exactement… grommelait-elle. Comme si c'était censé… Oh, super ! Merci beaucoup.

Jenn suivit du regard la jeune femme, qui rapportait son fardeau à l'intérieur, vacillant sous le poids, puis elle jeta un coup d'œil curieux au tas de bois. Annie avait largement entamé les réserves… Soudain, Jenn réalisa que l'air matinal ne charriait pas la moindre odeur de feu de bois. Elle s'approcha pour passer la tête par la porte de la caravane.

— Vous vous lancez dans une collection de bois ? ironisa-t-elle.

Agenouillée devant le petit poêle, Annie tourna la tête dans sa direction.

— Si seulement ça servait à quelque chose, pesta-t-elle. Je n'arrive pas à l'allumer. Je cherche la foutue bûche qui s'embrasera enfin…

— Bizarre, il n'y a aucune raison qu'il ne brûle pas…

— Il n'y a peut-être aucune raison, mais c'est bien le cas. Si tu vois de la fumée sortir de cette caravane, crois-moi, elle viendra de mes oreilles !

— Vous voulez que je jette un œil ?

— Avec plaisir. Si tu réussis à démarrer ce bordel… Excuse ma grossièreté, je suis à cran ! J'ai passé toute la nuit à me geler les miches. Bref, si tu réussis, je t'offre le petit déjeuner.

Jenn s'esclaffa :

— Toute une nuit à se geler les miches, hein ? Aïe ! Je vais regarder ça…

2

Embrassant d'un seul regard l'intérieur de la caravane, Jenn lâcha :

— Répugnant… Pourquoi avoir loué ce truc ?

— J'avais besoin d'être au bord de l'océan, répondit Annie, avant de ramasser une bûche parmi la vingtaine d'autres éparpillées sur le sol.

— Euh… vous avez remarqué qu'on était sur une île ? Aux dernières nouvelles, il y a de l'eau partout.

— Certes. Mais j'ai besoin de cette eau-là, en particulier.

— C'est la même partout.

— Faux.

Indiquant le poêle, qui évoquait une bouche édentée avec sa porte grande ouverte, Annie ajouta :

— Alors, tu connais ce genre de machine ?

— Je sais qu'il faut vider régulièrement les cendres, répondit Jenn après avoir jeté un rapide coup d'œil à l'intérieur. Impossible de faire brûler quoi que ce soit quand il y en a autant. Et les grilles de ventilation sont bien ouvertes ? Je parie que personne n'a vérifié le conduit… Il y a toutes les chances que des oiseaux aient fait leur nid en haut de la cheminée.

— Ah… dit Annie sans esquisser le moindre geste pour résoudre ces éventuels problèmes.

Elle préféra s'affaler sur une chaise de cuisine crasseuse à pieds chromés et observer la pièce autour d'elle d'un air accablé. Il fallait reconnaître que l'atmosphère générale des lieux, en termes d'hygiène notamment, laissait fort à désirer. Le mobilier se composait de deux chaises – dont celle qui était occupée par Annie –, d'une banquette déchirée, d'un fauteuil bancal, d'une table qui penchait et d'un canapé moisi placé sous une fenêtre si mal isolée qu'une sorte de mousse courait tout le long de son appui. En bref, un endroit insalubre et dangereux. Jenn aurait été curieuse de savoir combien de temps Annie comptait rester.

Se grattant la tête, elle demanda :

— Vous voulez que je fasse marcher ce poêle ?

— Tu en serais capable ? répondit Annie, s'illuminant aussitôt. Je serais prête à te baiser les pieds ! Sauf que... Je t'ai vue t'étirer dehors. Tu t'apprêtais à faire un jogging, non ? Enfin, je ne voudrais pas...

— Aucun problème, ça ne me prendra qu'une seconde.

Jenn sortit récupérer un des seaux dont elle se servait pour son parcours d'obstacles. Elle entreprit d'y transférer les cendres du poêle. Annie avait sans doute cru que les outils qui le jouxtaient étaient là pour la déco. Ils étaient d'ailleurs recouverts d'une couche de poussière suggérant que personne ne les avait touchés depuis des années.

Tout en pelletant, Jenn expliqua :

— Personne n'a vécu ici depuis... au moins ma naissance. Vous êtes sûre de vouloir rester ? C'est pas pour dire, mais vous risquez d'attraper un sale truc.

— Un grand ménage s'impose, pas de doute là-dessus, convint-elle. J'espérais qu'à coups d'eau chaude, d'ammoniaque, de bicarbonate de soude, de Javel et de vinaigre blanc le problème serait réglé.

— Sinon, il vous restera toujours l'option bombe.

— Ce n'est peut-être pas une si mauvaise idée que ça...

Elles s'esclaffèrent toutes deux. Annie avait un rire agréable. De belles dents blanches et un joli sourire. Jenn l'appréciait ; elle se demanda quel âge elle pouvait avoir... Bien plus qu'elle, c'était évident, mais cela ne les empêcherait peut-être pas de devenir amies. Les amis avaient tendance à se faire rares dans cette partie de l'île.

Elle repéra un tas de vieux journaux sous des bûches et le dégagea pour montrer à Annie comment construire un feu digne de ce nom : du papier journal roulé en boule pour commencer, puis du bois d'allumage bien sec en quantité, et enfin des bûches sur le dessus. D'un coup d'œil, elle s'assura que la jeune femme suivait la démonstration. Celle-ci lui répondit d'un sourire. Venant de Floride, Annie n'avait sans doute pas eu beaucoup d'occasions de s'entraîner à faire du feu. Jenn se releva et s'essuya les mains l'une contre l'autre. Lorsque Annie lui tendit les allumettes, elle répliqua :

— La cheminée, d'abord.

Après s'être hissée sur le toit de la caravane, elle se faufila entre les déchets que ses frères et elle y avaient lancés depuis des années, pour constater qu'elle avait vu juste : un énorme nid coiffait le conduit. Elle l'enleva, puis cria dans le tuyau :

— A vous de jouer, Annie !

Quelques instants plus tard, un beau jet de fumée s'échappait vers le ciel. De retour à l'intérieur de la caravane, elle trouva la jeune femme agenouillée devant le poêle, se réchauffant les mains avec autant de ferveur que si elle priait Vulcain. Jenn alimenta la flambée avec du petit bois. Elle expliqua ensuite à Annie comment couvrir les braises avant de se coucher. Après avoir mollement acquiescé, la jeune femme bascula en arrière sur ses talons.

— J'ai réfléchi... lui dit-elle en inclinant la tête. Ça t'intéresserait, un boulot ?

Jenn était toujours intéressée par un boulot. Les occasions de gagner de l'argent étaient aussi rares que les amis ici.

— Quel genre de boulot ? s'enquit-elle. M'occuper du poêle ?

— Hi hi hi ! Entre autres...

Désignant d'un geste flou la pièce autour d'elle, elle ajouta :

— Regardons la réalité en face, Jenn, il va falloir se retrousser les manches pour rendre cet endroit vivable. Je peux m'en charger en partie, mais je n'y arriverai pas seule, je dois avancer sur un autre projet. Tu accepterais de me donner un coup de main ? Contre rémunération, bien sûr.

Pourtant, la perspective de passer du temps dans cette caravane n'enchantait guère Jenn.

— Je ne sais pas, répondit-elle. Peut-être... Ce truc est une vraie décharge et l'idée d'y consacrer des heures... Sans vouloir être désagréable, ça me fout un peu les jetons. Combien est-ce que vous payez pour crécher ici, d'abord ?

Le montant la laissa bouche bée.

— Vous vous faites carrément arnaquer ! s'écria-t-elle. Il y a de l'abus, là. Vous devez mettre la main sur Eddie et renégocier le tarif.

Annie jeta un regard dépité sur la caravane délabrée.

— J'ai sans doute ma part de responsabilité, j'étais trop pressée.

— Vous ne méritez pas pour autant d'être volée.

— Bien sûr. Il n'empêche que j'ai accepté le montant. Si j'essaie de marchander, il pourrait très bien me dire d'aller voir ailleurs.

— Ce qui ne serait pas une mauvaise chose, si vous voulez mon avis.

Annie secoua la tête.

— Je te l'ai dit, j'ai besoin d'être à Possession Point, près de ce bras de mer.

— Pourquoi ?

— Parce que.

— Houla, ça sent le grand secret, ça ! Big Foot[1] se baigne dans Possession Sound et vous êtes là pour le prendre en photo ou quoi ?

Annie conserva le silence quelques instants et Jenn crut qu'elle avait mis le doigt sur la vérité, aussi ridicule que cela paraisse.

— Ou alors une créature préhistorique ? ajouta-t-elle. Une sorte de monstre du loch Ness local ?

Annie finit par céder.

— Après tout, tu le découvriras bien un jour, surtout si tu travailles pour moi.

— Découvrir quoi ?

---

1. Créature ressemblant à un singe préhistorique, qui habiterait selon la croyance populaire dans la forêt, et principalement sur la côte pacifique nord-ouest des Etats-Unis. *(Toutes les notes sont de la traductrice.)*

— Tu acceptes de travailler pour moi ?

— OK. Oui, d'accord. Mais vous devrez me payer.

— C'était bien mon intention. Marché conclu ?

— Marché conclu. Bon, alors, vous êtes là pourquoi ?

Annie jeta un coup d'œil inquiet à la porte, comme craignant les oreilles indiscrètes.

— Je suis ici à cause du phoque.

Bien plus tard, Jenn repenserait à sa réaction lorsque Annie Taylor avait mentionné le phoque. Elle avait su, sur l'instant, que la jeune femme ne pouvait parler que d'un seul phoque. Plus exactement d'un phoque femelle, appelé Nera. D'un noir charbonneux, du bout des nageoires aux cils. Et qui, pour une raison que personne ne voulait discuter, quelle que soit l'insistance que l'on y mettait, venait dans les eaux de Whidbey, à la même époque chaque année, depuis des lustres. Elle traînait en général près de Sandy Point ou de Langley, s'ébattant dans la marina et rugissant aussi bien sur les touristes que sur les pêcheurs, cherchant à attirer leur attention. Fait encore plus étrange, elle se rendait systématiquement chaque année, le même jour, à Possession Point. Elle s'attardait dans la petite anse pendant exactement vingt-quatre heures, l'arpentant sans relâche, gémissant et jappant comme un chien abandonné. Au terme de cette journée, elle retournait à Langley, passait un ou deux mois supplémentaires dans le bras de mer que longeait Seawall Park, avant de repartir, Dieu seul savait où, jusqu'à l'année suivante. Elle recommençait alors son petit manège. Ses allées et venues étaient teintées de mystère et de magie pour les habitants de la pointe sud de l'île. Et Jenn présageait qu'ils ne seraient pas très heureux de découvrir que quelqu'un avait l'intention de gâcher leur plaisir.

— Un phoque ? avait-elle répété pourtant, feignant l'ignorance. Quel phoque ? Quel intérêt peut-il avoir pour vous ?

— Allez ! Ne me dis pas que tu n'es pas au courant. Langley a… Tiens, attends une seconde…

Annie sortit d'un de ses cartons un dossier dont dépassaient plusieurs articles de magazines. Elle les feuilleta pour repérer celui dont elle avait besoin, illustré de photos aux couleurs vives : des festivités, des enfants en train de manger des glaces, des ploucs vêtus d'étranges costumes de phoque, des ballons, des stands, et une bannière tendue à l'entrée du parc, clamant : « BON RETOUR PARMI NOUS, NERA ! », en grosses lettres rouges.

Impossible pour Jenn de continuer à jouer les idiotes : il s'agissait de l'une des nombreuses manifestations annuelles de Langley. Les abrutis qui dirigeaient la ville en organisaient sous n'importe quel prétexte, dans le but d'attirer les touristes, de remplir les chambres d'hôtes et d'aider les cafés, galeries d'art ou boutiques de souvenirs en difficulté. Nera semblait une attraction taillée sur mesure pour une ville qui accueillait en grande pompe les baleines, avait sa course de « caisses à soupe », faisait défiler des alpagas – en guise de chameaux – au moment de Noël et « éliminait » chaque année un de ses concitoyens à l'occasion d'un week-end « Meurtre et Mystère ». Jenn se vit donc obligée de rétorquer :

— Ah, vous voulez sans doute parler de Nera.

— Nera, bien sûr. Il y a un autre phoque ?

— Non. Enfin, pas vraiment.

— Comment ça, pas vraiment ?

Une lueur éclaira le regard d'Annie.

— Bon sang, Jenn ! s'écria-t-elle. Il y en a plusieurs ? Ça, ce serait du scoop !

Jenn se renfrogna. La jeune femme mijotait quelque chose, et elle visait autant Possession Point que Nera. Si elle ne s'était intéressée qu'à l'animal, elle aurait posé ses fesses à Langley, le principal repaire de Nera. Elle avait assez insisté sur la nécessité de sa présence ici, près de cette anse… Prise d'un mauvais pressentiment, Jenn décida de ne pas y aller par quatre chemins.

— Qu'est-ce que vous lui voulez ?

— A Nera ?

— Ouais.

— Rien, à proprement parler.

Jenn ne dissimula pas son scepticisme, et Annie ajouta :

— Très bien. Deux choses. D'abord, étudier la possibilité d'une mutation génétique. Ensuite, celle, encore plus fascinante, de l'apparition d'une nouvelle race de phoques.

— Et ça vous intéresse parce que… ?

— Je suis chercheuse en biologie marine. Ou plutôt, je le deviendrai officiellement si je termine un jour ma foutue thèse. Et j'ai besoin de ce phoque pour y parvenir.

— Vous comptez sur elle pour l'écrire à votre place ? Je ne suis pas certaine qu'elle soit idéale pour le job.

— Ha, ha, ha ! Très drôle ! J'ai besoin d'elle pour étayer ma démonstration. Et me permettre de faire une révélation mondiale. Alors, je serai tirée d'affaire.

La jeune femme se lança dans des explications que Jenn apprendrait à qualifier de « baratin à la Annie Taylor », plus tard. Elle commençait par développer un argument, puis en effleurait un deuxième, avant de glisser sur un troisième. La chercheuse pouvait se montrer très convaincante. Elle lui apprit, en débitant son jargon scientifique à toute allure, que si Nera ne souffrait pas d'un cas extrêmement rare de mélanisme – « une pigmentation totalement noire, l'inverse exact de l'albinisme, si tu veux » –, soit elle avait subi une mutation génétique, soit elle était le représentant d'une nouvelle race.

— Certes, elle ressemble vaguement à un phoque de Ross, poursuivit Annie. Mais dans ce cas elle est très, très loin de son habitat naturel. Voilà pourquoi je suis parvenue à formuler ces deux hypothèses.

— Trois avec l'albinisme inversé, objecta Jenn.

— Oui. Sauf que je mise tout sur les deux autres. Et l'option « mutation », dans le cadre de mes recherches, serait presque aussi intéressante que de découvrir une nouvelle espèce.

— Pourquoi ?

— Parce que les compagnies pétrolières du monde entier, ces affreuses, prétendent que les nappes de pétrole n'affectent pas la vie animale. Je tiens avec Nera une chance de leur démontrer qu'elles ont tort. Les faits sont là : ces côtes ont été victimes d'une marée noire il y a vingt ans, et aujourd'hui nous avons un phoque hors normes qui clame : « Regardez-moi, il faut me faire passer des tests ! »

Des tests ? L'alarme intérieure de Jenn se déclencha sur-le-champ.

— Personne ne vous permettra d'approcher Nera, je préfère vous prévenir. Et c'est quoi cette histoire de marée noire, d'abord ?

— Ça remonte à une vingtaine d'années. Possession Point a subi une dégradation environnementale. Tu n'es pas au courant ? Après tout, ça n'est pas très étonnant. Depuis combien de temps vis-tu ici ? Surtout, quel âge as-tu ? Tu m'as l'air plutôt... Je dirais douze ans ?

— Hé ! J'en ai quinze, d'accord ? Et s'il y avait eu une marée noire, je serais au courant.

— Pourquoi ? Les côtes ont été nettoyées depuis. Possession Point a beau être le trou le plus paumé de la terre, personne ne laisserait du bitume stagner sur une plage pendant vingt ans. Il n'y a rien de plus dangereux pour la nature. Le nettoyage a probablement eu lieu dans les semaines suivant la catastrophe, voire dans les deux ou trois mois. Impossible d'en repérer la moindre trace, à l'exception des effets sur la faune et la flore marines.

— Comme sur Nera par exemple.

— Comme sur Nera. Laquelle est apparue... un an ou deux après la marée noire ? Quelle conclusion en tires-tu ? Parce que moi, j'ai ma petite idée. Il faut que je l'examine. Que je récupère des échantillons. D'une façon ou d'une autre, elle est la preuve de quelque chose. Il ne me reste qu'à identifier ce « quelque chose ».

— Des échantillons ? Impossible. Tout le monde vous empêchera de la toucher, Annie.

— Ah, vraiment ?

La jeune femme balaya cet avertissement d'un geste désinvolte et d'un sourire.

— Fais-moi confiance, rien n'est joué.

3

Jenn ne fut guère plus avancée après avoir interrogé son père sur la marée noire. Accaparé par les préparatifs annuels de la fête de la bière de Seattle, Bruce McDaniels répondit à ses questions par des grommellements.

— Ma puce, est-ce que j'ai l'air d'avoir le temps de discuter, là ? dit-il tout en se débattant avec un immense pichet de bière ambrée.

Elle n'obtint pas davantage de sa mère, plongée dans sa lecture quotidienne de la Bible. Celle-ci lui expliqua que Dieu s'adressait aux mortels par l'entremise des catastrophes naturelles. Et lorsque Jenn tenta d'arguer qu'une marée noire pouvait difficilement être classée dans la catégorie des phénomènes « naturels », Kate rétorqua :

— Regarde un peu ces tornades qui ont frappé le Midwest cette année, Jennifer, et demande-toi si la colère de Dieu n'est pas une réalité ! Je te parle de maisons réduites en miettes et de semi-remorques soulevés dans les airs !

La jeune fille en déduisit que toute conversation avec sa mère serait, dans l'immédiat, moins inspirée par des faits concrets que par l'Ancien Testament, et plus précisément le passage qu'elle étudiait alors avec son groupe de lecture à l'église. Si elle voulait découvrir la vérité sur cette marée noire, elle devrait se débrouiller seule.

Le lycée était le meilleur endroit où enquêter. Pendant l'heure du déjeuner, elle s'éclipsa pour aller faire une recherche en ligne à la bibliothèque.

Elle était une vraie bille en technologie – elle aurait sans doute pu faire des progrès si elle avait eu un ordinateur à la maison, ce qui était bien sûr inenvisageable, la nourriture ayant la priorité sur ce genre d'équipement. Elle savait se connecter au Web et elle connaissait l'existence des moteurs de recherche, mais, pour ce qui était de faire du tri dans la masse d'informations... Elle avait besoin de quelqu'un de plus calé qu'elle pour l'assister. Minus Cooper était son homme.

Elle le dénicha, ainsi qu'elle s'y attendait, dans un coin de la salle de lecture, devant ses devoirs. Pourquoi déjeuner quand on pouvait résoudre des problèmes mathématiques ? Absorbé par des calculs incompréhensibles, il était totalement coupé du monde extérieur. Il ne releva la tête ni lorsque Jenn lui tapota l'épaule ni lorsqu'elle prononça son prénom. Décidant d'avoir recours aux grands moyens, elle lui lécha la nuque en murmurant :

— Mmm...

Il bondit de son siège.

— Ça va pas, non ?

Son visage rougeaud devint encore plus cramoisi, et il essuya d'un geste vif la bave qu'elle avait laissée sur sa peau.

— J'ai besoin de ton aide, beau gosse, répondit-elle.

— Pour quoi faire ? Echanger des microbes ?

Il était aussi adorable qu'un chiot ; Jenn le connaissait depuis la maternelle.

— Avoue, tu as adoré et tu crèves d'envie que je continue.

Elle agita sa langue sous son nez.

— Beurk ! Dans tes rêves !

— C'est exactement où tu te trouves toutes les nuits.

Elle referma son livre de maths et ne lui laissa pas le temps de protester :

— Tu auras un A, je te le promets. Tu as toujours la meilleure note et rien ne pourra changer ça. J'ai besoin de ta cervelle. Et comme elle n'est pas dissociable du reste de ton corps, tu dois me suivre.

Il soupira, mais lui emboîta le pas.

— C'était en maternelle, non ? lui demanda-t-il.

— Quoi ?

— Que je t'ai donné la moitié de mon lait. On a bu avec la même paille, et depuis… Depuis tu nages en plein délire.

— C'est-à-dire ?

— C'est-à-dire que je ne suis pas à ta disposition.

— Bien sûr que si. Tu essaies de le cacher, mais à quoi bon ? Et qui pourrait te le reprocher d'ailleurs ? Je suis tellement irrésistible… Quoi qu'il en soit, tu n'as plus aucun secret pour moi depuis que tu as six ans. Alors cesse de lutter contre ta nature. Tu vois ça, mon ami ?

Elle venait de lui appuyer sur le bout du nez.

— Quoi ?

— C'est par là que je te mène !

Il émit un ricanement moqueur mais complice.

— Qu'est-ce que tu veux alors ?

Elle le fit asseoir à côté d'elle devant l'ordinateur. Ainsi qu'elle l'avait escompté, Minus n'eut besoin que de quelques clics de souris pour remonter le temps, à l'époque évoquée par Annie Taylor. Il y avait bien eu une marée noire. L'écoulement s'était produit de nuit et avait été rejeté vers le rivage, polluant la totalité de Possession Point. Le mazout, particulièrement dense, avait laissé des traces partout, et de nombreuses photos étaient là pour en témoigner. La catastrophe remontait à dix-sept ans – Annie Taylor n'était pas loin du compte.

— Quelle horreur, grommela Minus quand ils tombèrent sur les clichés d'oiseaux mazoutés, de crabes retournés et de côtes salies. Pourquoi est-ce que tu t'intéresses à ça ? Tu as un exposé à préparer ?

— Nan. Une nana vient de s'installer juste à côté de chez moi, dans la caravane déglinguée, tu te rappelles ? Bref, c'est elle qui m'en a parlé. Elle pense que Nera aurait muté à cause du pétrole. Ou qu'elle est la représentante d'une nouvelle espèce.

— Une nouvelle espèce apparue après une marée noire ? Une mutante ? Impossible, affirma Minus. Un crabe à deux têtes, une crevette en forme de porc-épic, un poisson avec des yeux sur la queue… Voilà ce que j'appelle des mutants ! Un phoque noir, par contre… Je n'y crois pas. Et même si elle avait muté, où serait le problème ? Elle est en bonne santé, non ?

— Tout ça, c'est lié à sa thèse. Enfin, la thèse d'Annie, pas de Nera. Bref, je ne savais pas qu'il y avait eu une marée noire, ça m'a rendue curieuse.

— Tant mieux pour toi. Je peux retourner à mes maths ?

— Oui, si tu trouves la force de te priver de ma compagnie.

Levant les yeux au ciel, il rétorqua :

— Je devrais y arriver.

Alors qu'il retournait à sa place, Jenn reporta son attention sur l'ordinateur. Elle poursuivit sa lecture et chercha d'autres clichés. En cliquant sur plusieurs liens, elle se retrouva bientôt à contempler une photo de Possession Point deux ans avant sa naissance. La maison existait déjà, le cabanon et le bassin à harengs semblaient neufs, tout comme la caravane où Annie Taylor avait emménagé, qui était agrémentée d'un jardinet bien entretenu, avec des plantations. La photo en question avait pour fonction d'illustrer l'état de l'anse avant la marée noire. Un second cliché, postérieur à la catastrophe, montrait une substance aussi visqueuse que du goudron accrochée aux morceaux de bois flotté, aux rochers et au sable.

Jenn s'étonna, à la réflexion, que personne ne parle jamais de cet accident. En même temps, il remontait à des années et il n'en restait pas la moindre trace visible à Possession Point… Dans ces conditions, qui pourrait avoir des raisons de l'évoquer ? En tout cas, Annie Taylor allait devoir se retrousser les manches si elle voulait établir un lien entre cette marée noire et Nera. Car Minus n'avait pas tort : à l'exception de sa couleur charbonneuse, la femelle phoque n'avait rien de très remarquable.

Naturellement, ce trait caractéristique était la clé de son succès sur l'île en général et à Langley en particulier. Les gens du cru, et les vendeurs de souvenirs surtout, ne verraient pas d'un bon œil qu'on touche à cette attraction. La visite annuelle, inexpliquée, d'un phoque noir était une chose. La visite annuelle d'un mutant en était une autre.

Le bruit d'une conversation étouffée interrompit le cours des pensées de Jenn. Elle tourna la tête vers l'entrée de la bibliothèque et son humeur vira aussitôt à l'aigre : le couple d'amoureux le plus célèbre du lycée de South Whidbey venait de faire son apparition. La version locale de Bella et Edward, sans le sang ni les crocs. Main dans la main, ils échangeaient des confidences à voix basse. Jenn aurait presque pu les tolérer si Derric n'avait pas été l'un de ses bons amis autrefois et si Becca n'avait pas été... eh bien, celle qu'elle était.

Jenn éprouvait de l'hostilité envers cette fille depuis la seconde où leurs chemins s'étaient croisés sur le ferry reliant Mukilteo à l'île de Whidbey, en septembre. Au contraire, elle appréciait Derric depuis son arrivée sur l'île, à huit ans – il avait été adopté dans un orphelinat en Ouganda par les Mathieson. Aux yeux de Jenn, leur couple constituait un mystère insondable. Derric était grand, sportif et sublime du sommet de son magnifique crâne rasé à la pointe de ses orteils parfaits. Et Becca... Bon, d'accord, elle s'était débarrassée des kilos superflus avec lesquels elle avait débarqué, et qui avaient inspiré à Jenn son surnom – « la grosse ». Pour le reste, elle n'avait pas évolué d'un pouce : mêmes cheveux teints d'un immonde châtain foncé, mêmes lunettes à monture épaisse démodée depuis dix ans, mêmes vêtements informes, et même maquillage outrancier – si son objectif n'était pas de rejoindre un cirque, il faudrait sérieusement qu'elle envisage du changement. Derric et Becca étaient la preuve vivante que les opposés s'attirent. Ils ne possédaient qu'une chose en commun, leur intelligence, et ils en avaient à revendre.

Ils s'installèrent à une table, face à face, et poursuivirent leur échange en chuchotant. Ils semblaient encore plus absorbés l'un par l'autre que d'habitude.

— Non, c'est justement le problème, Becca. Oui, ça m'embête. Et ça embêterait n'importe quel autre mec. Ça t'embêterait toi aussi, si la situation était inversée. Pourquoi est-ce que tu refuses de comprendre ?

Les paroles de Derric, parvenues jusqu'à Jenn, éveillèrent son intérêt comme seule la promesse d'un ragot en avait le pouvoir. Y aurait-il... de l'eau dans le gaz ? Rien n'aurait pu lui faire plus plaisir ! Si le ciel de l'amour parfait se voilait, elle voulait être la première au courant.

Malheureusement, la réponse de Becca ne l'avança pas beaucoup.

— Je t'ai dit que tu te faisais des idées. Ça ne signifie rien pour moi, ça ne signifiera jamais rien. Pourquoi est-ce que tu ne l'acceptes pas ?

— Et comment veux-tu que j'accepte un truc pareil ? s'exclama-t-il en s'écartant de la table.

— Derric, je croyais que tu voulais en discuter, justement.

Elle referma ses doigts blancs sur la peau chocolatée du garçon. Il ne les recouvrit pas des siens, pourtant, contrairement à ce qu'elle espérait. Il était hors de lui.

— Nos conversations aboutissent toujours au même point, s'emporta-t-il. C'est-à-dire nulle part !

— C'est ce que j'essaie de te prouver ! Tu t'inquiètes pour une chose qui n'existe pas.

Jenn dut se retenir de réclamer des précisions. Oh, bon sang, elle avait besoin de détails ! Mais avant qu'elle ait pu faire quoi que ce soit, Derric avait repoussé la main de Becca et quitté la bibliothèque en trombe – sans que son plâtre de marche semble le ralentir. Dans sa précipitation, il envoya la porte cogner contre le mur, si violemment que même Minus sortit le nez de son bouquin de maths.

Becca se contenta de le suivre du regard. Lentement, elle retira de son oreille l'écouteur qu'elle portait en permanence, en cours et à l'extérieur. Pour une raison que Jenn n'avait pas pu éclaircir, aucun prof ne s'en était plaint. A croire que cette tarée ensorcelait les gens. Dès qu'elle voulait quelque chose, elle finissait toujours par l'obtenir. Toujours.

La tentation était trop forte et Jenn n'y résista pas : abandonnant son ordinateur, elle s'approcha d'un pas nonchalant de la grosse. Chemin faisant, elle songea : *Je parie qu'il aura largué ce tas à la fin de la semaine.*

Becca tourna lentement la tête vers elle et l'étudia avant de décréter :

— Comme si ça pouvait changer quelque chose pour toi.

Jenn en resta clouée sur place.

— C'est quoi, ton problème ? lâcha-t-elle.

— Tu ne pourrais pas comprendre, répondit Becca.

4

Becca King savait que Jenn McDaniels la détestait à cause de Derric. Il y avait sans doute d'autres raisons – sans compter son penchant naturel à se montrer cassante –, mais Derric était la principale. Il avait été victime d'une grave chute à Saratoga Woods peu de temps après l'arrivée de Becca sur l'île et, pendant son séjour à l'hôpital, elle s'était rapprochée de lui. Depuis l'instant où elle l'avait aperçu sur le ferry, elle s'était sentie attirée par ce garçon mystérieux. Et qu'il ait éprouvé la même attraction tenait pour elle du miracle. Encore aujourd'hui.

Elle n'avait jamais pensé à Jenn McDaniels et à la place que celle-ci avait occupée dans la vie de Derric, ce qui était peut-être un tort d'ailleurs. Avec lui, elle oubliait tout, tant elle se sentait en sécurité. Choyée, comprise et acceptée d'une façon que son physique n'aurait pas dû autoriser. Embonpoint, cheveux teints, épaisses lunettes, maquillage de rock star vieillissante et droguée… Autant d'éléments constitutifs du personnage qu'elle devait incarner sur cette île. Et aucun qui correspondait à sa personnalité profonde.

Derric avait aperçu la fille qui se cachait sous le costume qu'elle était contrainte d'endosser pour le monde extérieur. Quand il avait fini par sortir du coma et quitter l'hôpital, il était venu la trouver. Et grâce à lui, Becca avait enfin supporté la vie dans cet endroit où sa mère l'avait abandonnée à l'automne.

L'hiver battait à présent son plein, et ils s'étaient encore rapprochés. Elle ne pouvait cependant se livrer qu'en partie. Si elle ne lui disait pas tout, c'était uniquement pour le protéger. Se confier à lui… reviendrait à ouvrir la boîte de Pandore, renfermant des secrets noirs et complexes auxquels leur histoire ne résisterait pas. Ce qui, bien entendu, mettrait Jenn McDaniels aux anges.

Becca connaissait son opinion sur la question avec autant de certitude que si celle-ci la proclamait régulièrement dans les couloirs du lycée. Au cours des quatre derniers mois, elle avait fait des progrès et parvenait mieux à saisir au vol les pensées des autres lorsque son brouilleur ne les masquait pas. Ces murmures, ainsi qu'elle avait pris l'habitude de les appeler, l'aidaient à trouver sa place sur l'île. Ils la renseignaient notamment sur la détermination que Jenn mettait à être son ennemie. Elle avait eu un accrochage avec elle sur le ferry, le jour de son arrivée, et l'intérêt qu'elle avait porté à Derric n'avait fait qu'envenimer leur relation. Evidemment, quand celui-ci s'était à son tour intéressé à Becca… la guerre avait été déclarée. Jenn et elle exerçaient l'une sur l'autre la même force de répulsion que l'eau et l'huile. Elles n'avaient rien en commun. A part deux chromosomes X.

Becca savait qu'elle n'aurait pas dû laisser entendre à son ennemie jurée qu'elle avait lu dans son esprit ; seulement, trop accablée par sa dispute avec Derric, elle avait oublié d'être prudente. Il se montrait excessif, refusant d'admettre la situation, exigeant d'elle des choses qu'elle ne pouvait pas lui donner. Bien sûr, il ne connaissait pas la vérité, il ignorait pourquoi elle était dans l'impossibilité de répondre à ses questions… Alors qu'elle roulait ces réflexions avec amertume, Jenn la foudroya du regard, puis s'éloigna, s'arrêtant pour échanger quelques mots avec Minus Cooper… ainsi qu'un baiser bien baveux sur les lèvres dès qu'il redressa la tête vers elle. Il ne mit pas beaucoup de vigueur à la repousser, même s'il s'écria, dès qu'il fut en mesure de remuer les lèvres :

— Non mais qu'est-ce qui te prend ?

— A plus tard, beau gosse, se contenta-t-elle de répondre. Et la prochaine fois, j'aimerais que tu mettes la langue.

Elle s'esclaffa en le voyant rougir jusqu'à la racine des cheveux. Jenn tentait de prouver que, elle aussi, elle pouvait sortir avec un mec. Becca n'était pas dupe, évidemment. Surtout, c'était le cadet de ses soucis ; dans l'immédiat, une seule chose l'obnubilait : l'étendue du secret qu'elle cachait à Derric.

Jenn ne s'était pas donné la peine d'éteindre l'ordinateur, et la dernière page qu'elle avait consultée restait affichée, comme le constata Becca en prenant sa place. Ce qu'elle vit piqua sa curiosité et elle ouvrit l'historique : Jenn s'intéressait apparemment à la marée noire ayant frappé Possession Point plusieurs années auparavant. Rien de palpitant, en somme. Jenn était peut-être une écolo en herbe...

Becca, elle, avait un sujet de préoccupation plus important qu'une vieille catastrophe écologique, et il s'appelait Jeff Corrie. Cet homme était la raison de sa présence sur Whidbey. Il n'y avait pas un jour où Becca ne s'attendait pas à voir son beau-père jaillir d'un buisson lorsqu'elle descendait à l'arrêt de bus près de sa cachette, et elle avait pris l'habitude de vérifier une fois par semaine qu'il vivait toujours dans la région de San Diego. Jusqu'à présent, elle avait obtenu confirmation de ces faits.

Elle effectua les recherches usuelles. Ainsi qu'elle l'espérait, quelqu'un avait enfin remarqué la disparition de Connor, l'associé de Jeff. Un membre de sa famille avait fini par attirer l'attention des autorités, s'étonnant que cet homme d'affaires spécialisé dans les investissements immobiliers se soit volatilisé. Il ne répondait à aucun coup de fil ni à aucun e-mail, sa page Facebook n'avait pas été actualisée depuis une éternité, les journaux s'accumulaient sur son paillasson, il ne semblait y avoir personne à son domicile... Becca récolta ces informations en parcourant les derniers numéros du principal quotidien de San Diego en ligne. Jeff Corrie n'avait pas encore attiré les soupçons, en revanche ; il feignait de n'avoir pas la moindre idée de l'endroit où Connor pouvait être passé.

A qui voulait-il faire croire ça ! Becca avait surpris les murmures de Jeff juste avant de prendre la fuite, avec sa mère, et chacune des pensées de son beau-père clamait qu'il avait tenu un rôle dans la disparition de son associé. Et qu'il n'hésiterait pas à s'occuper de Becca et de sa mère si elles ne jouaient pas les bonnes cartes. Elles avaient décidé de prendre la main et de se rendre au nord du pays. A l'heure qu'il était, Laurel, la mère de Becca, cherchait à voir si elles pouvaient garder l'avantage en s'établissant à Nelson, en Colombie-Britannique – elle s'y était rendue après avoir laissé sa fille au départ du ferry pour l'île de Whidbey.

Sauf que... Rien ne s'étant déroulé selon leurs plans, Becca jetait des coups d'œil nerveux autour d'elle matin, midi et soir. Elle redoutait que Jeff Corrie ne se pointe de nouveau sur l'île. Il avait déjà retrouvé sa trace une première fois, à cause d'un coup de fil imprudent. Et s'il ne l'avait pas débusquée alors, cela ne signifiait pas qu'il allait baisser les bras. Il n'était pas de cette trempe-là.

Dans l'immédiat, en tout cas, il avait des problèmes à régler à San Diego, ce qui arrangeait bien Becca. Qu'il continue à répondre aux questions au sujet de la disparition de Connor. Ses mensonges finiraient par s'épuiser. Il serait arrêté, jugé, emprisonné et, enfin, il ne représenterait plus aucun danger. En attendant, cependant, la jeune fille était coincée à Whidbey, où elle guettait le retour de sa mère. Celle-ci ne viendrait la chercher que quand elle se sentirait en sécurité. Voilà ce que Becca se répétait jour après jour.

Tout cela ne constituait qu'une partie de ce que Derric Mathieson aurait aimé savoir sur sa copine. Si elle comprenait sa frustration, elle ne pouvait pas non plus se confier à lui. Et d'une, parce qu'elle voulait le protéger. Et de deux, parce qu'il était le fils adoptif de l'adjoint du shérif.

En quittant le lycée, ce jour-là, Becca broyait du noir. Elle avait retrouvé Derric à leur dernier cours et lui avait proposé, juste avant qu'il ne commence, d'enterrer la hache de guerre. Elle avait entrelacé ses doigts avec les siens pour qu'ils gagnent la salle de classe ensemble, selon leur habitude. Il avait retiré sa main et répondu d'un ton cinglant : « Comme tu veux, Becca. »

Puis il s'était précipité à sa place. Il avait pris des notes si détaillées pendant tout le cours qu'elle le soupçonnait d'avoir écrit le moindre mot qui sortait de la bouche du professeur.

A la fin de l'heure, il disparut, la privant d'un échange. Au moment de sortir de la salle, elle l'aperçut au bout du couloir. Il avait été arrêté par une pom-pom girl et leur conversation était ponctuée d'éclats de rire et de sourires. Becca s'éloigna. L'expression « broyer du noir » ne rendait pas justice à la profondeur de son désespoir.

Elle décida de ne pas prendre le car scolaire pour regagner sa cachette dans les bois. Celle-ci se trouvait au nord de la nationale, sur la route menant à un autre bourg important. Elle pourrait toujours emprunter, en fin de journée, l'une des lignes de bus de l'île. Dans l'immédiat, elle avait juste besoin d'oublier tout ce qui la rattachait à South Whidbey High School, et elle connaissait l'endroit idéal pour se changer les idées.

C'était un long trajet, surtout par une journée aussi glaciale, mais Becca avait la résistance nécessaire. Depuis qu'elle habitait dans la forêt, elle avait déjà survécu à trois tempêtes de neige, sans parler des innombrables orages et violentes bourrasques de vent. Marcher de Maxwelton Road à Clyde Street ne la tuerait pas.

Au bout de près d'une heure de montée à travers champs et bois, Becca était complètement exténuée. Elle se fit la promesse de venir au lycée à vélo la prochaine fois qu'elle éprouverait le besoin de voir la femme qui vivait au-dessus de la plage de Sandy Point. Lorsqu'elle atteignit la maison grise, elle sonna d'un doigt engourdi.

Le pick-up de Diana Kinsale était garé juste devant, pourtant le coup de sonnette ne fut salué par aucun aboiement. Se dirigeant vers le chenil, un peu plus loin, Becca ne remarqua aucun mouvement. Et pour cause : il était vide.

La jeune fille regarda autour d'elle et entendit bientôt des jappements monter du pied de la falaise. Elle ne tarda pas à apercevoir Diana, qui jetait des balles de tennis à ses chiens. Elle était à une extrémité de la plage, près de la pointe qui valait à celle-ci le nom de Sandy Point. Becca la reconnut à son allure générale et à ses vêtements masculins. Sans oublier ses chiens, au nombre de cinq, parmi lesquels se trouvait un caniche noir, élégant et silencieux, du nom d'Oscar. Il ne courait pas derrière les balles de tennis, lui. Cette activité manquait sans doute de dignité à ses yeux.

Becca descendit vers la plage, qui bordait une enfilade de maisonnettes, pour la plupart désertées en hiver, mais, pour certaines, crachant des volutes de fumée, écharpes argentées dans l'air glacial. Après avoir contourné plusieurs dunes où les herbes marines hibernaient dans le froid de janvier, Becca finit par déboucher sur le sable alors que Diana Kinsale effectuait un nouveau lancer.

Au moment de retourner vers leur maîtresse, les chiens – à l'exception d'Oscar – aperçurent Becca, qui s'agenouilla et écarta les bras. Ils se jetèrent sur elle, tout en truffes fraîches et haleine tiède.

— Stop ! s'écria-t-elle, hilare. Je n'ai pas de friandises ! Ahhh ! Libérez-moi !

Ces démonstrations d'affection la réjouissaient, en réalité. Des bruits de pas lui signalèrent que Diana Kinsale approchait. Elle portait une casquette sur ses cheveux gris coupés court, et les clous dorés à ses oreilles réfléchissaient la lumière déclinante. Emmitouflée dans une épaisse parka, elle était aussi pourvue de gants et de bottes de pêcheur qui lui montaient jusqu'aux genoux.

— Ah, Becca, dit-elle. Te voilà ! Il me semblait bien que les chiens attendaient de la visite.

5

Becca ne fut guère surprise. Diana Kinsale, elle l'avait découvert rapidement, était dotée d'un sixième sens, qui s'appliquait aux humains comme aux animaux. Ce don lui permettait d'être au courant de tout ce qui se passait sur l'île. De plus, elle n'émettait aucun murmure audible par Becca, sauf si elle le décidait. Pour cette raison, Diana avait été aux yeux de la jeune fille, dès leur rencontre, un objet de curiosité, qu'elle eût voulu mieux connaître.

— C'était Oscar ? demanda-t-elle.

— Qui m'a annoncé ta visite ? répondit Diana avant de retirer sa casquette, d'ébouriffer ses cheveux, puis de la remettre. Non, ce sont les autres. Ils ne couraient pas derrière la balle avec leur enthousiasme habituel. Oscar ne s'abaisse jamais à ces enfantillages, il n'a rien laissé transparaître.

Les chiens s'agitaient autour d'elles, reniflant alternativement le sable et les poches de la veste de Becca.

— Je leur ai pourtant dit que je n'avais rien pour eux, se justifia-t-elle.

— L'espoir fait vivre... Comment vas-tu ? Tu as l'air... Quelque chose te tracasse, j'ai l'impression. Pas d'ennuis avec Debbie ?

S'entendant rappeler son mensonge, Becca s'efforça de conserver un visage de marbre. Diana croyait en effet qu'elle vivait encore au motel de la Falaise, où elle s'était installée à son arrivée sur l'île – effectuant quelques heures de travail pour sa propriétaire, Debbie Grieder, en échange d'une chambre et d'une place à table. Elle s'était enfuie pour emménager dans les bois juste avant Thanksgiving et avait, jusqu'à présent, réussi à cacher la vérité aux deux femmes – car Debbie de son côté croyait qu'elle habitait chez Diana. La mystification de Becca ne tiendrait pas longtemps, elle le savait. Dans l'immédiat, cependant, elle ne voyait pas d'autre solution.

— Debbie est formidable, répondit-elle.

Ce qui n'était pas un mensonge.

— Comme ses petits-enfants, ajouta-t-elle.

C'était vrai également.

La dévisageant, Diana insista :

— Alors...

Un craquement sec déchira soudain l'atmosphère et tous les chiens, Oscar inclus, se mirent à aboyer. Diana et Becca pivotèrent en direction du bruit. Elles découvrirent un homme perché sur l'un des murets de pierre qui servaient à séparer les maisonnettes de la plage, armé d'un fusil qu'il pointait non pas vers elles, mais vers la mer. Il tira à nouveau, provoquant un tollé général parmi les chiens.

— Vieux fou, grommela Diana avant de s'élancer. Les chiens ! Taisez-vous ! Et ne bougez pas ! Attends ici, ajouta-t-elle à l'intention de Becca. Eddie ! Eddie Beddoe ! Arrête ça tout de suite !

S'il l'entendit, il n'en laissa rien paraître, tirant une nouvelle fois en direction de l'océan. Il s'interrompit pour recharger son arme et remarqua alors seulement que Diana approchait. Il se tourna vers elle et la tint en joue. Oubliant aussitôt sa recommandation, Becca se précipita vers elle. Les chiens la suivirent et encerclèrent l'homme.

Il avait sauté au pied du mur. Avec sa carrure imposante, il n'invitait pas à en découdre. Il ne portait, malgré la température glaciale, qu'un tee-shirt et un jean. Il n'avait pas de chaussures, et le froid ne semblait pas le gêner. Question santé mentale, en revanche, le bât blessait sérieusement. *La tuer... veux... mourir tout de suite... mourir... mourir...* Voilà les mots qui résonnaient dans l'air autour de lui, aussi brutaux que des coups de marteau sur un bloc de glace.

— Diana, souffla Becca pour la mettre en garde.

Celle-ci lui fit signe de ne pas bouger.

— Les chiens, taisez-vous. Les chiens !

S'approchant de l'homme, elle ajouta sans dureté :

— Maintenant tu vas m'écouter, Eddie. Pose ce fusil avant de blesser quelqu'un.

— C'est bien ce que je compte faire, au contraire, rétorqua-t-il, dirigeant son arme vers l'eau.

— Ne joue pas les imbéciles. Qu'est-ce que tu vises là-bas ? Un morceau de bois flotté ? Rentre chez toi.

— Elle est là, insista-t-il en inclinant la tête vers l'eau. Elle est de retour et cette fois je suis décidé...

— Il n'y a personne, Eddie. Personne n'est revenu. Par contre, si tu blesses quelqu'un sur la plage par accident, tu le paieras très cher. Et tu le sais.

— Je paie déjà très cher.

Il baissa néanmoins son fusil et Diana couvrit la faible distance qui les séparait encore. Elle lui prit l'arme des mains, retira les cartouches et les empocha. Puis elle la lui rendit.

— Eddie, chuchota-t-elle avec une douceur mêlée de tristesse. Eddie...

Becca suivait la scène sur le qui-vive, prête à sauter à la gorge de l'homme au moindre faux pas. Elle devinait à leur poil hérissé que les chiens n'hésiteraient pas non plus. L'homme n'esquissa cependant pas le moindre geste agressif. Il sembla, étrangement, se rabougrir quand Diana lui posa une main sur l'épaule. Parcouru d'un frisson, il se détendit. La folie qui s'était emparée de lui avait disparu, du moins pour le moment.

Il posa alors sur Becca des yeux comme deux ciels gris et elle l'entendit penser, avec autant de clarté que s'il avait parlé tout haut : *la tuer à la première occasion...*

— Diana, murmura-t-elle d'une voix tremblante.

— Tais-toi maintenant.

A la douceur du ton de son amie, Becca comprit que ces mots ne lui étaient pas destinés.

Elles attendirent le départ d'Eddie Beddoe pour quitter la plage à leur tour. Ce ne fut que lorsqu'elle aperçut les gaz d'échappement de son pick-up sur Wilkinson Road, la route en surplomb de Sandy Point, que Diana décréta :

— Allez, les chiens, on rentre !

Avec un sourire, elle se tourna vers Becca.

— Les filles aussi !

Pendant le trajet, elle ne commenta pas l'incident, préférant aborder d'autres sujets : les bulbes qu'elle avait semés à l'automne en prévision du printemps, la façon dont ses plantes vivaces résistaient à l'hiver. Une fois dans la maison, toutefois, après avoir nourri quatre des chiens dehors et Oscar dans l'entrée, elle fut disposée à évoquer cette étrange rencontre. Elle mit de l'eau à bouillir pour son thé de l'après-midi, tendit un mug à Becca en silence, puis fit infuser trois cuillerées de son Assam préféré.

— Je suppose que tu as des questions sur ce qui vient de se passer, finit-elle par dire.

— J'ai eu super peur. J'ai cru qu'il allait vous tirer dessus.

Diana l'invita à s'asseoir dans le coin repas de la cuisine, peinte en jaune, rouge, orange et vert. Le moins qu'on puisse dire, c'est qu'elle ne craignait pas les couleurs vives. Elle posa une assiette de cookies Girl Scout[1] sur la table violette, puis rejoignit Becca avec la théière.

— Il cherche à tuer un phoque, expliqua-t-elle.

— Un phoque ? Ce n'est pas interdit par la loi ?

— Si, mais ce n'est pas son problème. Il ne pense qu'à éliminer ce qu'il ne supporte pas d'affronter.

— C'est-à-dire ?

— La même chose que la plupart des gens, j'imagine. Les conséquences de ses actes. Il a perdu son bateau en mer et il rejette la faute sur un phoque, ça n'est pas plus compliqué que ça. Enfin, pas plus compliqué que n'importe quelle

1. Marque de biscuits vendue par les scouts féminins des Etats-Unis (les Girl Scouts of the USA, GSUSA), et dont les bénéfices constituent les principaux fonds.

folie… La vérité, c'est qu'il est sorti en mer lors d'une de ces tempêtes terribles que l'île connaît en hiver. Il n'était pas de taille à l'affronter. Et il avait oublié de fermer les bouchons du tableau arrière. On ne peut pas exclure non plus qu'il ait bu, même s'il ne l'a jamais avoué. En tout état de cause, le bateau a pris l'eau et il a eu de la chance de réussir à rejoindre le rivage. Ça s'est produit juste ici…

Elle indiqua la plage dont elles revenaient.

— Je suppose qu'il aime l'idée de passer pour une victime plutôt que d'assumer la responsabilité de son propre malheur. La plupart des gens feraient de même, non ? C'est dans la nature humaine.

— Un phoque… murmura Becca. Ça vaut sans doute mieux que de rejeter la faute sur un autre humain.

Diana, qui l'observait par-dessus son mug, inclina la tête à droite puis à gauche, comme pour dire : « Peut-être bien, peut-être pas. »

— Quoi ? lui demanda Becca.

— Rien, répondit-elle avec un sourire.

— Je ne vous crois pas. Il y a quelque chose, je le sens. Allez !

Diana gloussa et passa la main dans ses cheveux gris.

— C'est juste que, si tu veux mon avis, il y a phoque et phoque. Aucun ne mérite d'être pris pour cible, bien sûr, mais certains… eh bien, certains sont des créatures qu'un homme tel qu'Eddie ferait mieux de ne pas toucher.

— Pourquoi ?

— Parce qu'elles sont bien trop importantes pour mourir prématurément. Ou pour être blessées. Ou même, Becca, pour être attirées sur la terre ferme.

Diana ne voulut pas en dire davantage. Devant l'insistance de Becca, elle répondit :

— Je t'assure, ma chérie, il n'y a rien d'autre à ajouter.

Elle remplit à nouveau son mug de thé avant de reprendre :

— Il y a un moment que nous ne nous sommes vues, toi et moi, et je me réjouis de ta visite. Quelque chose me dit, cependant, que tu avais une raison précise de venir, aujourd'hui.

Etait-ce le cas ? Becca trouvait du réconfort dans la compagnie de Diana Kinsale depuis qu'elle l'avait rencontrée le soir de son arrivée sur l'île. Cela seul déjà aurait pu justifier sa visite.

— Les choses sont un peu compliquées avec Derric, confessa-t-elle.

Le regard brillant, Diana ne fit aucune remarque, attendant d'en apprendre davantage. Becca cependant ne pouvait pas lui donner beaucoup plus de détails sans risquer de révéler, accidentellement, l'emplacement de sa cachette. Elle se contenta donc d'ajouter :

— C'est difficile, les relations entre les filles et les garçons.

— Derric est ton premier petit copain ? Je veux dire, ta première histoire sérieuse, avec tout ce que ça implique ?

— On peut dire ça, oui… Et il… il veut des choses que je ne peux pas lui donner.

Becca fit une grimace en réalisant ce que ses propos pouvaient laisser entendre.

— Il ne s'agit pas de sexe. Enfin, bien sûr, c'est aussi un des enjeux… mais ce n'est pas de ça que je veux parler. On n'a rien fait. Je… je ne crois pas être prête, je le lui ai dit et il ne me met pas la pression. Il n'est pas comme ça.

Elle s'interrompit le temps de réfléchir à la façon de présenter les choses.

— Parfois, j'ai l'impression qu'on est un couple, et parfois, pas. A l'heure qu'il est… sans doute pas.

— Ma pauvre chérie. Je sais l'importance qu'il a pour toi.

Derric avait plus que de l'importance. Il était presque tout pour elle. Becca l'aimait et elle le désirait, oui. Il lui arrivait même, à certains moments, d'avoir le sentiment qu'ils s'habitaient l'un l'autre. Comme s'ils échangeaient leurs esprits. Et lorsque la situation se compliquait entre eux, elle perdait un peu de son âme. Becca savait, au fond de son cœur, que Derric éprouvait la même chose. Comment faire quand on est possédé par quelqu'un d'autre ? se demandait-elle. Et quand cet esprit « étranger » se révoltait contre le corps qui l'abritait, que se passait-il ?

— Supporter cette douleur… murmura Diana. Mon Dieu, je me souviens de ce sentiment.

— Il n'y a rien de pire.

— Surtout si le seul moyen de s'en débarrasser, c'est d'attendre que le temps fasse son œuvre.

Diana posa une main sur le bras de Becca. Malgré son silence, la jeune fille se sentit étonnamment réconfortée par ce contact. Elle finit par dire :

— Des fois, j'aimerais que les rapports entre les gens ne soient pas aussi compliqués. Des fois, j'aimerais que la vie ne soit pas aussi compliquée.

— Je comprends parfaitement.

Becca l'étudia avec attention. Diana laissait souvent entendre que les choses n'étaient pas aussi paisibles qu'elles le semblaient. Cependant, elle ne s'exprimait jamais tout haut à ce sujet. Et Becca n'avait pas la moindre idée de ce que Diana Kinsale aurait aimé changer dans sa vie. Elle savait seulement qu'elle était veuve depuis plusieurs années et n'avait pas d'enfants.

Depuis leur rencontre, la jeune fille avait soupçonné qu'elles partageaient de nombreux traits de caractère. Et elle lui rendait visite dès que possible, tant Diana exerçait sur elle une force d'attraction comparable à celle de Derric. Elle avait le sentiment que le destin les avait placées sur la route l'une de l'autre. Il lui restait encore à découvrir pourquoi.

Diana lui tapota le bras avant de retirer sa main.

— Je n'ai pas vu ton vélo dehors. Tu es venue à pied ?

Becca répondit d'un hochement de tête.

— Je vais te déposer au motel, lâcha Diana en se levant.

Difficile de botter en touche cette fois. Lorsque Becca prétendit qu'elle préférait marcher, Diana objecta que la nuit était tombée et que la température, déjà glaciale, allait encore baisser. Arguer qu'elle rentrerait en courant pour se réchauffer n'aurait pas été très convaincant... Becca fut donc obligée d'accepter la proposition. Tout en croisant les doigts pour que Diana ne saisisse pas l'occasion pour discuter avec Debbie Grieder...

Dans l'entrée, Diana récupéra une liste de courses punaisée au tableau en liège : elle avait quelques emplettes à faire au Star Store, le supermarché de Langley ; Becca était donc hors de danger. Quelques minutes plus tard, elles s'engageaient sur la route sinueuse de Sandy Point. Elles ne reprirent pas leur conversation : les Dixie Chicks chantaient à tue-tête dans la cabine du pick-up, et Diana les accompagnait de bon cœur.

Arrêtant sa camionnette à l'entrée du parking, elle dit à Becca :

— Transmets mes amitiés à Debbie.

— Je n'y manquerai pas.

La jeune fille fit mine de se diriger vers la chambre qu'elle occupait autrefois, et, dès que Diana eut disparu au coin de la rue, elle se réfugia au milieu de la rangée de rhododendrons qui séparait le parking du terrain vague adjacent. Après avoir franchi la haie, elle prit la même direction que Diana, celle du centre-ville. Elle devait se rendre à l'arrêt de bus – qui, par malheur, n'était pas loin du Star Store.

Il n'y avait pas beaucoup à marcher. Elle remonta Cascade Avenue, l'artère qui suivait le bord de la falaise sur laquelle Langley était construit. Au pied de celle-ci se trouvait un ancien port de plaisance, où les rares embarcations amarrées étaient protégées des eaux tumultueuses de la passe de Saratoga. Au loin sur le continent, les lumières de la ville d'Everett clignotaient. Plus près, les réverbères ponctuant l'avenue jetaient des flaques de lumière sur la première des maisonnettes anciennes, à l'architecture caractéristique du bourg.

Un nombre inhabituel de voitures étaient garées le long des trottoirs. Becca ne put retenir un sourire en avisant l'une d'elles : une Coccinelle de 1965 retapée. Sa présence signifiait que la jeune fille n'aurait peut-être pas à attendre le bus pour entreprendre le long voyage de retour jusque chez elle. La seule personne qui connaissait sa cachette était en ville, et Becca avait une petite idée de l'endroit où la trouver.

6

Le foyer municipal se tenait sur Second Street, qui partait de Cascade Avenue, à l'ouest, et filait ensuite vers les bois. Il jouxtait malheureusement le Star Store où Diana Kinsale s'était rendue… Becca espérait néanmoins réussir à se faufiler à l'intérieur et à repérer Seth Darrow avant que celle-ci n'ait fini ses courses.

Seth était un habitué du foyer, une ancienne maison d'habitation transformée en lieu de réunion. Devant, sur la pelouse bordée de parterres de fleurs, se trouvaient des tables, des chaises, ainsi que des œuvres d'art insolites, destinées aux estivants qui viendraient acheter du café, du thé et des pâtisseries à l'intérieur. Le foyer disposait d'une librairie, d'une galerie d'art et d'une salle informatique équipée d'ordinateurs de seconde main. La galerie d'art faisait aussi parfois fonction de salle de réunion. En cette fin d'après-midi, elle était bondée et les débats allaient bon train.

Becca fut prise d'un léger tournis. Le brouhaha ne se composait pas seulement des échanges entre les personnes réunies, mais aussi des murmures des dizaines d'individus présents dans le reste du bâtiment. Un peu comme si des couleurs vives défilaient à toute allure devant ses yeux. Des couleurs qui prendraient la forme de mots : *intérêt à fonctionner cette année… plus de temps pour les touristes… un débile évidemment… envie de me la faire… canon… je ne vois pas qui prendrait l'initiative… si elle a vraiment du retard… être reconnaissant pour…* Et bien d'autres encore. Elle s'empressa de sortir, de la poche de sa veste, l'écouteur de son aide auditive et l'enfonça dans son oreille pour être plus tranquille. Elle n'entendit bientôt plus que les paroles prononcées à haute voix. Alors qu'elle jetait un coup d'œil dans les différentes pièces à la recherche de Seth Darrow, elle ne put s'empêcher de constater que le ton montait dans la galerie d'art. Elle s'arrêta sur le seuil de la salle.

Un homme dressait une liste sur un tableau blanc. Il portait des culs-de-bouteille et sa tignasse blonde s'échappait par touffes de sa casquette. La foule réunie lançait des propositions sans lien apparent entre elles. Il inscrivit : « La nourrir depuis la jetée », puis « Tours en bateau ». Il fit ensuite partir deux flèches de ce dernier groupe de mots, l'une allant vers « Possibilité de prendre des photos », l'autre vers « Options plage ». Le long de l'un des bords était écrit : « La protéger des orques ? » Et tout en bas : « Sa venue précoce est-elle un problème ? »

Pas un seul de ces éléments n'avait de sens aux yeux de Becca, et elle s'apprêtait à tourner les talons lorsqu'elle repéra Jenn McDaniels dans l'assemblée. Elle était assise à côté d'une jeune femme aux cheveux rouges, qui prenait des notes dans un état de grande excitation. Becca avisa alors les photos de phoques qui recouvraient les murs. Décidément, Langley semblait avoir une relation particulière avec ces mammifères. Certains voulaient les tuer, quand d'autres étaient prêts à les nourrir depuis la marina. Quoi qu'il en soit, tous étaient d'accord pour débattre sur le compte de ces créatures, et en particulier de l'une d'entre elles, à la fourrure d'un noir uniforme et inhabituel, dont la photo venait justement d'être projetée sur le tableau blanc. Les mots qui le couvraient empêchaient de discerner les détails de l'animal. Quelqu'un s'écria :

— Efface ces foutaises, Thorndyke ! On ne voit rien !

Thorndyke, l'homme aux culs-de-bouteille, répliqua :

— Attendez une seconde…

Il fut interrompu par un concert de protestations. Ce fut à ce moment-là que Jenn McDaniels repéra la présence de Becca. Ses yeux se plissèrent et sa lèvre supérieure se crispa. Exactement comme si elle venait de sentir une mauvaise odeur. Ou de découvrir son ennemie jurée. Elle lui présenta son majeur dans un geste qui ne laissait place à aucune ambiguïté, et Becca se détourna, fuyant aussi bien Jenn que le chaos dans la pièce. Seth devait être là puisqu'elle avait vu sa voiture. Il prenait des cours particuliers dans la pièce du fond – où il répétait également avec son groupe de jazz.

Une partie de l'assemblée débordait dans le couloir. Becca n'avait pas fait trois mètres que la chance lui sourit : Seth venait dans sa direction, vêtu de son accoutrement habituel – chemise en flanelle, jean noir baggy, sandales tout-terrain à semelles épaisses et chapeau. D'épaisses chaussettes de couleur vive et son étui de guitare complétaient sa tenue. Becca en déduisit que la répétition était terminée, à moins que les musiciens n'aient renoncé devant le bruit.

Seth, qui jouait avec une de ses boucles d'oreilles, tressaillit soudain. Des hurlements s'échappaient de la salle de réunion : « Hors de question ! », « Ça signifie forcément quelque chose de grave ! », « Oh, tu vas t'asseoir maintenant, oui ? ». Il aperçut alors Becca et lui adressa un de ces saluts dont il avait le secret, un simple mouvement du menton.

— Je ne sais pas toi, mais moi je dégage d'ici, murmura-t-il quand il fut près d'elle.

A coups d'épaules, il se fraya un chemin vers la sortie. « A plus », dit-il à plusieurs personnes au passage.

Dehors, le vent s'était levé et la soirée promettait d'être plus froide que jamais. Becca, qui lui avait emboîté le pas, lui demanda :

— Qu'est-ce qui se passe là-dedans ?

— C'est la réunion des guetteurs de Nera.

— Des quoi ?

— Une bande d'habitants de l'île. Ils se réunissent chaque année pour observer un phoque zarbi.

Il pointa le pouce en direction de la salle de réunion, avant de reprendre :

— A les entendre, on croirait que l'Apocalypse est pour demain ! Ce phoque se pointe avec quelques mois d'avance et ils y voient un signe du réchauffement climatique. Et une annonce du retour de Jésus.

Rejetant son chapeau en arrière, il la dévisagea un instant, puis ajouta :

— Qu'est-ce que tu fais ici, d'abord ? Bordel, Beck, tu es sûre que c'est une bonne idée de te balader en ville comme ça ?

Il jeta un regard nerveux autour de lui.

— Il est toujours à San Diego, le rassura-t-elle. J'ai vérifié sur Internet. Ils lui posent enfin des questions sur son associé. Où Connor est-il passé ? Pourquoi n'a-t-il pas relevé son courrier depuis septembre ? Si Jeff Corrie quittait la ville maintenant, la police se lancerait à ses trousses.

— Ça, c'est ce que tu t'imagines. Comment comptes-tu rentrer ?

Voyant qu'elle lui faisait les yeux doux, il s'esclaffa.

— D'accord, j'ai compris... Allez, viens !

— C'est pour ça que je t'aime, Seth ! Tu lis dans mes pensées !

— Si seulement...

7

Derric Mathieson sortait tout juste du centre médical de Langley, lorsque Becca King et Seth Darrow passèrent devant lui. Il rejoignait en clopinant la vieille Volvo de sa mère. Dès qu'il les aperçut, il fut tenté de casser les phares de la première voiture venue. Il se retint pourtant, les dents si serrées qu'il en eut mal à la mâchoire.

Deux choses l'empêchèrent de se jeter sur Seth Darrow. D'abord sa mère, qui le rejoindrait d'un instant à l'autre, juste après avoir fermé le centre médical. Ensuite, en oubliant le plâtre, le bon sens : à quoi ça l'avancerait ? Ouais, il ne ferait qu'une bouchée de Seth. Et ouais, il éprouverait une nanoseconde de satisfaction en le voyant s'écrouler par terre. Mais il devrait fournir des explications à sa mère. En fin de compte, il n'aurait pas avancé d'un pouce dans la résolution de son problème avec Becca.

Rhonda Mathieson ne laisserait pas passer une chose pareille. Elle était la mère idéale environ quatre-vingts pour cent du temps. Elle le poussait dans le bon sens, elle le soutenait, et il pouvait compter sur elle. Ça avait été le cas depuis le jour où elle avait posé les yeux sur lui, dans un orphelinat de Kampala. Il avait six ans à l'époque. Son mari et elle avaient mis deux ans pour régler les formalités de l'adoption, et, pendant cette période, elle n'avait jamais donné à Derric l'occasion de douter de ses intentions : elle voulait devenir sa mère, coûte que coûte. Elle lui avait rendu de longues visites en Ouganda et lui avait écrit presque quotidiennement. Elle avait aussi dépensé une fortune en coups de fil à l'orphelinat. C'était une personne formidable.

Quant aux vingt pour cent restants… Toute la difficulté était là. Il était africain, pas elle. Après la mort de ses parents naturels, il s'était retrouvé seul alors qu'il n'avait que cinq ans. Pas elle. Elle ignorait ce qu'il pouvait éprouver, étant un Noir sur une île dont la population était presque exclusivement composée de Blancs. Elle ne mesurait pas non plus le vide qu'il portait en lui. Elle devinait quelque chose, bien sûr, mais elle ne se l'expliquait pas. Et pour compenser, elle… elle se montrait attentive à l'excès. Elle scrutait la moindre de ses sautes d'humeur, même discrète, à la loupe. Elle retenait sa respiration s'il fronçait les sourcils. Elle venait le voir dans sa chambre pour lui proposer de la glace, des biscuits, un bout de pizza, un massage des cervicales ou une virée au centre commercial dès qu'elle soupçonnait la moindre baisse de moral. Plus que tout, elle souhaitait son bonheur et sa tranquillité. Autant de sentiments qui lui étaient interdits. Pour une raison qu'il lui était impossible d'évoquer devant elle.

C'était encore pire avec Becca. Elle avait occupé l'essentiel de ses pensées depuis des mois : quand il était sorti du coma, début novembre, il avait d'abord croisé son regard grave et senti la pression de sa main sur la sienne. Il avait su que cette fille exercerait une attraction irrésistible sur lui dès l'instant où il l'avait aperçue sur le ferry, avec son vélo, son sac à dos et ses sacoches. Il savait aussi qu'ils formaient le couple le plus bizarrement assorti qui soit. Et ça n'avait jamais été un problème à ses yeux. Une seule chose lui importait : se rapprocher d'elle. Il la désirait, bien sûr. Il l'avait compris à la seconde où leurs lèvres s'étaient rencontrées. Le son de sa voix au téléphone le lui rappelait chaque fois qu'ils se parlaient. Son histoire avec Becca dépassait la simple attirance sexuelle, toutefois. Il ne s'était jamais senti connecté à personne de cette façon.

Il voulait que ce lien unique se développe. Ce qui impliquait sincérité et honnêteté. Elle connaissait ses secrets les plus intimes, et ça ne le dérangeait pas. Seulement ils étaient ensemble depuis la mi-novembre et il ne savait quasiment rien d'elle. Il s'était dit qu'il apprendrait à la connaître. Ses parents avaient eu le même discours. « Tout le monde est différent, trésor. Ne la presse pas autant », avait été le conseil de sa mère. « Reste cool, fiston », celui de son père.

Comment garder son calme avec Seth Darrow dans les parages, hein ? Il n'en avait pas la moindre idée. Pas la moindre...

« J'ai le droit d'avoir non pas une meilleure amie, mais un meilleur ami, avait rétorqué Becca lorsqu'il avait mis la question sur le tapis.

— Il ne s'agit pas d'amitié, et tu le sais très bien.

— Alors de quoi s'agit-il ? Tu crois qu'on est attirés l'un par l'autre ou un truc dans le genre ? Tu n'as pas confiance en moi, c'est ça ?

— S'il y en a un de nous qui n'a pas confiance en l'autre ici, c'est toi. »

Cette remarque l'avait engagé sur une pente glissante, le conduisant à expliquer ce qu'il attendait d'elle pour équilibrer leur relation. Elle connaissait la part la plus sombre de sa personnalité, le secret qu'il cachait au reste du monde. Il ignorait le sien. Et depuis décembre il ne savait même pas où elle habitait ! Personne ne le savait d'ailleurs, à une exception près. Seth Darrow, bien sûr.

Dès qu'il les vit remonter Second Street ce jour-là, il comprit que Seth allait raccompagner Becca chez elle. Ils discuteraient gaiement pendant le trajet et continueraient sans doute, une fois arrivés à destination. Quand Rhonda, après l'avoir rejoint, aperçut Becca au loin et prit une inspiration pour l'appeler, Derric la coupa en plein élan :

— Viens, maman, on rentre !

Son ton était si sec qu'elle le considéra avec étonnement.

Elle attendit qu'ils soient rentrés pour lancer son manège. Ils vivaient près de Goss Lake, pile à l'ouest de Langley, non pas parmi les sapins qui bordaient et abritaient le lac, mais sur une route voisine. Il faisait nuit noire lorsqu'ils se garèrent devant la maison. Dave Mathieson, adjoint au shérif, n'était pas encore rentré, puisque sa voiture n'était pas là.

Rhonda aurait donc un peu de temps pour cuisiner son fils. L'interrogatoire ne tarda pas à débuter.

— Tu n'as pas voulu dire bonjour à Becca.

Sans blague ! pensa-t-il.

— Tu veux en parler ?

Il secoua la tête.

— Vous êtes fâchés ?

Il haussa les épaules.

— Je sais qu'elle compte beaucoup pour toi.

« Bien vu, il n'y avait quasiment qu'elle qui comptait, mais quelle importance, maintenant ? »

— Ça va, maman.

— Je vois bien que non, Derric. Il s'est passé quelque chose entre vous ?

— Non.

— Derric, enfin. Ça fait du bien de s'ouvrir. Je suis ta mère et je m'inquiète. Tu n'es plus toi-même depuis...

« Tu ne sais même pas qui je suis vraiment. »

— Je t'ai dit que ça allait. Tout va bien. Tout va super bien.

— Il y a des semaines que tu n'es plus toi-même, et je sens que ça a un lien avec Becca.

— Lâche-moi, maman.

— Te laisser tranquille serait une solution de facilité. Et ce n'est pas mon genre. C'est à cause du sexe ?

— Je n'y crois pas ! Qu'est-ce qui...

— C'est souvent un problème, entre adolescents de votre âge.

— Maman...

— Et le sexe bouleverse profondément les rapports entre deux êtres, Derric. Inévitablement. Je vois bien que quelque chose ne va pas entre vous... Vous avez couché ensemble ?

— Qu'est-ce que je dois répondre pour que tu arrêtes...

— Tu as des préservatifs, hein ? Tu sais que tu peux m'en demander, d'accord ?

— Maman ! Arrête ! Par pitié, arrête...

Il ouvrit sa portière pour sortir et trébucha sur un sac en papier vide, qui s'était accroché à son plâtre.

— Lâche-moi, ajouta-t-il d'un ton cassant. Pour une fois dans ma vie, fous-moi la paix.

— Derric, tu es jeune. Tu as l'impression que tu ne t'en remettras jamais, mais ça passera. Tu verras que…

Il claqua la portière au beau milieu de sa phrase. Il le paierait plus tard, aucun doute là-dessus. Dans l'immédiat, il était tranquille, et c'était la seule chose qui comptait.

Il se réfugia dans sa chambre. Sa jambe lui faisait mal, comme parfois en fin de journée, et il la fixa d'un air morose, se demandant quand il serait enfin débarrassé de ce plâtre débile. Il était à quinze jours d'obtenir son permis de conduire lorsqu'il avait chuté dans la forêt, et la pensée de la liberté qu'une voiture lui aurait procuré dans un moment pareil lui fit haïr le monde entier.

Il jeta son sac à dos par terre avant de s'affaler sur le lit. Puis il se tortilla pour sortir son portable de la poche de son jean. Sa messagerie vocale était vide. En revanche, deux SMS l'attendaient. Malgré lui, les battements de son cœur se précipitèrent. Becca n'avait pas de téléphone, mais elle avait très bien pu en emprunter un pour lui écrire.

Ça n'était pas le cas. Sa mère avait envoyé le premier, plus tôt dans la journée : *Pizza ce soir ?* Elle avait sans doute oublié sa proposition à cause de leur rencontre avec Becca. Le second provenait d'une certaine Court. Il ne comprit de qui il s'agissait qu'après avoir pris connaissance du texte. *Ciné 2main au Clyde ?* Courtney Baker devait en être l'auteur. Derric fixa l'écran avec des yeux ronds comme des soucoupes. Le Clyde était l'unique cinéma de Langley et… Courtney était-elle en train de le draguer ? Ils avaient cours de français ensemble et elle l'avait interrogé sur les prochains devoirs, pas plus tard que cet après-midi… Il avait remarqué qu'elle souriait et se touchait les cheveux en lui parlant. C'était sans doute une façon de lui faire passer un message. Sur le coup, il n'avait pas compris lequel. Qu'elle était amusée ? Intéressée ? Il ne savait pas trop.

Il réfléchit à une réponse. *Ouais, ma belle, allons-y. Allons mater un film dans le noir. Enfin, toi tu materas le film et moi je te materai. Toi et tes seins. Et je mettrai au point un stratagème pour les toucher. Tu es le remède au mal qui me ronge…*

Sauf qu'il se mentait à lui-même. Il s'arrangerait pour la peloter, et peut-être que ça lui changerait les idées un moment. Ça ne résoudrait évidemment rien, en revanche.

On frappa à sa porte. Après avoir fourré le portable dans sa poche, il s'écria :

— Entrez !

Dave Mathieson passa la tête par l'entrebâillement. Son air penaud le trahit : Rhonda l'avait envoyé.

— Tout va bien, Der ? demanda-t-il avant de passer la main dans ses cheveux poivre et sel.

Inclinant la tête vers la cuisine, d'où provenaient des bruits de vaisselle, il ajouta :

— Ta mère… Tu la connais.

— Ouais, je la connais.

— Et… alors ?

— Alors rien. Elle croit qu'il se passe quelque chose, elle se trompe.

Dave le scruta avec l'expression d'un père qui avait déjà vécu l'adolescence de deux enfants – ceux de son premier mariage, Derric étant le seul de son second.

— Tu comptes beaucoup pour elle, dit-il. Tu le sais, j'espère ? Si elle s'inquiète pour toi, c'est parce que…

— … en tant qu'assistante d'un médecin elle a vu beaucoup de choses. Je sais, papa. Mais il n'y a rien. J'ai juste besoin… Je ne sais pas. C'est comme ça, je ne peux pas l'expliquer.

Dave conserva un instant le silence, puis conclut :

— Fiston, tu pourrais me donner un os à ronger, non ?

— Absolument pas.

8

Ils s'engageaient sur la route principale de l'île lorsque Becca eut une révélation.

— Comment peuvent-ils être sûrs qu'il s'agit du même phoque ?

— Hein ? répondit Seth tout en poussant le chauffage de la Coccinelle.

— Tu m'as dit que ces gens guettaient le retour annuel d'un phoque et que cette année il était en avance. Qu'est-ce qui leur permet d'affirmer qu'il s'agit du même ?

Il lui coula un regard en coin avant de passer la quatrième et d'actionner les essuie-glaces pour balayer la fine pluie qui s'était mise à tomber. Quelques degrés de moins, et ce serait de la neige. Becca pria pour que ça n'arrive pas.

— J'oublie toujours, dit-il.

— Quoi ?

— Que tu n'es pas d'ici, et que tu n'es pas non plus une touriste. Si tu étais d'ici, tu saurais. Et si tu étais une touriste, tu aurais vu une carte postale.

— De quoi ?

— Du phoque. Une femelle complètement noire. Elle s'appelle Nera. Elle se pointe ici tous les ans à la même époque depuis… je ne sais pas combien de temps. Cette année, elle est très en avance, ce qui les fait tous flipper.

— Pourquoi ?

— Parce qu'ils organisent une grande fête pour elle et qu'avec son arrivée anticipée elle pourrait très bien repartir plus tôt. Ils craignent que toute leur organisation ne tombe à l'eau. Si tu veux mon avis, ils n'ont qu'à prendre un volontaire, qu'ils déguiseront en phoque. Il nagera dans le port de Langley en grognant sur les touristes, tout le monde n'y verra que du feu... Enfin, personne ne me demande mon avis !

Becca analysa ces informations à la lueur des autres événements de la journée.

— Et ce type ? Un certain Eddie... J'ai oublié son nom de famille. Il était à Sandy Point et il tirait dans l'eau. Diana Kinsale le connaissait. D'après elle, il visait un phoque.

— Ça m'a tout l'air d'être Eddie Beddoe, répondit Seth. Aussi toqué que les autres. Ils sont des tas à être dingues de ce phoque, Beck. Ne me demande pas pourquoi, je n'en ai pas la moindre idée.

Il lui jeta un coup d'œil avant d'ajouter :

— Il y a quelque chose pour toi sur la banquette arrière. Des trucs que j'ai récupérés au Star Store. J'ai pensé que ça pourrait t'être utile.

Seth travaillait au supermarché chaque matin, de bonne heure. C'était d'ailleurs là-bas que Becca l'avait rencontré. Se retournant, elle aperçut un énorme sac de courses.

— Tout ça ! Merci, Seth.

Il y avait principalement des articles périmés, mais aussi quelques-uns qu'il avait dû payer de sa poche.

— Je te rembourserai, dit-elle.

— *No problemo,* répondit-il avec un clin d'œil. J'adore t'entretenir.

Elle grimaça et il éclata de rire avant de l'ébouriffer. Ce geste affectueux rappela à Becca qu'il était beaucoup plus vieux qu'elle – dix-neuf ans contre quinze. Il n'en était pas moins un super ami, pour ne pas dire son meilleur.

Au bout de quelques kilomètres, Seth quitta la nationale et prit Newman Road. Cette route, qui filait vers le nord-ouest, conduisait au centre-ville de Freeland. Bien avant de l'avoir rejoint, cependant, il se gara sur le bas-côté, à un endroit où il s'élargissait en croissant de lune. A une vingtaine de mètres de là, un sentier forestier débutait : Becca l'emprunterait pour regagner sa cachette. Elle récupéra son sac à dos et les articles du Star Store puis ouvrit sa portière.

— Merci, Seth. J'ai une dette envers toi. Une de plus.

Elle fut surprise de le voir descendre lui aussi, après avoir récupéré une lampe torche dans la boîte à gants.

— Je te présenterai l'addition, un jour. Viens, maintenant.

— Rien ne t'oblige à...

— *No problemo,* répéta-t-il. Je veux vérifier que tu ne dégrades pas ton logement, de toute façon.

Le logement en question était une cabane nichée dans la forêt, construite par Seth en personne. S'appuyant sur les branches entremêlées de deux grandes pruches, au beau milieu d'une clairière, elle se trouvait dans le bois situé sur l'immense propriété du grand-père de Seth. Ralph Darrow, qui vivait aussi sur ce terrain, ne se doutait pas qu'il hébergeait Becca depuis novembre. Seth l'avait aidée à rester discrète.

Ils marchèrent dix minutes. La nuit était d'un noir d'encre, et Becca appréciait que Seth la raccompagne. Elle avait sa propre lampe torche, mais le vent et la pluie, qui faisaient craquer les branches des aulnes, des sapins et des cèdres, la rendaient nerveuse. La présence de Seth, à quelques mètres devant elle, lui apportait du réconfort. Et elle fut encore plus heureuse de voir qu'il se chargeait d'une brassée de bois, entreposé derrière les immenses racines exposées d'un arbre tombé à terre, et gravissait l'échelle conduisant à la cabane. Il déposa les bûches sur le petit balcon, juste à côté de la trappe.

Dès l'origine, cette cabane n'avait rien eu d'ordinaire. Conçue pour durer et bâtie avec soin, elle était dotée d'un toit solide qui la protégeait du vent, de la pluie et de la neige, ainsi que de fenêtres à double vitrage qui conservaient la chaleur, laquelle était fournie par un poêle à bois. Becca y passait toutes les nuits depuis des semaines, avec pour tout éclairage une simple lampe-tempête, et pour tout mobilier le lit de camp sur lequel elle étendait son sac de couchage, sans oublier des bouteilles d'eau et un réchaud à gaz pour préparer ses maigres repas. Ses « toilettes » consistaient en un seau caché dans les buissons au pied de la cabane, accompagné d'une pelle et d'un râteau pour enterrer ses besoins. Quant à sa douche, elle la prenait, en douce, dans les vestiaires des filles, au lycée. Un quotidien tout sauf confortable, mais qui lui permettait au moins de survivre.

C'était précisément sur ce quotidien que Derric voulait des renseignements. « Tu vas me dire où est-ce que tu vis ? » était devenu une question aussi récurrente que : « Explique-moi ce qui se passe avec Seth Darrow ! Il y a quoi entre vous ? » Becca pouvait difficilement lui reprocher sa réaction. Elle avait passé Thanksgiving chez lui, ce qui avait contribué à officialiser leur histoire. Au moment de prendre congé, elle avait enfourché son VTT, déclinant la proposition des Mathieson, qui voulaient la raccompagner en voiture. Quand elle avait eu la même réaction à Noël, Derric avait commencé à se poser des questions. Celles-ci n'avaient fait que redoubler lorsqu'il l'avait aperçue en ville, dans la Coccinelle de Seth.

« Ce n'est qu'un ami » n'avait pas convaincu Derric. « Il n'y a aucun problème, je t'assure », avait-elle tenté pour le tranquilliser. Pourtant, il y avait bien un problème : le père de Derric. Dave Mathieson était le shérif adjoint du comté de l'île, et il n'aurait pas manqué de réagir s'il avait appris qu'une mineure vivait seule dans une cabane, au beau milieu de la forêt. Surtout qu'à l'automne il avait cherché à remonter la piste d'une certaine Laurel Armstrong. Il avait fini par abandonner son enquête, mais Becca ne voulait surtout pas qu'il découvre que Laurel Armstrong était sa mère et qu'elles étaient toutes deux des fugitives. Ces secrets creusaient un fossé entre Derric et elle. Et le fait qu'il en ait un, lui aussi, et qu'elle soit la seule à le connaître, n'arrangeait rien. Il souhaitait équilibrer la situation entre eux deux : « Tu sais tout sur moi, je veux tout savoir sur toi. » Elle ne pouvait pas prendre ce risque et se répétait qu'elle tenait surtout à le protéger. De temps à autre, cependant, elle se demandait si elle était parfaitement honnête avec elle-même.

Dans la cabane, Seth s'affaira près du poêle. Il avait beau lui avoir appris à contenir un feu, elle ne maîtrisait toujours pas la technique. Il ne tarda pas à le constater. Une main posée sur le métal froid, il tourna vers elle une mine renfrognée.

— Beck… soupira-t-il.

— Je sais, je n'assure pas.

Elle entreprit de déballer les courses du Star Store : de la charcuterie en tranches, un carton de lait, une douzaine d'œufs durs, une miche de pain, deux sandwichs, trois rouleaux de papier-toilette. Il y avait même un magazine people, un numéro de la semaine précédente, avec en gros titre « Les hommes les plus sexy du monde ! ». Elle le mit de côté et prit un des œufs. Tout en l'écalant, elle observa Seth, occupé à lancer un feu. Marrant comme on pouvait se tromper sur les gens… Le jeune homme était l'incarnation du pire cauchemar de n'importe quel parent : il avait abandonné le lycée, portait ses cheveux longs et des écarteurs d'oreilles, ainsi que – elle le remarquait à l'instant – un nouveau piercing à l'arcade sourcilière. Il n'avait pas de tatouage, mais ça ne tarderait sans doute pas. En résumé, au premier coup d'œil, on n'aurait jamais pu deviner qu'il était l'un des êtres les plus charmants qui soient.

— Comment ça va, côté musique ? s'enquit-elle.

Il claqua la porte du poêle : le feu avait démarré.

— On a deux concerts prévus à Lynwood. Et un troisième à Shoreline.

Il sourit avant d'ajouter :

— On se rapproche peu à peu de Seattle. On tient le bon bout, ma poule !

— Tu as composé de nouveaux morceaux ?

— Ouais.

— Chouette. Je pourrai les entendre ?

— Pourquoi pas. Enfin, il faudrait que je puisse tirer des notes du poêle, ce qui n'est pas le cas.

Elle leva les yeux au ciel.

— Très drôle. Tu as parfaitement compris ce que je voulais dire. Votre prochaine répétition a lieu quand ?

— Aucune idée. Le GED[1] approche, et je concentre mes efforts sur les révisions. J'ai mis la musique de côté pour le moment. Enfin, surtout l'écriture et la composition.

— Pigé, dit-elle en lui tendant un œuf.

— Garde-les pour toi.

— Je te rembourserai.

— J'y compte bien. Sinon, gare à toi.

Elle savait qu'il plaisantait. Mais elle savait aussi qu'elle ne pouvait pas continuer à vivre aux crochets de Seth, ainsi qu'elle le faisait depuis deux mois. Cette situation était anormale, et il n'y avait qu'un moyen d'y remédier : trouver du travail.

— Je ne peux pas te laisser m'entretenir comme ça.

— Je te l'ai dit, Beck, ça ne m'embête pas, et tu ne me coûtes pas si cher que ça. Tu en es où avec Derric ?

— Toujours au même point, répondit-elle avec une grimace. « Qu'est-ce que tu trafiques avec Darrow ? Où habites-tu ? Que se passe-t-il ? »

— Tu devrais peut-être lui dire. A sa place, je me ferais sans doute des idées, moi aussi. C'est un truc de mec, tu ne peux pas le lui reprocher.

— Je ne lui reproche rien. Je lui demande simplement de me croire quand je lui explique que je suis dans l'impossibilité de lui en dire davantage. Il a l'air persuadé qu'on sort ensemble, toi et moi. N'importe quoi !

— Euh… je te remercie.

— Pardon, je ne voulais pas être blessante, Seth. Derric s'est encore énervé aujourd'hui, et je l'ai surpris en pleine conversation avec une pom-pom girl plus tard. Il se montrait particulièrement amical. Et il voulait que je les voie, j'en suis certaine. Pour me faire comprendre qu'il peut avoir n'importe quelle autre fille. Comme si je ne le savais pas déjà. Je ne suis pas complètement débile…

Tout en l'écoutant, Seth furetait dans le sac qu'il avait apporté.

1. Le General Education Development ; cet examen, composé de cinq épreuves, sanctionne la fin des études secondaires.

— Une pom-pom girl ? répéta-t-il. Pas cool…

Il sortit un paquet de pop-corn au cheddar, qu'il déchira avec ses dents.

— Tu en veux ? lui proposa-t-il. La date de péremption est dépassée, mais je ne connais rien de tel pour oublier une affreuse pom-pom girl.

9

Jenn McDaniels était parvenue à la conclusion que servir de guide local à Annie Taylor ne présentait aucun intérêt. Elle ne l'avait accompagnée au foyer municipal de Langley que parce qu'elle ne voyait que deux issues possibles à son après-midi : assister à la réunion des guetteurs de Nera, dont Annie avait été informée via le Net, ou se battre avec ses petits frères pour qu'ils rangent leur chambre pendant que leur mère préparait le dîner et récitait, en bonne élève, les passages de l'Ancien Testament qu'elle devait apprendre par cœur. Montrer les ficelles de Langley à la jeune chercheuse lui avait paru une option plus attrayante. A présent, cependant, Jenn n'était plus certaine d'avoir fait le bon choix.

Il faisait une chaleur à crever dans la salle. Trop de gens étaient réunis dans cette pièce exiguë, à cracher leurs poumons à cause des rhumes de saison. Et elle avait envie d'une cigarette. Annie lui avait promis une pizza, mais la réunion s'éternisait depuis un moment déjà sans qu'un seul problème ait trouvé de résolution. Jenn ne comprenait pas ce qui méritait un tel ramdam. Le phoque noir s'était pointé plus tôt que d'habitude. En quoi cet événement venait-il bouleverser la vie des habitants de l'île ? Personne ne semblait avoir de réponse à cette question. Encore moins Annie Taylor, qui avait passé l'essentiel des débats à prendre des notes, comme si elle s'attendait à avoir une interro sur le sujet. Quand elle ne griffonnait pas sur son bloc-notes, elle se penchait vers Jenn pour lui demander, tout bas : « C'est qui, le type qui a la parole ? » Ou encore : « Qu'est-ce qu'elle a dit ? », « On parle de combien de guetteurs ? », « Y a-t-il d'autres organisations dédiées à la surveillance de Nera ? ».

Jenn n'était pas en mesure de lui apporter tous les éclaircissements qu'elle voulait. Elle put néanmoins lui révéler l'identité du chef de la réunion. Il s'agissait d'Ivar Thorndyke, lequel, à sa connaissance, avait fondé cette association débile qui suivait les allées et venues du phoque noir le long de la côte, à l'aide de jumelles et de télescopes. Ses membres étaient capables de se mobiliser à une vitesse incroyable. L'association disposait en outre d'un site Internet, qui enregistrait le moindre mouvement de l'animal. Ils devaient vraiment tous s'ennuyer dans la vie, se moqua Jenn en son for intérieur. Putain, ce qu'elle rêvait d'une cigarette !

Pendant que les intervenants s'affrontaient à coups d'inepties et qu'elle se demandait si Annie Taylor finirait par se lasser, elle aussi, elle aperçut la grosse maligne, ce qui ne fit que renforcer sa mauvaise humeur. Elle ne pouvait pas disparaître dans un gouffre très, très profond, cette horreur ? Comme si ça ne suffisait pas d'avoir à supporter sa sale gueule au bahut, il fallait en plus qu'elle la croise en ville ! Jenn était tout près de vomir. Elle adressa un doigt d'honneur à Becca lorsque celle-ci rencontra son regard et ne put retenir un ricanement en la voyant arrondir les yeux de surprise. Quoi ? songea-t-elle. Tu n'as toujours pas compris que je voudrais que vous retourniez, ton gros popotin et toi, d'où vous venez ? Je pensais pourtant avoir été claire depuis le premier jour !

Elle avisa alors Seth Darrow. De toute évidence, c'était lui que Becca était venue chercher. Ils passaient beaucoup de temps ensemble… Quel intérêt pouvait-elle bien trouver à Seth ? Elle avait Derric, ça ne lui suffisait pas ?

Jenn remarqua également une gothique du lycée, qui se dirigeait vers la sortie. Super ! Si quelqu'un était susceptible de lui filer une clope, ce serait Augusta Savage. Elle s'échappa de la réunion pour la rejoindre.

Coup de chance, Augusta était justement en train de s'allumer une cigarette sous un réverbère. Deux types, des gothiques eux aussi, traînaient les pieds dans sa direction, en provenance du petit parc communal à l'angle de Second Street et d'Anthes Avenue. Ils étaient encore à plusieurs dizaines de mètres, ce qui devait permettre à Jenn de récupérer ce qu'elle était venue chercher, avant l'arrivée des deux loustics. Augusta était du genre à troquer n'importe qui contre un mec pourvu du bon attirail, alors s'il y en avait deux…

Jenn la salua, et Augusta lui jeta un regard indifférent. Elles se connaissaient depuis l'école primaire, contrairement à ce que son attitude suggérait. A l'époque, Augusta avait la tête couverte de boucles blondes, des babies et une collection impressionnante de vêtements avec collants assortis. Aujourd'hui, elle avait la moitié du crâne rasé et ses cheveux noirs étaient si fourchus qu'ils évoquaient des langues de serpent. Son accoutrement était un assemblage savant de piercings et de chaînes, complété par des Doc Martens. Voyant qu'elle faisait semblant de ne pas la reconnaître, Jenn songea : Si ça t'amuse, ma grande… Je veux juste une clope.

— T'en aurais une pour moi ?

— Une quoi ? rétorqua Augusta, si nonchalante que ces quelques mots semblaient lui coûter un effort surhumain.

— Une clope, s'impatienta Jenn.

— Ah, une clope… Je pensais que tu voulais parler de poitrine.

Un sourire entendu étira lentement ses lèvres, tandis qu'elle fixait les seins inexistants de Jenn.

— Quand est-ce qu'ils vont se décider à pousser ? ajouta-t-elle. Tu as déjà tes règles ?

— Tu n'avais qu'à me répondre non. Ça t'aurait évité de te fatiguer inutilement.

Augusta leva les yeux au ciel avant de plonger la main dans le fourre-tout noir qu'elle portait à l'épaule. Elle sortit une cigarette et la cassa en deux.

— Je ne peux pas faire mieux, se justifia-t-elle.

Les deux gothiques les avaient rejointes. Elle en attira un vers elle en enroulant sa jambe autour de la sienne, puis embrassa l'autre d'une façon absolument répugnante. La laissant à ses démonstrations d'affection, Jenn gagna l'une des tables installées devant le foyer. Elle alluma sa cigarette et tira longuement dessus. C'était mauvais pour elle, et elle avait tout intérêt à arrêter si elle espérait accomplir quoi que ce soit dans le domaine sportif. Seulement, elle fumait depuis ses dix ans, et elle était accro. Elle se dit qu'elle décrocherait plus tard. Demain. Fermant les paupières, elle s'appuya contre le dossier de sa chaise pour savourer ce plaisir coupable.

Quelques secondes plus tard, cependant, quelqu'un lui arrachait sa cigarette. Le temps qu'elle rouvre les yeux, Minus Cooper l'écrasait sur le trottoir.

— Hé ! s'écria-t-elle.

— Ça ralentit la croissance, ça donne le cancer, ça accélère l'apparition des rides, ça jaunit les dents et ça file mauvaise haleine, répliqua-t-il. Sans négliger les conséquences sur la possibilité, quasi nulle maintenant, que quelqu'un fourre sa langue dans ta bouche.

— Je venais de la taxer à Augusta Savage !

— Quels parents ont eu l'idée de choisir Augusta comme prénom pour leur fille ?

— Si j'avais été baptisée Fergus et que tout le monde m'appelait Minus, je ne suis pas certaine que je me permettrais ce genre de remarque.

— Caustique avec ça. Qu'est-ce que tu fabriques ici, d'abord ?

— Et toi ?

— J'ai posé la question en premier.

Elle soupira. Minus était... si conforme à lui-même. Elle lui parla de la réunion. Il se laissa tomber sur une chaise et posa les coudes sur ses genoux. Après avoir secoué la tête, il dit :

— On doit vivre dans le seul endroit de la planète où des types organisent une réunion communale pour une femelle phoque.

— Ce n'est pas une réunion communale. Il n'y a qu'Ivar Thorndyke et ses guetteurs pour y assister.

Minus pouffa.

— Encore mieux ! Tu connais une autre île sur terre où les gens forment un club pour observer une femelle phoque ?

Faisant semblant de tenir des jumelles devant ses yeux, il prit une voix de fausset :

— Oh, Jeffrey, Jeffrey ! Viens voir ça ! Je crois qu'elle est arrivée ! Tu crois qu'il faut alerter les médias ?

Puis il abaissa ses jumelles imaginaires, et sa voix, avant de poursuivre :

— Non, mon lapinou, c'est un petit sous-marin que tu regardes. Nous sommes envahis par des terroristes, mais pas d'inquiétude. Tant qu'ils ne touchent pas à notre Nera, tout ira bien, ma chérie.

Jenn ne put retenir un sourire. Il avait raison : la moitié du temps, Whidbey ressemblait à un asile de fous. Et le reste, la vie y était si ennuyeuse que Jenn avait peur de se scléroser avant de réussir à s'exiler sur le continent.

— Bon alors, qu'est-ce que tu fais en ville, toi ? s'enquit-elle.

— Je garde les jumeaux.

Soit son demi-frère et sa demi-sœur, fruits du remariage de son père, qui avait quitté la mère de Minus pour son assistante de direction. Leur aventure avait créé un scandale retentissant : le frère aîné de Minus avait surpris son père et sa maîtresse, qui se chargeait de l'assister… de façon pas très professionnelle.

— Où sont-ils ? demanda Jenn en regardant autour d'elle.

— Au ciné. Ils passent un Pixar. *Toy Story 25* ou *Nemo contre Ratatouille*. Je n'en sais rien. Je les ai laissés là-bas avec du pop-corn, des M&M's, des bonbons au chocolat et à la menthe. Si j'ai bien joué, quelqu'un les enlèvera pour mettre la main sur ce butin. Aucune chance qu'ils soient kidnappés sans ce petit bonus.

— Tu es diabolique, ricana Jenn.

— Hé, les filles adorent les mecs diaboliques. La plupart du temps je suis un gars gentil, et ça n'intéresse personne.

A part toi, bien sûr. Depuis qu'on a partagé ce verre de lait à la maternelle...

— Tu crois vraiment que c'est ça ?

— Quand tu auras la réponse, fais-moi signe, rétorqua-t-il en se levant.

— Tu vas où ? Tu veux aller jeter un coup d'œil à la réunion ?

— Sur ce phoque ?

Il secoua la tête, puis ajouta :

— Je préfère me balader, plutôt.

Il s'éloigna d'un pas indolent, les mains dans les poches de son jean. Il n'y avait pas grand-chose à faire pour tuer le temps, en ville, à part lire les annonces sur les tableaux en liège à l'entrée des cafés, de la poste et du Star Store. Minus en profiterait sans doute pour résoudre, mentalement, quelques problèmes d'arithmétique.

De son côté, Jenn n'avait pas vraiment d'autre choix que de retourner à l'intérieur du foyer. Ivar Thorndyke avait allumé son ordinateur et montrait à l'assemblée la photo la plus récente du phoque femelle. Il expliqua qu'elle ne s'était pas encore approchée de la côte, mais que le cliché avait été pris au nord de la plage du parc national Joseph Whidbey ; il était suffisamment détaillé pour permettre d'affirmer qu'il s'agissait de Nera.

Ivar s'inquiétait pour sa santé. Sa présence précoce pouvait être le signe d'une maladie. Il y a quelques années, il y avait eu un groupe de grands dauphins dans la passe, hors de leur territoire habituel donc, et tous avaient trouvé la mort pour une raison inexpliquée.

— Nous ne voulons pas que la même chose arrive à Nera, conclut-il.

Ça gâcherait définitivement les festivités annuelles qui lui étaient consacrées... A moins qu'ils ne décident de confier sa dépouille à un taxidermiste pour pouvoir ensuite la balader à travers le bourg tel un saint dans un grand cercueil vitré. La jeune fille se fraya un chemin jusqu'à Annie Taylor, qui plissait les yeux devant la photo de Nera, comme pour l'apercevoir plus précisément.

— On a une idée de son âge ? demanda-t-elle à la cantonade.

Les têtes se tournèrent dans sa direction. Elle était une étrangère à Langley, et sa présence à une réunion des guetteurs de Nera était pour le moins intrigante. Jenn songea à la présenter publiquement, mais Annie ne lui en laissa pas le temps. Elle expliqua qu'elle était chercheuse en biologie marine et disposée à leur apporter son aide. Ivar s'illumina aussitôt. Il récupéra deux brochures sur une table voisine et les lui remit.

— Vous pourriez bien être la réponse à nos questions. Venez me voir à la fin de la séance, nous discuterons ensemble.

La rencontre se conclut par l'organisation de tours de garde. Maintenant que Nera était dans le coin, ainsi que le prouvait la photo, des guetteurs devaient surveiller régulièrement ses allées et venues, le long de la côte ouest. Il faudrait aussi établir des rapports quotidiens à heure fixe, pour savoir où le phoque avait été vu, ce qu'il faisait, combien de temps il s'était attardé à tel ou tel endroit. Tout événement inhabituel méritait d'être rapporté, insista Ivar. Via le site Internet.

Jenn trépignait d'impatience – et mourait de faim. La pizzeria se trouvait sur First Street, et elle salivait déjà à l'idée de la commande qu'elle allait passer : une grande pizza avec saucisses, olives et champignons. Lorsque la séance fut levée, cependant, Annie alla trouver Ivar. Elle aborda la question de l'arrivée prématurée de Nera et expliqua qu'il n'y avait qu'un moyen de l'aider en cas de maladie : lui fournir les médicaments nécessaires et faire venir un spécialiste de la faune marine. Un bilan de santé pourrait être réalisé pendant qu'elle serait placée sous surveillance, et ce serait l'occasion rêvée de procéder à l'échantillonnage de son ADN.

Ivar Thorndyke se cabra.

— Personne ne touchera à ce phoque ! rugit-il, attirant l'attention de Jenn.

D'abord réduite au silence, Annie finit par défendre sa position :

— Personne ne l'emmènerait loin de cette île. Je parle de la mettre dans un enclos où elle serait en sécurité jusqu'à ce que sa santé…

— Hors de question ! Je ne permettrai à personne d'attraper Nera !

Jenn n'en revenait pas : à l'entendre, on aurait cru qu'il parlait de sa maîtresse.

— Il ne s'agirait pas de l'attraper, s'entêta Annie. Ecoutez, il y a bien une explication au bouleversement de ses habitudes. Et je suis désolée d'avoir à vous le dire, mais il y en a aussi une à son aspect.

— Comment ça ? tonna-t-il, comme un père dont l'enfant vient d'être insulté. Son apparence ne s'est pas modifiée.

Il désigna le tableau blanc où l'image de Nera était projetée, avant de reprendre :

— Cette photo n'est pas assez détaillée pour que vous puissiez vous faire une idée précise d'un éventuel changement. Et puis d'abord, vous l'avez déjà vue ?

— Il ne s'agit pas d'un changement d'apparence entre l'année dernière et actuellement, mais de ce qui la caractérise depuis toujours : cette couleur noire est inhabituelle, elle a forcément une cause. Cette femelle pourrait très bien être une victime de…

— Nera n'est victime de rien du tout ! Et je ne la laisserai pas en devenir une entre vos mains ! Personne ne lui fera passer de tests !

— Pardonnez-moi, monsieur Thorndyke, elle ne vous appartient pas. Et je sors de cette réunion avec l'impression que les habitants de l'île tiennent avant tout à la maintenir en vie.

— Ne vous approchez pas de ce phoque ! conclut-il d'un ton cinglant.

Les deux questions qui résonnaient dans le crâne de Jenn semblaient se réfléchir sur les traits d'Annie : Pourquoi ? Et : Que représente cette créature pour vous ?

DEUXIÈME PARTIE

Saratoga Woods

Le monde de Cilla

Des jours et des nuits ont passé. Au début, j'ai fait la seule chose dont j'étais capable : suivre les virages de la route au bout de laquelle la maman et le papa m'avaient laissée. Oh, je les ai cherchés. J'ai cherché partout le gris métallisé de leur voiture. Quand j'ai atteint le sommet de la côte abrupte, il n'y avait personne. Alors j'ai continué à avancer.

Je me dirige vers le sud. Pour moi, le temps se répartit entre lumière et obscurité. Lorsqu'il y a de la lumière, j'erre sur les routes, prenant à droite ou à gauche selon mon envie. Je marche au bord des falaises. Je longe les champs. Je m'enfonce dans les forêts. Voilà ce que je fais, le jour. La nuit, je dors. Je trouve un endroit à l'abri des regards, et du froid.

Les voitures me doublent à toute allure. S'il pleut ou s'il neige, elles ralentissent et un des passagers baisse une vitre pour me crier : « Hé ! Tu veux qu'on te dépose quelque part ? » Mais je n'ai pas de mots et je ne réponds rien. Je ne sais pas ce que je veux.

La faim, qui creuse un vide en moi, m'attire vers les maisons isolées, à l'arrière desquelles sont entreposées des poubelles. Dans la seule ville que j'ai traversée, j'ai suivi les odeurs de nourriture et elles m'ont conduite à des bennes. Depuis que j'ai quitté cette ville, je n'ai plus rencontré aucun de ces endroits où on prépare et on sert à manger. J'ai continué ma route.

Les nuits sont longues. Les jours sont courts et froids. Le givre laisse une couche brillante sur les piquets de clôture. Il recouvre les feuilles des buissons et des fougères d'une peau blanchâtre dans la forêt. Il durcit la terre.

Ma progression se fait par sauts de puce. Je ne me fixe pas d'autre objectif que ce qui est à ma portée. J'ai toujours vécu ainsi dans ce monde, et je dois continuer.

Je suis emportée par une vague qui m'entraîne je ne sais où. Je ne lui résiste pas.

10

Parmi tous les sujets de discorde, ce fut le projet pour leur cours commun de civilisations occidentales qui précipita, en plusieurs étapes, la fin de l'histoire entre Becca et Derric. En y repensant, plus tard, elle aurait du mal à croire qu'un événement aussi insignifiant ait pu jouer ce rôle.

Première étape. Leur professeur, M. Keith, leur avait expliqué le devoir. Les élèves, deux par deux, rendraient un travail écrit et le présenteraient à l'oral. Dans six semaines. Ils n'avaient pas intérêt à repiquer des textes sur le Net, compris ? Il vérifierait, ils pouvaient compter là-dessus.

Deuxième étape. Les élèves avaient formé des groupes. Evidemment, tout le monde voulait s'associer à Minus Cooper, car personne ne lui arrivait à la cheville question neurones. Jenn McDaniels s'était, pour une raison étrange, écriée : « On a bu le même lait ! » A quoi Minus avait répliqué : « J'ai toujours su que c'était ça ! Marché conclu ! » Ils s'étaient donc associés.

Troisième étape. Les autres élèves s'étaient empressés de trouver le meilleur partenaire possible. Becca aurait dû profiter de cette occasion pour demander à Derric de faire équipe, et elle n'aurait pas hésité si elle ne l'avait entendu proposer la même chose à EmilyJoy Hall. Laquelle avait accepté, bien sûr.

Quatrième étape. Elle s'était retrouvée en tandem avec Tod Schuman, le seul à ne pas avoir trouvé de camarade dans les trente secondes précédentes. Cet élément aurait pu la renseigner sur sa réputation – si son surnom, Tod Double Slip, ne l'avait pas déjà fait. De toute façon, elle n'avait pas le choix. Il fallait qu'elle travaille avec quelqu'un, et Tod était le seul disponible.

— Rendez-vous à midi à la bibli, lui dit-il au moment de quitter la classe. On décrochera un A les doigts dans le nez si tu bosses bien. Avec moi, tu peux même compter sur un A+ !

Ses murmures le trahissaient : moins confiants que son discours, ils révélaient un plan qui ne rassura guère Becca. *Keith... vraie tête de nœud... Internet... de toute façon comment pourrait-il...* Bref, elle lut en lui comme dans un livre ouvert. Deux secondes plus tard, il ajoutait, toujours en son for intérieur : *... m'arrange pour qu'elle fasse ce boulot... hors de question...* Le tout alors qu'il affichait un sourire bidon.

Elle le retrouva à la bibliothèque à l'heure convenue. Celle-ci était surveillée par une mère d'élève bénévole, chargée d'enregistrer les références des ouvrages empruntés. Elle les considéra avec méfiance quand ils s'installèrent à l'une des tables.

— J'espère que vous êtes là pour travailler, leur dit-elle.

— Comme si on pouvait avoir envie de faire autre chose, rétorqua Tod, mimant un haut-le-cœur.

Surprenant les murmures qui accompagnaient ce geste – *préférerais embrasser... cul de grosse vache* –, Becca fut tentée de lui demander de quel droit il se sentait si supérieur à elle. Elle préféra cependant l'ignorer et sortit son cahier. Peut-être pourraient-ils diviser le travail de sorte qu'elle n'ait pas à le revoir avant le jour de leur présentation devant la classe.

Malheureusement, Tod avait un super plan. Les idées se bousculaient dans son crâne. Le devoir consistait à imaginer une culture ancienne qui n'aurait pas été détruite par les Européens lors de leurs grandes découvertes. Les élèves pouvaient choisir un pays européen existant, mais ils devaient créer de toutes pièces le peuple autochtone préservé et ses traditions.

Personne ne penserait à choisir la Suisse comme pays conquérant. Il annonça son idée avec fierté, s'attendant manifestement à une ovation pour cet incroyable éclair de génie. Puis il poursuivit : les Suisses auraient construit un tas de bateaux et pris la mer vers 1500 pour partir à la conquête du monde. Ils seraient tombés sur une tribu en Polynésie, ou alors en Patagonie, voire en Antarctique. Ce serait trop « classe »...

— Je ne suis pas certaine que ce soit une bonne idée, objecta Becca.

Il la dévisagea avec dédain.

— Et... je peux savoir pourquoi ?

Pauvre tache !

Plissant les paupières et serrant la mâchoire pour contrôler son énervement, elle répliqua :

— La Suisse n'est pas au bord de la mer. Ils n'ont même pas de port maritime. Pourquoi construiraient-ils des bateaux ? Et comment leur auraient-ils fait franchir les montagnes ? A dos de cheval ?

Tod se cala sur sa chaise, le visage déformé par une expression de dégoût.

— Depuis quand est-ce que tu te crois canon ? lâcha-t-il. Parce que laisse-moi te dire que c'est loin d'être le cas.

— Pardon ? Quel rapport avec le devoir ?

— Tu as une meilleure idée ? Je t'écoute, grosse maligne.

J'aimerais voir ça !

— Je pense seulement... Ecoute, le but, c'est d'avoir une note correcte, non ? Je ne vois pas comment on va y arriver en partant d'un postulat improbable.

— Qui a dit que c'était improbable ?

Idiote... se trouve si irrésistible et... beaucoup plus moche qu'un crapaud écrasé... Ces mots qui brûlaient les lèvres de Tod poussèrent Becca à bout. Elle sortit son écouteur pour se le ficher brutalement dans l'oreille. Mieux valait passer sa colère là-dessus...

— Je suggère juste d'explorer une piste réaliste, Tod. Il y a beaucoup de pays dotés de ports, il nous suffit d'en choisir un.

— La Suisse a des lacs, imbécile.

— Et ça change quoi ?

— Réfléchis un peu ! Il y a des bateaux sur les lacs !

— Qu'est-ce que tu veux qu'on fasse de ces bateaux ? Qu'ils traversent le lac pour qu'une partie de la Suisse parte à la conquête de l'autre ? Franchement... J'ai envie d'avoir une bonne note, je te signale.

— Parce que moi, non ? Ecoute, la grosse vache...

— Hé !

— Faux ! Les vaches font *meuh*... Hi hi hi !

Reculant sa chaise, il ajouta :

— Si tu trouves une meilleure idée, viens me voir. En attendant, moi, je dégage d'ici. L'un de nous deux a du boulot sur ce projet, et tu pourrais te montrer un peu plus reconnaissante que j'aie accepté de travailler avec toi.

Elle le dévisagea. Elle ne voyait pas quoi lui rétorquer, à part lui faire remarquer, non sans cruauté, qu'un garçon incapable d'épeler son propre prénom était loin d'être en position de faire la fine bouche.

— Allez, à plus, conclut-il avec l'arrogance de celui qui aurait toutes les réponses à une interro.

Il tourna les talons et quitta la bibliothèque.

La situation s'envenima alors, Derric et EmilyJoy ayant choisi ce moment pour entrer dans la salle. Elle jacassait, exaltée ; il l'écoutait, un demi-sourire aux lèvres. Ce dernier s'évanouit dès qu'il aperçut Becca.

Elle se refusa à détourner la tête. Il était fâché ? Il ne voulait pas discuter des raisons de sa colère ? Il préférait la rendre jalouse ? Très bien. Qu'il essaie un peu ! Elle soutint son regard jusqu'à ce qu'il baisse le sien. EmilyJoy et lui s'installèrent à trois tables d'elle, assez près donc pour qu'elle puisse être témoin de leur conversation animée. En riant, ils ouvrirent leurs cahiers, puis ils établirent chacun de leur côté une liste, qu'ils comparèrent deux minutes plus tard.

— Je n'en reviens pas ! s'écria-t-il. Incroyable !

— Les grands esprits se rencontrent, renchérit-elle.

— On est sur la même longueur d'onde, c'est certain.

Becca ne put en supporter davantage. Elle les rejoignit, et EmilyJoy releva vers elle un visage avenant, éclairé d'un sourire. Après l'avoir saluée, Becca s'adressa à Derric :

— Je peux te parler une minute ?

— On est en train de travailler, en fait, intervint EmilyJoy.

— C'est important, insista Becca. Ça ne prendra pas longtemps.

— Quoi ? lui lança Derric.

— En privé, dit Becca.

Elle s'éloigna en croisant les doigts pour qu'il lui emboîte le pas. Il la suivit jusqu'aux rayons de livres. Elle retira son écouteur, contrairement à son habitude – elle avait presque toujours respecté l'intimité de Derric. Les choses en étaient cependant arrivées à un point où elle le comprenait moins que jamais. Et où elle en avait plus que jamais besoin. Elle devait agir avant qu'il ne soit trop tard.

Hors de question… si seulement elle pouvait… la confiance est tout, or elle est incapable… Les bribes de pensées qui lui parvenaient étaient aussi incohérentes que celles des autres. La frustration lui arracha un grognement. Quand et comment réussirait-elle enfin à tirer quelque chose de ces murmures ?

Derric s'approcha assez près pour qu'elle perçoive son odeur, ce parfum discret de fruits en train de cuire et qui émanait, elle le savait, non de son corps, mais des souvenirs qu'il s'efforçait d'enfouir. Tout en croisant les bras, il songeait : *Ne pige pas… l'égalité voilà… ne peut pas arriver… regarder en face…*

— On aurait pu travailler ensemble sur ce projet, lui dit-elle. On aurait pu avoir une bonne note.

— Je vais avoir une bonne note.

— Tu sais très bien ce que je veux dire.

— Non. Pas du tout.

Elle ne lui connaissait pas un regard aussi froid.

Jamais comprendre… jamais vouloir… Elle devina qu'il éprouvait plus que de la colère. Blessure, jalousie, amertume, chagrin ? A quels sentiments était-il en proie ?

— Je n'ai pas envie de me battre avec toi, dit-elle.

— On ne se bat pas, rétorqua-t-il d'un ton égal. Ça a été le cas à un moment. Plus maintenant.

— Qu'est-ce qui se passe alors ? Pourquoi tu fais ça ?

— Je ne fais rien du tout. Et toi non plus. C'est un peu le problème.

Il se tourna vers EmilyJoy, qui prenait sagement des notes dans son cahier.

— Je suis censée comprendre quoi ?

— Ce que tu veux, Becca.

Elle sentit sa gorge se serrer ; le ton de Derric était aussi définitif que le mot qui résonnait dans son crâne : « terminé ». Entre ses lèvres, sèches tout à coup, elle souffla :

— On partage un truc spécial. Toi et moi. Quelque chose d'unique.

Il reporta son attention sur elle, et elle lut dans ses yeux, avant même qu'il ne les prononce, les mots qu'il allait dire :

— Partageait. C'était super, mais c'est fini. Pour moi, en tout cas.

— Pourquoi ? demanda-t-elle, consciente de son ton désespéré.

— On est allés aussi loin qu'on le pouvait.

— Parce qu'on n'a pas couché ensemble ? répliqua-t-elle, incrédule.

Il inclina la tête, et son expression se modifia, oscillant entre la surprise et l'écœurement, tandis que ses pensées flottaient entre eux : *complètement à côté de la plaque.* Après avoir grommelé un juron, il dit :

— Pas de ça avec moi, Becca. Tu sais très bien pourquoi.

— Tu es en train de mettre un terme à notre histoire parce que je refuse de te dire où j'habite ? C'est comme... comme si tu me menaçais. Et que tu mettais ta menace à exécution. Je ne te le dirai pas. Je ne peux pas. Alors tu me tournes le dos. Ça a vraiment de l'importance pour toi, de savoir où j'habite ? Je croyais que ce qui comptait, c'était moi, ma personnalité, pas une idée fixe qui vire à l'obsession.

Il secoua la tête.

— Cette idée fixe, Becca, est un symbole, d'accord ? C'est… le symptôme. Le mal est ailleurs.

Des larmes lui brûlèrent les yeux, mais elle s'interdit de pleurer devant lui.

— Si tu le dis, conclut-elle avant de le bousculer et de s'éloigner.

Il n'y avait rien d'autre à faire que partir. *Pourquoi ne peux-tu pas…* La question intérieure de Derric la poursuivit, incomplète, à l'instar de ses autres murmures.

11

Derric se transforma en un temps record, et Becca en vint à se demander si elle le connaissait vraiment. Elle l'avait cru différent des autres lycéens, et ce à cause de l'Afrique : la mort de ses parents, l'année de ses cinq ans ; l'abri en carton dans une impasse à Kampala, en Ouganda, avant d'être recueilli par une association humanitaire… Autant d'éléments qui changeaient sa perception du monde. C'était du moins ce qu'elle avait pensé, à tort.

Courtney Baker était le cauchemar de toute fille. Et l'incarnation vivante du fantasme de tout lycéen : cheveux blonds, yeux bleus, peau satinée qui se passait facilement de maquillage, corps de rêve, jolies mains aux ongles ovales, jambes parfaites. Amicale et avenante. Une reine de promo en puissance, songeait Becca avec ironie. Le pire, c'était qu'aucun de ces traits ne semblait bidon. Becca devina donc ce que l'avenir lui réservait, lorsqu'elle vit Derric et Courtney discuter après les cours.

D'autres auraient pu se dire qu'il n'avait pas la moindre chance avec elle, qui était dans la classe supérieure. Ils avaient le même âge, cependant, et il aurait fallu être aveugle pour ne pas remarquer que le courant passait entre eux. Leur échange était passionné. Ils riaient de bon cœur. Courtney tapa soudain Derric sur le bras, sans doute en réaction à une de ses remarques. Un sourire jusqu'aux oreilles, il lui prit son sac à dos. Puis il inclina la tête, l'air de dire « allons-y », et ils s'éloignèrent d'un pas parfaitement réglé.

Le lycée de South Whidbey étant ce qu'il était – tout le monde se mêlait de tout et personne ne gardait un secret –, l'information ne tarda pas à circuler. Derric et Courtney sortaient ensemble. On les avait vus au cinéma, mais aussi à la pizzeria. Ils avaient fait une sortie en bateau électrique sur Goss Lake malgré le froid, et lorsque le moteur les avait lâchés, ils avaient dû appeler des secours. Ils avaient ri comme des petits fous en réalisant leur stupidité. Ils avaient aussi partagé un verre au foyer municipal, pour ainsi dire front contre front. Ils avaient pris le ferry pour aller au centre commercial d'Alderwood, sur le continent. Becca ne s'expliquait pas comment ils pouvaient passer autant de temps ensemble alors qu'ils étaient tous deux des élèves appliqués. Il fallait croire qu'ils se débrouillaient.

Becca prit donc acte de leur séparation : Derric et elle, c'était de l'histoire ancienne. Elle n'avait jamais traversé d'épreuve aussi douloureuse. Elle fut néanmoins surprise de constater qu'être ignorée par Derric, qu'elle croisait constamment en compagnie de Courtney, la blessait moins que de le voir se transformer. Elle avait l'impression qu'il renonçait à une part de lui-même. Il retira le petit drapeau ougandais à l'intérieur de son casier, ainsi que la photo de la fanfare à laquelle il participait lorsqu'il était à l'orphelinat de Kampala. Il manqua un concert de musique zimbabwéenne au centre culturel de Langley, alors qu'à une époque il n'aurait raté ça pour rien au monde. Pire encore, il cessa de se raser la tête. Son crâne lisse et noir avait toujours été un signe de son appartenance culturelle, une façon de clamer son identité. Depuis qu'il sortait avec Courtney Baker, cependant, il se laissait pousser les cheveux. Ce qui attristait Becca plus que tout le reste.

Il tournait la page avec l'Afrique. Et si sa réaction n'avait en soi rien d'incompréhensible – après tout, il avait été adopté par une famille américaine –, de la part de Derric elle signifiait autre chose qu'un simple pas en avant. Elle s'apparentait à un renoncement.

Et ce n'était pas Becca qu'il abandonnait, mais sa sœur, Réjouissance ; il l'avait laissée à l'orphelinat de Kampala lors de son adoption par les Mathieson – personne, à l'exception de Becca, n'était au courant de leur lien de parenté. Voilà le secret qu'elle avait découvert. Celui qui, en la déséquilibrant, avait mis fin à leur relation : elle connaissait son secret ; il ignorait le sien.

Mais son secret à elle ne disait rien sur sa nature profonde, contrairement à celui de Derric. Et elle ne supportait pas de le voir rejeter l'Afrique en faveur de… d'autre chose. D'instinct, elle sentait qu'il faisait erreur. D'instinct, elle sentait qu'elle devait l'arrêter.

Becca ne s'était pas rendue à Saratoga Woods depuis une éternité. A l'époque où elle habitait à Langley, au motel de la Falaise, avec Debbie Grieder et ses petits-enfants, elle y allait plutôt facilement avec son vélo à vingt-sept vitesses. Même si elle était devenue une experte, la route n'en restait pas moins difficile – elle grimpait presque tout du long –, souvent venteuse et remarquablement étroite. Néanmoins le chemin était direct et les bois n'étaient pas loin du centre-ville.

A présent qu'elle vivait à l'écart du bourg, elle dépendait des bus gratuits de l'île pour rallier les bois. Elle devait faire un changement, ce qui la contraignait souvent à une longue attente dans le froid mordant. Ce jour-là, cependant, elle décida que rien ne la détournerait de son but.

C'était une journée grise de la fin février, de celles où l'eau de la passe de Saratoga avait la même couleur lugubre que le ciel d'hiver. Une fois descendue du car, elle dut faire quelques pas sur le bas-côté défoncé de la route, où le sol était gelé et où les flaques d'eau étaient recouvertes d'une couche de givre argenté. Elle atteignit rapidement la forêt, masse sombre qui se dressait au fond d'une prairie, où des herbes hautes étaient battues par les bourrasques de vent. L'enfilade dense de sapins touffus était interrompue par endroits, indiquant le départ de sentiers s'enfonçant sous les arbres.

Elle se dirigea vers l'extrémité sud-est du bois et s'engagea sur un chemin abrupt. Elle avança d'un pas prudent sur le sol glissant. En cas de chute, elle ne pourrait pas, contrairement à Derric, espérer être rapidement secourue. Elle l'avait découvert par hasard, l'automne précédent, en courant après le chien de Seth. Aujourd'hui, il n'y aurait personne pour la trouver si elle basculait dans un ravin.

Plus haut, elle atteignit l'endroit où Derric était tombé, ce qui lui avait valu cette vilaine fracture à la jambe. Elle y jeta à peine un coup d'œil, n'étant pas venue se recueillir sur le lieu où il avait été précipité dans un coma profond. Non, elle était là pour s'acquitter d'une autre mission, qui la conduirait au sommet d'un tertre auquel on accédait par une sente mal dégagée, que Derric avait créée lui-même dans les broussailles. Elle menait aux restes d'une vieille pruche, contre lesquels des branches cassées formaient un petit tipi. D'apparence fragile, l'ensemble était plutôt robuste pourtant, ayant été bâti, au fil du temps, par les tempêtes. Becca reprit son souffle, s'accrocha au tronc d'un aulne et entreprit l'ascension de la butte.

Arrivée au tipi, elle rampa à l'intérieur pour atteindre le recoin le plus éloigné. Là, soigneusement emballé dans plusieurs sacs en plastique, et dissimulé dans le noir, se trouvait le paquet, à l'endroit précis où elle l'avait découvert la première fois. Il y avait des années que cette cachette servait. Embarrassé par son plâtre, Derric n'y avait pas touché depuis octobre. Elle ne lui laisserait pas le choix. Il verrait alors la différence entre le Derric Mathieson qu'il était réellement et celui qu'il essayait de devenir. Ça n'avait rien à voir avec Courtney Baker, se rassura Becca. Elle voulait aider Derric à rester fidèle à lui-même. C'était la seule chose qui comptait.

Après avoir fourré le paquet dans son sac à dos, elle descendit du tertre et sortit de la forêt. Le jour commençait à décliner lorsqu'elle prit la direction de Langley. Il y avait plusieurs kilomètres à parcourir, mais il se faisait tard et elle ne pouvait pas perdre de temps à attendre un bus.

Elle atteignit Langley plus tôt qu'elle ne l'espérait : alors qu'elle se traînait le long de la route, une dame d'un certain âge, qui arborait une belle mèche violette, s'arrêta et lui proposa de la déposer en ville. Transie jusqu'à l'os, Becca accepta avec joie. Elle fut accueillie à bord par deux mini-teckels, les plus grands tubes d'ABBA et un chauffage poussé à fond. Cinq minutes plus tard, elle était devant le centre médical où Derric rejoignait sa mère à la fin de sa journée de travail.

Il était seul dans la salle d'attente. Penché sur un cahier, il prenait des notes sur un texte. Il releva la tête en entendant la porte s'ouvrir et détourna le regard dès qu'il croisa celui de Becca, pour se remettre à ses devoirs.

Elle ne prit pas le temps de guetter ses murmures. Elle avait débranché son aide auditive sur le chemin de Saratoga Woods et n'y avait pas touché depuis. Elle préféra cependant ne pas chercher à savoir comment il accueillait sa venue, craignant de perdre son calme. Elle traversa donc la pièce et vint s'asseoir juste à côté de lui.

Il voulut bouger, elle le retint par le bras.

— Hé, qu'est-ce qui te…

Il s'interrompit de lui-même en voyant le paquet qu'elle sortait de son sac à dos. Celui-ci lui était aussi familier que son propre prénom.

Elle entendit alors les pensées qui se bousculaient dans sa tête : *Impossible… Elle… n'a pas pu… maintenant il va y avoir… zut zut zut ! voilà ce que… oh, super… à propos de confiance…* Elle aurait facilement pu combler les blancs. Le paquet qu'elle avait posé sur ses genoux contenait des dizaines de lettres, toutes de Derric à Réjouissance. Cette dernière avait cinq ans quand il l'avait abandonnée. Agée de moins de trois ans à la mort de ses parents, elle ignorait qu'elle avait un frère.

Il chuchota alors, avec tant de virulence que ses paroles firent l'effet d'une claque à Becca :

— Qu'est-ce que tu fabriques avec ça ? Non mais, tu te prends pour qui ? Tu n'as aucun droit de…

— C'est une part essentielle de toi, Derric. Une part que tu es en train de fuir. Et ça me donne tous les droits.

— Tu ne sais même pas de quoi tu parles. Qu'est-ce que tu attendais en venant ici ? Que je tombe à genoux pour te déclarer mon amour ? Que j'implore ton pardon et...

— Ça n'a rien à voir avec nous ! souffla-t-elle. Il n'y a plus de nous d'ailleurs, tu as bien insisté sur ce point. C'est bon, j'ai pigé : toi et moi, c'est terminé. Mais ces... ces lettres ? Elles racontent ton histoire et celle de ta sœur.

— Tais-toi, Becca, tais-toi !

— Non, je ne me tairai pas. Tu as caché Réjouissance pendant huit ans, et maintenant tu essaies de te cacher, toi. Tu crois vraiment que je ne m'en rends pas compte ?

— Tu vas te taire, oui ?

— Tu as décroché les drapeaux et les photos, tu te laisses pousser les cheveux et tout le monde se dit : « Ça y est, il devient américain », alors que ce qui se passe en réalité...

— Dégage d'ici !

Il lui arracha les lettres des mains.

— Tu ne peux pas continuer à enfouir...

— Quoi ? s'exclama-t-il tout en fourrant le paquet dans son sac à dos.

Becca ne lui avait jamais vu une expression aussi brutale. La voix vibrante de colère, il murmura :

— Tu t'imagines être bien placée pour me donner des leçons d'honnêteté ? Tu es gonflée, Becca ! Et tordue ! Moi, je ne cache rien d'autre que quelques lettres, alors que toi...

— C'est ce que tu penses ? Qu'il ne s'agit que de quelques lettres ? A qui espères-tu faire gober ça, Derric ? C'est ta propre sœur que tu caches. Tu fais comme si Réjouissance n'existait pas, tu entretiens un mensonge. Tu te figures qu'en te transformant en caricature d'Américain qui sort avec une jolie blonde...

— Alors c'est à cause de ça ! Tu ne supportes pas que je sois avec Courtney et tu...

— Je t'en prie, Derric, ne me prends pas pour une débile. Ça n'a rien à voir avec moi. On parle de toi, là. De Kampala. De celle que tu as laissée là-bas. Du fait que tu ne supportes pas l'idée que quelqu'un pourrait le découvrir.

— Tais-toi, tais-toi, tais-toi ! Et va-t'en !

Il n'adoptait un ton aussi virulent que parce que Becca avait prononcé le nom de sa sœur tout haut, elle le savait. Il était terrorisé à l'idée que quelqu'un puisse l'entendre. A l'idée qu'il puisse s'attirer le mépris des autres en révélant sa part d'ombre. Or c'était tout le contraire qui se produirait : le Derric qu'il aspirait à devenir susciterait beaucoup plus le dédain que celui qu'il était. La vérité qu'il cherchait à fuir était celle d'un enfant de cinq ans, seul et terrifié dans les rues de Kampala.

— D'accord, dit-elle. Je vais me taire. Tu es libre de faire ce que tu veux, bien sûr, je ne vais pas t'en empêcher. Peut-être qu'avec tous les changements qui se produisent dans ta vie tu finiras par voir qu'un seul compte vraiment.

— Ah oui ? Et lequel, puisque tu sais tout ?

— Dire la vérité.

Il jeta son sac à dos par terre, puis fit de même avec son cahier.

— Tu es vraiment une sacrée hypocrite ! Je te conseille de réfléchir un peu à ce point, vu que tu as l'air d'aimer te triturer les méninges en ce moment.

Becca s'apprêtait à répondre quand elle entendit qu'on l'appelait. Se retournant, elle découvrit la mère de Derric. Rhonda, un dossier médical à la main, lui souriait.

— Tu nous as manqué ! s'exclama-t-elle d'un ton joyeux. Où t'étais-tu cachée ?

Derric dressa un sourcil, façon de signifier : « A toi maintenant de dire la vérité, tu comptes saisir l'occasion ? Je te parie que non... »

Il avait raison, bien sûr.

12

Derric ne fut pas surpris de voir Becca prendre ses jambes à son cou pour fuir le centre médical de Langley. Elle avait toujours refusé de lui dire où elle vivait, pourquoi en aurait-elle discuté ouvertement avec sa mère ? Il eut presque envie d'éclater de rire en la voyant battre en retraite lorsque Rhonda lui posa la question. Bien sûr, cette dernière n'entendait pas l'expression « se cacher » au sens littéral du terme. Et le fait qu'elle ignore à quel point elle était proche de la vérité rendait la situation hilarante.

Il lui fallait néanmoins trouver une explication à la présence de Becca. Aucune chance que sa mère laisse passer une si belle occasion de questionner son fils. Mais elle avait encore un patient à voir, et il eut du temps pour concocter quelque chose. Quand elle revint, il était prêt.

Becca était venue lui demander des renseignements au sujet d'un devoir pour le cours de civilisations occidentales. Elle devait travailler en tandem avec Tod Double Slip.

— Oh, la pauvre, compatit Rhonda, qui comme tout le monde connaissait Tod Schuman, ainsi que l'origine de son surnom. Ça ne va pas être facile pour elle. Tu n'avais pas envie de…

— Le prof nous a imposé les groupes, mentit-il.

Lorsqu'ils arrivèrent à la maison, il fila directement à sa chambre. Son père n'était pas rentré du travail, et sa mère se mit à préparer le dîner. Il disposait donc de quelques minutes de liberté, et il avait l'intention d'en profiter pour cacher ses lettres.

Le sous-sol aurait été l'endroit parfait, il les aurait fourrées dans un carton de vieux jouets. Seulement, pour y accéder, il fallait passer par la cuisine, et il ne voulait pas courir le risque d'éveiller la curiosité de sa mère. Surtout qu'elle ne manquerait pas de s'inquiéter de le voir emprunter le vieil escalier en bois avec une jambe plâtrée. « Je vais y aller à ta place, chéri, je ne veux pas que tu tombes. De quoi as-tu besoin, en bas ? Je te le remonte tout de suite. » Oui, c'était vraiment la pire des idées.

Sa chambre n'offrait pas beaucoup de cachettes. La penderie ? Pourquoi pas… Un tiroir de sa commode ? Hors de question. Sa mère y rangeait elle-même le linge propre. Sous le lit ? Ça n'était sans doute pas une bonne idée à cause de l'aspirateur. A l'intérieur du vieux fauteuil poire ? Ah… Il était si vieux que Derric l'avait déjà rafistolé trois fois – sa dernière tentative l'avait vu consolider une couture défectueuse avec un mètre de scotch, environ. Sa mère aurait préféré qu'il s'en débarrasse, mais il aimait s'y affaler et écouter, au casque, sa musique à fond. C'était son espace, lui avait-il expliqué. La poire était peut-être moche, mais elle était confortable et il y était attaché. Par respect, sa mère n'y avait jamais touché.

Pour toutes ces raisons, le fauteuil constituait une cachette idéale. Il décolla une partie du scotch, puis sortit les lettres de son sac à dos : elles étaient rangées dans une vieille boîte à repas Star Wars que Derric avait dénichée dans le sous-sol de la maison, des années auparavant. Elle avait appartenu au fils aîné de Dave Mathieson et croupissait depuis une éternité sur une étagère entre des gants, des battes de base-ball pour enfants et des trophées d'athlétisme poussiéreux. Il l'avait récupérée pour y ranger les lettres et les protéger des intempéries quand il les avait cachées dans la forêt. Une fois qu'il eut fourré la liasse dans le rembourrage du fauteuil, il se retrouva avec la boîte sur les bras.

Il se demandait quoi en faire lorsque son portable lui signala l'arrivée d'un texto de Courtney : *Pass te prdre à 19 h ? Biz.* Quoi ? Avait-il oublié un rendez-vous ? Ce serait vraiment goujat de sa part. Le petit numéro de Becca l'avait perturbé, d'accord, mais pas au point de le rendre amnésique, si ?

Il fouilla dans sa mémoire, histoire de ne pas passer pour un abruti. On était en pleine semaine, il ne pouvait donc pas s'agir d'une vraie sortie. Avaient-ils prévu de bosser ensemble ? Possible… Quoi d'autre ? Un match de basket ? Non. Et ils n'avaient aucune activité extrascolaire en commun… Soudain il se rappela : le groupe de lecture biblique de Courtney. Depuis leur premier rendez-vous, elle le tannait pour qu'il l'accompagne à une séance, aussi bien de son groupe de lecture que de son groupe de prière. Il s'était, chaque fois, inventé une excuse, repoussant le moment où il devrait lui avouer qu'il n'était pas quelqu'un de très religieux, contrairement à elle – sa pratique fervente de la foi était d'ailleurs leur seul point de divergence.

Il répondit : *Pas le tps. J Dteste les maths ☹. 1 autre jr ? Bizzzz.*

Le message suivant de Courtney lui parvint dix minutes plus tard. Son *OK* était on ne peut plus éloquent. Elle lui en voulait. Il lui écrivit : *Dzolé. Tu me manques tro, ma belle.*

Il ne dut pas attendre plus de deux minutes cette fois.

Moi aussi. Et c sera encore + vrai après la réunion… ;-)

Il comprit le sous-entendu : sur le chemin du retour, ils se seraient arrêtés dans l'un des mille et un endroits du sud de l'île où l'on pouvait se cacher à l'abri des regards indiscrets. Et peu importait la température extérieure, ils n'auraient eu aucun mal à se réchauffer à l'intérieur de la voiture.

Elle avait touché un point sensible… A la perspective de ce qu'ils pourraient faire ensemble, il se sentait prêt à aller n'importe où. En revanche, l'aspect religieux de la soirée… Serait-il vraiment capable de parler de la Bible tout en sachant que Courtney et lui passeraient peut-être à l'acte ensuite ? Sans doute oui. Dans ce cas, pourquoi ne sautait-il pas sur l'occasion ? Il en avait envie, non ? Envie de se retrouver dans le noir avec elle ? Elle l'autorisait à dépasser certaines limites, pas toutes. Il pouvait la toucher ici, mais pas là. L'embrasser ici, mais pas là. Elle avait les jambes douces, le ventre plat et la poitrine ferme… Alors pourquoi ne se comportait-il pas comme n'importe quel autre mec dans sa situation ? Lire la Bible, réciter une ou deux prières, s'agenouiller et implorer Jésus, Dieu, Bouddha ou qui savait-il encore de répandre la paix dans le monde. Ensuite, Courtney serait peut-être disposée, dans le noir, sur la banquette arrière à… Elle était prête, non ? Et si elle ne l'était pas ?

Il s'affala sur son lit avec un grognement et poussa la boîte Star Wars dessous. Courtney Baker avait le don de l'exciter, et elle l'exerçait jusqu'à ce qu'il ne soit plus obsédé que par une chose : la pression sur son entrejambe. Il lâcha un petit rire moqueur, dirigé contre lui-même. Au moins Courtney réussissait-elle à faire diversion… Oui, il devait lui reconnaître cette qualité : grâce à elle, il ne pensait plus à Becca.

Basculant sur le flanc, il récupéra son téléphone portable et lui écrivit : *A poil ?*

Pour toute réponse, elle lui envoya plusieurs points d'exclamation : *!!!!!* Il répliqua par autant de points d'interrogation : *?????*

Un instant plus tard, il recevait une image… du téton de Courtney. Elle avait perdu la tête ! Il ouvrit sa braguette, baissa son jean et son boxer, puis fit à son tour une photo… N'osant pas la transmettre, il tapa : *Je t'M comme 1 d1gue. Dois y aller.* Il effaça le cliché qu'il avait pris et passa les minutes suivantes à regarder celui qu'elle lui avait envoyé.

Il avait parfois l'impression qu'elle possédait plusieurs personnalités. Il y avait la Courtney que tout le monde voyait au lycée, celle qui se passionnait pour l'étude de la Bible et qui fréquentait un groupe de prière, la fille pétillante et amicale, un sourire inamovible aux lèvres, qui ne manquait jamais de saluer ses amis. Mais il y avait aussi la Courtney qui connaissait une voie privée près de Surface Road, envahie par les mauvaises herbes, et conduisant à travers bois à une maison abandonnée. La Courtney qui, après y avoir garé sa voiture, se tournait vers lui pour murmurer : « Tu es le mec le plus sexy du bahut. » Lorsqu'il l'embrassait, elle lui rendait ses baisers. Et lorsqu'il la touchait, elle l'imitait. Elle lui caressait le torse et s'aventurait plus bas, juste au-dessus de la ceinture de son jean.

De but en blanc, elle lui avait demandé, avant qu'il ne se passe quelque chose entre eux :

« C'est fini entre Becca King et toi ? Je te pose la question, parce que je n'aime pas empiéter sur les plates-bandes d'une autre. Si votre histoire est terminée, j'aimerais tenter ma chance. »

Bêtement, il avait rétorqué :

« Tenter ta chance ?

— Ma chance avec toi », avait-elle dit en souriant.

Il avait ouvert la bouche pour répondre, mais aucun son n'avait franchi ses lèvres. Courtney Baker voulait sortir avec lui ? Il n'avait réussi à articuler que deux syllabes :

« Pourquoi ?

— Tu es quelqu'un de spécial et tu ne t'en rends pas compte. J'aimerais beaucoup t'embrasser si ça ne te dérange pas. »

Est-ce que ça l'avait dérangé ? Il ne s'en souvenait pas. Il n'avait jamais rencontré personne comme elle. Dans ce cas, mon gars, pourquoi ne pas y aller ce soir ? songea-t-il. Passer une heure à lire l'Ancien Testament ou un autre texte, puis… puis… Que cherchait-il à éviter ? Depuis quand était-il devenu aussi lâche ? C'était apparemment la grande question du moment, se dit-il avec amertume. Et il avait le sentiment que cette insupportable madame Je-sais-tout de Becca King avait sa petite idée sur la réponse.

13

Il ne fallut pas longtemps à Becca pour comprendre qu'elle avait commis une grave erreur en remettant ces lettres à Derric. Si elle pensait lui rappeler ses racines ougandaises, elle s'était fourré le doigt dans l'œil. Et jusqu'au coude. Elle avait réussi à obtenir une réaction, néanmoins. Avant il se montrait distant et froid, à présent il l'ignorait franchement.

Etre condamnée à travailler avec Tod Double Slip sur le projet de Civilisations occidentales ne faisait qu'empirer la situation. Elle aurait au moins pu espérer avoir un A dans sa vie. Mais avec les bâtons qu'il lui mettait dans les roues, elle ne pouvait pas rêver mieux qu'un C. Et encore, si elle avait de la chance. Elle devait, pour ça, le convaincre qu'elle n'était pas une abrutie finie.

Lorsqu'il lui avait montré sa partie du devoir, ses espoirs s'étaient effondrés. Elle avait coupé son aide auditive afin d'entendre ses murmures et de tenter de comprendre pourquoi il se montrait aussi buté. *Elle a intérêt... personne ne voudra... seul moyen... la convaincre, sinon...* Il comptait sur elle pour avaler les couleuvres qu'il lui servait. A partir d'informations piquées sur des sites consacrés aux tribus d'Amazonie, aux Nord-Amérindiens et aux Maoris de Nouvelle-Zélande, il avait pondu un vrai tissu d'âneries. Qu'il avait rattaché tant bien que mal au sujet. En prenant connaissance de son charabia, elle fut tentée de lui planter son poing au milieu de la figure.

— On est censés créer un peuple indigène de toutes pièces, Tod, argua-t-elle. On pourrait partir de ce que tu as fait et en discuter, mais…

Tod lui arracha les feuilles des mains.

— Hé ! Je me suis cassé la tête pour écrire ce truc.

Ne me force pas… si je… tu le regretteras, je te le garantis, face de truie…

« Ben voyons ! » lui répondit-elle en son for intérieur. Tout haut, elle dit :

— Ça saute aux yeux que tu as fait un copier-coller, Tod. Tu n'as même pas reformulé les phrases que tu as pompées en ligne.

— Et ?

— Et Keith a dit…

— Keith est un trou du cul.

— Il a dit qu'il vérifierait sur Internet. Si on utilise ce que tu as écrit… Ecoute, ce n'est pas très compliqué. On peut bosser ensemble si tu veux, plutôt que faire des recherches chacun de notre côté. Je pourrais te filer un coup de main pour le peuple indigène, et toi, tu m'aiderais pour les Européens.

— Tu as pris la partie la plus facile, de toute façon, ricana-t-il. Si je me serais douté, j'aurais choisi quelqu'un d'autre.

« Si je m'étais », le reprit-elle intérieurement. Il n'arrivait même pas à parler correctement.

— Echangeons dans ce cas, proposa-t-elle.

— Hors de question ! J'ai déjà bossé dur.

L'autre partie… injuste… le seul moyen… débile… les autres ont déjà… Brandissant les feuilles, il reprit :

— Très bien, puisque c'est comme ça, je vais arranger ce truc. Bordel, j'aurais dû choisir quelqu'un d'autre !

— Il faut inventer un peuple de toutes pièces, lui rappela-t-elle.

— Ferme ta grosse bouche.

En résumé, la situation était loin d'être idéale. Et la nouvelle mouture de Tod ne constitua en rien une amélioration. Il semblait avoir tout repris, mais après quatre-vingt-dix minutes de recherches en ligne au foyer municipal Becca obtint la confirmation de ce qu'elle craignait : Tod avait tout simplement utilisé un autre site, changeant quelques mots par-ci par-là et ajoutant des adjectifs ou des adverbes à foison.

Abandonnant la bataille, elle entra le nom de « Jeff Corrie » dans le moteur de recherche. Son beau-père avait pris un avocat. La police scientifique avait fini par fouiller l'appartement de Connor pour y relever des empreintes, rechercher des traces de violence, etc. Ainsi que la maison de Jeff. Et sa voiture. Les enquêteurs semblaient penser que ce dernier détenait des informations, or il refusait de coopérer. Il n'avait pas le droit de quitter San Diego, ce qui signifiait que Becca était en sécurité.

En d'autres circonstances, cette nouvelle lui aurait remonté le moral, mais entre la colère de Derric et l'incompétence de Tod Double Slip, elle avait du mal à se réjouir.

A la sortie du foyer municipal, elle prit la direction de l'arrêt de bus. Avant qu'elle ne l'atteigne, un pick-up vint se garer le long du trottoir. Après avoir baissé la vitre, Diana Kinsale se pencha au-dessus du siège passager pour lancer à Becca un de ces regards entendus dont elle avait le secret. Pour une fois, ses habituels compagnons canins n'étaient pas là.

— Monte, ma chérie, dit-elle d'un ton si plein de compassion que la jeune fille obtempéra sans poser de questions. Tu as le bourdon ?

— Un petit coup de déprime, répondit-elle seulement, n'ayant aucune envie d'entrer dans les détails.

Diana était son amie, pour autant… Rien qu'à l'idée de tout lui déballer – les lettres de Derric, Courtney Baker, Tod Double Slip –, elle fut prise d'une terrible envie de dormir.

— Je parie que tu as besoin d'un remontant.

— Ça ne me ferait pas de mal, c'est sûr.

Elle crut que Diana songeait à lui offrir un verre dans un des nombreux cafés de Langley ; pourtant, au lieu de garer le pick-up, elle sortit du bourg et s'engagea sur la nationale.

Elles se retrouvèrent sur l'autre versant de l'île, au nord-ouest de Langley ; sur une propriété agricole surplombant une gigantesque étendue d'eau en forme de croissant, appelée Useless Bay. Là, Diana s'engagea sous une vieille arche en bois qui marquait l'entrée d'un chemin de gravier et portait l'inscription suivante : The Heart's Desire[1]. Les lettres, gravées depuis longtemps, étaient presque entièrement envahies par la mousse.

Le chemin contournait un long et imposant poulailler en bois brut pour déboucher entre une énorme grange rouge et une maison jaune pourvue d'une véranda circulaire. Juchée sur une petite butte de terre au milieu d'une pelouse, la ferme donnait sur la baie et, au loin, on apercevait une poignée de maisonnettes éparpillées le long de la côte.

Le remontant se cachait à l'intérieur et s'appelait Sharla Mann. Cette femme avait transformé un débarras en salon de coiffure, où elle ne pouvait accueillir qu'une seule cliente à la fois. Fine comme une brindille, elle avait deux ronds de blush rose vif sur les joues. Elle portait des Uggs usées, un pantalon en laine polaire et deux sweat-shirts à capuche superposés. Elle ne semblait pas posséder la moindre once de joie, et les seuls murmures que Becca surprit – *ce qu'il veut sauf moi* – ne lui apprirent pas grand-chose sur son compte.

Sharla était occupée à balayer les mèches de cheveux jonchant le sol. Au premier coup d'œil qu'elle posa sur Becca, elle dit :

— Ma fille, qui a massacré tes cheveux de la sorte ? J'ai vu des gens atterrir en prison pour moins que ça. Assieds-toi et laisse-moi regarder d'un peu plus près.

Becca avait compris, à la seconde où elle avait franchi le seuil de la maison, à quel genre de remontant Diana pensait. Il y avait un hic pourtant : elle était censée garder son affreuse coiffure. Plus exactement, elle était censée rester moche de la tête aux pieds, de ses lunettes bidon démodées

1. The Heart's Desire pourrait être traduit par : « Les Raisons du Cœur ».

à son maquillage outrancier en passant par ses vêtements mal coupés et ses baskets sales aux lacets cassés. Cette apparence jouait un rôle crucial dans le plan échafaudé par sa mère et elle lui avait déjà permis une fois d'échapper à Jeff Corrie – lorsqu'il avait débarqué sur l'île. Elle devait continuer à se protéger.

Diana lui posa une main sur l'épaule et plongea ses yeux dans les siens.

— Ce sera une bonne chose, tu verras. Tout évolue.

Se sentant soulagée, comme toujours au contact de Diana, Becca accepta :

— Entendu.

Diana se tourna vers Sharla.

— Peux-tu retrouver sa couleur naturelle ? On commence à voir ses racines. Tu aurais la teinture adaptée ?

— Approchante, oui. Mais seulement si elle me promet de ne plus recommencer ce genre de bêtise. Tu es prête à jurer, miss Becca ?

— Je crois bien…

En son for intérieur, elle se demandait comment elle pourrait payer Sharla Mann pour le service qu'elle s'apprêtait à lui rendre.

Dans un conte, le vilain petit canard se serait, entre les mains de la coiffeuse, transformé en cygne. Pas dans la réalité. Sharla avait néanmoins des doigts de fée, et elle réussit à rendre à Becca sa couleur naturelle – un châtain clair tirant sur le blond. Elle lui dégrada aussi les cheveux de manière qu'ils encadrent son visage avec légèreté.

— C'est ce que j'appelle une coupe digne de ce nom, conclut Sharla en s'écartant pour admirer son œuvre. Un petit rafraîchissement toutes les six semaines, et ce sera parfait.

Becca n'avait pas la moindre idée de l'endroit où elle trouverait l'argent pour payer la coiffeuse… sans parler de revenir la voir tous les mois et demi. Elle ne pouvait pas se le permettre ! Avant qu'elle n'ait le temps d'expliquer la situation, toutefois, Sharla se tourna vers Diana et lui dit :

— A ton tour, madame. Comme d'habitude ?

— Plus court, je crois.

Elle passa la main dans sa chevelure poivre et sel, et Becca se rendit compte que sa coiffure déstructurée était plus travaillée qu'elle ne l'avait cru – elle avait toujours pensé que Diana se coupait les cheveux toute seule.

— Sûre ? lui demanda Sharla, tandis que celle-ci prenait place sur le siège. Pas trop court non plus, hein ?

Au regard que les deux femmes échangèrent dans le miroir, Becca eut l'impression qu'elles se parlaient en langage codé.

— Oui, le super-court, ce sera pour plus tard.

— C'est ce que je voulais entendre, approuva Sharla.

Diana suggéra à Becca d'aller faire un tour dehors pour profiter de la vue merveilleuse qu'offrait la charmante propriété, et la jeune fille accepta à contrecœur. L'apparente placidité de Diana cachait quelque chose et elle aurait aimé en apprendre davantage. Elle avait néanmoins le pressentiment que ce n'était pas le bon moment et elle les laissa.

Le crépuscule était tombé. Pendant qu'elle était entre les mains de Sharla, quelqu'un était arrivé : un grand pick-up blanc était garé devant le poulailler et la lumière à l'intérieur du bâtiment s'échappait par la porte entrouverte. Sur le flanc de la camionnette, Becca lut les mots « Thorndyke – Factotum ». Ils formaient un médaillon. Sur le plateau se trouvaient plusieurs casiers sur mesure ainsi qu'un fatras d'outils.

Une voix d'homme la tira de ses pensées.

— Je peux savoir à qui j'ai l'honneur ?

En se retournant, elle avisa un grand type d'un certain âge, qui l'observait tout en nettoyant avec un pan de sa chemise en flanelle les verres épais de lunettes hors d'âge. Becca le reconnut : il animait la réunion au foyer municipal, le soir où Seth l'avait ramenée chez elle. Il portait la même casquette, dont s'échappait, par touffes, une tignasse blonde évoquant la coiffure de paille d'un épouvantail.

— C'est quoi, un factotum ? s'enquit-elle.

Il posa les yeux sur la portière de son pick-up.

— Un homme à tout faire. Ivar Thorndyke, l'homme qui tond, entretient les jardins, bricole...

Après avoir remis ses lunettes sur son nez, il ajouta :

— Je t'ai donné une réponse, à toi maintenant.

— Comment ça ?

— Tu vas te décider à m'expliquer qui tu es et ce que tu fabriques plantée devant ma camionnette ?

— Sharla m'a coupé les cheveux. Elle m'a fait une couleur aussi.

Ces mots rappelèrent instantanément à Becca ses problèmes d'argent. Sans réfléchir, elle demanda à Ivar :

— Vous avez besoin d'une assistante ? Je sais faire un tas de trucs et je cherche du boulot.

Ivar rabattit sa casquette en arrière et l'étudia. Elle l'entendit penser : *joli brin de fille... pourrait... pas être ici dans l'immédiat...*

— Une assistante, hein ? Pour quel genre de travaux ?

— N'importe. J'apprends vite.

— Tu es un peu jeune pour travailler, non ?

— J'ai quinze ans.

— Impossible.

— Très possible.

— Et tu comptes me donner ton prénom un jour ?

Elle s'avança vers lui, la main tendue.

— Becca King, annonça-t-elle. Je pourrais m'occuper de vos outils, les nettoyer, les huiler et les ranger. Je pourrais vous accompagner chez les gens. Vous me diriez ce qu'il vous faut et j'irais vous le chercher. Je suis libre le week-end, et l'après-midi, après les cours. Je ne vis pas loin d'ici et je pourrais venir à vélo.

Exactement comme... me rappelle... quand Steph voulait que ce maudit cheval...

— Ça ne serait pas une mauvaise idée si j'avais besoin de quelqu'un, mais ce n'est pas le cas, répondit-il. Le travail est rare en hiver. Dommage que tu ne sois pas venue me voir l'été dernier, j'étais débordé. Cet automne aussi. En ce moment, par contre, c'est plutôt une période de vaches maigres.

Il prit plusieurs outils sur le plateau du pick-up et s'engouffra dans le poulailler. Becca ne comptait pas baisser les bras si vite. Prenant quelques outils à son tour, elle le suivit. Il n'y avait aucune volaille à l'intérieur – à une époque, le vaste bâtiment voûté avait dû en abriter des centaines. Il avait depuis été transformé en une sorte d'atelier-remise, où s'entassait du matériel agricole rouillé, par monceaux. A son extrémité se dressait une serre chaude, où des lampes à spectre complet éclairaient des dizaines de plants grêles.

Après avoir déposé ses outils sur un établi, Ivar s'approcha de la serre et s'accroupit pour examiner les plantations. Becca le rejoignit et comprit aussitôt qu'il s'agissait de marijuana. Elle fit rapidement le compte : il en avait quarante pieds. Waouh ! Il ne pouvait pas en fumer autant, ce qui signifiait que…

Sa surprise devait se lire sur son visage, car Ivar déclara :

— Tu te demandes si tu es tombée sur un trafiquant de drogue, je parie.

— Pas vraiment.

— Tu n'es pas prête pour jouer au poker, ma petite. Comment t'appelles-tu déjà ?

— Becca King.

— Eh bien, Becca, tu vas devoir apprendre à masquer tes émotions. Je ne suis pas un dealer de drogue, en tout cas pas au sens où on l'entend habituellement. Il s'agit de… disons d'une activité secondaire. De la marijuana médicinale. J'en consomme, et je ne suis pas le seul ici. Je la vends à un bon prix, ce qui évite à mes clients d'aller sur le continent pour s'en procurer.

— Ah… fit-elle.

Elle n'avait aucune raison de douter de lui : ses murmures ne contredisaient pas ses explications.

— Bien sûr, poursuivit-il avec un sourire, je pourrais te raconter des craques, non ? Si ça se trouve, il y a un laboratoire à *meth* dans la grange, là-bas. D'ailleurs, d'en parler, ça me donne des idées. Tu t'y connais en méthamphétamine ? Dans ce cas, j'aurais bien évidemment du travail pour une assistante.

— Vous vous payez ma tête.

— Tu crois ?

— Oui. J'ai l'impression que vous êtes un gros blagueur.

— Vraiment, Becca ?

— Vraiment.

Il lui sourit. *Sérieuse comme elle... Steph aurait... comme toujours de toute façon, non ?* Ces bribes de murmures intriguèrent Becca : qui était Steph ? Pourquoi Ivar pensait-il à elle plutôt qu'à Sharla ? Elle ne posa pourtant aucune question et dit, en inclinant la tête vers les plantes :

— Je pourrais apprendre à m'occuper d'elles.

— Elles n'ont besoin de personne. On ne parle pas d'herbe pour rien...

— Vous voulez dire qu'elles ne nécessitent pas d'entretien.

— Maligne, approuva-t-il en tapotant la visière de sa casquette de son index. C'est une qualité que j'apprécie chez les femmes séduisantes.

Diana pénétra dans le poulailler au moment où Ivar prononçait ces derniers mots.

— J'espérais te trouver ici, Becca. Qu'est-ce que vous complotez, tous les deux ?

— La demoiselle cherche du travail. Elle a refusé de veiller sur mes plants de marijuana.

— Tu m'en vois ravie.

— Je lui ai proposé de l'assister dans son activité d'homme à tout faire, expliqua Becca.

Englobant le vaste poulailler du regard, Diana se renfrogna.

— Cet endroit est un vrai capharnaüm, Ivar. Elle pourrait le ranger pour toi, non ? Quelqu'un devra bien s'en charger un jour... Je me demande comment tu retrouves quoi que ce soit...

— Je fouille, je picore et je jette. Le tout en grognant et jurant.

— Ça ne me paraît pas une méthode très efficace.

— Je te l'accorde.

— Je pourrais très bien mettre un peu d'ordre, proposa Becca. C'est une tâche dont je suis parfaitement capable. Je ne me débarrasserais de rien sans vous avoir d'abord consulté.

Ivar Thorndyke la considéra d'un air attendri avant de secouer la tête, d'une façon qui laissa entendre à Becca qu'il s'apprêtait à céder.

— Voilà effectivement une mission pour laquelle ton aide me serait précieuse, Becca King.

— Je commence quand ? Bientôt ? Tout de suite ?

Diana lui expliqua la situation :

— Elle a besoin d'argent pour entretenir sa nouvelle coupe de cheveux.

— Et pour d'autres bricoles, précisa Becca.

Avec de la chance, elle gagnerait assez pour quitter la cabane et louer une vraie chambre quelque part.

Ivar leva les mains, un geste de défaite qui signifiait qu'il se rangeait à leurs projets.

— Tu promets de ne rien jeter ?

— Pas sans votre autorisation, je vous le jure. Alors, je commence quand ?

TROISIÈME PARTIE

La marina de Langley

14

Jenn avait prévu de faire une heure de course fractionnée, puis quarante-cinq minutes de dribbles. Les essais pour l'équipe de football féminine de l'île approchaient à grands pas, et elle devait éviter toute source de distraction supplémentaire. Voilà pourquoi, lorsque Minus Cooper lui demanda si elle avait le temps de regarder avec lui ce qu'il avait fait pour leur devoir commun de Civilisations occidentales, elle faillit répondre non. Cependant, consciente de la chance qu'elle avait d'être en tandem avec lui, elle accepta, et fut contrainte d'aller jusque chez lui.

Il habitait une immense maison au bord de la plage de Useless Bay. Sa mère l'avait récupérée, entre autres choses, au moment du règlement du divorce. Cet imbécile de M. Cooper avait eu l'imprudence de commettre l'adultère dans le lit conjugal. Il lui en avait coûté la gigantesque bâtisse de pierre, une pension mensuelle considérable et un nouveau Range Rover tous les cinq ans.

Minus et Jenn montèrent travailler au premier. Quelque part au rez-de-chaussée, une télévision hurlait. Heureusement, la pièce où ils s'installèrent, à l'autre bout de la demeure, était bien isolée. C'était le bureau des garçons. Il contenait deux ordinateurs, des étagères, deux tables de travail, un canapé en cuir, une table basse et un écran plasma. Sans oublier un bar avec un petit frigo à porte vitrée. Jenn avait l'impression d'être dans un hôtel cinq étoiles. Pour Minus, c'était le quotidien.

Il sortit son iPad. Il était chargé de la partie concernant les conquérants européens, tandis que Jenn s'occupait d'inventer un peuple indigène. Il avait eu l'idée d'accompagner leur présentation d'un support visuel. Il n'était pas un élève brillant pour rien.

— J'ai presque terminé mon scénario, annonça-t-il.

— Je veux des détails, beau gosse.

— Tu vas devoir apprendre à contrôler tes pulsions si on veut y arriver, Jenn. Je sais que tu es dingue de mon corps, mais on a du boulot.

— Mes doigts me démangent, tu n'imagines pas… Continue !

Il fit apparaître une première diapositive à l'écran.

— Il faut d'abord voir, à mon avis, si on peut envisager autre chose que les habituels massacres, captures, pillages, viols, comportements tyranniques et trucs sympas dans le même genre… Tu comprends ce que je veux dire ? Les autres vont se contenter de proposer des scénarios déjà vus. Si on fouille dans la culture européenne et qu'on trouve le moyen de justifier une attitude différente, on captera l'attention de Keith.

Il avait capté celle de Jenn, en tout cas. Il était sacrément malin, ce Minus. Elle se rapprocha pour lui passer un bras amical autour des épaules.

— Montre-moi.

Elle entreprit de lire ce qu'il avait écrit… Il s'était surpassé. Elle ne put se retenir de le serrer contre lui et de l'embrasser sur la joue. Puis d'orienter son visage vers le sien et de lui planter un baiser sur la bouche.

— Tu es un génie, décréta-t-elle. On va décrocher un A et la postérité retiendra nos noms. Maintenant, tu vas mettre la langue, beau gosse. Histoire de fêter ça.

Il s'apprêtait à répliquer, mais quelqu'un prit la parole à sa place.

— La vache, tu dois vraiment être désespéré, frangin.

Le grand frère de Minus, Dylan, venait de les rejoindre. Son jean était si large qu'il dut le retenir pour ne pas le perdre au moment de se laisser tomber sur le canapé. Il portait également un sweat-shirt dégoûtant. Jenn se demanda d'ailleurs s'il ne l'avait pas piqué à Big Foot. Ses baskets étaient délacées. Avec un petit sourire suffisant et un ton détaché, il demanda :

— Tu tentes ta chance avec une lesbienne, hein ?

— Hé ! Jenn n'est pas...

— Tu n'en sais rien ! l'interrompit-il.

Assis à côté de Minus, Dylan se pencha en avant pour regarder Jenn.

— Je peux toucher tes seins ?

Devant la grimace qu'elle lui adressa, il reprit :

— Tu vois, frangin ? Elle ne veut pas de moi, je ne vois pas comment elle pourrait vouloir de toi.

— Ça ne t'a jamais traversé l'esprit que tu n'étais pas aussi irrésistible que tu le crois ? rétorqua Minus.

Jenn éclata de rire, et Dylan s'empourpra.

— Tu ferais bien de surveiller un peu ce que tu dis, s'énerva-t-il.

— Et toi, tu ferais bien d'aller voir ailleurs si on y est. Ton cul n'intéresse personne.

— Parce qu'elle s'intéresse au tien, peut-être ? La vache, je suis trop jaloux !

Dylan se leva et quitta le bureau en traînant les pieds. Il lâcha un énorme pet sur le seuil de la pièce, histoire de leur laisser un souvenir de sa visite.

— Désolé, s'excusa Minus après son départ. Je ne suis pas sûr qu'il soit au courant de la théorie de l'évolution... Il finira peut-être par dépasser les deux ans d'âge mental. Un jour...

— En même temps, fit-elle remarquer, avec un frère comme toi, il ne doit pas savoir comment se distinguer.

Minus prit le temps de réfléchir à ce qu'elle venait de dire.

— Merci.

— Pourquoi tu me remercies ? C'est la pure vérité. Tu es un vrai gentleman, en plus d'être un élève brillant et un boy-scout. Bref, le mec parfait. Tout le monde le sait. Bon, et si on se mettait à poil ?

Il devint aussi rouge qu'une tomate.

Jenn était de retour à Possession Point pour l'heure du dîner. Mme Cooper, qui l'avait raccompagnée en Range Rover, montra des réticences à s'engager sur le chemin accidenté conduisant à la maison des McDaniels. Il faisait aussi noir que dans un four, et les lumières du cabanon projetaient une lueur diffuse, au loin.

— Ça ne t'embête pas si…

La mère de Minus n'alla pas au bout de sa question ; son regard, très éloquent, suggérait qu'elle craignait d'abîmer les suspensions de son véhicule. Jenn s'abstint de rétorquer que son 4 × 4 était de taille à affronter tous les nids-de-poule que le chemin risquait de placer sous ses roues.

— Aucun problème, répondit-elle. Merci, madame.

Au moment de descendre, elle ajouta à l'intention de Minus :

— A plus, beau gosse !

Jenn crut d'abord qu'Annie avait guetté son retour, car elle l'arrêta alors qu'elle approchait de la caravane. Elle se rendit toutefois compte que sa voisine était simplement sortie chercher des bûches.

— Hé, tu passes me voir quand tu as cinq minutes, Jenn ?

— D'accord, dès que j'aurai préparé le dîner.

Le taxi de sa mère n'étant pas garé devant la maison, elle savait que ses frères et son père avaient besoin d'elle pour bricoler quelque chose en quatrième vitesse. Une soupe aux légumes et à la viande – avec beaucoup de légumes et un peu de viande. Sa mère l'aurait préparée, il suffirait de la réchauffer. Elle se demanda pourquoi Annie avait besoin d'elle. Sans doute pour nettoyer la caravane. Elles s'y attelaient dès qu'elles avaient du temps libre. La pièce principale était devenue vivable, mais Jenn continuait à penser qu'Annie payait un loyer exorbitant.

Un quart d'heure plus tard, elle alla trouver Annie. Celle-ci l'attendait, son ordinateur portable sur les genoux.

Ses projets concernaient Nera, en réalité. Ça tournait à l'idée fixe chez elle : elle voulait mettre la main sur le phoque. Et tant qu'elle n'aurait pas réussi, elle ne connaîtrait pas le repos.

— Tu es là ! Super ! s'exclama-t-elle avant de cliquer sur un lien. Prends un cookie, ils sont au beurre de cacahuètes.

Jenn, qui s'était mise à la tutoyer, lui demanda :

— Tu les as préparés toi-même ?

— Si seulement... J'arrive presque à faire bouillir de l'eau dans les bons jours. Je les ai achetés à Langley.

Elle désigna la cuisine, ou plutôt ce qui en tenait lieu. Sur un plan de travail, un grand sachet en papier blanc froissé était entrouvert. Il contenait les fameux cookies. Une nourriture digne des dieux. Jenn prit le temps de savourer la première bouchée.

— Tu pèses combien ? s'enquit Annie.

— Pourquoi ?

— Parce que ce site me le demande.

— Un site de quoi ?

— Réponds-moi, Jenn.

Elle voulut ensuite connaître sa taille, savoir si elle portait des lentilles, si elle nageait bien. Une fois qu'elle eut rempli toutes les cases, elle expliqua :

— J'ai trouvé exactement ce qu'il nous faut.

— Pour quoi ?

— Pour nous approcher de Nera.

— C'est une vraie obsession, Annie ! A quoi ça t'avancera de t'approcher d'elle ? Et comment tu comptes y arriver, d'abord ?

— En faisant de la plongée sous-marine. Et tu vas m'accompagner.

— Quoi ? Au beau milieu de cet hiver où on se pèle ? On va mourir congelées !

— Pas avec des combinaisons, rétorqua-t-elle d'un ton guilleret. J'ai mon diplôme. Ce qui est plus ou moins obligatoire dans mon domaine. Ecoute-moi bien, Jenn : en plus, ça pourra te servir, plus tard, pour gagner de l'argent. Tu m'as bien dit que tu en avais besoin, non ?

— Mais... je ne vois pas bien comment ça pourrait me rapporter du fric... En organisant des visites guidées sous-marines ?

— Tu vis sur une île, entourée de bateaux. Les gens ont besoin de faire nettoyer leurs coques, entre autres choses.

Elle agita la main pour signifier qu'elle n'avait pas une connaissance très poussée de la question.

— Bref, tu vois où je veux en venir, poursuivit-elle. Les navigateurs perdent des ancres, des casiers à crabes et que sais-je encore. Il doit y avoir une tonne de boulot.

Sans parler d'une tonne de matériel à acheter, ajouta Jenn à part elle. Elle n'avait pas les moyens d'une telle entreprise – et n'en avait de toute façon aucune envie. Annie l'avait rémunérée pour le coup de main dans la caravane, seulement elle comptait utiliser cet argent pour régler son adhésion si elle était retenue dans l'équipe. Elle se rappela alors qu'il faisait trop noir maintenant pour s'entraîner. Elle allait devoir se remuer le popotin, et sérieusement.

Annie tapota la banquette sur laquelle elle était assise.

— Viens là, ma belle.

Incapable de contenir un sourire, Jenn la rejoignit.

— Je vais t'expliquer comment je vois les choses, commença gaiement Annie. De mon point de vue, apprendre à plonger fait partie du job, c'est donc moi qui paierai les leçons. Pour le matériel, on le louera.

— Où ça ?

— Ici.

Elle lui montrait le site Internet d'une nouvelle boutique, qui vendait et louait du matériel de plongée dans l'île. Elle était tenue par un certain Chad Pederson, embauché par les membres du comité portuaire. Il proposait également des leçons de plongée libre et sous-marine et de kayak. Chad Pederson était leur homme.

— Le magasin est juste à côté d'une chambre d'hôte, Drake's Landing, tu sais où ça se trouve ?

— Dans l'ancienne marina, répondit Jenn, les yeux rivés sur une photo de plongeurs enthousiastes, de la pointe des palmes au tuba. Pourquoi tu ne lui demanderais pas tout simplement de plonger avec toi ?

— A qui ça ?

— A ce type qui donne des leçons. Chad Pederson.

— Parce que je veux que ce soit toi qui m'accompagnes. On fait équipe, non ?

Etrangement réjouie par cette dernière réponse, Jenn approuva :

— Oui, bien sûr.

Annie la prit par le bras puis l'attira plus près de l'écran.

— Dans ce cas, une pour toutes et toutes pour une ! Il est temps de faire plus ample connaissance avec ce phoque !

Pour cela, il fallait d'abord le trouver, mais Annie était sur le coup. Grâce aux guetteurs, chaque apparition de Nera était photographiée, répertoriée, diffusée – et conservée pour la postérité. Le site Internet de l'association enregistrait le moindre mouvement de la femelle. Elle avait été vue pour la dernière fois à proximité du phare de Point Partridge.

— C'est au nord, près de Coupeville, précisa Jenn. A mi-hauteur sur la côte, ajouta-t-elle lorsqu'elle se rendit compte que la mention de ce bourg ne devait pas être très parlante pour quelqu'un qui débarquait de Floride. Nera se dirige vers le sud, Ivar avait vu juste.

— Parfait, conclut Annie. On va s'arranger pour que ce Chad Pederson te délivre un diplôme, et quand Nera arrivera ici, on n'en fera qu'une bouchée.

Jenn écarquilla les yeux.

— Euh, je ne suis pas certaine que…

— Je plaisantais ! s'exclama Annie en lui serrant le bras. Bon sang, jamais je ne ferais de mal à ce phoque.

— Qu'est-ce que tu comptes faire alors ? Parce que…

Ce plan ne lui inspirait pas confiance.

— Je ne sais pas quoi penser, Annie, reprit-elle.

La chercheuse se jeta sur l'un des nombreux cartons entassés dans la pièce et en sortit un objet qui ressemblait à un petit scalpel.

— Je compte prélever un échantillon de sa fourrure, rien de plus, Jenn. Il me permettra d'étudier son ADN. En aucun cas elle ne sera blessée.

— Tu penses pouvoir t'approcher assez près ?

— Grâce à ton père, oui. Je vais lui acheter des appâts. On la confinera pendant une trentaine de minutes. Le temps de gagner sa confiance. Elle ne sentira rien, Jenn. Et si elle sent quelque chose, ça ne sera pas pire que de passer trop près d'un rocher, ce qui a déjà dû lui arriver des dizaines de fois. Les phoques croisent en permanence des obstacles de ce genre. Alors, je peux compter sur toi ? Allez, j'ai besoin de toi, Jenn !

Une lampe formait un halo autour des cheveux d'Annie. Une autre donnait un éclat irréel à sa peau. Son sourire semblait dire : « On est les meilleures amies du monde, non ? » Jenn se convainquit que ses dernières réticences tenaient à la plongée sous-marine, pas à Annie.

— Oui, finit-elle par dire. Tu peux compter sur moi.

15

Le lendemain, Jenn avait prévu de s'entraîner à la course fractionnée après le lycée ; Annie avait d'autres projets pour elle, cependant : les cours de plongée. Elles prirent donc la route de la marina de Langley.

La boutique se trouvait sur Wharf Street, en face des pontons délabrés par les intempéries, depuis longtemps à l'abandon. Des bateaux étaient amarrés le long de rampes incrustées de bernacles. Le local était coincé au pied de la falaise, à l'extrémité du parking. Son enseigne, récente, grinçait au vent glacial, et une banderole accrochée de traviole dans la vitrine précisait : « Ouvert ».

Aucune lumière n'était pourtant allumée à l'intérieur. Jenn s'en réjouit secrètement. La perspective d'apprendre à plonger au beau milieu de l'hiver n'était pas très attrayante. Et surtout, elle devait reprendre son programme d'entraînement si elle voulait avoir une chance d'intégrer l'équipe de foot. Bref, si elles pouvaient rentrer avant la nuit, ce serait tant mieux.

— Mince… murmura Annie en observant le local, manifestement vide. Il m'avait dit qu'il serait là.

— Qui ?

— Chad Pederson. Je lui avais annoncé notre visite et il a…

Quelqu'un cogna soudain à la vitre côté conducteur pour attirer leur attention. Elles retinrent leur souffle. S'il s'agissait du Chad en question… *mamma mia !* C'était un véritable apollon. Les traits de son visage étaient ciselés à la perfection, du menton aux lèvres, du nez au front. Il avait les yeux d'un marron chaleureux et la peau légèrement colorée par le vent.

— Annie ? demanda-t-il à travers la vitre.

Comme elle hochait la tête, il ajouta :

— Désolé, j'étais sur le bateau. Suivez-moi !

Il se précipita vers la boutique, et ouvrit la porte.

— Waouh ! souffla Annie avant de le rejoindre. Quel canon ! Enfin, j'ai déjà quelqu'un qui m'attend, alors il est tout à toi, Jenn.

— Si seulement… ricana-t-elle.

Annie la prit par le bras et lui dit, d'un air très sérieux :

— Hé ! Tu es une beauté, ne l'oublie pas.

A l'intérieur de la boutique, Chad était en train de retirer sa parka, son bonnet et ses gants. On aurait cru qu'il revenait d'une grande expédition. Il portait ses cheveux châtains coupés court, et il avait un torse de nageur, aux muscles bien dessinés, ainsi que des hanches étroites… qui ondulaient à chacun de ses pas. Lorsqu'il souriait, ses lèvres dévoilaient une bouche remplie de dents bien blanches. Il était, sans aucun doute, conscient de son pouvoir de séduction. Qu'est-ce qu'un type comme lui pouvait bien fabriquer à Langley ?

— Alors, dit-il en passant derrière le comptoir et en sortant un registre. Tu es prête à aller sous l'eau ? demanda-t-il à Jenn.

— Elle est à quelle température, exactement ?

Il écarta son appréhension d'un revers de la main.

— Ne t'inquiète pas de ça. Nous allons commencer dans une piscine. Nous ne sortirons en mer que pour ta dernière leçon. Nous irons dans le port, puis nous ferons une immersion de vérification dans la passe. Et tu porteras une combinaison de plongée étanche, le froid ne te gênera pas. En tout cas pas trop, ajouta-t-il avec un sourire avant de se tourner vers Annie. Vous avez souvent plongé en eau froide ?

Elle secoua la tête.

— On n'a pas vraiment ce problème en Floride.

— De toute façon, je serai là pour vous empêcher l'une ou l'autre de succomber à une crise d'hypothermie.

Suivez-moi, je vais vous montrer le matériel. Jenn pourra l'essayer.

Il les conduisit dans la réserve, où divers équipements de plongée étaient soigneusement rangés le long d'un mur. Le comité du port n'avait pas lésiné sur les moyens. Pendant que Chad et Annie discutaient, Jenn observa les combinaisons, bouteilles à oxygène, ceintures de plomb et autres objets qui lui seraient utiles. Ce petit tour d'horizon lui permit de mesurer combien elle manquait de motivation. Elle avait toujours été un peu claustrophobe... De plus, son instinct lui soufflait que, contrairement à ce qu'Annie prétendait, observer le monde à travers un masque en respirant grâce à une bouteille d'oxygène ne lui permettrait pas de gagner un kopeck. Elle avait pris un engagement, néanmoins, et elle ne se dédirait pas. Même si elle devait passer un mauvais moment...

Chad proposa de leur montrer son bateau une fois que Jenn eut terminé les essayages. Ainsi, elle verrait qu'on pouvait facilement en descendre dans l'eau, ce qui l'empêcherait d'appréhender la sortie en mer le moment venu.

— Je n'appréhende rien du tout, répondit Jenn, sur la défensive.

— Bien sûr, fit Chad avec un large sourire. Je vais quand même te montrer le bateau.

Dès qu'il lui eut tourné le dos, elle se renfrogna. Il la traitait comme une gamine. Alors qu'il avait quoi ? Dix-neuf ? Vingt ans à tout casser ?

Arquant les sourcils, Annie désigna Chad d'un mouvement du menton.

— Joli petit cul, en prime.

Jenn ne put retenir un sourire. Elle emboîta le pas à Annie.

Le bateau de Chad était un vieux neuf-mètres que son père et lui avaient rénové de la proue à la poupe. Sous le pont, on trouvait tout le confort nécessaire : couchette, cabinet de toilette et coin cuisine avec une table. Au-dessus, une petite cabine protégeait les passagers en cas de grain. Chad leur signala qu'il était prêt à les emmener en mer avant l'examen final, si elles le souhaitaient. Elles verraient que son bateau était robuste et qu'elles n'avaient rien à craindre. Il précisa qu'il vivait à bord, dans le port. Et maintenant… Etaient-elles prêtes à regagner la terre ferme pour s'occuper de la paperasse ? Elles acquiescèrent.

Après avoir réglé les derniers détails avec Annie, Chad prit date avec Jenn pour une première leçon, puis les raccompagna à la porte. Lorsqu'elle lui tendit la main, il l'attrapa par les épaules.

— Tu vas voir, ma petite, tu vas décrocher ce diplôme en un temps record ! A plus !

Il l'ébouriffa, et elle eut envie de l'assommer.

Une fois dehors, elle grommela :

— Je n'aime pas du tout être traitée comme une gamine de cinq ans.

— Je comprends, approuva Annie, mais laisse-lui un peu de temps.

— Pour quoi faire ?

Annie lui coula un regard en biais.

— A ton avis ? Je suis trop vieille pour lui, la voie est libre. En plus, vous serez ensemble dans la piscine.

Annie joignit ses mains sous son menton et, tout en battant des cils, ajouta d'une petite voix :

— J'avais peur au début, mais maintenant… Oh, Chad, Chad… Tu es un prof si merveilleux…

Jenn s'esclaffa.

— C'est ça !

— Tu crois qu'il ne serait pas prêt à aller jusque-là ? J'ai deux ou trois trucs à t'apprendre sur les hommes.

— A propos d'hommes…

Ivar Thorndyke remontait le quai, un seau à la main. Jenn savait très bien ce qu'il contenait pour en avoir rempli à la chaîne à l'époque où elle donnait un coup de main à son père pour vendre des appâts aux pêcheurs. Il les aperçut au moment d'atteindre son pick-up. Après avoir déposé le seau sur le plateau, il les rejoignit. Remarquant qu'elles étaient devant le local de Chad, il demanda à Annie :

— Vous voulez louer un bateau pour une promenade dans la passe ?

— Nous allons sortir en mer, Jenn et moi. Elle vient de s'inscrire pour prendre des leçons de plongée.

Ivar les dévisagea tour à tour. Jenn sentit qu'il était à deux doigts de déclencher le niveau d'alerte rouge.

— Plonger ? A cette période de l'année ? s'enquit-il sèchement. Dans quel but ?

Annie ne répondit pas immédiatement, comme pour lui laisser le temps de réaliser qu'il avait haussé le ton. Elle finit par dire, calmement :

— Vous semblez préoccupé, monsieur Thorndyke, pourquoi ?

Ivar était un bon client du père de Jenn et celle-ci n'aimait pas beaucoup l'idée de s'embrouiller avec lui. Elle prit donc les devants et expliqua :

— C'est à cause de la marée noire à Possession Point. Annie fait sa thèse dessus.

Elle voulait mettre un terme à cette conversation et, surtout, les empêcher de parler de Nera. Annie arborait un visage de marbre. Ivar, quant à lui, paraissait encore plus soupçonneux qu'avant. Jenn venait-elle, malgré elle, d'envenimer la situation ?

— Comment pouvez-vous étudier une marée noire qui remonte à... quoi ? Dix-sept ou dix-huit ans ?

— Elle s'intéresse aux conséquences, répondit Jenn.

— Le pétrole provenait du réservoir d'un bateau, précisa Annie. Vous prenez la mer, non ? J'imagine que vous êtes conscient des implications.

— Du fioul brut, répondit Ivar. Et ?

— Et ? répéta la chercheuse, choquée qu'il ne réagisse pas davantage. Pour commencer, quand il s'échappe d'un bateau, il coule à pic ou forme des plaques qui échouent sur les plages. S'il reste au fond, il s'infiltre dans le plancher marin, à travers le sable ou les galets.

— Vous croyez qu'il y en a encore ? Alors tout ce cirque, c'est pour ça ?

Jenn vit qu'il cherchait à pousser Annie dans ses retranchements ; elle n'aurait jamais dû évoquer cette marée noire. Ivar n'était pas bête. Il ne manquerait pas d'établir un lien entre les différents éléments : la présence d'Annie Taylor en ville, sa thèse, l'intérêt qu'elle avait manifesté pour Nera lors de la réunion des guetteurs.

— J'ai l'intime conviction, répondit-elle, que le pétrole a occasionné des mutations dans la faune et la flore. Ma théorie…

— Je vous arrête tout de suite.

Il était à parier qu'Ivar n'allait pas la laisser prononcer le mot « mutations » sans réagir.

— Vous êtes là pour notre phoque. Le fioul brut, l'infiltration dans le fond marin, les mutations de la faune… Ce ne sont que des prétextes ! Vous êtes là pour notre phoque !

Annie ne se laissa pas démonter.

— Pour « le » phoque, monsieur Thorndyke. Cet animal est sauvage, il n'appartient à personne.

— Et personne n'est censé l'importuner.

— Mon objectif n'est pas de l'importuner, se braqua-t-elle.

— Ah oui ? Eh bien, je vous conseille de faire attention à l'endroit où vous posez les pieds, parce que je vous ai à l'œil.

Sur ces mots, il rebroussa chemin jusqu'à son pick-up. Jenn se tourna vers Annie, dont la respiration était saccadée. La jeune femme tentait de contenir ses émotions, le visage rougi. Ivar claqua violemment sa portière.

Jenn eut soudain l'intuition que la situation était bien plus complexe qu'il n'y paraissait. Et elle éprouva immédiatement le besoin de découvrir de quoi il retournait.

Le monde de Cilla

La route est longue et, même si le temps passe, la lumière succédant à l'obscurité, je n'ai pas la moindre idée du nombre de jours qui se sont écoulés. La pluie et la neige me sont tombées dessus. Le vent a soufflé si fort qu'il a cassé les branches des arbres. Ce vent est la seule chose que je crains. Dès qu'il s'est levé, je me suis éloignée des forêts pour m'aventurer sur les petites routes de campagne serpentant dans le paysage.

Je n'ai croisé que peu de voitures, car je me tiens à distance de la route du premier jour. J'en ai suivi une qui grimpait puis dévalait et m'a plongée au cœur des bois. Je ne me suis pas sentie perdue ; j'ai eu l'impression qu'on m'appelait. Et que je devais continuer à marcher.

Il m'est arrivé de rester cachée un jour entier, voire deux – et même, une fois, trois. J'ai toujours fini par me relever et me remettre en chemin, traînant derrière moi la valise à roulettes que la maman et le papa ont oubliée.

Je dois avoir une drôle d'allure, avec mon boitillement. J'ai perdu une chaussure quelque part dans la boue, et je n'ai pas cherché à la remplacer. A chaque arrêt, j'examine mon pied. Je me suis coupée et j'ai saigné. Le saignement a stoppé, recommencé. Stoppé et recommencé. J'ai le pied en feu, mais je ne peux pas me permettre de l'immobiliser et d'attendre qu'il guérisse tout seul. Avancer est l'unique réponse à la question de ma présence ici. Seule.

16

Becca fut surprise d'apprendre qu'Ivar Thorndyke et Sharla Mann ne faisaient qu'habiter dans la même maison. Elle s'était imaginé qu'ils vivaient en concubinage, comme sa mère avant d'épouser les cinq hommes qui s'étaient succédé dans le rôle de beau-père de Becca. En réalité, Sharla s'occupait de faire la cuisine et le ménage en échange d'une chambre au premier et du débarras du rez-de-chaussée, transformé en salon de coiffure. Rien de plus. Quant à Ivar, s'il regardait Sharla avec des yeux de chien battu, il ne semblait pas décidé à entreprendre quoi que ce soit pour changer la situation.

Becca surprenait parfois leurs pensées, surtout lorsque Sharla lui proposait de rester dîner après quelques heures de travail dans le poulailler. Les murmures d'Ivar tournaient toujours autour de la même idée : *le jour où... si jamais elle... et si je lui demandais... impossible après ce qui lui est arrivé...* C'était d'autant plus intéressant qu'elle pouvait les comparer à ceux de Sharla – *j'ai déjà donné, merci* –, qui suggéraient qu'elle avait eu un mari autrefois et qu'elle ne souhaitait pas renouveler l'expérience.

Sa curiosité ayant été piquée, Becca entreprit des recherches. Sous prétexte d'un exposé à préparer, elle put, au bureau des archives du sud de l'île, consulter de vieux journaux. Elle découvrit ainsi qu'il y avait un lien entre Sharla et l'homme dont elle avait fait la connaissance sur la plage de Sandy Point, Eddie Beddoe. Ils avaient été mariés. Lorsque le bateau d'Eddie avait coulé dans la passe de Saratoga, son « épouse depuis dix ans, Sharla Mann » avait refusé de réagir à sa déclaration selon laquelle un dangereux phoque avait mis la main – ou la nageoire, songea Becca non sans ironie – à l'accident. Un journaliste avait essayé de la faire parler au téléphone, mais Sharla n'était pas tombée dans le panneau. « C'est mon mari qu'il faut interroger », s'était-elle contentée de répondre.

Becca réfléchit à tout cela, et plus particulièrement à la menace que représentait Eddie Beddoe. Se rappelant un murmure en particulier – *la tuer* –, elle eut peur pour Sharla. Elle avait cependant lu qu'ils étaient séparés depuis des années : peut-être Eddie en avait-il après le phoque femelle, plutôt…

La jeune fille avait de plus en plus l'impression que Nera pesait lourd dans l'histoire personnelle de bien des habitants de l'île. Elle avait ainsi, selon Sharla, cassé un bras à Ivar plusieurs années auparavant. Voilà pourquoi il défendait avec autant de détermination à quiconque de s'en approcher. Et lorsque, moins d'une semaine après avoir commencé à travailler pour lui, elle le vit débarquer en furie dans le poulailler, elle comprit aussitôt que la femelle phoque occupait ses pensées : *vont la blesser… elles jouent à un petit jeu dangereux… n'a aucune valeur pour elles et pourquoi en serait-il autrement ?*

— J'ai un boulot pour toi, lui annonça-t-il. Un boulot sérieux, qui ne consiste pas seulement à traîner ici pour tenter d'organiser mon bazar.

La perspective d'un travail plus important, et du salaire correspondant, capta l'attention de Becca. Elle posa la fourche rouillée qu'elle tenait et se prépara à écouter les instructions d'Ivar.

Il voulait qu'elle fasse de la plongée sous-marine et il lui en exposa rapidement les raisons. Une chercheuse fraîchement débarquée sur l'île avait enrôlé une gamine pour attraper Nera. Toutes deux n'avaient pas dévoilé leurs plans aussi ouvertement, ce qui n'avait pas empêché Ivar de deviner ce qu'elles manigançaient. Il avait donc eu l'idée suivante : Becca apprendrait à plonger, elle aussi.

— J'ai besoin que tu les espionnes pour moi, Becks. Je ne peux plus aller sous l'eau. De toute façon, je n'y vois rien sans lunettes. Tu n'as aucun problème, toi.

— Sauf que je ne sais pas plonger.

Elle perçut sa nervosité, qui lui fut confirmée par les murmures qu'elle surprit : *pas accepter un non... quand elles seront sous l'eau... elle pourra les surveiller...* Elle voulait l'aider – elle avait de la sympathie pour lui –, mais de là à plonger ? Elle s'en sentait incapable, surtout à cette période de l'année. Il balaya ses objections.

— La gamine qui accompagnera la scientifique va prendre des leçons avec un jeune gars, dans la marina. Il pourra t'en donner, à toi aussi. Je me chargerai de payer, tu n'as pas d'inquiétude à avoir sur ce point. C'est une mission d'une importance cruciale, Becks. Une question de vie ou de mort.

— Mais comment savez-vous qu'elles en ont après Nera ?

— Elles me l'ont presque avoué quand je les ai croisées à Langley, sur le port. Et laisse-moi te dire que ça ne peut pas arriver, Becks. La loi interdit de s'approcher à moins de cent mètres des mammifères marins, et il y a une bonne raison à ça : la sécurité de tous, les hommes comme les animaux. Cette femme a l'intention de n'en faire qu'à sa tête, ça va barder, crois-moi !

— Sharla m'a raconté que ce phoque vous avait cassé le bras, dit Becca, s'adressant presque plus à elle-même qu'à Ivar.

Il rougit à la mention de ce prénom.

— Elle a dit ça...

— Pourquoi cette scientifique veut-elle l'approcher ?

— Si je le savais ! Je n'obtiens que des réponses fuyantes de sa part : « Personne ne fera de mal à cette bête, monsieur Thorndyke », ou « Les phoques ne s'attaquent pas aux êtres humains ». Sauf qu'il ne s'agit pas d'un phoque comme les autres ! Nera est différente depuis toujours. Elle m'a cassé le bras, c'est vrai, et Eddie est persuadé qu'elle a coulé son bateau. Les gens pensent qu'il divague, mais je ne veux prendre aucun risque. Aucun. Alors, tu vas me donner un coup de main, Becks ?

Cela ne l'empêcherait pas de continuer à travailler au poulailler, ajouta-t-il. Il avait déjà parlé au professeur de plongée. L'autre fille venait tout juste de commencer ses leçons, et Becca pouvait se joindre à eux sans problème. Elle sauverait peut-être une vie en acceptant.

— D'accord, dit-elle.

La réaction d'Ivar la prit au dépourvu : il la serra contre lui et déposa un baiser sur le sommet de son crâne.

— Tu es la meilleure ! souffla-t-il.

Ces leçons de plongée auraient le mérite de l'occuper. Et de la sortir de sa cabane. Voilà ce que Becca se disait. Son emploi du temps était loin d'être plein, après tout. A part ses activités au Heart's Desire pour Ivar et ses efforts pour faire profil bas à Langley – au cas où Jeff Corrie réapparaîtrait –, elle consacrait ses journées à aller en cours, préparer ses devoirs à la bibliothèque municipale et essayer de mettre en forme son projet de Civilisations occidentales afin de décrocher une note correcte en dépit de l'attitude de Tod Schuman, qui s'obstinait à ne pas vouloir utiliser autre chose qu'Internet. Le soir, elle regagnait sa cabane pour dîner et dormir avant de reproduire, le lendemain, le même programme. Cette mécanique bien rodée, et monotone, ne se grippait que lorsqu'elle croisait Derric et Courtney, jouant au couple parfait.

Comble de malheur, le jour des œillets approchait. Il s'agissait d'une collecte de fonds organisée par les élèves de terminale pour financer la nuit blanche qui suivrait la remise de leurs diplômes de fin d'études. Pour un dollar, on achetait un œillet, qu'on adressait à un autre élève, accompagné d'un message. On pouvait bien sûr, si on avait les moyens, couvrir quelqu'un de fleurs. L'occasion rêvée pour Derric et Courtney de se draper littéralement dans leur amour mutuel et de l'afficher. Quant à Becca... Elle grossirait sans doute les rangs des filles qui s'achetaient, discrètement, une ou deux fleurs à elles-mêmes pour s'éviter l'humiliation d'avoir les mains vides le grand jour.

Becca ne voyait qu'un seul point positif dans son existence : ses cheveux n'étaient plus immondes. D'un autre côté, ses nouvelles coupe et couleur n'avaient pas transformé son univers. La seule personne à les avoir remarquées était en effet Jenn McDaniels. Et son commentaire, délivré de son habituel ton de peste, avait réussi à gâcher le petit plaisir de Becca :

« Bien essayé, la grosse. Tu crois que ça va faire une différence ? »

Bref, Becca était disposée à accueillir tout changement dans sa vie. Et s'il devait prendre la forme de leçons de plongée… pourquoi pas ?

17

Jenn n'était pas habituée à voir des femmes nues. Elle n'aimait pas montrer son corps, n'ayant rien à montrer à proprement parler, et elle se sentait mal à l'aise quand les autres filles se déshabillaient après les matchs de foot et rejoignaient les douches nonchalamment. Voilà pourquoi, lorsque Annie Taylor retira ses vêtements dans le vestiaire du centre de fitness de South Whidbey, elle fut aussitôt gênée. Pour ne rien arranger, et malgré sa tenue d'Eve, Annie se mit à faire la conversation, sans se soucier d'afficher ses tétons et ses poils pubiens. Par chance, il n'était que 5 heures du matin et Jenn était la seule autre personne présente. Pour autant elle ne savait pas où poser les yeux. Oh, elle aurait bien voulu en profiter pour établir des comparaisons – comme tout le monde en présence d'une telle opportunité, non ? –, mais elle trouvait bizarre de le faire avec Annie.

La jeune femme lui expliqua que Chad Pederson allait lui enseigner les rudiments de la plongée. Aucune inquiétude à avoir, Jenn apprendrait vite. Et Annie se chargerait de lui donner des leçons supplémentaires, au cas où elle n'aurait pas tout compris. La chercheuse finit par enfiler un maillot de bain. Enfin…

— Tu vas assister au cours ? lui demanda Jenn.

— Non, je compte profiter de ma présence ici pour faire quelques longueurs.

Jenn ne put s'empêcher de s'interroger : était-on vraiment à son aise avec un string pour nager ?

La mâchoire de Chad se décrocha lorsqu'il vit Annie sortir du vestiaire. Il se ressaisit presque sur-le-champ, cependant.

— Euh... d'accord... super, bafouilla-t-il quand elle l'informa qu'elle ferait de l'exercice pendant la leçon de Jenn.

Il ne parvint pas à détacher ses yeux du postérieur de la jeune femme tandis qu'elle gagnait l'extrémité de la piscine.

— Trop vieille pour toi, mon pote, lança Jenn.

Après tout, c'était Annie qui l'avait dit.

Trop vieille ou pas, il semblait trouver ses fesses à son goût.

— Sauf que je les aime vieilles, Aquagirl[1].

— Je m'appelle Jenn.

— Je préfère Aquagirl. La fille de l'eau.

Annie commença ses longueurs. Alors seulement, Chad se tourna vers Jenn.

— Par pitié, lui dit-elle avec amertume, elle a trente-trois ans ! Et elle a quelqu'un en Floride. Tu as quel âge ? Dix-neuf ?

Il lui coula un regard en biais.

— Et toi ? Tu es jalouse ?

— Dans tes rêves ! Bon, tu me donnes une leçon, oui ou non ? Parce que je ne suis pas sortie de mon lit pour te regarder baver. Surtout que tu n'as aucune chance, désolée de te casser la baraque.

— Parce que toi, oui ?

— Hé ! Qu'est-ce que tu sous-entends ?

Il secoua la tête.

— Oublie ce que je viens de dire. Au travail, maintenant ! Descends dans l'eau et enchaîne six longueurs.

— Hein ? C'est une blague ? Je ne me suis pas inscrite en camp de redressement.

— Ne discute pas.

— Je suis ici pour apprendre à plonger.

1. Personnage de comics, fille d'Aquaman, le roi d'Atlantis, et dotée de super-pouvoirs liés à l'eau et la télépathie.

— Si tu laisses tomber ton matériel au fond, tu devras être capable de nager sur de longues distances. Alors fais-moi six allers-retours dans la nage de ton choix. Nage du chien, brasse, crawl, je m'en fiche.

Jenn obtempéra, même si elle trouvait que l'exercice confinait à la punition militaire. Elle exécuta les deux premières longueurs sans difficulté. A partir de la troisième, en revanche, elle se rendit compte que la cigarette lui compliquait singulièrement la tâche. Elle eut du mal à terminer la sixième et, arrivée au bout, s'accrocha au rebord de la piscine en pantelant comme un chien en plein soleil. Chad lui demanda alors de faire la planche pendant dix minutes.

— Et interdiction d'utiliser les bras et les jambes, précisa-t-il.

— Je viens de te montrer que je savais nager, pourquoi veux-tu que je flotte sur le dos ?

— C'est moi le prof, Aquagirl. Tu discutes toujours ?

— Je m'appelle Jenn.

— Et je te l'ai dit, je préfère Aquagirl. Maintenant fais la planche.

Après avoir grommelé quelques injures bien senties – assez fort pour qu'elles ne lui échappent pas –, elle finit par obéir. L'exercice était plus ardu qu'il y paraissait, surtout sans l'aide des bras et des jambes. Une fois qu'elle eut compris le truc, elle réussit malgré tout à tenir dix minutes. Puis elle le rejoignit près d'une table, sur laquelle il avait disposé du matériel. Il lui expliqua un milliard de détails concernant la pression atmosphérique, l'oxygène, la flottabilité, blablabla. Et autres trucs incompréhensibles. Jenn avait beau l'écouter avec attention, il réussissait à la distraire tant il était, lui-même, dissipé.

Il ne quittait pas des yeux Annie, qui fendait l'eau avec l'aisance d'une déesse aquatique. Lorsqu'elle sortit de la piscine et qu'elle s'approcha pour voir ce qu'ils faisaient, Chad se mit à bredouiller. Elle se servait de sa serviette pour s'essuyer les cheveux alors que le reste de son corps dégoulinait. On voyait ses tétons pointer à travers le tissu de son maillot, et elle ne s'en souciait pas le moins du monde, ce qui agaça Jenn au plus haut point.

— Comment ça se passe ? demanda-t-elle avec un sourire à l'intention de la jeune fille.

— Nous sommes en train de parler de la pression atmosphérique, répondit Chad.

— Qu'as-tu appris ? poursuivit Annie, s'adressant toujours à Jenn.

— Je lui explique pourquoi il est important d'équilibrer ses oreilles grâce à la manœuvre de Valsalva.

— Tu as compris le truc ? s'enquit Annie. Il faut se boucher le nez et souffler. Regarde.

Elle ne fit pas la démonstration elle-même, mais pinça les narines de Jenn, lui expliquant que, en cas de barotraumatisme, elle aurait l'impression que sa tête était un ballon prêt à exploser. Ignorant Chad, elle ajouta :

— Tu vas t'en sortir à merveille, Jenn. Pas d'inquiétude.

Elle suivit le reste de la leçon, assise au bord de la piscine, les jambes dans l'eau, les coudes appuyés sur les cuisses, offrant ainsi une vue plongeante sur son décolleté. Le pauvre Chad réussit néanmoins à poursuivre son cours – alors qu'Annie s'ingéniait à le déconcentrer tout en faisant mine de ne pas remarquer sa présence. Il annonça à Jenn qu'ils allaient s'équiper et descendre dans l'eau. Ils s'assiéraient au fond du petit bain pour s'habituer à respirer avec le détendeur.

Jenn ne trouva pas l'expérience si déplaisante que ça. Assise en tailleur, face à Chad, elle respirait au même rythme que lui. Il hocha la tête et ferma les yeux. L'imitant, elle se rendit compte que cela lui procurait de nouvelles sensations étranges, et plutôt agréables. Elle laissa dériver ses pensées. Elle se demanda ce qu'elle pourrait faire si elle se révélait douée pour la plongée. Elle s'interrogeait sur le moyen de gagner de l'argent par ce biais, lorsqu'on lui arracha soudain son masque.

Elle remonta brusquement à la surface. Dans la précipitation, elle perdit son détendeur et but la tasse. Quand elle eut fini de cracher ses poumons, elle hurla :

— Ça va pas, non ? Tu m'as pris mon masque !

L'ayant rejointe, Chad acquiesça d'un air calme.

— Oui.

— Pourquoi tu as fait ça ?

— Pour voir comment tu réagirais. Tu as paniqué.

— Et tu t'attendais à quoi, abruti ? J'aimerais voir comment tu réagirais, toi !

— Calme-toi. Si tu paniques sous l'eau, c'est la noyade assurée. Parce que quand on panique, on file vers la surface comme tu viens de le faire. Sans prendre le temps de décompresser. Sous un mètre d'eau, aucun problème. Sous quinze mètres, tu n'y survivras pas.

— Tu m'as prise au dépourvu.

— On a parfois des surprises sous l'eau, Aqua...

— Je m'appelle Jenn !

Chad ne fut satisfait qu'au quatrième essai : Jenn pouvait se retrouver privée de masque sous l'eau sans paniquer. Elle était aussi en mesure de perdre son détendeur, de le remettre et surtout de se souvenir de souffler avant d'inspirer, pour chasser l'eau qui, autrement, aurait rempli ses poumons. Il lui apprit ensuite à pénétrer dans l'eau palmes aux pieds. Le cours dura plus de trois heures en tout. A la fin, Jenn était exténuée.

Annie, qui entre-temps avait pris une douche, demanda à Chad :

— Comment s'en est-elle sortie à ton avis ?

— A part sa tendance naturelle à la panique, qui risque de la tuer, pas mal.

Annie suivit Jenn dans le vestiaire.

— Douche-toi, ça te fera du bien. Tu t'en es très bien tirée, quoi qu'il en dise. Pour une première leçon, c'était même impressionnant.

Elle restait plantée là, les bras croisés. Jenn attendit qu'elle retourne à la piscine, à la voiture ou ailleurs, mais Annie s'adossa contre l'un des casiers, comme si elle voulait voir la jeune fille se déshabiller. Jenn avait beau savoir que ce n'était rien, qu'elles étaient « entre filles », elle fut tentée de lui demander de partir. Et en même temps, elle n'en avait pas envie. Après tout, elles étaient amies, non ? Lorsqu'elle se décida à retirer son maillot, Annie lâcha :

— Tu es bien foutue.

— Si on aime les planches.

— Arrête de te rabaisser.

Elle lui donna une tape taquine sur les fesses, puis elle la laissa se doucher tranquillement et rejoignit Chad, qui chargeait le matériel dans son pick-up.

Ils finissaient tout juste lorsque Jenn sortit. Le jour s'était enfin levé – à cette période de l'année, il se faisait toujours désirer au nord-ouest de la côte pacifique. Elle repéra une fourgonnette blanche cabossée, dont la portière avait été réparée avec de la résine. Son moteur tournait au ralenti et elle crachait un filet de fumée blanche. Quelqu'un discutait avec le conducteur, par la vitre baissée. Mince, c'était cette ordure de Dylan Cooper…

Jenn l'évitait autant que possible, mais cette fois elle ne réussirait pas à passer inaperçue. La fourgonnette était garée juste à côté de la voiture d'Annie, qui venait de prendre congé de Chad. Tout en se dirigeant vers Jenn, elle lui cria :

— Allons chercher un *latte* et de quoi manger, ma belle !

Dylan regarda aussitôt autour de lui. Après avoir échangé quelques mots avec le conducteur de la fourgonnette, il se traîna jusqu'à Jenn.

— C'est ici que vous vous retrouvez entre lesbiennes ?

— Qu'est-ce que tu fabriques ici ? Tu es là pour acheter ou vendre ? Ne te fatigue pas, je connais déjà la réponse.

— Elle est canon, ta copine, dit-il en pointant le pouce vers Annie. Je n'aurais jamais cru qu'elle voudrait de toi.

Il remua la langue de façon obscène avant d'ajouter :

— Ça t'a plu ?

Elle dut se retenir de lui en coller une.

— Pauvre type… Tu n'as pas envie de changer de disque ?

— Ha ha ha ! Tu veux dire que tu n'en es pas une ? Je devrais peut-être lui demander son avis. Hé ! cria-t-il à Annie. C'était comment ? Elle a pris son pied ?

— Dégage, lui cracha Jenn.

Installée derrière le volant de sa Honda, Annie avait mis le contact. Ce qui l'avait empêchée, heureusement, de comprendre un seul mot de l'échange.

— C'était juste un crétin du lycée, expliqua Jenn lorsque Annie l'interrogea sur Dylan Cooper. Je connais son frère.

— Qu'est-ce qu'il a dit ? J'ai eu l'impression qu'il me parlait…

— On pourrait s'arrêter au Bayview Corner, l'interrompit Jenn. Ils servent du café, et aussi des bagels, des muffins ou autres. Et Eddie Beddoe travaille juste en face. Tu as déjà abordé la question du loyer de la caravane avec lui ?

Visiblement sur le point d'ajouter quelque chose au sujet de Dylan Cooper, Annie se ravisa et haussa les épaules.

— Bonne idée pour Eddie. Mais après le petit déjeuner.

Une fois restaurées d'un café et d'un bagel, elles traversèrent Marsh Road pour rejoindre une ancienne station-service reconvertie en garage automobile. L'endroit était crasseux, et Eddie Beddoe était la dernière personne sur terre à qui Jenn confierait un moteur. Il tirait néanmoins quelques maigres revenus de son entreprise. Elles le trouvèrent occupé à régler le ralenti d'un Toyota Land Cruiser.

Il releva la tête en entendant son prénom.

— Jenn McDaniels. Comment va ton paternel ? Et sa brasserie ? Il doit me filer un loyer au début du mois, tu peux lui dire que je ne veux pas être payé en bière !

— Je vous présente justement celle qui paie le loyer en question, Annie Taylor. Et vous la rackettez.

Eddie ajusta sa casquette, comme s'il en avait besoin pour jauger Annie.

— A ma connaissance, dit-il, les loyers sont indexés sur le marché.

— Ah oui ? Il y a longtemps que vous ne vous êtes pas renseigné sur les prix du marché, Eddie. Annie est au fait, elle, et elle est venue vous dire…

— Elle ne parle pas ? la coupa Eddie. Voilà qui est vraiment étrange, Jenn, je me souviens pourtant l'avoir eue au téléphone au moins une fois. Et à l'occasion de ce coup de fil, nous nous étions mis d'accord sur le montant du loyer. On peut savoir ce que vous faites dans le coin un samedi matin ?

— Nous prenions une leçon de plongée, monsieur Beddoe, répondit Annie. J'ai regardé les tarifs des locations sur l'île : vous pratiquez des prix exorbitants.

— Une leçon de plongée ? Pour qui ? Qui peut bien avoir besoin d'apprendre à plonger ?

« En quoi est-ce que ça vous regarde ? » aurait voulu rétorquer Jenn. Eddie s'était éloigné du Toyota et s'essuyait les mains avec beaucoup d'application, le front plissé par la réflexion.

— Les leçons sont pour Jenn, monsieur Beddoe, dit Annie. Elle va plonger avec moi.

— Pour quoi faire ?

— Des recherches marines, ça vous va ?

— A quel sujet ?

— Ecoutez, intervint Jenn, nous sommes venues discuter du loyer, pas d'autre chose. Ne croyez pas qu'on ne voie pas clair dans votre petit jeu…

Annie l'arrêta en lui posant une main sur le bras.

— Il y a eu une marée noire, expliqua-t-elle. Ça remonte à des années. Je réunis des preuves pour…

— Un procès ? se moqua Eddie. Je demande à voir ça !

— … mon étude sur les mutations génétiques de la vie marine. Je suis en thèse. Et en toute franchise, monsieur Beddoe, ça m'aiderait beaucoup si vous acceptiez de renégocier le montant du loyer.

— Nous nous étions mis d'accord.

— Faites un effort, insista Jenn, c'est du vol et vous le savez.

Eddie bâilla, puis il retira sa casquette et se gratta la tête. Pourriture, songea la jeune fille. Mollusque !

— Très bien, reprit-elle, on oublie. J'ai bien l'impression qu'il ne te reste plus que le cabanon de Possession Shores, Annie. C'est un peu plus loin de Possession Point, mais ça reste correct. Tu seras assez près, tu crois ?

Un sourire étira les lèvres de la chercheuse quand elle répondit :

— Ça ira très bien. Heureusement que les propriétaires...

— Vous pensez vraiment que je vais marcher ? lâcha Eddie. On devrait pouvoir trouver un arrangement, malgré tout.

— Quel genre d'arrangement ? s'enquit Jenn.

— Un arrangement lié à ces cours de plongée.

— C'est-à-dire ? reprit Annie.

Eddie pointa vaguement le doigt en direction de la passe de Saratoga, à plusieurs kilomètres vers l'est.

— Trouvez mon bateau. Rapportez-moi la preuve qu'il est bien là-bas, et vous pourrez rester dans ma caravane aussi longtemps que vous le voulez. Gratuitement. Si vous revenez bredouille en revanche, vous me paierez le loyer convenu.

— Et comment elle retrouverait ce foutu bateau ? s'exclama Jenn.

— Aucune idée. A sa place, je me ferais aider par quelqu'un. Quelqu'un qui aurait un bateau équipé. Je procéderais comme ça, moi.

— Pour fouiller la passe de Saratoga dans son ensemble ? répliqua Jenn avec dédain. Hors de question, Eddie.

— Mon bateau a coulé juste à côté de Sandy Point. Je débuterais mes recherches là-bas. Mais Madame est libre de faire ce qu'elle veut.

18

Sortir avec Courtney Baker se révélait une expérience exaltante. Derric n'avait jamais vu une fille aussi engagée. Et futée en prime. Mais il appréciait surtout son côté secret. Comme tout un chacun – et comme lui –, elle possédait ses démons.

Elle se confiait, lui parlait de ce qu'elle ressentait profondément. Il lui arrivait de haïr sa sœur, par exemple. Et de redouter que ça ne change pas. Il lui arrivait aussi de haïr ses parents. Elle avait beau s'efforcer de rester fidèle aux principes qui la guidaient depuis son enfance, elle envoyait souvent tout bouler. Elle rêvait d'une existence plus vaste et plus remplie que celle qu'offrait Whidbey, tout en appréciant la vie protégée sur l'île, et elle ne savait pas comment résoudre ce dilemme. Et elle désirait Derric. Constamment et infiniment. Voilà les mots qu'elle employait. Elle avait toujours cru, cependant, qu'elle se réserverait pour le mariage et s'interrogeait sur les conséquences d'un manquement à ce vœu. D'autant que ce désir, fût-il réel et sincère, la désarçonnait. Ils n'avaient que seize ans après tout ! N'auraient-ils pas dû avoir d'autres préoccupations que de se retrouver tout nus ?

Derric essayait de se convaincre qu'il en avait d'autres, des préoccupations, et la plupart du temps c'était vrai. Il se le voyait rappeler chaque fois que Courtney ouvrait la vieille boîte Star Wars. Il la lui avait offerte, remplie de bonbons, d'une bougie parfumée, de deux CD de jazz et d'un mot doux pour la Saint-Valentin. Cette idée ne lui était venue que lorsque sa mère avait découvert la boîte sous son lit et lui avait demandé pourquoi il gardait « cette vieillerie ». Il avait dû improviser une explication et avait songé à Courtney. Depuis, la jeune fille ne la lâchait pas, mettant à profit la petite poignée dont la boîte était pourvue pour s'en servir comme sac à main rétro. Courtney, imitée par plusieurs autres lycéennes, avait même initié une mode. Du coup, chaque fois que Derric voyait cette mallette débile, il se souvenait de ce qu'elle avait contenu. Et il pensait presque quotidiennement à sa sœur. A sa sœur et à Becca. Cependant, leur histoire à Becca et à lui était terminée, il l'avait décidé.

Sa page Facebook reflétait ce changement. Becca n'avait jamais apprécié qu'il poste des photos d'elle – encore une de ses bizarreries –, il n'eut donc aucun scrupule à retirer les trois clichés pris à Noël pour les remplacer par d'autres, de Courtney et de lui, ensemble ou séparément : sur la plage de Double Bluff, avec sa famille à elle, où ils avaient réalisé d'impressionnantes constructions en bois flotté ; dans les gradins lors d'un match de basket ; lors d'une fête à Clinton et dans la queue pour aller voir un film au Clyde ; bras dessus bras dessous, en plein baiser, juste avant une soirée habillée. Toutes leurs photos ne se retrouvaient pas en ligne, bien sûr. Derric ne postait que celles qui étaient montrables au public. Les autres... les autres prouvaient à quel point la situation devenait chaude entre eux.

Ils savaient tous deux que ce n'était plus qu'une question de temps, et Derric se tenait prêt. Il avait en permanence des préservatifs sur lui, attendant le feu vert de Courtney. Jusqu'à présent, il était resté rouge. Parfois, elle lui disait : « Derric, on ne peut pas. » Une fois, elle lui avait expliqué : « Je crois que j'ai peur même si je ne peux pas expliquer pourquoi. » Ça se concluait toujours de la même façon pour lui : il remettait son jean en essayant d'oublier sa frustration.

Pour ne rien arranger, sa mère était parfaitement au courant de ce qui se tramait. Chaque fois qu'il rentrait d'un rendez-vous avec Courtney, elle l'attendait. Ou plutôt elle envoyait son mari au front.

« Parle-lui, Dave.

— C'est un grand garçon, Rhonda », répondait-il.

Peut-être bien qu'il était un grand garçon. Et peut-être pas. Bien sûr, on lui avait enfoncé dans le crâne, depuis qu'il avait l'âge de s'intéresser aux filles, que, quoi qu'il arrive, il ne devait pas oublier d'utiliser un préservatif. En revanche, on ne lui avait jamais parlé des états d'âme qui accompagnaient ce grand pas. Oui ou non ? Quand ? Comment ? Où ? Tout le monde était persuadé qu'ils étaient déjà passés à l'acte de toute façon. Les types au bahut l'interrogeaient d'un air lubrique : « Alors… ? », imaginant Courtney nue. Les filles, elles, leur adressaient des sourires entendus quand elles les croisaient ensemble. « Salut, Derric. Salut, Courtney. » Leur ton était si éloquent qu'elles auraient aussi bien pu leur demander carrément : « Vous le faites où ? Chez lui ? Chez toi ? A l'arrière de ta voiture ? »

« On n'a plus aucune raison d'attendre », en concluait Derric. Courtney, elle, disait : « J'ai l'impression d'être une sale hypocrite. » C'était à cause du groupe de prière du lycée ; elle était à sa tête. Elle l'avait initié dans l'idée de contribuer à la vie de sa paroisse. Les membres se réunissaient une fois par semaine dans une salle de classe et priaient pour ceux qui en avaient besoin. A l'automne, ils avaient dirigé leurs pensées vers Derric, pendant son séjour à l'hôpital. Avant, c'était vers la famille d'un étudiant originaire de l'île qui avait été tué, une nuit, lors d'un échange de coups de feu à Seattle. Quand personne ne réclamait leur attention, ils priaient les uns pour les autres et s'encourageaient à avoir la force de rester fidèles à leur Engagement.

Courtney ne lui avait pas tout de suite parlé de l'Engagement. Elle lui expliqua, plus tard, lorsqu'ils se rendirent compte que ce qu'ils voulaient tous les deux, c'était être nus, peau contre peau, qu'elle avait craint qu'il ne refuse de sortir avec elle si elle avait été parfaitement honnête. Comme il demandait des précisions, elle baissa les yeux et lui avoua que son groupe de prière avait fait vœu de chasteté. C'était leur Engagement. Rien avant le mariage. Enfin, pas rien du tout, mais pas de vraie relation sexuelle.

Il avait répondu que ça ne lui posait aucun problème et il en était convaincu à l'époque. C'était avant ce fameux soir où elle avait retiré son pull, dégrafé son soutien-gorge et décrété : « Je m'en fiche. » Puis, peu de temps après : « Non, on ne peut pas. » Une semaine plus tard, elle lui confessait avoir peur. En bref, il ne savait plus où il en était. Si bien que lorsqu'elle lui proposa de prier avec elle, il accepta. On était déjà en mars, il fallait bien que quelqu'un fasse des compromis.

Il n'avait jamais pris part à un groupe de prière. Il accompagnait parfois ses parents à la messe le dimanche, cependant leur fréquentation n'avait rien d'assidu. L'éducation religieuse de Derric se limitait à un fait principal : il savait que sa mère s'était rendue en Ouganda grâce à sa paroisse. La spiritualité ne signifiait rien à ses yeux. Mais si assister à un groupe de prière pouvait l'aider à comprendre comment agir avec Courtney, voire à parvenir à ses fins, il était prêt à tenter le coup.

Les membres du groupe se retrouvaient à l'heure du déjeuner, chacun apportait son repas et sa bible. N'ayant ni l'un ni l'autre, Derric eut aussitôt le sentiment de ne pas être à sa place. On lui proposa cependant rapidement qui la moitié d'un sandwich, qui une bible, et il se dit que tout irait bien.

Le début de la séance fut consacré à manger et lire dans un silence complet. A la fin du repas, ils inclinèrent la tête et se préparèrent à prier. Ils avaient disposé les tables en cercle, et chacun prit ses voisins par la main. L'un après l'autre, ils s'adressèrent à l'assemblée.

Derric connut alors un moment de panique. Il croyait qu'il s'était agi de prier, pas de formuler à voix haute des souhaits intimes. Il pressentit soudain que la séance allait prendre un tour très déplaisant.

Cela se confirma dès que Courtney prit la parole.

— Seigneur Jésus, dit-elle tout bas, paupières closes et tête courbée, tu sais que Derric et moi voulons faire l'amour. Tu sais aussi que nous avons été plus d'une fois près de céder à la tentation et je me sens… je me sens mal. Je suis tiraillée par des désirs contraires et je me promets, dès que je suis avec lui, de ne pas le toucher…

Derric se redressa d'un bond. Sa réaction fut si brusque que les deux élèves qui l'entouraient sautèrent sur leurs sièges. Affrontant les paires d'yeux braquées sur lui, il se sentit plus nu que jamais. Il quitta immédiatement la salle.

Il entendit Courtney l'appeler. Pour ne rien arranger, Becca King – pourquoi elle ? – passait justement dans le couloir, suivie de Tod Double Slip, qui ricanait :

— Hé, je croyais que tu voulais diriger les opérations, la grosse bouse.

— Tu viens d'une autre planète ou quoi, Tod ? lui répondit-elle.

Derric ne l'avait jamais vue aussi énervée. Dès qu'elle l'aperçut, elle vira couleur ketchup. Il n'eut pas le temps de prendre ses jambes à son cou, Courtney l'avait rejoint.

— Je croyais que tu comprenais le sens de ces réunions ! Quand on prie, on se doit d'être honnête. Sinon, ça ne sert à rien.

Derric, lui, aurait voulu que le sol s'ouvre sous ses pieds et l'engloutisse. Déconcertée, Becca les considéra tour à tour, Courtney et lui, avant de s'éloigner précipitamment. Tod lui courut après.

— Tu ne vas pas t'en tirer comme ça.

Les yeux bleus de Courtney s'embuèrent de larmes.

— Merde, souffla Derric. J'ai juste besoin de réfléchir.

Histoire de couronner le tout, le soir même, son père décida que le moment était venu d'avoir la grande discussion qui importait tant à Rhonda. Derric était dans sa chambre ; il tentait d'avancer sur son projet de Civilisations occidentales lorsque son père vint le trouver. A la seconde où il se racla la gorge de cet air de dire : « C'est moi le père », Derric comprit ce qui allait suivre.

Dave Mathieson s'assit sur le lit de son fils, et celui-ci fit pivoter son fauteuil de bureau vers lui. Son père fixait ses chaussures, le front plissé.

— Les filles… finit-il par lâcher.

— Je sais où tu veux en venir.

— Ah oui ? Où ?

— Maman s'inquiète pour Courtney et moi. Mais il ne se passe rien.

Dave ne semblait pas convaincu, et qui aurait pu le lui reprocher ? Derric connaissait l'histoire de son père : il avait épousé sa première femme à dix-neuf ans, et à cet âge-là on ne se mariait que pour une seule raison. « La plus grosse bêtise de ma vie », avait-il pour habitude de dire. Et de préciser immédiatement : « Enfin, la seconde plus grosse. » Pour le cas où Derric n'aurait pas compris.

Le jeune homme décida de s'ouvrir à son père. Autant lui parler de l'Engagement et du groupe de prière. Dave Mathieson l'écouta comme il le faisait toujours, sans le quitter des yeux. De son point de vue, ça ne changeait pas grand-chose à la situation.

— Ce genre de vœu ne résiste pas longtemps lorsqu'on perd le contrôle de la situation, fiston. On peut se promettre cent fois de ne pas faire quelque chose et céder à la cent unième.

— Pas dans le cas de Courtney, le rassura Derric. Elle y tient énormément.

Il raconta à son père ce qui était arrivé pendant la réunion du groupe de prière.

— Comment tu t'es senti ?

— Par rapport à la réunion en général ou à ce qu'elle a dit ?

— Les deux.

— Foireux. Ce genre de truc, c'est pas pour moi. Mais je dois le reconnaître… elle a le mérite de faire un effort.

— Quel effort ?

— Tu sais bien. Celui de ne pas… Tu vois, quoi. Et je ne suis pas certain d'en avoir envie finalement. Sans que je me l'explique vraiment.

— Ça a un rapport avec Becca King ?

Derric secoua la tête.

— C'était différent avec elle. Je veux dire que ça n'était pas aussi… Les choses allaient moins vite qu'avec Courtney. Je ne sais pas, papa. Peut-être qu'elles n'allaient pas tout court.

Dave opina.

— Difficile de faire la part des choses entre ce qui est réel et ce qui ne l'est pas, parfois.

— Exactement, approuva Derric.

Sauf que Courtney était bien réelle, elle, exprimant sa sensualité dans le moindre centimètre carré de son être. Le regard de Dave était tombé, par hasard, sur le fauteuil poire. Derric se crispa aussitôt en pensant à ce qui y était caché. Son père ne pouvait savoir, pourtant.

— Je veux que tu sois prudent, fiston, dit-il lorsqu'il releva les yeux vers lui. Et je ne songe pas seulement aux préservatifs. Tu me suis ? Je parle d'avoir une vue d'ensemble, de ne pas se limiter à un moment. C'est la chose la plus délicate à réussir.

Il se leva du lit en se tapant les cuisses, puis il souleva le fauteuil poire, et Derric se pétrifia.

— Bon sang, ce truc est ici depuis un siècle au moins. Tu n'en voudrais pas un neuf ? Ou un plus confortable ?

S'efforçant de garder une contenance, le jeune homme répondit :

— Nan, j'aime bien les vieux trucs. Ceux qui ont une histoire.

— Tu peux être sûr qu'il entre dans cette catégorie.

Il lâcha le fauteuil, qui retomba de telle sorte que les morceaux de scotch furent particulièrement visibles. Derric avait toujours eu l'impression qu'ils formaient une croix. Comme indiquant l'emplacement d'un trésor sur une carte.

QUATRIÈME PARTIE

Mutiny Bay

19

Becca s'était interdit de penser à Derric et Courtney Baker, convaincue que ça ne la mènerait nulle part. Elle avait bien compris qu'ils avaient eu un différend pendant la séance du groupe de prière, mais elle avait des sujets de préoccupation plus importants que la possibilité, infime, de voir Derric subitement reprendre ses esprits et redevenir lui-même.

D'abord, elle avait eu du souci à se faire avec Tod Schuman. Ses murmures l'avaient informée qu'il comptait se décharger entièrement sur elle pour leur devoir commun : *la laisser bosser toute seule... y arriver... hors de question devant toute la classe... les trucs débiles qu'elle trouve importants...*

« Je te préviens, lui avait-elle dit, tu vas devoir t'habituer à l'idée que je ne préparerai pas ce devoir toute seule.

— Et toi, tu vas devoir t'habituer à l'idée que tu n'en es pas capable de toute façon. »

Ce qui n'avait fait que lui confirmer qu'il était une vraie tête de mule.

Pour couronner le tout, Ivar Thorndyke voulut qu'elle commence les leçons de plongée au plus vite. Un jour qu'elle travaillait au poulailler, il l'embarqua dans son pick-up. Il voulait lui présenter Chad Pederson, son professeur. Ce dernier avait l'intention de procéder à une mise à niveau pour qu'elle puisse rattraper son retard sur son autre élève.

Pourtant, à leur arrivée à la marina, ils trouvèrent le local fermé. Un panneau sur la porte vitrée indiquait : « Veuillez m'excuser, j'ai dû m'absenter. »

— L'imbécile ! Il avait promis d'être là !

Il scruta les alentours, balayés par un vent mordant, et Becca l'imita, cherchant à repérer quelqu'un d'assez bête pour sortir par un froid pareil.

Ivar avait arrêté son regard sur la passe, où quelque chose semblait avoir retenu son attention. Il alla chercher une paire de jumelles dans son pick-up.

— Nom de… Ce bateau va vers Sandy Point !

Il tendit les jumelles à Becca.

— Dis-moi ce que tu vois, Becks. Mes yeux ne sont plus ce qu'ils étaient.

Elle repéra l'embarcation en question, qui accueillait deux passagers, un homme et une femme. Ils filaient à toute allure. L'eau était agitée, mais elle ne semblait guère les ralentir.

Becca ne pouvait pas en dire beaucoup plus, sinon que la femme était rousse et que le bateau était immatriculé à Port Angeles. Ces informations parurent suffire à Ivar, comme le lui apprirent successivement ses murmures – *ils devront me passer sur le corps pour…* – et ses propos :

— Viens ! Allons-y !

Son ton suggérait qu'il n'envisageait pas de rentrer à la maison. Il récupéra une parka épaisse et un trousseau de clés dans son pick-up, puis prit la direction de l'eau.

Becca lui emboîta le pas. Ils remontèrent un des quais et s'engagèrent sur une passerelle métallique. Ivar sauta dans un bateau.

— Occupe-toi des amarres, je t'expliquerai ce qu'il faut faire.

Becca n'eut pas le temps de comprendre ce qui se passait que, déjà, elle se retrouvait à bord. Et Ivar mettait le contact. Dès qu'ils eurent quitté l'enceinte du port, l'embarcation se mit à tanguer. Tout en enfilant un gilet de sauvetage, elle se concentra pour saisir les murmures qui lui échappaient. Le moteur était si bruyant qu'elle n'entendit pas grand-chose : *leur intention… le savais, le savais… si elle le découvre, Nera sera…*

— A qui appartient le bateau, Ivar ? cria-t-elle pour couvrir le vacarme.

— A Pederson. Cette satanée chercheuse est avec lui. Tu as bien vu des cheveux roux ? Alors, c'est elle... Annie Taylor. Et s'ils sont sortis en mer alors qu'il était censé nous retrouver à la marina, il ne peut y avoir qu'une seule explication. Ils sont sur la trace de Nera.

— Comment peuvent-ils savoir où elle se trouve ?

— Notre site Internet. Il recense sa position toutes les vingt-quatre heures. L'information est publique.

Lorsqu'ils se furent éloignés de la côte, Ivar poussa le moteur de son bateau. Ils foncèrent vers la passe. Il y avait du roulis et le froid était glacial. L'océan offrait un paysage remuant et changeant. Avec la vitesse, la quille heurtait les vagues, et Becca se tenait à deux mains sans quitter des yeux l'autre embarcation. Et sans cesser de se demander pourquoi ce mystérieux phoque suscitait autant d'intérêt. Il devait bien y avoir une raison à l'emballement général.

Devant eux, le neuf-mètres de Chad fendait les flots. Ivar ne chercha pas à le doubler. Ils parvinrent à destination près d'une heure plus tard : une anse dans l'ouest de l'île, où la côte s'incurvait en ondulant. Des maisons s'élevaient au sommet de la falaise qui surplombait la plage de sable.

Chad Pederson coupa son moteur et le bateau s'agita lentement sous l'effet de la houle. A l'arrière, la femme rousse braquait un appareil photo sur l'eau. Chad la rejoignit avec une paire de jumelles. On aurait pu croire qu'ils observaient la baie, ainsi que la plage et les habitations perchées sur la falaise. Mais une silhouette noire filait vers eux. Une silhouette qui avait la forme d'un phoque.

— Oh, non... grommela Ivar en accélérant pour venir se placer entre Nera et l'embarcation de Chad.

Il semblait déterminé à mettre un terme à ce qui se tramait.

— Eloignez-vous de cent mètres, leur cria-t-il. Vous connaissez la loi !

— Qu'est-ce que vous racontez ? répliqua Chad Pederson. Je ne l'ai pas approchée, c'est elle qui vient vers moi ! Ou plutôt, c'était ce qu'elle faisait avant que vous ne lui coupiez la route.

— Si vous refusez de vous éloigner, je serai contraint de vous dénoncer aux autorités maritimes, s'entêta Ivar. Pigé ? Eloignez-vous, maintenant.

Annie Taylor se mêla alors de la conversation :

— Nous la prenons en photo, Ivar, rien de plus.

Becca entendit son compagnon penser : *Ça commence toujours...* Un second murmure, en provenance d'Annie ou de Chad, lui parvint ensuite : *Presque assez près jusqu'à ce que...*

— Vous vous approchez trop d'elle, reprit Ivar. Vous la dérangez. Vous lui faites courir un danger. Et à vous aussi par la même occasion. Si vous voulez des photos, prenez-les de la plage ou du ferry comme tout le monde !

Vieil imbécile... la chance d'une vie... personne ne m'empêchera... si on l'apprend, ce sera... ça pourrait signifier qu'elle... quelqu'un de désespéré... reconnaissant et ensuite... blessée, évidemment...

Becca chercha à tâtons son aide auditive. Son grésillement serait plus agréable qu'essayer de démêler les réflexions intérieures des uns et des autres.

Dans l'autre bateau, Annie Taylor posa brusquement la main sur le bras de Chad.

— Regarde ça !

Tous se tournèrent dans la direction qu'elle indiquait. Le phoque était venu se placer entre les deux embarcations, si près d'eux qu'ils auraient pu le toucher. Annie se mit à le mitrailler avec son appareil. Personne ne rompit le silence. Becca était subjuguée par la beauté étrange de la femelle. Tout en elle était d'un noir intense, sa fourrure lisse, ses yeux, son nez, ses moustaches... Seules ses dents se distinguaient par leur blancheur, qu'elle montra en rugissant. Ce cri sortit Ivar de sa torpeur.

— Eloignez-vous ! Votre bateau va l'écraser, dit-il à Chad.

Au même moment, Annie s'exclama :

— Attendez une seconde ! Elle a un émetteur !

Pendant que la jeune femme cherchait le meilleur angle pour la prendre en photo, Nera pivota, offrant à Becca et

Ivar une vue imprenable sur l'objet. On aurait cru qu'une vieille télécommande – le genre dont on se servait pour ouvrir la porte d'un garage – avait été fixée sur le dos du phoque. Alors qu'elle plissait les yeux pour mieux voir, Becca entendit Annie s'écrier :

— Il a l'air collé à son cou. Collé, Chad ! Collé !

Comme s'il n'y avait pas de détail plus incroyable au monde... Continuant à bombarder l'animal avec son appareil, elle ajouta :

— Ça alors, je n'en reviens pas !

Ivar, de son côté, répétait en boucle :

— Il faut partir ! Il faut partir maintenant !

Becca se rendit compte qu'il ne s'adressait plus ni à Chad ni à Annie, mais à Nera. Il sembla d'ailleurs réussir à établir le contact avec elle, car elle finit par plonger dans l'eau. Elle réapparut deux cents mètres plus loin. Elle se dirigeait vers la passe.

Le regard d'Annie Taylor circula du phoque à Ivar.

— Vous êtes au courant pour cet émetteur, je me trompe ? Vous connaissez la raison de sa présence. Et vous savez aussi pourquoi elle ne l'a pas perdu.

— Je n'en ai pas la moindre idée, répondit-il.

Becca devina qu'il mentait.

20

Quelques jours avant sa nouvelle leçon de plongée, Jenn eut enfin le temps de se consacrer au perfectionnement de ses dribbles. Sa mère avait emmené ses frères acheter des chaussures à la friperie de Langley, son père bricolait dans son cabanon à grands coups de marteau et de jurons. Annie, elle, s'était absentée. Profitant de cette occasion, Jenn installa son parcours d'obstacles et se mit au travail. Elle en était à la trentième minute d'entraînement lorsque Annie débarqua.

Elle ne baissa pas sa vitre pour papoter, redémarrant sur les chapeaux de roues dès que Jenn eut poussé les objets sur un côté de la route. Elle paraissait si inquiète que la jeune fille décida de la suivre pour découvrir de quoi il retournait.

Elle trouva Annie dans la caravane, occupée à alimenter le poêle. Juste à côté, sur une chaise, elle avait installé son ordinateur portable. Un appareil numérique y était relié : elle téléchargeait des photos. En entendant la porte, Annie releva la tête.

— C'est toi... Salut, dit-elle d'un air absent avant de reporter son attention sur l'écran de l'ordinateur.

Il se passait quelque chose, et Jenn ne tarda pas à en apprendre davantage. Annie avait, Dieu savait où et comment, réussi à prendre des photos de Nera. De si gros plans qu'on aurait pu croire qu'elle avait nagé avec elle.

— Waouh ! Où l'as-tu trouvée ? Comment ?

— Dans Mutiny Bay, répondit Annie en faisant défiler les clichés à toute allure. Grâce au site Internet des guetteurs. Bénis soient ces barjots !

— Tu as pu t'approcher super près.

— Elle est venue juste à côté du bateau de Chad.

— Ah…

— Quoi ?

Annie releva brusquement la tête vers elle et lut sur les traits de Jenn ce que celle-ci ne voulait pas dire.

— Ecoute-moi, ma belle, reprit-elle, je te le répète, j'ai quelqu'un. Chad est pour toi. Si tu en veux, bien sûr.

— Je te remercie du fond du cœur. Je ne suis pas encore complètement désespérée, mais je te tiendrai au courant.

Avec un gloussement, Annie l'attrapa par la taille et l'attira vers elle.

— Regarde-moi ça… murmura-t-elle en abandonnant sa tête contre le bras de Jenn. Je suis convaincue que ce n'est pas un phoque de Ross loin de son habitat naturel. Tu sais ce que ça signifie ?

La lampe éclairait son visage, si près du sien que Jenn se surprit à imaginer… un baiser. Elle se ressaisit aussitôt, se demandant ce qui avait bien pu lui passer par la tête. Elle s'écarta et, pour se donner une contenance, prit une seconde chaise. Pendant qu'elle s'asseyait et regardait les photos, elle sentit qu'Annie l'observait et sa nuque se mit à picoter.

— Tu sais, pour moi, un phoque est un phoque, répondit-elle à la question d'Annie.

— Pas si on ne peut pas l'identifier avec certitude. Je te l'ai dit, elle pourrait appartenir à une race inconnue, même si ça me paraît peu vraisemblable. Je vois mal comment un phoque pourrait venir chaque année à Puget Sound sans être repéré par des biologistes. Si tu veux mon avis, on a affaire à un mutant, et si c'est bien le cas, on tient du lourd. En revanche, nous ne sommes pas les premiers à l'avoir repérée. Je parie qu'elle est allée ailleurs.

— Evidemment. Elle ne vient ici qu'une fois par an.

— Oui, ce que je voulais dire… Regarde cette photo. Elle porte un émetteur, et elle n'a pas pu le mettre là toute seule. D'autant qu'il est très ancien. Ivar et sa petite camarade nous ont mis des bâtons dans les roues, alors je n'ai pas réussi à le prendre sous un meilleur angle, mais tu peux quand même l'apercevoir.

— Comment sais-tu qu'il est ancien ?

Si Jenn avait bien remarqué la présence d'un objet sur le cou de Nera, elle n'était pas en mesure de l'identifier, et encore moins de donner son âge. Elle saisissait malgré tout où Annie voulait en venir. Peu importait la nature de l'objet, quelqu'un l'avait installé, et celui ou celle qui l'avait fait suivait les mouvements de la femelle. De qui pouvait-il bien s'agir ? Qui pouvait accorder autant d'importance à ce phoque ?

— Ce genre d'appareil ne se fabrique plus. Il ne tenait pas bien en place, il a fallu inventer un modèle plus solide, dont les animaux ne pourraient pas se débarrasser.

Annie regarda d'autres photos, à la recherche de la meilleure. Aucune ne la satisfaisait pleinement.

— Zut, zut, zut ! Il me suffit d'une photo nette de ce truc, juste une, et on pourra avancer.

— Je croyais que tu voulais un échantillon de son ADN.

— Bien sûr. Ça ne m'empêche pas d'explorer une autre piste. Une piste qui pourrait même être meilleure.

Après avoir fermé les fenêtres sur son écran, elle se tourna vers Jenn.

— J'ai besoin de toi, ma belle, et vite. On doit t'obtenir ce diplôme de plongée illico. Il faut qu'on mette la main sur ce phoque !

La leçon suivante était prévue deux jours plus tard, et Annie veilla à ce que Jenn soit prête. Elles se garèrent sur le parking du centre de fitness avec quinze minutes d'avance.

— Super, il est déjà là ! s'écria Annie en descendant de voiture.

Elle avait repéré le pick-up de Chad. Jenn la suivit avec un enthousiasme grandement modéré par l'obscurité du petit matin. Non seulement elle n'avait pas bien dormi, mais elle n'avait pas réussi à mener à bien un seul entraînement de foot ces dernières semaines – elle commençait à craindre que toute cette histoire autour de Nera ne la fasse dévier des objectifs qu'elle s'était fixés. Elle traîna les pieds jusqu'au centre. L'endroit aurait paru désert sans le vélo accroché juste à côté de l'entrée.

Dans le vestiaire, Annie se déshabilla, toujours sans la moindre pudeur, et enfila son string. Jenn était d'humeur assez morose pour demander :

— Comment tu fais pour nager avec ce truc ?

Annie se tourna vers elle, les mains sur les seins. Elle les fit rebondir d'un air taquin en répondant :

— Tu veux que je sois honnête ? J'aimerais autant me baigner nue. J'adore la sensation que ça me procure, mais je redoute la réaction de Chad. Et toi ?

Jenn se détourna rapidement.

— Et moi quoi ?

— Tu préfères être nue ou habillée ? Chez moi, en Floride, je me promène les fesses à l'air la plupart du temps.

— Tes voisins doivent adorer.

— En tout cas ma moitié, oui.

— Tant mieux pour lui.

— Elle.

Comme Jenn lui jetait un coup d'œil ahuri, Annie ajouta :

— Désolée, j'aurais peut-être dû le préciser plus tôt. Ça te gêne ?

Jenn haussa les épaules alors que son cœur se mettait à faire du break dance dans sa poitrine et que son visage virait au rouge vif.

— Pourquoi ça me gênerait ? dit-elle. On n'est plus dans les années 1950.

— Les gens réagissent parfois bizarrement à ces questions, c'est tout. Elle s'appelle Beth, et elle est pédiatre. On est ensemble depuis...

— Je suis prête, l'interrompit Jenn.

Elle n'avait pas besoin d'entendre les détails de la vie amoureuse d'Annie et de Beth. Ça la mettait effectivement mal à l'aise. Et elle était là pour plonger.

— D'accord, dit Annie avant d'enfiler le haut de son maillot et de gagner la piscine, où Chad installait son matériel.

Il la reluqua comme la fois précédente, et Jenn sourit intérieurement. S'il savait… Une seconde plus tard, elle eut l'impression de recevoir un coup de poing en plein ventre. Elle venait de remarquer une quatrième personne. Cette grosse maligne de Becca King s'apprêtait à plonger dans l'eau, entre deux des lignes qui avaient été tirées sur la longueur du bassin. Après un plongeon parfait, elle se mit à nager avec l'aisance de celle qui a pris des leçons toute sa vie. Elle était bien du genre à passer sa vie à la piscine… Jenn ne tarda pas à découvrir la raison de la présence de sa pire ennemie au centre de fitness à 5 heures du matin.

Ayant enfilé une combinaison et une ceinture de plomb, elle essayait de s'asseoir sur le rebord du bassin lorsque Becca les rejoignit, Chad et elle.

— J'espère que ça ne t'embête pas que je me sois échauffée, fit-elle.

— Au contraire, lui répondit-il. Vous vous connaissez toutes les deux ?

Sans attendre leur réaction, il ajouta :

— Voici Becca King. Elle va se joindre à nous pour les leçons.

— Quoi ? s'écria Jenn. Attends une minute, on va tout reprendre depuis le début ?

— Non. J'ai donné deux cours particuliers à Becca. Elle est tout à fait au point. A vrai dire, elle a même un peu d'avance sur toi.

Super ! En même temps, Jenn n'était pas surprise : cette grosse Becca était toujours prête à dévaloriser les autres. Elle la fusilla du regard.

— Je n'apprends pas très vite, tenta de se justifier Becca.

Ben voyons… Jenn avait une tête à croire encore au père Noël, ou quoi ?

Chad ne les fit descendre dans l'eau qu'après une révision théorique qui lui parut durer des plombes. Il leur expliqua le rôle de chaque partie de l'équipement, puis elles durent mettre, retirer, et enfin remettre les différents accessoires. Profondeur, pression atmosphérique, risque d'accident de décompression, ivresse des profondeurs, et bla et bla et bla... Il conclut son exposé ainsi :

— Les problèmes que vous pourrez rencontrer se produiront sous l'eau, il vous faut donc apprendre à les résoudre sous l'eau. C'est sur ce point que nous allons travailler aujourd'hui.

Ce qui signifiait, concrètement, s'entraîner à plonger avec un coéquipier. Jenn pressentit aussitôt ce qui allait suivre : Becca et elle travailleraient en binôme.

— Dans la piscine, vous deux, leur dit-il. Becca, tu descends avec l'échelle et tu mets tes palmes dans l'eau. Jenn, tu sautes tout équipée.

— Hé ! Pourquoi est-ce que je dois...

— Becca a déjà passé ce cap. Je t'ai dit qu'elle avait pris un peu d'avance. Allez, ne discute pas. Fais une grande enjambée pour sauter loin du bord. L'objectif, c'est de ne pas perdre ton masque.

Il lui fit une démonstration : avec lui, ça avait l'air d'une simplicité enfantine évidemment. Jenn se concentra pour reproduire ses mouvements. Elle perdit son masque à l'instant où elle pénétrait dans l'eau, but la tasse et, embarrassée par ses palmes, faillit se cogner la tête contre une des parois du bassin. Elle remonta à la surface en toussant et crachant. Becca avait récupéré son masque et le lui tendait.

Jenn le lui arracha des mains.

— Je peux me débrouiller toute seule, d'accord ?

Pour se soulager, elle ajouta à part elle deux commentaires bien sentis sur les activités extrascolaires et sexuelles de la grosse. Becca la fixa d'un regard qui la déconcerta et lui donna envie de lui arracher le nez.

— Quoi ? Tu veux ma photo ?

Puis elle baissa la voix pour ajouter :

— Qu'est-ce que tu fous ici d'abord ? Tu espères voir Derric rappliquer ?

— Je suis là pour donner un coup de main à un ami.

— Tu veux dire que tu as un ami ?

Jenn eut la satisfaction de voir Becca blêmir. Garde tes distances, morue, songea-t-elle.

— Tu t'es vue ? rétorqua Becca.

Jenn n'eut pas le temps de lui demander ce qui lui prenait, celle-ci se tournait déjà vers Chad.

— Et maintenant, prof ?

21

Becca s'était armée de courage en prévision de la fête des Œillets. C'était le genre d'événement qui vous mine le moral, un peu comme être le dernier choisi dans une équipe de sport à l'école primaire. En pire. Elle avait cependant découvert que l'association des parents d'élèves avait trouvé une solution au problème des « sans fleur » : elle en adressait à tous les lycéens qui n'étaient pas sur la liste des destinataires.

Les œillets étaient distribués juste avant le déjeuner, ce qui laissait à chacun le temps de lire les messages attachés aux tiges. Résultat des courses, les pom-pom girls se pavanaient dans la salle commune les bras si chargés qu'on aurait dit des patineuses après une épreuve olympique. C'était aussi le cas des élèves les plus populaires et des sportifs. Ils étaient accueillis par des acclamations – « waouh ! », « cool ! », « classe ! », « j'y crois pas ! » –, lorsqu'ils déposaient les brassées d'œillets sur les tables et s'asseyaient pour découvrir les messages. L'expression retentissante de cet enthousiasme s'accompagnait de murmures brûlants et désespérés. Ceux-ci, emplissant l'atmosphère d'un bourdonnement sourd, émanaient des élèves qui n'avaient reçu qu'une fleur, et de ceux qui les observaient.

Il est… elle a de la peine… essayait de perdre une vingtaine de kilos, cette vache… quel loser… déteste ça plus que tout… pauvre abruti de toute façon… toujours comme ça… il n'a pas… elle a… pourquoi personne ne… Autant de pensées qui renseignaient Becca sur l'état d'esprit général. Elle ne put s'empêcher de se faire la réflexion que cette fête réussissait principalement à cimenter le mal-être ambiant.

Elle s'était préparée à l'idée de ne recevoir qu'un seul œillet. Elle avait bien envisagé de s'envoyer deux fleurs afin d'échapper au statut de « pauvre fille », mais elle préférait garder l'argent pour quelque chose de plus important, comme la nourriture. Elle fut donc surprise de s'en voir distribuer trois.

Diana Kinsale, Seth Darrow et Debbie Grieder avaient réussi, elle ignorait par quel moyen, à lui en adresser, chacun, un. Tous accompagnés de messages drôles et tendres. Celui de Seth la fit tout particulièrement sourire – « On est dans cette galerre ensemble, ma poul » –, avec deux fautes bien typiques. Elle avait de la chance d'avoir un ami pareil. S'il avait encore été au lycée, elle lui aurait envoyé six fleurs.

S'étant attendue à ce que Derric ne lui en achète aucune, elle n'était pas trop déprimée. Jusqu'à ce que Courtney Baker pénètre dans la salle. Elle croulait sous les fleurs – près d'une centaine. Il lui faudrait sans doute toute l'heure du déjeuner pour lire la totalité des messages. Becca chercha Derric du regard ; il devait être aussi chargé que sa copine. Il n'était pas là pourtant.

Une pom-pom girl amplement pourvue de fleurs, elle aussi, rejoignit Courtney. Becca l'entendit dire, après avoir avisé le butin de son amie :

— Waouh ! Pas besoin de te demander comment les choses se passent entre vous deux, si ?

Courtney se pencha vers elle pour lui murmurer quelque chose à l'oreille.

— Quoi ? s'exclama la pom-pom girl. Tu n'as pas fait ça ! Impossible !

Becca n'entendit pas la suite de la conversation : quelqu'un venait de bousculer sa chaise si violemment que le rebord de la table s'enfonça dans son ventre.

— Oh, pardon, la grosse, lança la coupable d'un ton narquois.

Becca n'eut même pas besoin de relever la tête pour savoir qu'il s'agissait de Jenn McDaniels.

— Waouh ! ajouta-t-elle. Tu as trois amis en fait ?

Elle se référait bien sûr aux trois œillets posés devant elle. Becca se retourna et constata que Jenn n'en avait qu'un. Elle ne put se retenir de riposter :

— En parlant d'amis...

Lâchant la fleur sur les genoux de Becca, Jenn répliqua :

— Oui, c'est ça, en parlant d'amis...

Tandis qu'elle s'éloignait, Becca l'entendit penser : *se croit maligne... gros cul... tellement moche...* Le tout accompagné d'autres termes injurieux qui lui permettaient toujours d'identifier avec certitude les murmures de Jenn McDaniels.

Elle soupira, réalisant toutefois que ses réflexions ne la blessaient plus autant qu'avant. Allait-elle enfin être en mesure d'exploiter son don selon les préceptes de sa grand-mère ? « L'objectif de ces murmures est de te permettre d'entrer dans la peau de quelqu'un d'autre pendant un petit moment pour mieux le, ou la, comprendre. » Si Becca n'avait pas saisi, sur l'instant, où elle voulait en venir, elle avait à présent l'impression qu'elle commençait à toucher du doigt la vérité profonde de cette aptitude particulière.

Elle déplia la bandelette de papier qui accompagnait la fleur de Jenn, s'attendant à trouver un message bateau, du genre : *Amicalement, L'association des parents d'élèves.* Elle lut pourtant : *De la part de ton beau gosse préféré.* Becca s'était trompée sur le compte de Jenn McDaniels.

Elle se rendit en ville après les cours, par le bus, qui la déposa juste à côté du motel de la Falaise. Il paraissait vide et triste à cette période de l'année. Le 4 × 4 de Debbie Grieder n'était pas garé devant, Becca devrait donc attendre pour la remercier de son adorable message : *Pour D. G. et ses petits monstres, tu es la meilleure.* Elle poussa jusqu'au foyer municipal, espérant y trouver Seth.

Elle le repéra dès qu'elle eut franchi le seuil : assis à une table du café, dans un coin, il lisait *Siddharta.* Les yeux plissés par la concentration, il remuait les lèvres en silence. Elle se demanda comment il réussissait à se concentrer. Le niveau sonore de l'endroit était un vrai supplice. Elle tenta de le noyer dans le bourdonnement de son aide auditive, mais n'obtint pas un résultat très satisfaisant. Il y avait apparemment une réunion dans la galerie d'exposition ; l'affluence était telle que l'assemblée débordait dans le café.

Se frayant un chemin à travers la foule, elle rejoignit Seth. Il leva le nez de son livre et son visage s'illumina quand il la vit.

— Salut ! lui lança-t-elle.

— Salut toi-même.

— Tu m'as envoyé un œillet, c'était vraiment adorable.

— Tu me connais. Mon nom rime avec adorable. Quand ce n'est pas avec abruti.

— Tu n'as rien d'un abruti.

— Au contraire ! Je suis un abruti une fois par semaine. Deux si je manque de pot. Bref, je suis le genre de mec à le « dire avec des fleurs ». Et tu méritais plus que n'importe qui d'en recevoir.

Il posa son roman sur la table, sans le refermer, puis retira son feutre noir et ébouriffa sa queue-de-cheval.

— Ce qui ne veut pas dire qu'on sort ensemble, d'ac ? Je ne veux pas que tu te fasses de fausses idées. Ça m'embêtait juste que tu te retrouves avec une seule fleur.

— J'en ai reçu trois.

— Mince ! J'aurais pu économiser un dollar.

— Et Jenn McDaniels m'a balancé la sienne.

— Oh ! Elle n'en a eu qu'une ? C'est moche. Mais pas très surprenant…

— Figure-toi que son œillet ne venait pas de l'association des parents d'élèves, mais d'un « beau gosse ».

— Elle se l'est sans doute envoyé à elle-même. Je ne crois pas que le gars qui parviendra à dompter cette furie soit né.

— Tu n'impliques pas…

— Si, carrément. Ajoute à ça une attitude franchement hostile… Je te conseille de garder tes distances avec elle.

Becca s'apprêtait à répondre quand elle fut interrompue par un hurlement. Il provenait de la galerie. Un homme s'époumonait :

— Vous n'avez pas autre chose à faire de vos journées, pour l'amour de Dieu ? A vous entendre, on croirait que cet animal est là pour sauver ce dépotoir qui nous sert de ville !

Des cris outragés jaillirent de toutes parts.

— Bienvenue chez les tarés, une fois de plus... lâcha Seth.

Becca se retourna sur sa chaise pour voir ce qui se passait et aperçut Eddie Beddoe. Plusieurs membres de l'assemblée s'emportaient contre lui :

— Tais-toi et assieds-toi !

— Depuis combien de temps n'as-tu pas fait quelque chose pour Langley, Eddie ?

— Calmons-nous un peu, les gars.

Becca identifia aussitôt la voix du dernier intervenant : Ivar Thorndyke. Pivotant vers Seth, elle lui demanda :

— Que se passe-t-il ?

— Les guetteurs de Nera ont convoqué une réunion d'urgence.

— Encore à cause de ce phoque noir ?

— Ça, tu peux en être sûre. Les guetteurs ne se réunissent que pour une seule raison.

Becca ne put s'empêcher d'établir un lien entre ce meeting et la confrontation dont elle avait été témoin, entre Annie Taylor, Chad Pederson et Ivar.

— Seth, qu'est-ce que tu sais de ce phoque ?

— Rien, sinon qu'il s'agit d'une femelle noire. Elle pointe le bout de son nez une fois par an sous les applaudissements du public.

Becca jeta un coup d'œil en direction de la salle de réunion, où les esprits s'échauffaient de plus belle.

— Je crois qu'elle a plus d'importance que ça, dit-elle.

— Comment ça ?

— Elle porte un émetteur.

— Qui ?

— Nera.

— Tu veux dire que c'est un phoque mécanique ? répliqua-t-il en s'esclaffant. Aucune chance, Beck. Elle m'a toujours paru très vivante, je t'assure. Ou alors tu penses qu'elle communique avec quelqu'un ? Hé, peut-être qu'elle vient d'une autre planète. Attention à ne pas t'approcher trop près, sinon elle te forcera à avaler ses bébés, et dès qu'ils auront des dents, ils te feront éclater le ventre...

— Très drôle. Je te le dis, j'étais là quand Annie Taylor a découvert qu'elle portait un émetteur. Elle a réagi très vivement, Seth. Il se passe quelque chose.

Elle s'approcha de l'assemblée. Ivar se tenait devant une foule déployée en éventail. Eddie Beddoe avait joué des coudes pour rejoindre le premier rang et il malmenait Ivar. Dans cette salle de taille réduite, il paraissait encore plus impressionnant. Les veines de ses tempes étaient si enflées qu'on aurait dit que des vers de terre grouillaient sous sa peau.

— Vous allez m'écouter, tous autant que vous êtes ! Cette satanée bête n'a rien à faire ici. Tu le sais mieux que personne, Thorndyke. Et plus vite vous vous mettrez ça dans la caboche, bande d'idiots, mieux nous nous porterons ! Tous !

Des cris d'indignation retentirent. Becca fouilla la foule du regard et constata, avec étonnement, que Jenn McDaniels était là, à côté d'Annie Taylor. Celle-ci s'entretenait avec animation avec Chad Pederson, assis à sa droite. Jenn, elle, avachie sur sa chaise, observait Ivar et Eddie avec méfiance.

Ce dernier poursuivait sa diatribe, intarissable sur la question du phoque charbonneux.

— Cette femelle ne nous a apporté que des ennuis depuis le jour de sa première apparition. Elle se montre beaucoup trop familière avec les humains. Je ne serais pas étonné qu'elle attaque des enfants sur la plage. Et vous serez où, vous, le jour où ça arrivera ? Elle est sans doute déjà porteuse d'une maladie, pourquoi s'approcherait-elle autant de la côte sinon ?

Certains membres de l'assemblée haussaient la voix, s'agitaient. Ivar fit son possible pour ramener le calme, impuissant face à la pagaille qui semblait réjouir Eddie.

— Il faut prévenir le Fish and Wildlife Service[1]. Ils doivent la faire dégager d'ici avant qu'elle ne contamine tous les poissons et crabes du coin ! Vous pigez ?

A ces mots, Annie Taylor bondit de sa chaise.

— Ecoutez-moi ! Ce phoque est en parfaite santé. Je l'ai vu de près, comme Chad...

Elle posa une main sur l'épaule du jeune homme, puis ajouta :

— ... et comme M. Thorndyke, d'ailleurs.

Plusieurs membres du public accueillirent cette nouvelle avec effroi.

— Vous vous êtes approchés d'elle ?

— Qu'est-ce qui se passe, bon sang ?

— Tu ne serais pas qu'un sale hypocrite, Thorndyke ?

— Oui ! Voilà la question qu'il faut lui poser ! exulta Eddie. Demandez-lui ce qu'il veut à cette bête !

De nouveau des hurlements, des grognements, des invectives. La tension devenait si palpable que Becca avait du mal à respirer, et à réfléchir. Elle devait absolument sortir ! Elle bouscula la foule dans le couloir et, une fois dehors, aspira plusieurs goulées d'air froid.

La nuit était tombée et les ombres autour d'elle épelaient une mise en garde. Quelqu'un devait la prendre au sérieux, se dit-elle, avant qu'il ne soit trop tard.

1. Organisme fédéral qui veille sur la faune.

CINQUIÈME PARTIE

Goss Lake

22

Derric comprit qu'il avait tout gâché lors de la distribution des œillets. Courtney lui en avait envoyé trente-sept. Lui, deux.

Il aurait pu utiliser l'excuse classique, celle que n'importe quel mec aurait servie pour justifier un faux pas. Elle tenait en quelques mots : « Tu sais bien comment sont les hommes », et suggérait qu'en tant que mâle il ne pouvait avoir, par définition, le comportement adapté dans les affaires de cœur.

Sauf que… sauf qu'il savait très bien ce qu'il aurait dû faire. Il était avec Courtney, ça n'était un secret pour personne. Pourquoi alors n'avait-il pas profité de cette fête pour sortir le grand jeu ?

Un autre ne s'en était pas privé, en tout cas. Peut-être même plusieurs autres. Il la vit en effet quitter la salle commune à la fin du déjeuner, les bras chargés de deux cents fleurs au moins. Elle avait l'air triste et perdue. Pas étonnant, songea-t-il. Le message qui accompagnait les deux misérables fleurs – *Affectueusement, Derric* – n'était pas de taille à rivaliser avec les trente-sept qu'elle lui avait adressés, tous différents.

Il devinait la conclusion qu'elle en tirerait : son attitude minable était la conséquence directe de la dispute qui avait suivi son départ précipité du groupe de prière. Et ça l'était sans l'être. Il traversait une mauvaise passe, c'était certain. Il se trouvait juste dans l'incapacité d'expliquer ce qui lui arrivait.

Il faut dire que la présence de Becca ce jour-là n'avait rien arrangé. Elle avait été témoin du coup d'éclat entre

Courtney et lui. Pour des raisons qu'il préférait ne pas examiner de près, ça compliquait encore les choses. Seul point positif : Becca avait presque aussitôt détalé. Elle ne les avait donc pas entendus, Courtney et lui, se quereller – et n'avait pas pu s'en réjouir.

Ça n'avait duré que quelques minutes, mais elles avaient été terribles. Aucun doute là-dessus. Le pire, c'est qu'il n'avait pas réussi à faire entendre à Courtney qu'il s'était senti trahi lorsqu'elle avait prononcé sa prétendue « prière » sur leur vie privée.

« Derric ! s'était-elle écriée. Où vas-tu ? Qu'est-ce qui t'arrive ?

— Ce qui m'arrive ? avait-il rétorqué sur le même ton. Nos histoires ne regardent personne, voilà ce qui m'arrive. Qu'est-ce qui t'a pris de parler de nous comme ça, devant tout le monde ?

— Tout le monde est au courant qu'on sort ensemble, Derric. »

Il aurait pu planter son poing dans le mur.

« Et alors ? Elle est hallucinante, cette fille ! »

Elle avait écarquillé ses yeux bleus.

« Je m'adressais à Dieu, pas à eux. Et s'il te plaît, ne parle pas de moi à la troisième personne, d'accord ?

— S'il n'y a que ça pour te faire plaisir... Désolé, Courtney. Je te signale juste que tu t'adressais à Dieu devant quinze témoins. Et la moindre des choses, ça aurait été de me prévenir que tu comptais déballer notre intimité en public.

— Tu sais bien que je prie ! Je prie en permanence, pour un tas de choses. Et je t'ai dit que je priais pour nous. Tu crois que c'est facile pour moi quand on est tous les deux et qu'on enlève nos vêtements...

— D'accord, d'accord ! »

Il avait jeté un regard furtif autour de lui. Ça virait au cauchemar. La dernière chose qu'il voulait, c'était annoncer publiquement, dans un couloir du lycée, jusqu'où ils étaient allés.

« Dis-moi, je me trompe en pensant que tu "pries" pour nous pendant ces réunions débiles depuis qu'on a commencé à sortir ensemble ?

— Ces réunions n'ont rien de débile. »

Si elle restait calme et très digne, il lisait dans son regard combien il l'avait blessée.

« Il s'agit d'une bande de lycéens, Court. Qui entendent des choses qui ne les regardent pas. Et toi, tu leur dis exactement… Je préfère éviter d'imaginer tout ce que tu as déjà pu leur raconter pendant tes "prières".

— N'emploie pas ce ton, Derric. Tu as l'air de suggérer que tout ça, c'est de la blague.

— Parce que ça n'est pas le cas ?

— Non, pas du tout. Pas un seul membre du groupe de prière ne répétera quoi que ce soit sur nous deux. Ils ne sont pas comme ça. Ils ne colportent pas de rumeurs.

— Tu te fous de moi, là ? Tu n'es quand même pas aussi naïve ?

— Les rumeurs sont étrangères à l'esprit de paix du Christ.

— C'est trop pour moi, là. »

Il l'avait plantée dans le couloir, s'éloignant en secouant la tête. De deux choses l'une : soit elle était cinglée, soit il avait tout faux. Quelle que soit l'explication, ça ne marchait pas.

Ce n'était cependant pas pour cette raison qu'il ne l'avait pas couverte de fleurs. L'explication était à chercher ailleurs, dans ce qu'il ressentait. Dans le désir qu'il éprouvait pour Courtney, si violent que son corps n'était que douleur. Mais aussi dans la certitude que quelque chose d'essentiel lui manquait lorsqu'il était avec elle et que ce quelque chose n'avait rien à voir avec les relations physiques.

Et alors ? se disait-il. Quelle importance ? Ils étaient bien ensemble. Ils s'enflammaient quasiment au contact l'un de l'autre. Chaque fois qu'ils se voyaient, ils s'approchaient un peu plus près du bord et, s'il décidait de se jeter dans le vide, ainsi qu'il en rêvait, c'était avec elle qu'il voulait le faire, non ? Toute la question était là. Ses hormones lui criaient : « Oui, vas-y, frangin ! » Son cœur n'était pas beaucoup plus en retrait. Et son cerveau allait dans le même sens : « Voyons, c'est humain, après tout, et on ne manque pas de moyens pour se protéger de nos jours. » Son âme, pourtant, lui soufflait : « Hé, Der… Je ne suis pas sûre, en fait… »

Il ne comprenait pas pourquoi son âme montrait autant de réticences. Ou plutôt… il le devinait, mais il aurait préféré qu'il en soit autrement. Ah, si la vie pouvait être plus simple…

Courtney avait vu juste au sujet des autres membres du groupe de prière, ce qui ne fit que compliquer les choses. Aucun d'entre eux ne répéta un seul mot de ce qu'il avait entendu. Aucun ne trahit, ne serait-ce que par un geste, l'intimité du couple. Encore moins par une remarque déplacée, du type : « Waouh, mon gars, c'est chaud entre vous, non ? » Jamais aucun ne donna le moindre indice, même minuscule, que Courtney Baker priait pour avoir la force de ne pas donner à Derric Mathieson ce qu'elle voulait préserver jusqu'au mariage. C'était donc elle qui avait raison, pas lui, et il peinait à l'accepter.

Il aurait aimé analyser la situation dans sa globalité. L'étudier sous toutes les coutures. Sauf que la seule personne à qui il aurait pu s'ouvrir était Becca, et il était hors de question qu'il le fasse.

Deux jours plus tard, il se débarrassa enfin de son plâtre de marche. Le surlendemain, Courtney proposa qu'ils aillent prendre un café après les cours, au Mukilteo Coffee, à l'ouest de Langley. Niché au cœur des bois, l'établissement torréfiait son café sur place, diffusant un étrange parfum de pain grillé dans l'atmosphère environnante. Comme il fallait s'y rendre en voiture, on y rencontrait rarement des lycéens.

— On pourra trinquer à ta libération, suggéra-t-elle. Je parie que tu es soulagé de t'être débarrassé de ce plâtre.

Il accepta. A leur arrivée, ils constatèrent qu'ils avaient le café pour eux tout seuls. Ils passèrent commande au comptoir, puis s'installèrent près de l'une des grandes fenêtres donnant sur les arbres alentour. Courtney engagea la discussion.

— En fait, je voulais te parler. Pas seulement de ta jambe, je veux dire.

— D'accord, répondit-il avec prudence.

— C'est juste que… je me suis laissé emporter. Sur le moment, j'ai cru que ce serait une bonne chose. J'ai cru que ça te toucherait. Et… de toute évidence, je me suis trompée.

Derric remua son chocolat chaud. Il n'en avait pas particulièrement envie, mais il n'avait pas osé occuper un siège sans consommer. Il aurait dû commander quelque chose à manger plutôt ; son estomac grognait et il aurait aimé le faire taire. Les mots de Courtney l'apaisèrent cependant : elle avait enfin compris pourquoi elle ne pouvait pas évoquer leur vie privée en public.

— Merci de te montrer aussi compréhensive, Court. Je n'ai rien contre le fait de prier, tu sais. Et je ne voudrais surtout pas que tu arrêtes. Seulement quand tu as dit devant tout le monde qu'on…

— Holà ! Attends une minute !

Elle se redressa sur sa chaise, puis ajouta :

— Tu as cru que je parlais du groupe de prière ?

— Je me suis trompé ?

— Oui. Je continue à être convaincue…

Elle baissa les yeux vers le gâteau qu'elle avait commandé et en prit un morceau. Il piocha à son tour dans son assiette. Il eut l'impression d'avaler une pincée de sciure saupoudrée de sucre.

— Aucune importance, reprit-elle. Je pensais aux fleurs.

Ah… L'excuse masculine classique allait peut-être bien lui servir après tout.

— Je suis désolé, Court.

— Désolé ?

— De ne t'avoir acheté que deux fleurs. Je suis un mec, et parfois je ne me rends pas compte…

— Le problème n'est pas là, l'interrompit-elle. Enfin si, d'une certaine manière. Mais c'est surtout le fait que moi je t'en ai envoyé trente-sept. J'ai complètement dépassé les bornes, un peu comme si j'avais perdu le contrôle de la situation. Je me rendais bien compte que c'était dingue d'en prendre autant, et je n'ai pas reculé. J'ai cru... Je me suis dit que ça te ferait plaisir sans doute... de recevoir tous ces messages de ma part.

— C'était le cas, répliqua-t-il avec empressement.

— Pas du tout, riposta-t-elle en inclinant la tête.

Il se braqua légèrement.

— Et on peut savoir ce qui te permet de dire ça ?

— Tu ne les avais pas sur toi, dans la salle commune. Qu'en as-tu fait ? Tu les as jetés ? Donnés à quelqu'un ? Tu as lu les messages ? Ça n'a aucune importance, bien sûr, seulement... Je n'aurais jamais dû t'en envoyer autant. Tu as sans doute eu l'impression que... En fait, je n'en sais rien. J'imagine que tu as eu envie de te cacher sous ton bureau.

— Pas du tout. C'était classe, Courtney. Vraiment.

— Je ne te crois pas. Qu'en as-tu fait ?

Se sentant acculé, il regarda par la fenêtre : les arbres étaient couverts de petits bourgeons rouges bien serrés. Le moment venu, ils formeraient un mur vert. Un mur derrière lequel on pourrait se cacher. Disparaître ne lui semblait pas une mauvaise idée dans l'immédiat.

— Je les ai rangés dans mon casier, répondit-il.

— Tu as fait entrer trente-sept œillets dans ton casier ? Tu as lu les messages ?

— Bien sûr !

— Alors pourquoi ne m'en as-tu pas parlé ? Pourquoi n'as-tu... rien dit tout simplement ?

C'était évidemment la question à poser, elle avait mis le doigt dessus. Derric savait très bien que l'explication était à chercher du côté de son âme. Si seulement il avait pu fournir à Courtney un semblant de réponse au moins...

— Aucune idée... Ça ne me paraissait pas... J'ai eu des doutes.

— A quel propos ? Moi ? Nous ? Derric, que se passe-t-il ?

— Hé, tu connais mes sentiments pour toi.

— C'est ce que je croyais. Et je croyais aussi que tu étais fier d'être en couple avec moi.

— Je suis fier.

Il se rendit compte qu'il était sur la défensive. Pourquoi se sentait-il agressé alors qu'elle se contentait de poser des questions légitimes ?

— Ecoute, je suis désolé de ne pas avoir pris les fleurs avec moi. J'aurais dû. Au moins une partie. Je ne sais pas pourquoi je ne l'ai pas fait.

D'une voix égale, elle rétorqua :

— Les gens ont en général une bonne raison de faire ce qu'ils font. Ou de ne pas le faire.

— Toi, peut-être, répliqua-t-il, de nouveau irrité.

— Et toi aussi, sans doute, au fond. Allez, Derric, tu ne veux pas me dire ce qui ne va pas ?

— Tout va bien !

— Bien sûr que non. Quelque part, tu le sais. Peut-être refuses-tu de l'admettre, mais tu le sais. J'espère que tu finiras par t'en apercevoir.

Elle sirota son café et perdit, comme lui, son regard par la fenêtre.

Il se demanda de quoi ils allaient pouvoir discuter, avant de s'étonner d'une pareille question. Il se surprit alors à observer le pull qu'elle portait, son décolleté en V et sa peau veloutée à cet endroit voluptueux entre les seins. Il eut envie de se donner des coups de pied aux fesses. Dis-lui quelque chose, s'enjoignit-il, n'importe quoi ! Essaie d'être à la hauteur.

— Il m'arrive de ne pas comprendre certaines choses que je devrais comprendre. Il m'arrive d'avoir l'impression d'être à la fois un gosse et un adulte. Un peu comme si j'étais au milieu d'une toile que je n'ai pas tissée, et qui m'emprisonne. C'est le cas en ce moment. Tu comprends ce que je veux dire ?

Elle avait gardé les yeux rivés sur la vitre pendant qu'il parlait.

— Tu te sens emprisonné, alors, répéta-t-elle. Ça ne doit pas être très agréable, si ?

Elle n'ajouta rien d'autre, et il devina à son ton qu'elle avait mal interprété ses propos. En tout cas, c'est ce qu'il pensa sur le coup. Plus tard, ce soir-là, lorsqu'il reçut un texto qui disait : *Je t'm tellement, je vx partager ça avec toi,* accompagné d'une photo que Courtney n'aurait dû envoyer à personne, il se mit à douter.

23

Les réflexions se bousculèrent dans l'esprit de Becca après la réunion des guetteurs de Nera. La plupart portaient sur Eddie Beddoe. Il constituait une menace, elle l'avait senti. Il ne lui en avait pas fallu plus pour se rappeler leur première rencontre, sur la plage de Sandy Point. Becca l'avait alors entendu penser : *la tuer à la première occasion, voilà.* Elle avait cru, sur le moment, qu'il parlait de Diana Kinsale, mais celle-ci l'avait détrompée : Eddie Beddoe en avait après la femelle phoque. Il l'accusait de tous les maux de son existence. Contre toute logique.

Cet homme ne tournait pas rond, de toute façon. Becca avait perçu l'atmosphère qu'il créait partout où il allait, et elle en déduisit que ses intentions envers Langley, ses habitants et le phoque qu'ils chérissaient n'avaient rien d'amical. Elle ignorait presque tout de lui, cependant. Il avait perdu son bateau dans une tempête, et il rejetait la faute sur l'animal. A une époque, il avait été marié avec Sharla Mann. Ça s'arrêtait là.

Elle voulait en découvrir davantage sans savoir comment s'y prendre. Elle tenta sa chance auprès d'Ivar, un après-midi qu'elle s'affairait dans l'ancien poulailler du Heart's Desire.

— Il sort d'où, cet Eddie Beddoe ?

— Il a vécu à Possession Point pendant des années.

Son employeur ne semblait guère disposé à éclairer sa lanterne. Il ajouta cependant, tandis qu'il réglait les lampes dirigées sur les plants de marijuana :

— Aujourd'hui il est à Glendale. Pourquoi est-ce que tu me poses cette question ?

« Parce qu'il compte tuer Nera » ne lui paraissant pas la réponse la plus adroite, elle aménagea légèrement la vérité :

— Sharla m'a dit qu'ils avaient été mariés.

— Ah oui, c'est vrai, acquiesça-t-il. Ils ont été mariés.

Un murmure accompagnait ses paroles : *se faire examiner la cervelle*. Becca ne put deviner si cette réflexion concernait Eddie ou Sharla. Elle espéra que d'autres lui en apprendraient davantage. Ce qu'elle entendit – *fioul* – lui laissa supposer qu'il avait reporté son attention sur un autre sujet.

Plus tard, seule dans la cabane battue par les vents annonciateurs d'une tempête typique de mars, elle s'avisa que le mot *fioul* réveillait un vieux souvenir. Elle se rappela le site Internet que Jenn McDaniels consultait à la bibliothèque. Une marée noire avait frappé Possession Point. Etait-ce à cet événement qu'Ivar pensait ?

Alors qu'elle prenait sa leçon de plongée avec Jenn, elle décida de braver les griffes de la jeune fille et de l'interroger. Elle s'attarda dans le vestiaire après sa douche, faisant mine de mettre du temps à se recoiffer pour que sa manœuvre soit moins évidente. Quand Jenn fut seule près des casiers, Becca lui demanda d'un ton détaché :

— Tu es au courant qu'il y a eu une marée noire à Possession Point ?

Jenn pivota lentement vers elle, et un flot d'injures intérieures lui échappa. Becca sortit son aide auditive de son sac à dos et enfonça ostensiblement l'écouteur dans son oreille.

— Tu es ici pour quoi au juste ? l'agressa Jenn. A part pour Derric Mathieson qui, je te le signale, se tape Courtney Baker.

Becca prit une grande inspiration pour se calmer avant de répondre :

— Merci pour l'info, mais ça fait longtemps que c'est fini entre nous, il est libre de se taper qui il veut. Et même plusieurs à la fois. Et cette marée noire, alors ? Tu es au courant ? Je sais que tu habites à Possession Point.

La suspicion plissa les yeux de Jenn.

— Et tu sais ça comment ?

Intimidée par son regard inquisiteur, Becca bredouilla :

— Je ne me rappelle plus. Derric a dû me le dire. Pourquoi ? Quelle importance ?

Jenn claqua la porte de son casier. Elle laissa tomber la serviette dans laquelle elle était enveloppée, et Becca se détourna, gênée. Jenn s'esclaffa.

— Oui, il y a eu une marée noire à Possession Point. Du fioul brut, qui a causé des dégâts sur la faune marine et sur la côte.

Encouragée par cette réponse, Becca l'interrogea sur Eddie Beddoe. Lui aussi vivait bien là-bas, non ? A l'époque de la marée noire ?

Jenn répondit d'un haussement d'épaules.

— Il a une caravane, oui. Il l'a peut-être bien occupée à une époque, j'en sais rien. Qu'est-ce que ça peut te faire ?

Becca fureta dans son sac à dos le temps que Jenn s'habille. Lorsqu'elle fut certaine que celle-ci était prête, elle releva la tête vers elle.

— C'est juste que... je l'ai entendu parler lors de la réunion, au foyer municipal. Il s'en prenait à cette femelle phoque. J'ai interrogé Ivar Thorndyke, et il m'a répondu qu'Eddie venait de Possession Point. Du coup, je me demandais...

— Qu'est-ce que tu fabriquais là ?

Les yeux de Jenn s'étaient réduits à deux fentes dans son visage renfrogné.

— Hein ? Où ça ?

— Pitié... Au foyer municipal, évidemment ! Qu'est-ce qui t'amenait là-bas ?

— Parce qu'il faut une autorisation pour s'y rendre ?

— Parce que je me porte mieux quand tu n'es pas dans le coin et que j'assistais à cette réunion. Pourquoi est-ce que je ne t'ai pas vue ?

— Je discutais avec Seth.

— Ohhhh. Ton nouveau petit copain.

Becca soupira et convoqua toute la patience dont elle disposait. Jenn McDaniels devait être la fille la plus pénible de la planète.

— Ecoute, je te posais juste une question, tu n'es pas obligée de me répondre.

— Tant mieux, parce que je ne compte pas le faire.

— Tu ne connais pas la réponse, alors.

— Hé ! Je sais un tas de trucs, d'accord ? Beaucoup plus que toi, d'ailleurs. Il y a eu une marée noire et Eddie Beddoe a sans doute vécu à Possession Point. Si tu veux en être sûre, pourquoi tu ne lui demandes pas directement ? A moins que tu n'aies peur... Je parie que c'est ça ! Il te fout les chocottes, hein ?

— J'ai l'impression que je ne suis pas la seule.

Renonçant à en apprendre davantage, Becca quitta les vestiaires.

Le fioul brut pouvait causer beaucoup de dégâts sur la nature. C'est ce qu'avait affirmé Jenn, et Becca n'eut pas besoin de chercher très loin pour en obtenir confirmation. Dans la marée noire en question, le remplissage du réservoir du bateau n'avait pas été correctement effectué, et les tuyaux avaient fini par céder, alors que le navire, en partance du port d'Everett, avait emprunté les routes maritimes du Puget Sound. La fuite s'était produite de nuit, et personne ne s'en était rendu compte avant le matin suivant, lorsque la marée avait tapissé toute la côte de Possession Point d'une substance visqueuse.

Becca avait récolté des informations auprès de son professeur de biologie, mais aussi au musée de la ville, que la Société historique avait installé dans une maisonnette blanche sur Second Street, à Langley. Cet endroit était une vraie mine, en grande partie grâce aux bénévoles qu'on y croisait et à leur mémoire infinie. Becca apprit ainsi que le fioul était toxique par simple contact. Il fallait s'équiper de combinaisons étanches pour s'en approcher, et des volontaires avaient été recrutés pour nettoyer la côte.

Qui disait toxique disait mortel. Becca le savait. La faune et la flore ne survivaient pas à ces marées noires. Elle se demanda ce qu'il en était des humains... La substance pénétrait-elle à travers la peau, dans le système nerveux ? Dans le sang et dans le cerveau ? S'attaquait-elle à la santé mentale ? Etait-ce l'origine de la folie d'Eddie Beddoe ? Pourquoi, sinon, aurait-il été aussi obsédé par l'idée de se débarrasser de ce phoque ? Après tout, ne vivant pas de la pêche, il ne pâtissait pas de sa présence dans des eaux où il aurait jeté son filet.

Becca désespérait de trouver des réponses à ses questions. La seule personne qui aurait pu lui en fournir était Sharla, et elle n'était pas très bavarde.

— La marée noire ? répéta-t-elle. Je vivais là-bas à l'époque, oui. Mon mari a participé au nettoyage, comme tout le monde.

Ses murmures ne l'avancèrent pas davantage : *trop proche... se souvenir... le passé est le passé...*

— C'était moche, hein ? insista Becca.

Sharla lui avait proposé de rester dîner au terme de son après-midi de travail, et elles étaient en train de faire la vaisselle.

— J'ai vu des photos au musée de Langley, poursuivit-elle. Les gens portaient des combinaisons.

— Bien sûr, confirma Sharla.

Ses pensées, cependant, firent dresser les poils des bras de Becca : *Pas Eddie... du fioul telle une seconde peau...*

— Et vous ? s'enquit la jeune fille. Vous en portiez une aussi ?

Pas Eddie, pas Eddie... le spectacle et l'odeur... huit jours... non, non, je ne peux pas... A quoi pensait Sharla ? Ou plutôt à quoi refusait-elle de penser ?

Ivar n'était pas en mesure d'aider Becca, ou alors il ne le voulait pas. Eddie Beddoe représentait un sujet douloureux pour lui. Il déclara simplement :

— A ma connaissance, Becks, ce type était plus fou qu'un raton laveur enragé bien avant la présence de pétrole sur cette plage. Et ça n'a pas changé.

Quelques jours plus tard, alors qu'elle travaillait d'arrache-pied dans le poulailler pour tenter d'organiser le vaste fatras, Becca découvrit, sous une pile de couvertures dont l'odeur suggérait qu'elles avaient longtemps séjourné dans une écurie, une vieille malle aux attaches en laiton. Poussée par la curiosité, elle la traîna au centre du poulailler, où la lumière était plus puissante. Couvert de saleté malgré les couvertures, le coffre n'était pas fermé à clé.

Sur le dessus se trouvaient des photos de mariage, encadrées pour certaines. Les examinant avec attention, elle reconnut Eddie Beddoe et Sharla Mann. Eddie Beddoe, aussi imposant qu'un bûcheron, et la jeune et jolie Sharla à son bras. Becca songea avec tristesse que tout changeait. Se demandant si la marée noire seule avait occasionné ces bouleversements, elle poursuivit son exploration de la malle. Elle avait beau savoir qu'on ne fouillait pas dans les affaires d'autrui, elle ne voulut pas renoncer : les murmures de Sharla suggéraient l'existence d'un mystère. Et le dévoiler pourrait lui permettre d'empêcher Eddie Beddoe de nuire.

Au milieu de vieux vêtements, de nappes et de serviettes anciennes, elle fit une découverte : trois petites salopettes, autant de tee-shirts et de paires de chaussettes, ainsi qu'une paire de chaussures. Le tout taillé pour un enfant de deux ans environ. A ce qu'elle en savait, cependant, Sharla n'avait pas eu d'enfant.

Becca réfléchit à sa trouvaille tout le long du trajet jusqu'à sa cachette dans les bois. Après avoir appuyé son vélo contre un tronc d'arbre invisible depuis la route, elle entreprit la petite marche jusqu'à la clairière. Chemin faisant, elle fit le point sur les éléments dont elle disposait : la marée noire, Eddie Beddoe, Sharla Mann et des vêtements d'enfant. Elle songea aussi à Ivar Thorndyke, cherchant à deviner s'il avait intérêt à garder des informations pour lui.

Ces réflexions occupaient son esprit lorsque la clairière apparut devant elle dans la lumière déclinante du jour. Une silhouette l'arpentait lentement. Becca s'accroupit aussitôt derrière le vaste tronc d'une vieille pruche. Le cœur tambourinant, elle hasarda un coup d'œil.

Elle connaissait le vieil homme qui observait le sol. C'était le grand-père de Seth, Ralph Darrow. Elle ne l'avait pas rencontré en personne, mais elle l'avait vu, à deux reprises, avec son petit-fils. Une fois, à travers la fenêtre de son salon, alors qu'ils jouaient aux échecs devant une immense cheminée de pierre. Une autre fois, dans son jardin. Elle ne l'avait jamais vu s'aventurer aussi loin dans les bois, en revanche, et elle pressentait que sa présence était synonyme d'ennuis.

Il scrutait le sol au pied de la cabane. Elle savait très bien ce qui s'y trouvait : l'empreinte de leurs pas, à Seth et à elle. Ralph Darrow s'approcha de l'escalier et releva la tête vers la trappe à laquelle celui-ci menait. Dieu soit loué, elle avait pensé à la fermer en partant. Elle se félicita aussi de n'avoir rien laissé traîner sur le balcon. En revanche, le vieil homme se tenait à moins de dix mètres du seau, de la pelle et du râteau cachés derrière un arbre. Sans oublier le petit tas de bûches que Seth avait piquées à son grand-père, dissimulées elles aussi. Si Ralph Darrow ne se mettait pas à fouiller, tout irait bien.

Becca retint son souffle en voyant qu'il posait la main sur la première marche de l'escalier. S'il grimpait, elle était fichue. Et Seth le paierait très, très cher.

Elle voyait d'ici la scène. Une fois qu'il l'aurait découverte, Ralph Darrow lui demanderait : « Qui diable es-tu ? » Puis : « Tes parents savent où tu es ? » Enfin, si elle avait répondu avec un tant soit peu d'honnêteté à cette question, il ne manquerait pas d'ajouter : « Que fais-tu sur cette île, alors ? » Ce qui orienterait la conversation sur sa mère, San Diego et tout le reste.

Le grand-père de Seth posa le pied sur la première marche, hésitant. Becca se concentra pour entendre ses murmures. Un seul lui parvint : *fichu gosse… jusqu'à maintenant.* Il renonça apparemment à pousser plus loin son exploration et tourna les talons pour reprendre la direction du sentier qui le ramènerait chez lui, et l'éloignerait de Becca. Pour le moment.

Le répit fut de courte durée. Elle patienta cinq minutes après le départ de Ralph Darrow, grelottant dans le froid, guettant un bruit de pas – il pourrait changer d'avis et revenir. Le seul son qui troublait le silence était le *tac tac tac* d'un grand pic s'attaquant à un aulne mort, non loin. Elle finit par trouver le courage de foncer vers la clairière, les deux pruches et la cabane. Elle grimpa les marches deux à deux et traversa le balcon pour se réfugier à l'intérieur. Elle était à l'abri. Du moins c'est ce qu'elle croyait.

Moins de quinze minutes plus tard, elle entendit quelqu'un dans l'escalier. Le visiteur se montrait discret, cependant elle était à l'affût. Elle comprit aussitôt : Ralph Darrow était parti chercher une arme. Evidemment ! Il ignorait qui occupait la cabane. Il savait seulement que quelqu'un s'était introduit illégalement sur sa propriété. Il pouvait s'agir d'un criminel en fuite, d'un trafiquant de drogue, d'un contrebandier, d'un terroriste... Bref, d'un individu dangereux et sans doute armé. Voilà pourquoi le vieil homme avait pris ses dispositions.

La trappe émit un petit gémissement en s'ouvrant. Des pas feutrés se rapprochèrent de la porte. Lorsqu'elle vit la poignée tourner, Becca se demanda si, profitant de l'effet de surprise, elle aurait le temps de se jeter dans l'escalier et de s'enfuir. Elle prit une profonde inspiration pour rassembler son courage...

C'était Seth. Avec une brassée de bois. Comme elle n'avait pas allumé la lampe-tempête, il ne la vit pas dans le noir. Il sursauta et étouffa un cri en l'entendant dire :

— N'allume pas de feu.

— Ça va pas, non ? Tu m'as collé une de ces frousses !

— Ton grand-père est venu.

— Venu ? Où ? Dans la cabane ?

— En dessous. Il a vu mes empreintes de pas dans la clairière. Et les tiennes. Il a observé la trappe d'en bas, mais il n'est pas monté.

— Super, ça veut dire...

— Ça veut dire qu'il va prévenir les flics ou revenir avec un fusil.

— Il n'en a pas. Enfin je ne crois pas, en tout cas je n'en ai jamais vu.

Il déposa les bûches à côté du poêle, puis se mit à remuer les braises.

— Arrête ! s'écria-t-elle.

— Détends-toi, Becca. Tout va bien, je vais lui parler.

— Lui parler ? De quoi ? Tu ne peux pas, Seth !

— Pas le choix. Il a vu nos traces, il sait qu'il se passe quelque chose. Il va me poser des questions, je dois prendre les devants.

— Il va vouloir que je parte. Il va vouloir savoir... Seth, tu ne peux pas faire ça !

— Il est chouette, Becca, ça ne posera aucun problème. J'aurais dû le mettre au courant depuis un moment.

— Non, Seth ! Il m'interrogera... Je ne peux pas expliquer... S'il te plaît... Enfin, peu importe, je vais devoir partir.

Elle se mit à rassembler ses affaires, les fourrant dans le sac en toile qu'il lui avait donné plusieurs mois auparavant.

— Hé ! s'écria-t-il. Qu'est-ce que tu fais ?

— A ton avis ? Je prépare mes valises.

Il se dirigea vers la porte.

— Hors de question, Becca. Tu irais où, d'abord ? Pour l'amour de Dieu, donne-moi le temps de régler la situation avant de partir, d'accord ? Aie un peu confiance.

— Où vas-tu ?

— Voir mon grand-père. Il sait que je me sers de la cabane, je lui laisserai entendre que...

— Tu as pris quelque chose ou quoi ?

— Hé !

— Excuse-moi, mais la question se pose. Tu crois vraiment que ton grand-père va accepter d'héberger une fille en cavale ?

— Purée, tu penses que je suis débile ou quoi ? Je ne vais évidemment pas lui dire ça.

— Quoi alors ?

— Qu'on passe du temps ensemble tous les deux. Qu'on vient ici pour... tu vois.

— Quoi ? Coucher ensemble ? C'est ce que tu vas raconter à ton grand-père ? Super. Il va adorer. Surtout quand il saura que je n'ai que quinze ans.

— Il ne me demandera pas ton âge. Et je ne vais pas dire qu'on couche ensemble. Seulement qu'on...

— Quoi ? Qu'on fume de l'herbe ? Il va bien se rendre compte que je vis ici.

— Ne sois pas parano. Ça va marcher.

Pour achever de la convaincre, il ajouta :

— Je reviens tout de suite.

Les angoisses de Becca ne cessèrent de croître en l'absence de Seth. Elle avait failli le suivre à travers bois jusqu'à la maison de Ralph Darrow. Elle aurait pu raconter une version édulcorée de la vérité. Puis implorer son indulgence. Mais que lui aurait-elle dit exactement ? Que sa mère l'avait déposée au ferry avant de s'évanouir dans la nature ? Qu'elle avait lu dans les pensées de son beau-père et fui San Diego avec sa mère ? Qu'elle se cachait sur sa propriété parce qu'elle craignait pour sa vie ? Comment s'en tenir à une seule information ? Toute explication risquait de conduire à une autre et, de fil en aiguille, elle n'aurait d'autre choix que de lâcher le gros morceau : « Je lis dans les pensées et ça m'a causé bien des ennuis. »

Non. Que ça lui plaise ou non, elle dépendait de Seth. Elle devait lui faire confiance : il inventerait une histoire crédible. Et Ralph Darrow devrait y croire tant qu'elle n'aurait pas trouvé un autre toit. A présent qu'il avait découvert que quelqu'un se servait de la cabane – quelle que soit la raison invoquée par Seth –, il serait sur ses gardes. Et il allait sans dire qu'il reviendrait jeter un coup d'œil sur place de temps à autre.

Par la fenêtre, elle scruta l'obscurité, priant pour que Seth revienne vite. Si seulement il avait réussi à convaincre son grand-père que personne ne vivait dans la cabane, qu'il se contentait d'y retrouver quelqu'un occasionnellement, pour discuter, jouer de la musique ou n'importe quoi, avant de repartir. Aucun autre mensonge ne marcherait.

Allez, Seth, reviens ! Reviens !

Une heure s'écoula. Puis une seconde. Becca avait mis la première à profit pour faire sa valise. Au début de la seconde, elle prit sa lampe torche et sortit, convaincue de ne pas avoir d'autre choix que de se rendre chez Ralph Darrow. Elle connaissait le chemin.

Le sentier s'enfonçait dans un sous-bois épais, même à cette période de l'année. Elle pourrait toujours se réfugier derrière un buisson de gaulthérie, si elle devait se cacher – ce qui aurait été impossible au cœur de l'été, entre les ronces et les orties.

A mesure qu'elle approchait de la maison de Ralph Darrow, entourée de son impressionnante collection de rhododendrons, une odeur de feu de bois vint lui chatouiller les narines. Quelques minutes plus tard, elle atteignait la lisière de la forêt. Elle marqua une pause pour évaluer la situation. Personne dehors. Les lumières étaient allumées dans le salon, et il y avait du feu dans l'immense âtre de pierre – ainsi que le signalait la fumée s'échappant par la cheminée.

Elle avança pliée en deux. Elle n'avait jamais franchi le seuil de la maison, mais elle avait déjà jeté un coup d'œil par les fenêtres... et elle s'apprêtait à recommencer. Si Seth était toujours là, il devait se trouver dans le salon, au coin du feu.

Oui, il y était ! En train de jouer aux échecs. Aux échecs ! Pendant qu'elle attendait dans le noir, sa vie tout entière suspendue à une décision, Seth faisait une partie avec son grand-père.

Elle fulminait. Elle faillit cogner au carreau : Seth avait-il oublié la raison de sa visite ? Elle ne pouvait donc pas compter sur lui, son seul et unique ami... Elle dut se retenir de trépigner et de hurler.

Il sentit sans doute sa présence, car il releva les yeux et croisa son regard. Il secoua la tête de façon presque imperceptible, puis reporta son attention sur son grand-père. Elle comprit le message et battit en retraite. Pas jusqu'à la cabane, cependant. Elle ne pouvait pas retourner là-bas tant qu'elle ne saurait pas à quoi s'en tenir. Elle s'arrêta à l'entrée du sentier. Son attente ne fut pas longue.

— Ça, c'était vraiment débile, fit Seth en la rejoignant dix minutes plus tard.

— Qu'est-ce que tu fichais, enfin ? Tu devais discuter avec lui ! Tu as oublié ou quoi ? Je me ronge les sangs pendant deux heures, et toi, tu joues aux échecs ? Qu'est-ce qui ne tourne pas rond chez toi ?

— Calme-toi, Becca.

Il jeta un coup d'œil à la maison avant de s'engager sur le sentier.

— Je t'avais dit que ça irait, expliqua-t-il par-dessus son épaule, et j'avais raison. La situation est sous contrôle. Mais tu t'attendais à quoi ? Que je déboule chez lui et lui parle de la cabane, comme ça, de but en blanc, une demi-heure après sa petite visite ?

Il progressait à grandes enjambées, et Becca avait du mal à tenir la cadence. Ses murmures lui apprirent combien elle l'avait blessé avec ses accusations : *me prend pour… un idiot aurait… je ne suis PAS débile…*

Ils ne reprirent la conversation qu'arrivés dans la clairière. Becca lui présenta alors ses excuses.

— Désolée, Seth. Sincèrement. Je ne voulais pas… Je ne mesure pas toujours la portée de mes paroles.

— Je m'en étais rendu compte.

— Et je ne te prends pas pour un imbécile. Je suis juste… J'ai peur, je suis paumée et je me fais parfois des idées.

— En effet…

Elle passait d'un pied sur l'autre, sur des charbons ardents. Il mit fin à son supplice :

— Alors voilà, tu me files des cours pour mon diplôme. Maths appliquées. Tu sors avec un type horriblement jaloux, ce qui nous force à nous retrouver ici. On a essayé d'aller à la bibliothèque. Au foyer municipal. Et même dans une salle de conférences de la mairie. Mais il nous retrouve n'importe où. Bref, il a fait de notre vie un tel enfer qu'on a décidé de se réfugier ici.

— C'est ce que tu lui as dit ?

— Pas mal, je trouve. Et puis, c'est plus ou moins vrai. Sauf pour l'histoire des cours particuliers. Si mon grand-père vérifie, il obtiendra confirmation de tout ce que j'ai dit, j'ai eu rendez-vous avec ma prof dans ces différents endroits. Evidemment, elle n'a pas de copain jaloux. Toi, oui.

— J'avais, plus exactement…

Elle s'interrompit et se retourna vers le sentier qu'ils venaient d'emprunter.

— Il t'a cru ? reprit-elle.

— Bien sûr. Et il m'a cru parce que je ne lui ai pas sauté dessus pour lui balancer toute l'histoire de but en blanc, sans raison apparente. J'ai dû attendre une occasion de mettre le sujet sur le tapis. Quand on arrange la vérité, c'est la seule solution.

« Arranger la vérité ». Ça n'augurait rien de bon.

— J'espère que ça ne se retournera pas contre toi, Seth.

— Aucune chance, je maîtrise la situation.

24

Si Courtney avait deux visages – la personne publique, disponible pour ses amis, et la personne privée, qui envoyait des photos osées par textos –, Derric ne pouvait pas le lui reprocher. Lui aussi connaissait un début de dédoublement de personnalité. Il y avait le Derric qui répétait à sa mère de lui lâcher les baskets chaque fois qu'elle voulait aborder la question des « hormones en ébullition des garçons à l'adolescence » – il ne se passait rien entre Courtney et lui, d'accord ? Mais il y avait aussi le Derric qui semblait n'avoir plus qu'une idée en tête, qui trouvait son pantalon de pyjama humide au réveil, et qui restait plus longtemps que d'habitude sous la douche le matin.

Il prit la décision de se joindre au groupe de lecture biblique de Courtney pour une seule raison : les réunions avaient lieu dans le sous-sol de la paroisse, ils iraient donc là-bas en voiture. Et elle le raccompagnerait après la séance. Bref, ils se retrouveraient seuls, et c'était ce dont il avait besoin. Ils devaient parler. Elle n'arrêtait pas de lui envoyer des SMS. Et des photos. Excité comme un dingue, il imaginait celles qu'il pourrait prendre, lui aussi. Il avait beau savoir que c'était débile, c'était plus fort que lui. Un changement s'imposait, d'une façon ou d'une autre. Un pas en avant ou en arrière. Il fallait que ça bouge. Voilà pourquoi il lui avait demandé s'ils pouvaient discuter à la fin de la réunion. Il avait suggéré un endroit au bord de Goss Lake, une plage de galets privée, aménagée pour les pique-niques – peu utilisée. En mars, il n'y aurait pas un chat, et ils pourraient s'allonger sur une couverture, discuter dans le noir de leur avenir. Il ne se passerait rien d'autre à l'issue d'une séance de lecture biblique.

Le visage de Courtney changea du tout au tout quand il lui proposa de l'accompagner. Comme celui de sa mère, quand il l'informa de l'endroit où il se rendait et avec qui. Mais si les traits de Courtney exprimaient son plaisir, il lut de la suspicion sur ceux de sa mère.

« Tu as la permission de 22 heures. »

Comme il protestait, elle avait ajouté :

« C'est un soir de semaine, Derric. Ne pousse pas le bouchon. »

Il n'avait pas insisté. Il se retrouva donc dans un groupe de onze lycéens, animé par un jeune pasteur de la paroisse. Ils s'installèrent en cercle, se répartissant sur des chaises dépareillées et deux canapés – Derric et Courtney occupaient l'un de ceux-ci. Collée contre lui, elle portait un jean moulant, sur lequel elle avait ceinturé une tunique des plus sobres. Il lui était reconnaissant d'avoir choisi cette tenue : autrement, il aurait été incapable de se concentrer, d'autant que le texte choisi par le pasteur Ken, « Suzanne et les vieillards », tournait autour de la sexualité. C'était l'histoire d'une femme qui prenait un bain dans son jardin et était espionnée par deux vieillards, dissimulés derrière un arbre. Emoustillés à la vue de son corps nu, ils finissaient par se montrer entreprenants.

Le pasteur Ken s'interrompit à ce point du récit pour dire :

— Arrêtons-nous un instant pour réfléchir à la façon dont cette situation pourrait trouver un écho dans nos propres existences, d'accord ? Voyons au-delà de la nudité de Suzanne pour chercher à comprendre ce qu'elle symbolise.

Les participants proposèrent diverses interprétations, dépassant le premier degré pour donner aux mots de la Bible une signification plus complexe et profonde. Quelqu'un voulut y voir un symbole de la vertu, un autre, de l'honnêteté. Un troisième, une manifestation de l'amour de Dieu. Et un signe de soumission aux dix commandements. Derric s'efforçait de suivre les débats, sans y prendre part cependant. Il avait beau garder les yeux rivés sur celui ou celle qui avait la parole, il n'avait conscience que d'une chose : la présence de Courtney à ses côtés. Tout le reste ne parvenait pas à s'imprimer dans son esprit.

Ils firent une pause au milieu de la réunion pour boire du punch et manger des cookies ou des cupcakes. Puis ils reprirent la discussion avant de réciter des prières à leur façon. Plus d'un réclama l'aide de Dieu pour conserver sa chasteté. Courtney était de ceux-là, mais Derric s'était préparé cette fois et, lorsqu'elle pria pour trouver la force, il ajouta avec ferveur :

— Moi aussi, Seigneur. S'il te plaît, donne-moi la force également.

Deux filles ricanèrent en l'entendant prononcer ces mots et un garçon lui dit :

— Je suis avec toi, frangin.

Le pasteur Ken, lui, conclut :

— Nous sommes tous faibles. Moi, j'ai besoin de patience pour m'occuper de mes enfants. Deux filles de huit et dix ans, qui se dirigent à pas de géant vers l'âge adulte. Seigneur Jésus, donne-moi la force, s'il te plaît, d'être un bon père pour elles.

La réunion se termina sur cette déclaration. Quelques minutes plus tard, Derric et Courtney étaient sur la route. Alors qu'il songeait qu'ils n'avaient peut-être pas besoin de parler finalement – ils avaient tourné la page et entamaient un nouveau chapitre de leur histoire –, elle proposa pourtant :

— Si tu veux, on peut aller quelque part. On a trois quarts d'heure. Ça te tente ?

N'envisageant pas une seule seconde de refuser, il répondit :

— Goss Lake ? C'est près de chez nous et je connais un endroit…

Elle lui répondit d'un sourire avant de prendre cette direction.

La plage à laquelle il pensait occupait la pente d'un terrain inconstructible au bord du lac. Elle avait été vendue des années auparavant à un particulier et comportait un ponton auquel on pouvait amarrer un bateau. Un sentier étroit y conduisait. Après avoir déniché, en furetant dans le coffre de la voiture, trois couvertures ainsi qu'une lampe torche, ils s'engagèrent sous les arbres.

C'était une nuit parfaite. La lune rappelait le sourire du chat du Cheshire à travers les branches nues des arbres, et les étoiles brillaient d'un éclat vif. La température était basse, mais ils étendirent une couverture sous l'abri protecteur d'un bosquet de pruches et s'emmitouflèrent dans les deux autres.

— Il fait plus froid que je croyais, souligna Courtney en frissonnant.

— Je n'ai pas vraiment eu une idée de génie, répondit-il en lui passant un bras autour des épaules.

Elle se blottit contre lui avec un soupir. Ils pouvaient apercevoir le lac, immobile dans le noir – aucun souffle d'air ne venait troubler sa surface. Une chouette, perchée dans un arbre, hulula, et un coyote aboya au loin. Courtney fut parcourue d'un nouveau tremblement. Se rapprochant encore de Derric, elle murmura :

— Je sais comment on pourrait se réchauffer.

Elle posa une main sur son genou puis remonta le long de sa cuisse.

— Derric, si tu es d'accord… J'aimerais te dire quelque chose.

— Bien sûr. Moi aussi, je voulais te parler de toute façon. Sauf qu'après la réunion… je ne sais pas. J'ai eu l'impression que, peut-être, je n'en avais plus besoin.

— Que veux-tu dire ?

— En fait, tu sais, cette histoire de chasteté… Je n'y arriverai pas, Court, si on continue à s'échanger des textos et des photos. N'interprète pas ça mal, elles me plaisent beaucoup. Je les adore, même. Seulement, j'ai l'impression… Je ne vois pas trop comment on pourrait d'un côté dire une chose et de l'autre faire le contraire. Il me semble que c'est un peu ce qui se passe, non ?

Elle tourna son visage vers lui, et il l'imita. Elle l'embrassa. Puis elle se mit à le caresser. Enfin, elle le fit basculer sur le dos.

— C'est exactement le sujet que je voulais aborder, dit-elle.

Pourtant, ils n'échangèrent plus un seul mot.

Derric fut surpris par ce qu'il éprouva après. Il avait toujours pensé qu'il se sentirait éclairé de l'intérieur, connecté à quelque chose, qu'il saurait qui il était. Au lieu de quoi, il était complètement engourdi. Une éponge desséchée.

Il avait aussi une heure de retard. Sa mère ne manquerait pas de guetter son retour. Il atteignait la porte de sa chambre quand il entendit des pas en provenance du salon. Le couloir était plongé dans le noir, et elle alluma la lumière. Au premier coup d'œil, elle comprit ce qui était arrivé.

Pas de leçon, s'il te plaît, songea-t-il. Pour une fois dans ta vie, maman, ne me fais pas la leçon. J'ai utilisé un préservatif, d'accord ? J'ai suivi tes conseils. C'est ce que tu veux savoir, mais ne me pose pas la question tout de suite.

Elle étudia son visage, et plus particulièrement ses yeux. Puis elle fit la dernière remarque à laquelle il s'attendait, déclarant d'un ton calme, dépourvu de tout jugement :

— Tu n'imaginais pas ça.

Il secoua la tête sans énergie, la gorge nouée et les yeux embués de larmes, tel un gamin de six ans. Il ne s'était pas imaginé ça. Une chose à la fois merveilleuse et horrible. Qui aurait dû avoir la saveur d'un début, et non d'une fin.

— Je suis vraiment désolée pour toi, chéri.

Elle s'approcha et il aurait voulu se recroqueviller dans un coin.

— Tu veux en parler ? reprit-elle.

Il répondit d'un mouvement de tête.

— Peut-être demain, alors. Essaie de dormir maintenant.

Elle le dépassa pour gagner l'escalier. Il resta dans le couloir sombre et silencieux jusqu'à ce qu'il entende la porte de la chambre de ses parents se refermer avec un petit bruit étouffé.

Il ne réussit pas à fermer l'œil de la nuit. Il avait l'impression que sa vie entière n'était qu'une succession d'erreurs. Pendant que les heures s'écoulaient, il chercha, les yeux rivés au plafond, à retrouver le moment précis où il avait pris la route sur laquelle il était désormais engagé. La confusion qui régnait dans son esprit était telle, pourtant, qu'il était incapable de remonter trois semaines en arrière, et encore moins un, deux ou trois mois.

Courtney lui envoya quatre textos au cours de la nuit.

Ohlàlàlàlà !

T le + bo

J'en revi1 pas

0 regret

Il tapa ses réponses machinalement.

!!!!!

Toi aussi

Tro bien

Pas 1

Il aurait voulu qu'elle le laisse tranquille. Pour pouvoir réfléchir, alors même qu'il n'y arrivait pas. Avec ces messages incessants, il se sentait encore plus mal.

Il se leva à l'heure habituelle et se traîna jusqu'à la douche. Il sentit l'eau s'infiltrer dans ses cheveux, qu'il lava en les frictionnant aussi énergiquement que possible, comme s'il espérait, ainsi, débarrasser son crâne des pensées qui l'encombraient.

Dans la cuisine, sa mère griffonnait sur un bloc-notes, et son père mangeait son habituel bol de flocons d'avoine. Quand il lui demanda : « La forme, fiston ? », Derric échangea un regard avec sa mère et comprit qu'elle ne l'avait pas trahi.

— Ça va, répondit-il.

— Tu es rentré tard pour un soir de semaine. Veille à ne pas recommencer, d'accord ?

— Promis. Je suis désolé, j'aurais dû vous prévenir. J'ai discuté avec Courtney après la réunion à la paroisse, et je n'ai pas vu le temps passer.

Dave ricana.

— Voilà une excuse originale.

Il avala une dernière cuillerée de flocons d'avoine puis déposa le bol dans l'évier et le remplit d'eau. Il prit ensuite congé de sa femme et de son fils, embrassant la première et gratifiant le second d'une brève accolade. Derric se retrouva seul avec sa mère. Ce ne fut que lorsqu'il eut terminé son petit déjeuner, composé d'un jus d'orange, de céréales et de tartines, qu'elle délaissa son carnet et déclara :

— J'ai l'impression que tu as appris quelque chose sur ton compte hier soir.

— C'est bien possible.

— Ça n'est pas nécessairement une mauvaise chose, tu sais.

— C'était plutôt désagréable.

— J'entends bien. Grandir n'est pas toujours facile. Il faut franchir certaines étapes pour avancer… Et sur le moment, c'est effectivement désagréable.

— Tu ne vas pas me faire de leçon sur le passage à l'âge adulte, hein ?

— Comment ça ?

— Tu vois le genre : « Mon petit garçon devient grand… »

Elle lui sourit avec une pointe de tristesse.

— Tu veux que je sois honnête ? Je n'y ai pas pensé en ces termes. J'y voyais plus une histoire de croissance intérieure, si ça a du sens. J'ai vu grandir ton cœur. Ou ton âme. Appelle ça comme tu veux. C'est le plus difficile, mais tu surmonteras ce cap.

— Sauf que je ne sais même pas de quel cap il s'agit.

— Ça fait partie du processus.

Derric trouva ça étrange. Après lui avoir rabâché qu'il devait impérativement prendre ses précautions pour éviter les MST, les grossesses accidentelles et tout ce qui risquait de gâcher la vie de deux adolescents au seuil de l'âge adulte, sa mère lui montrait soudain une autre facette de sa personnalité. Elle avait deviné qu'il se débattait avec les conséquences de ses actes. Il devait d'abord les comprendre avant de pouvoir, peut-être ensuite, agir.

La situation lui semblait totalement inversée. C'était Courtney qui aurait dû être tiraillée entre sa conscience et son désir, se sentir en guerre avec elle-même, pas lui. Après tout, c'était elle qui avait fait vœu de chasteté. Apparemment, pourtant, elle nageait en plein bonheur. *Je t'mmm !* était devenu son leitmotiv préféré, elle le lui envoyait par textos une fois par heure ou le lui murmurait dans le couloir entre deux cours.

Il ne la comprenait pas, ce qui, certes, l'embêtait moins que de ne pas se comprendre lui-même. Il fallait absolument qu'il résolve son problème. Il avait besoin de temps pour réussir à déterminer ce qui le rongeait de l'intérieur.

Il ne fut guère surpris, le jour où il n'avait pas répondu à trois de ses *Je t'mmm !*, de découvrir que Courtney l'attendait à la sortie de sa répétition avec l'orchestre de jazz. Assise par terre dans le couloir, contre le mur, ses longues jambes fines étendues devant elle, elle avait un livre ouvert sur les cuisses. Elle se releva dès qu'elle l'aperçut. Elle était, à son habitude, ravissante.

— Hé ! Tu n'as pas pris ton portable aujourd'hui ? Je t'ai envoyé plusieurs messages.

Elle avait l'air un peu nerveuse.

— Si, si, je les ai reçus. Désolé, j'ai juste…

Il haussa les épaules.

— Tu sais comment je suis parfois, ajouta-t-il.

Certains membres de l'orchestre leur coulèrent un regard discret en quittant la salle, d'autres saluèrent Courtney. Deux types se marrèrent et un troisième lança :

— Carrément, oui. La totale.

Le regard de Courtney circula de l'un à l'autre, et ses yeux s'assombrirent, paraissant presque violets, tandis qu'elle donnait à ces mots une signification qu'ils n'avaient pas.

Quand ils se retrouvèrent seuls, elle demanda tout bas à Derric :

— Tu leur as dit, non ?

— Quoi ? T'es folle !

— Comment ils sont au courant, alors ?

— Ces types-là ? Court, je ne sais pas de quoi tu parles.

— Tu n'as pas répondu à mes textos.

— Je t'ai expliqué... On a déjà eu cette conversation cent fois.

— C'est fini, c'est ça ?

Elle pivota sur ses talons et s'éloigna. Il n'eut d'autre choix que de courir après elle.

— Hé ! Rien n'est terminé !

— Je n'aurais pas dû ! s'écria-t-elle alors, dans sa bulle. Je le savais. Oui, je le savais, et j'ai quand même craqué.

A la grande horreur de Derric, elle fondit en larmes. Il jeta un regard affolé autour de lui : un couloir du lycée était le dernier endroit où avoir cette conversation, s'ils voulaient éviter de la rendre publique.

Il la prit par le bras et elle se libéra d'un mouvement sec. Il insista.

— Allez, Courtney, murmura-t-il.

Ils se dirigèrent vers la rangée de grandes portes battantes. Dehors il faisait très froid et il avait commencé à pleuvoir.

— J'étais prévenue pourtant, dit-elle en fouillant dans son sac à main Star Wars.

Pendant qu'il ramassait le cahier qu'elle avait fait tomber, elle sortit un paquet de mouchoirs, mais se servit plutôt de son avant-bras pour s'essuyer les yeux.

— Les garçons ne veulent qu'une chose, et une fois qu'ils l'ont obtenue... j'étais prévenue.

Derric ne regretta pas le juron qui lui échappa.

— Ça n'a rien à voir, Courtney !

— Je t'aime, Derric. C'est pour ça que je l'ai fait. Parce que je t'aime. J'ai réfléchi, j'ai prié, j'ai encore réfléchi. J'ai lu la Bible. Et j'ai prié encore. J'ai interrogé mon cœur et mon âme. Mon âme m'a dit que c'était une sorte de cadeau. Tu comprends ? Je voulais te faire ce cadeau. Et toi, tout ce que tu voulais, c'était… je crois qu'on le sait aussi bien l'un que l'autre, non ?

— Tu ne me laisses même pas une chance de m'expliquer, c'est injuste.

— Expliquer quoi ?

— Ce que je ressens.

Il l'entraîna à l'écart, vers le parking où elle avait garé sa voiture.

— Ne restons pas sous la pluie, dit-il.

— Pourquoi ?

— On doit parler.

Elle le suivit et ouvrit sa voiture. Une fois à l'intérieur, elle reprit :

— J'aurais dû tirer la leçon après l'histoire des fleurs, mais je ne voulais rien entendre.

— Il n'y avait aucune leçon à en tirer. C'est du passé, ça ne signifie…

Il se frotta les tempes en soupirant.

— Court, je ne voulais pas que ça arrive comme ça.

— Merci, rétorqua-t-elle avec amertume.

— S'il te plaît, écoute-moi. Je préférerais qu'on n'ait pas cette conversation dans l'immédiat, parce que je suis complètement retourné et je ne comprends pas pourquoi.

— Une chance que moi j'y voie clair. Tu es parvenu à tes fins et tu es prêt à aller de l'avant.

— Ça n'est pas du tout ça. J'ai besoin de temps, rien de plus.

— De temps pour quoi ?

— Savoir ce que je ressens.

— Je croyais que tu le savais. C'est l'impression que donnait ton attitude, en tout cas.

— C'était… avant. Après l'avoir fait… je ne m'attendais pas à ce que… Franchement, Courtney, mets-toi à ma place.

On venait d'étudier cette histoire de la Bible, ces types aux intentions malhonnêtes, planqués dans des buissons pour observer une nana dont je n'arrive même pas à retrouver le prénom tellement je suis perturbé. Ce que j'essaie de te dire, Court, c'est que tout ça me paraît complètement incohérent. Voilà ce que j'aimerais que tu comprennes. Je ne peux pas d'un côté lire la Bible et faire le serment de rester pur tout en… Enfin, Courtney, tu vois ce que je veux dire, j'en suis certain.

— Tu es en train de m'expliquer que je ne suis qu'une hypocrite, chuchota-t-elle.

Elle était devenue si pâle qu'il crut qu'elle allait s'évanouir.

— Tu as eu ce que tu voulais et maintenant tu m'expliques que c'est fini entre nous parce que je suis une hypocrite.

— Tu es injuste ! protesta-t-il. Ce n'est pas du tout ce que j'ai dit.

Il réalisa soudain, avec une lucidité totale, qu'elle avait en partie raison. Sauf pour cette histoire d'hypocrisie. Ou alors si, mais ça n'avait rien à voir avec elle. Courtney dut lire sur ses traits ce qu'il ressentait, car elle se détourna.

— Va-t'en.

— Allez, Court…

— Va-t'en, s'il te plaît. Je dois rentrer.

25

L'échange frénétique de textos accompagné de messes basses informa rapidement Jenn que la rumeur générale diffusait un message capital. Elle ne tarda pas à découvrir que le couple fétiche formé par Derric Mathieson et Courtney Baker s'était séparé. Au nom de leur amitié passée, Jenn aurait pu s'inquiéter pour lui, ou même l'interroger, mais il l'avait laissée tomber pour la grosse maligne il y avait de cela plusieurs mois. Elle accorda donc à peine dix secondes d'attention à cette peine de cœur – à supposer qu'il s'agisse bien de ça. Elle avait d'autres sujets de préoccupation.

Annie Taylor était l'un d'entre eux. Elle s'était absentée deux soirs de suite, ne rentrant qu'à une heure très avancée de la nuit. Le claquement de sa portière avait réveillé Jenn. Son réveil indiquait 2 h 30 lorsqu'elle s'était traînée jusqu'à la fenêtre pour voir Annie franchir le seuil de la caravane. Si Jenn savait que la chercheuse était libre d'occuper ses soirées comme elle voulait, elle ne pouvait s'empêcher de se sentir concernée : l'explication se trouvait sans doute du côté de Nera. La dernière réunion des guetteurs avait tourné au grand n'importe quoi. A l'issue de celle-ci, Annie était trois fois plus motivée pour parvenir à ses fins. Elle devait approcher la femelle, la prendre en photo et récupérer un échantillon de son ADN. Elle en parlait sans discontinuer, expliquant comment elle procéderait et pourquoi il fallait agir « sans tarder ». Ce phoque rendait les gens fous. Il y avait forcément une explication. Certes, Nera rapportait de l'argent à Langley et, grâce à elle,

Annie pourrait terminer sa thèse. Jenn voulait bien prendre en compte ces éléments, mais ils ne suffisaient pas à justifier l'emballement général.

Elle avait l'impression que tout la ramenait à l'animal charbonneux, ces temps-ci. Elle décida donc d'enquêter. Après avoir englouti un sandwich composé de pain rassis, de confiture et de beurre de cacahuètes – la deuxième se mariant mal avec le dernier –, elle se rendit à la bibliothèque du lycée pour faire des recherches sur Internet. Avec sa chance, elle y croisa deux autres élèves : cette grosse maligne de Becca King et Tod Double Slip, engagés dans une discussion houleuse à l'autre bout de la salle de lecture. Jenn sourit intérieurement quand elle comprit qu'ils travaillaient sur leur devoir de Civilisations occidentales, dont la date de remise approchait. Ce devoir pour lequel elle avait la garantie d'obtenir un A, et Becca... beaucoup moins. Tod Double Slip allait tout saborder. Il avait un don pour ça.

Jenn s'installa devant un ordinateur sous le regard méfiant de la surveillante, une mère d'élève bénévole.

— J'espère que tu es là pour travailler, je t'ai à l'œil, annonça-t-elle.

Jenn comprit le message : les postes informatiques étaient réservés aux élèves sérieux, pas à ceux qui surfaient sur le Net pour leur plaisir.

— Je prépare un exposé sur les phoques, se justifia-t-elle.

— Limite tes recherches à ce sujet, merci.

Sale pourriture, songea Jenn tout en hochant la tête avec un sourire.

Nera avait de l'importance aux yeux de beaucoup, c'était une évidence. Le pourquoi du comment était une autre question, et Jenn avait bien l'intention de creuser cet aspect. L'obsession d'Eddie Beddoe par exemple, elle ne se l'expliquait pas. En revanche, elle tenait une piste avec le fameux émetteur repéré par Annie, et elle décida donc de commencer ses recherches par là. « Elle aurait dû s'en débarrasser », avait précisé la jeune femme.

Jenn ne mit pas longtemps à comprendre ce que la présence de cet émetteur avait d'inhabituel. Après avoir navigué d'un site à un autre et cliqué sur plusieurs liens, elle fit une découverte cruciale. Alors qu'elle vivait depuis toujours à proximité des phoques, elle n'avait pourtant jamais su qu'ils muaient. Ils se dépouillaient, chaque année, de leur fourrure usée, par plaques, lesquelles constituaient un échantillon idéal d'ADN pour les scientifiques désireux de les étudier.

Jusque-là, l'enquête de Jenn progressait bien. Elle était parvenue à la conclusion qu'Annie espérait sans doute récupérer un bout de l'ancien pelage de Nera, avant de s'aviser que la jeune femme s'était surtout focalisée sur l'émetteur. Elle devait donc orienter ses recherches sur cet objet et s'interdire de tirer des conclusions hâtives.

Elle fut soudain tirée de ses pensées par des éclats de voix.

— Tu ne vas pas recommencer !

Jetant un coup d'œil par-dessus son épaule, elle vit que Tod Double Slip s'était levé pour ranger ses affaires dans son sac à dos et que la grosse maligne tentait de le retenir.

— Je te l'ai déjà répété six fois, j'en ai ma claque, lui répondit-il. Et si tu arrêtais d'écouter ta musique deux secondes, tu m'entendrais peut-être, espèce de bouse.

Il arracha l'écouteur de l'oreille de Becca. Retenant un sourire, Jenn l'encouragea intérieurement : « Vas-y, mon gars ! » Elle ne s'expliquait pas pourquoi les profs ne disaient jamais rien alors que la grosse ne quittait pas son lecteur MP3.

— Ce n'est pas de la musique, répliqua Becca. Maintenant tu pourrais t'asseoir pour qu'on trouve une solution ensemble ?

Elle prit deux de ses livres en otage, qu'il récupéra aussitôt.

— Il n'y a pas de solution, s'écria-t-il. Je dégage d'ici.

La surveillante réclama le silence.

— Si vous ne vous taisez pas, tous les deux, je devrai…

Tod Double Slip l'interrompit :

— Bouh, j'ai trop peur…

Il claqua la porte de la bibliothèque derrière lui. Becca posa les yeux sur Jenn avant de se détourner. Si seulement tu savais… songea celle-ci.

— Quoi ? lui demanda la grosse, la considérant d'un air de dire : « Tu veux ma photo ? »

— Comment ça quoi ? rétorqua-t-elle. Je bosse, moi. Ça te pose un problème ?

Quelle pauvre fille, ajouta-t-elle à part elle.

Becca posa la tête sur ses bras croisés. Elle semblait vraiment désespérée, la pauvre chérie… La voyant remettre son écouteur, Jenn songea qu'avec un peu de chance elle finirait par se percer le tympan et ne pourrait plus prendre de leçons de plongée.

Elle reporta son attention sur l'ordinateur et consulta d'autres sites spécialisés, jusqu'à ce qu'elle tombe sur une bonne photo de Nera et repère l'émetteur sur son dos. Elle compara le modèle à ceux qu'elle avait trouvés en ligne. En lisant son descriptif, elle comprit ce qui avait éveillé la curiosité d'Annie. Nera aurait dû perdre l'émetteur au moment de la mue. Il s'agissait d'un modèle ancien, antérieur à ceux qui étaient inamovibles. Le doute n'était pas permis : les nouveaux modèles étaient plus petits et plus lisses. Voilà comment Annie avait senti que quelque chose clochait dans cette histoire : Nera ne muait pas.

Si Jenn savait qu'elle avait mis le doigt sur quelque chose, elle aurait aimé être capable de comprendre ce que cela signifiait. Elle avait néanmoins acquis une certitude : Annie Taylor n'était pas parfaitement honnête avec elle. Si elle avait trouvé le phoque toute seule – grâce au site des guetteurs –, elle pourrait recommencer. Et peut-être de nuit cette fois, pour que personne ne l'arrête. Ce qui ne rassura pas Jenn.

Lorsqu'elle sortit du lycée pour aller prendre le car, Jenn était si profondément plongée dans ses pensées qu'elle ne vit pas Minus, assis sur un bac près des portes. Elle passa sans le voir et il dut la retenir par les épaules pour attirer son attention. Faisant volte-face, elle s'écria :

— Hé ! Bas les pattes, sale…

Elle s'interrompit dès qu'elle le reconnut.

— Ah, c'est toi, moustique.

— Je croyais que j'étais le beau gosse.

— Seulement quand tu te désapes et que tu me montres tes pectoraux bien virils.

Elle se réjouit de le voir rougir.

— Qu'est-ce que tu fais ? lui demanda-t-elle en cherchant un indice autour d'eux. Tu attends ton loser de frère ?

— A ton avis ? Il est à la bourre, comme d'hab.

Il sautillait d'un pied sur l'autre, l'air de vouloir ajouter quelque chose. Jenn patienta quelques secondes, mais il conserva le silence.

— Bon ben, je dois y aller, dit-elle en inclinant la tête vers le car, qui partirait d'une minute à l'autre.

Etrangement, il lui emboîta le pas.

— Quelque chose ne va pas, beau gosse ?

— Ça.

— Quoi ?

— Cette manie de m'appeler « beau gosse ».

Elle s'arrêta et le considéra d'un air interloqué.

— Tu n'as rien dit, reprit-il. Je sais que c'est naze, seulement… J'ai cru que tu ne l'avais pas reçu, du coup j'ai posé la question. Ils ont vérifié et m'ont assuré qu'il n'y avait pas eu d'erreur.

— Reçu quoi ? Vérifié quoi ? Qui ? Je… Minus, je ne comprends pas un mot de ce que tu racontes !

Il se remit à se dandiner. Ecartant une mèche rousse de son visage, il dit :

— L'œillet.

Elle le dévisagea. Quoi ? Soudain elle se souvint. Il lui avait envoyé une fleur, qu'elle avait refilée à Becca. Et elle ne l'avait jamais remercié. Il avait largement les moyens de dépenser un dollar pour elle, mais quand même…

— Mince, j'ai complètement oublié… Merci, beau gosse. C'était très sympa de ta part. Tu veux que je t'emballe ?

La regardant droit dans les yeux, il fit :

— Ben… ouais, j'aimerais bien. Et toi ?

Totalement prise au dépourvu, elle finit par retrouver l'usage de sa langue et faire la seule chose dont elle se sentait capable : plaisanter.

— Je ne peux pas vraiment me mettre à poil ici. Je provoquerais une émeute.

Comme il ne réagissait pas, elle ajouta :

— Ça va, Minus ?

— Ouais, ouais, ça va… Mais… Ça t'a fait plaisir ?

— Quoi ?

— Que je t'aie envoyé… Tu sais bien. Allez, Jenn, aide-moi sur ce coup.

— La fleur ? Hé, à qui ça ne ferait pas plaisir ? C'était classe, c'était la première fois que j'en recevais une.

— Je t'en aurais bien acheté plus, mais je ne voulais pas que tu… tu vois… que tu aies l'impression que je te harcèle.

Elle éclata de rire, ce qui parut le blesser.

— Je n'aurai jamais cette impression, Minus, s'empressa-t-elle d'ajouter.

— Bien, parce que…

Il promena son regard autour de lui, sans doute à l'affût d'oreilles indiscrètes…

— Parce que ça m'embêterait que tu croies… reprit-il. Enfin, je voulais juste que tu saches…

— Hé, on est fiancés depuis la maternelle, tu as oublié ? Toi et moi, c'est de l'histoire ancienne.

Il lui sourit – il avait gardé son sourire d'enfant, celui du garçon le plus adorable de toute la classe. Jenn songea combien elle avait de la chance de l'avoir pour ami et regretta de ne pas lui avoir acheté d'œillet. Elle allait s'en excuser lorsque le Range Rover familial se gara le long du trottoir où ils discutaient. La vitre côté passager se baissa et Dylan se pencha vers eux pour beugler :

— Tu vas arrêter de traîner avec cette gouine, oui ? Mec, je n'en reviens pas que tu sois aussi débile.

Jenn vit que Minus serrait le poing.

— Il n'en vaut pas la peine, lui dit-elle.

— Je vais le faire taire une bonne fois pour toutes.

— Inutile. Je m'en fous, tu sais.

— Pas moi.

26

Jenn tenta d'obtenir auprès d'Annie des informations sur la mue des phoques et les émetteurs, mais la jeune femme se montra évasive. Elle se mit donc à surveiller ses allées et venues dans l'espoir de découvrir ce que la chercheuse mijotait. Elle tendit aussi l'oreille lorsqu'elle les vit, Chad et elle, discuter avant la dernière leçon de plongée, à la piscine du centre de fitness. Des quelques bribes qu'elle surprit, elle déduisit qu'ils effectuaient des recherches pour retrouver le bateau d'Eddie Beddoe, ce qui ne l'avança pas beaucoup. Et rien ne pouvait la mettre davantage hors d'elle.

Elle faillit demander son aide à la grosse maligne, mais ne put s'y résoudre. Becca se montrait aussi douée pour la plongée sous-marine que pour le reste, ce qui irritait terriblement Jenn. D'autant qu'elle avait encore tendance à céder à la panique quand Chad imaginait un incident sous l'eau. Elle détestait l'idée que Becca la surpasse. Au point qu'elle guettait avec impatience la présentation des projets en Civilisations occidentales, se réjouissant d'avance de la voir se rétamer. Jenn, elle, décrocherait un A+ haut la main. Sa dernière séance de travail avec Minus lui en avait apporté la preuve. Tout en lui fournissant, simultanément, plusieurs réponses au sujet de Nera. Elle n'en revenait pas de ne pas avoir pensé à Minus avant. Ils s'étaient retrouvés, à leur habitude, chez lui, dans le bureau. Alors que le temps maussade de mars martelait les vitres de ses habituels torrents de pluie, ils s'étaient installés sur le canapé, épaule contre épaule, pour consulter l'ordinateur portable posé sur la table basse. Minus avait monté des Coca et un sachet de chips au fromage. Ils les avaient dévorées tout en révisant leur exposé. Au bout d'une heure de travail, Jenn avait mis le phoque sur le tapis.

En dépit de son opinion sur les guetteurs de Nera en général – il les trouvait siphonnés – et sur leurs incessantes réunions urgentes en particulier – il ne s'en expliquait pas la raison –, Minus était d'un naturel curieux. Jenn éveilla immédiatement son intérêt en lui expliquant que la femelle aurait dû perdre l'émetteur qu'elle portait. Sa présence signifiait donc qu'elle ne muait pas. Jenn conclut par ces mots :

— Alors, moustique, t'en dis quoi ?

Il observa un moment de silence, le temps d'analyser ce qu'il venait d'apprendre. Puis il prit son ordinateur sur ses genoux et commença à taper. Il fallait d'abord s'intéresser à l'émetteur : qui l'avait placé là, et pourquoi ? Ensuite, la mue. Comment expliquer que Nera se distingue des autres phoques de ce point de vue ?

— Tu penses qu'elle pourrait être un mutant ? s'enquit Jenn.

C'était une des premières hypothèses d'Annie, après tout.

— Peut-être.

Il détacha ses yeux de l'écran pour les plonger dans les siens.

— Pourquoi ça a autant d'importance tout à coup ?

« Parce que ça en a pour Annie. » Voilà la première réponse qui se présenta à l'esprit de Jenn. Elle la garda pour elle, toutefois, hésitant sur la signification à lui donner.

— Les guetteurs de Nera s'agitent, et puis il y a Ivar Thorndyke, cet alcoolo d'Eddie Beddoe... Bref, je ne sais pas, ça m'interpelle.

Ils firent des recherches en ligne, mais, à la grande déception de Jenn, Minus parvint exactement aux mêmes conclusions qu'Annie. S'il existait de nombreuses photos de Nera, aucune n'était assez nette et détaillée pour permettre un examen approfondi de l'émetteur. Il leur en faudrait donc une autre. Jenn protesta :

— Je ne vois pas où nous pourrions en dénicher une. Ce n'est pas comme si ce phoque allait prendre la pose pour moi à l'occasion d'une balade sur les quais.

— Je peux faire des recherches, si tu veux, interroger des gens. Je te parie cent dollars qu'un étudiant de la fac de Washington saura m'expliquer le fonctionnement de cet émetteur et pourquoi elle en a un.

Il s'interrompit, les yeux levés vers le plafond, et ébouriffa sa tignasse rousse en réfléchissant.

— Et pour ce qui est de la mue, reprit-il, on peut contacter l'aquarium de Seattle. Je pense qu'ils répondront à nos questions. On peut dire que c'est pour le bahut.

L'humeur de Jenn s'allégea aussitôt.

— Tu ferais ça pour moi ?

— Bien sûr, répondit-il en haussant les épaules. Qu'est-ce qui m'en empêcherait ?

Elle se jeta à son cou.

— Beau gosse, tu es vraiment le meilleur. Je crois que tu as mérité qu'on s'embrasse.

— Avec la langue ?

— Avec la langue.

Si elle apprécia que leur baiser se prolonge davantage que les précédents, le fait de mettre la langue ne constitua pas un véritable bonus. Elle fut la première à s'écarter et, après l'avoir serré dans ses bras, elle dit :

— Moustique, tu es le meilleur !

Elle avait adopté un ton taquin et amical, faute de trouver un commentaire plus spirituel. Minus l'embrassa une nouvelle fois, puis se mit à lui toucher les seins. Décontenancée, elle se releva d'un bond.

— Hé !

— Quoi ? répliqua-t-il, manifestement surpris.

— Comment ça, « quoi » ?

— Ça ne t'a pas plu ?

— Minus ! Qu'est-ce qui te prend ?

— Qu'est-ce qui me prend ?

Il était aussi rouge qu'une pivoine, et pour la première fois Jenn fut incapable d'interpréter sa réaction. Il ne pouvait pas s'agir d'une manifestation de la timidité qu'elle lui avait toujours attribuée. Il n'aurait pas essayé de la peloter dans ce cas.

— Je... La vache... bredouilla-t-elle. Enfin, Minus... Je veux dire, tu ne peux pas...

Elle souffla, s'approcha de la fenêtre battue par la pluie, avant de retourner près du canapé et de baisser les yeux vers lui. Une main sur la hanche, elle demanda :

— Qu'est-ce qui t'a pris ?

— Rien du tout. Mince, Jenn, tu agissais comme si...

Il ouvrit une nouvelle fenêtre Internet sur son ordinateur.

— Comme si quoi ?

— Laisse tomber. J'ai juste pensé que tu en avais envie.

— Envie de quoi ? Que tu me pelotes ? Que tu m'emballes ? Quoi ?

— Hé ! Pas besoin d'être aussi crue. Et je t'ai dit de laisser tomber.

— On est potes, je ne vais certainement pas laisser tomber. Explique-moi ce qui se passe.

— Rien. Il ne se passe rien du tout.

Il refusa d'ajouter autre chose.

Les premiers exposés en cours de civilisations occidentales eurent lieu le lendemain. L'immonde Keith plaça un grand carton sur son bureau pour recueillir la partie écrite du devoir au début de l'heure, puis il plongea la main dans un sac pour tirer au sort le nom des premiers élèves à passer au tableau.

L'opération fut accompagnée de l'habituel remue-ménage, auquel le professeur répondit par un tout aussi habituel :

— Un peu de silence, s'il vous plaît. Vous saviez ce qui vous attendait. Vous devriez tous être prêts.

Il déplia avec ostentation le morceau de papier sur lequel se trouvaient les noms des deux malheureux qui essuieraient les plâtres. Relevant la tête, il annonça :

— King et Schuman.

Jenn fit son possible pour retenir un rire moqueur. La suite des événements promettait d'être savoureuse. Elle se demanda combien de temps Double Slip tiendrait avant de prouver, une fois de plus, qu'il méritait son surnom. Devant elle, la grosse se hissa sur ses pieds. Elle retira son écouteur tandis qu'un élève du fond murmurait :

— Vas-y, Schuman. Montre-nous ce que tu as dans le slop.

Becca jeta un coup d'œil à son acolyte, qui non seulement ne s'était pas levé, mais s'accrochait à sa table de toutes ses forces, les doigts crispés. Il redressa vers elle un visage empreint de terreur. Elle lui souffla :

— Allez viens, après on sera débarrassés.

Elle parlait d'un ton rassurant ; il avait l'air d'une biche pétrifiée dans les phares d'un poids lourd trois secondes avant le choc.

La réponse de Tod parvint jusqu'à Jenn.

— Je ne suis pas prêt, dit-il.

— Quoi ?

La grosse fit une de ces têtes... A l'évidence, elle n'avait pas la moindre idée du message que Double Slip essayait de lui faire passer.

— L'oral, dit-il. Ma partie est prête... mais pas moi. Je ne peux pas. Je ne pourrai jamais... Je vais... Tu dois...

La voix de Keith retentit au fond de la classe :

— Monsieur Schuman ! Avez-vous fait le devoir ? Dans le cas contraire...

— Non, non, il l'a fait, intervint Becca. Nous sommes prêts.

Plus bas, elle ajouta :

— Viens, Tod.

— Tu ne piges pas...

Sa panique était perceptible. Quelqu'un tenta de mettre Becca sur la voie :

— Psss, psss, pssssss...

Tod posa la tête sur son bureau et la grosse maligne finit par réunir les différentes pièces du puzzle. Elle se dégonfla comme une baudruche et ses épaules s'affaissèrent. Elle avait perdu confiance. Bien fait, pensa Jenn.

— Monsieur Schuman, dit Keith.

Tod n'esquissa pas le moindre mouvement.

— Monsieur Schuman ! rugit le professeur. Si vous n'allez pas au tableau avec Mlle King, vous récolterez un F.

Tod ne bougea pas d'un pouce.

— Vous êtes conscient que Mlle King en pâtira également ?

Tod hocha la tête. Becca jeta un regard si désespéré à Keith que même Jenn se sentit gênée et se tortilla sur son siège. Leur enseignant resta pourtant de marbre, et la grosse n'eut d'autre choix que de traîner ses fesses au premier rang. Deux pupitres de musique servaient de lutrins et elle se plaça derrière l'un d'eux. Tod Double Slip ne vint pas prendre place derrière le second ; s'il l'avait fait, il aurait exposé aux regards de ses camarades la source de tous ses maux. Et de son surnom.

Même Jenn eut du mal à endurer le supplice de Becca King, malgré la haine qu'elle lui portait. Elle eut presque de la peine pour elle. Cependant elle se remit rapidement de ses émotions : Keith tira leurs noms, à Minus et à elle, juste après. Ils délivrèrent, avec aisance, un exposé intelligent, ce qui ne surprit aucun des élèves. La présentation PowerPoint qui l'accompagnait faillit tirer des larmes de joie à leur professeur. Le contraste entre les deux exposés du jour resterait gravé dans les annales du cours de civilisations occidentales. Une seule chose aurait pu approfondir le désespoir de Becca : que Derric Mathieson et EmilyJoy Hall soient désignés pour passer en troisième. Voilà qui aurait été la cerise sur le gâteau. Ce ne fut pas ce qui se produisit néanmoins. Deux autres duos exposèrent leur travail, et si aucun n'approcha, même de loin, l'excellence de celui de Minus et de Jenn, ils réussirent en revanche à faire passer Becca pour un asticot pleurnichard – sa tentative minable pour compenser la défection de Tod s'étant soldée par un échec cuisant.

Dès la sonnerie, tous se précipitèrent dans le couloir. Jenn s'apprêtait à faire de même quand elle vit que la grosse maligne allait trouver Tod. Elle jouait nerveusement avec son écouteur : à l'évidence, elle comptait lui dire deux mots. Et Jenn n'avait pas l'intention de rater ça. Elle fit mine de laisser tomber son cahier par mégarde, lequel se montra très coopératif : il s'ouvrit en basculant et plusieurs feuilles volantes s'éparpillèrent au sol. Elle prit tout son temps pour les ramasser.

— Je suis désolée, dit Becca à Double Slip. Je ne savais pas.

Apparemment, le commentaire sarcastique d'un de leurs camarades avait suffi à provoquer l'accident.

— Je regrette juste… ajouta-t-elle avec un soupir.

Oui, ironisa Jenn en son for intérieur, tu regrettes qu'il ne t'ait pas parlé de son problème avant. Comme si ça avait une chance d'arriver un jour… Qu'est-ce qu'il aurait pu dire ? « Je fais dans mon froc dès que je flippe, et ma mère refuse de me laisser porter un slip absorbant. » C'est ça, ouais…

Il redressa la tête.

— Tu as tout gâché ! l'agressa-t-il. Pauvre fille ! Si tu n'avais pas toujours critiqué mes propositions… Si tu ne t'étais pas prise pour la personne la plus intelligente de la terre… Si tu m'avais écouté une seconde au lieu d'essayer de me convaincre que tout ce qui sortait de ma bouche était débile…

— Tu es injuste, Tod. Ce n'est pas du tout ce qui s'est passé.

— Bien sûr que si !

27

Derric ne put s'empêcher de penser au fameux dicton : « Qui sème le vent récolte la tempête. » Becca méritait de payer, d'une façon ou d'une autre, son attitude envers lui – de quel droit avait-elle récupéré les lettres de sa sœur ? Toutefois, il se sentait légèrement coupable pour l'incident : il savait aussi bien que tout le monde que Tod Schuman ne pourrait jamais passer au tableau et présenter un exposé.

Lorsqu'il aperçut Becca à la fin des cours – elle sortait des livres de son casier pour les fourrer sans entrain dans son sac à dos –, il alla la trouver. Il ne lui avait pas adressé plus d'une douzaine de mots ces dernières semaines et ne fut donc pas surpris de la voir sursauter quand il prononça son prénom. Elle retira l'écouteur qu'elle portait pour bloquer les bruits parasites et améliorer son audition. Il en déduisit qu'elle n'avait sans doute pas très envie de discuter avec lui et n'en prit pas ombrage, n'ayant pas l'intention de s'éterniser.

— Salut, dit-il, je suis désolé pour ce qui s'est passé avec Tod.

— Ah… J'aurais dû deviner.

Il se demanda ce qu'elle entendait par là : elle ne pouvait tout de même pas s'attendre à ce que Tod lui confie ses problèmes d'énurésie ?

— Tu n'avais aucune raison de t'en douter, répliqua-t-il. Alors qu'un autre aurait pu… On le connaît tous depuis l'école primaire, on savait ce qui risquait d'arriver.

— Tu as raison, bien sûr, mais ça n'empêche pas les gens de donner des indices, si ? Je veux dire, quand on est attentif, la vérité est toujours là, à portée de main. Il suffit d'étudier les réactions des gens, de regarder sous la surface des choses…

Sa remarque l'intrigua : parlait-elle de lui ? De Courtney et de lui ?

Elle cligna des yeux et le rose de ses joues s'approfondit, comme si elle venait de réaliser que ses propos pouvaient avoir une autre interprétation.

— Parfois, je n'ai pas la patience de voir comment les choses vont évoluer, s'empressa-t-elle d'ajouter. Je voudrais qu'elles marchent tout de suite, à mon rythme. C'est ce qui s'est passé avec Tod. Il insistait pour procéder à sa manière, et je l'ai poussé dans le sens inverse.

Derric songea qu'elle avait obéi à la même logique lorsqu'elle lui avait apporté les lettres de Réjouissance. Becca avait espéré, en lui jetant cette réalité au visage, provoquer quelque chose, parce qu'elle avait décidé qu'il était temps pour lui de réagir. Pas parce qu'il était prêt ni parce qu'il en avait envie, mais parce qu'elle était persuadée du bien-fondé de sa démarche. Alors qu'il sentait son cœur s'endurcir légèrement contre elle, elle ajouta tout à coup :

— Tu sais, Derric, je suis désolée pour mon attitude au centre médical, l'autre jour. Je m'en veux beaucoup d'être allée chercher ces lettres. C'était mal. J'ai voulu te pousser, comme avec Tod… Je comprends maintenant.

— Ouais… Peut-être bien.

Il ne réussit pas à la regarder tant il sentait la colère de ce moment l'envahir à nouveau.

— Bref, reprit-il, je voulais juste te parler de Tod. Et m'excuser.

— Merci. Et bonne chance à toi.

Bonne chance ? songea-t-il.

— Pour ta présentation en Civilisations occidentales, précisa-t-elle.

Derric n'était pas très satisfait de cet échange, mais il n'eut pas le temps de s'appesantir sur la question. Sa mère, qui l'avait récupéré à la sortie du lycée, lui demanda de se bander les yeux au moment de se garer devant chez eux. « J'ai une surprise pour toi », précisa-t-elle. Il lut facilement entre les lignes : après ce qui était arrivé avec Courtney, elle voulait lui remonter le moral. Même s'il doutait qu'une surprise maternelle y parvienne, il se prêta au jeu.

Elle le guida à l'intérieur de la maison et il comprit rapidement qu'elle l'emmenait dans sa chambre. Elle le fit s'arrêter sur le seuil de la pièce et lui arracha le bandeau qui l'aveuglait.

— Tadam ! s'écria-t-elle. Ça te plaît, chéri ?

Il observa le spectacle qui s'offrait à lui. Sa mère avait mis à profit son absence pendant la journée pour revoir entièrement la décoration de sa chambre. Il lui paraissait impossible qu'elle ait réussi cet exploit sans se faire seconder par toute une équipe d'architectes d'intérieur. En quelques heures, les murs avaient été repeints, la moquette et les rideaux changés. Pour couronner le tout, de nouveaux meubles remplaçaient les anciens. C'était à peine croyable. Et le résultat était sensationnel, à la fois masculin et moderne, bref, conforme à son goût. A une exception.

— Où est passé le fauteuil poire ? s'enquit-il instantanément.

— Le fauteuil poire ? C'est tout ce que tu as à dire ?

— Où est-il, maman ?

— Tu n'aimes pas ta nouvelle chambre ?

— Tu l'as jeté ?

Il s'entendit hausser le ton, incapable de contrôler sa voix.

— Maman, tu l'as jeté ? Où sont les meubles ? Qu'en as-tu fait ?

— L'Armée du Salut a envoyé un camion ce matin.

— Où ?

— Comment ça ? Ici !

— Tu sais ce que je veux dire ! hurla-t-il. Où les ont-ils emportés ? Je veux ce fauteuil !

Sa mère se décomposa. Et ça n'avait rien d'étonnant, vu la manière déplacée dont il lui parlait.

— Derric, ce fauteuil était déjà vieux quand Dave junior avait ton âge. Il l'avait gardé parce qu'il appartenait à sa mère. Elle s'asseyait dessus pour l'allaiter, bon sang. Il était couvert de scotch, il se vidait de son rembourrage… Bref, je ne vois vraiment pas…

— Où l'Armée du Salut emporte-t-elle les meubles ?

— Chéri, je n'en sais rien.

— Dans ce cas, tu dois les appeler. Tout de suite.

— Tu ne te rends pas compte de ce que tu dis, Derric.

Rhonda Mathieson ne cherchait plus à cacher sa contrariété.

— Je dois m'occuper du dîner, ajouta-t-elle. De toute façon, c'était de la camelote, ce fauteuil. Je ne suis même pas certaine qu'ils essaieront de le revendre… J'ai l'impression qu'ils ne l'ont pris que pour me rendre service et me débarrasser. Derric, tu n'aimes pas ta nouvelle chambre ?

— Je tiens à le récupérer, s'entêta-t-il. Je veux ce fauteuil.

Sa mère observa un moment de silence, et il comprit qu'elle tentait de deviner ce que cachait sa colère.

— Tu veux m'expliquer ce qui se passe ?

Derric réfléchit à une explication qui, sans être la vérité, pourrait en tenir lieu.

— Il avait une histoire, maman. J'avais l'impression qu'il me rattachait au passé. Et c'est important pour moi, parce que, à Kampala… Tu sais bien… Je n'avais rien à part quelques vêtements.

Rhonda porta aussitôt une main à sa gorge.

— Oh, Derric ! J'aurais dû t'en parler avant, je n'ai pas réfléchi. J'ai juste pensé que ce petit coup de neuf pourrait te remonter le moral après… après ta rupture avec Courtney. Je suis désolée, chéri. Je vais les appeler de ce pas.

Ce mensonge le rendait malheureux, mais il ne voyait pas d'autre solution.

Il ne fallut pas longtemps pour découvrir que le pire s'était produit. Le fauteuil poire était un dossier classé. Les employés du centre de tri de l'Armée du Salut avaient tranché au premier coup d'œil et il avait atterri dans la benne la plus proche. A 15 h 15, le contenu de celle-ci avait été vidé dans un camion-poubelle. A partir de là, plus personne ne pouvait dire où il se trouvait, sinon sous cinq ou six tonnes de déchets et de débris dans une décharge quelconque.

Tout au long du dîner, sa mère se répandit en excuses. Un gouffre s'était creusé dans la poitrine de Derric, toutefois, et il était dans l'incapacité de les accepter. Il ne pouvait pas lui expliquer ce qu'elle avait fait. La disparition de ces lettres le coupait de son enfance africaine et de Réjouissance. Il avait l'impression de l'avoir perdue à tout jamais.

Sa mère percevait son chagrin, bien sûr. Elle ignorait simplement sa profondeur et sa cause. Elle ignorait qu'il était envahi d'une colère telle qu'il aurait pu prendre un des fusils de son père et descendre jusqu'à Goss Lake Road pour faire voler en éclats les fenêtres de toutes les habitations, et avoir la satisfaction d'agir. Condamné pourtant au rôle du gentil orphelin sauvé d'Afrique, il n'eut d'autre option que de quitter la table du dîner à la première occasion pour s'enfermer dans sa chambre et tenter d'y voir clair.

A 21 heures, il sortit l'annuaire de l'île, peu épais, et se mit à l'éplucher. Il n'avait pas d'autre idée. Et il devait faire quelque chose s'il ne voulait pas exploser.

Il passa deux coups de fil. Le premier le mena au second : le père de Seth lui donna en effet le numéro de portable de son fils. Ce dernier décrocha aussitôt :

— Seth à l'appareil, j'écoute.

Derric demanda à parler à Becca.

— Je suppose que tu sais où la trouver. J'ai besoin de lui dire un mot.

Il s'efforça de ne pas laisser transparaître son amertume à l'idée que Seth était en contact permanent avec elle, alors qu'il avait toujours, lui, été maintenu dans le noir. « Je cherche à te protéger, s'était-elle justifiée, c'est pour ton propre bien. » Bien sûr, Becca, comme pour tout le reste.

Derric entendit Seth placer la main sur le combiné. Un instant plus tard, la voix de Becca s'élevait à l'autre bout de la ligne.

— Derric ? dit-elle d'un ton qui trahissait sa surprise.

Tant pis pour elle.

— Je voulais juste te raconter ce qui s'était passé.

Un silence suivit, le temps qu'elle intègre ce qu'il venait de dire.

— Il y a eu un problème avec EmilyJoy ?

Elle était débile ou quoi ? Elle croyait vraiment qu'il l'appelait au sujet de son exposé de Civilisations occidentales ? Elle pensait réellement que ça avait de l'importance à ses yeux ?

— Je parle de ta manie de pousser les gens, Becca, quand tu es persuadée de savoir ce qui est bon pour eux.

Baissant la voix, elle demanda :

— Que s'est-il passé ?

— Les lettres sont perdues, voilà ce qui s'est passé. Je les avais cachées...

— Tu les avais rapportées dans la forêt ?

— Non, elles n'étaient pas dans la forêt, mais dans ma chambre. Et elles ont disparu. J'ai pensé que tu aimerais être au courant.

— Oh, mon Dieu ! Quelqu'un les a trouvées ?

— Ce serait beaucoup trop simple. Non, elles étaient dans le rembourrage d'un fauteuil que ma mère a décidé de filer à l'Armée du Salut.

— On peut les récupérer, répliqua-t-elle immédiatement. Seth et moi, on peut...

A l'évocation de Seth, Derric eut envie de lancer sa lampe de chevet toute neuve vers son nouveau miroir sur le mur fraîchement repeint.

— Oublie, d'accord ? Oublie. Ce fauteuil a été balancé dans une décharge je ne sais où. Avec des tonnes d'autres déchets. On dirait bien que tu as réussi le grand chelem. Tu n'as pas seulement gâché la journée de Tod. Tu as gâché la mienne, aussi. Félicitations, Becca.

Ne relevant pas la pique, elle reprit :

— Alors on va chercher…

« On ». C'était toujours « on » avec elle.

— Laisse tomber, Becca. Je te l'ai dit et je te le répète, laisse tomber. Je voulais juste que tu sois au courant des merveilles que tu peux faire quand tu fourres ton nez dans des affaires qui ne te regardent pas. Profite de ta soirée avec Seth. Tu as bien mérité de t'amuser après cette journée.

Il raccrocha. Il l'entendit crier son prénom avant de couper la communication. Il avait espéré que cette conversation le soulagerait, mais ce ne fut pas le cas. Un désespoir infini l'engloutit, le coupant de tout ce qui avait de la valeur à ses yeux.

28

La première plongée en mer était prévue le jour suivant. Becca rejoignit la marina à vélo. Elle ne se sentait pas le courage de plonger, sans parler de se montrer enthousiaste. Le coup de fil de Derric pesait sur ses épaules telle une chape de plomb. Alors qu'elle se demandait si la vie pouvait être plus pénible encore, la réponse se présenta à elle sous la forme de Jenn McDaniels.

— Hé, Beccaaa ! l'apostropha-t-elle d'un ton signifiant qu'elle n'avait pas fini de se délecter de l'incident de la veille, en Civilisations occidentales.

Becca se résigna à endurer ses sarcasmes. Cette fille ne s'estimerait pas satisfaite tant qu'elle ne serait pas débarrassée d'elle. Et elle aurait sans doute essayé de la noyer dans le port si elle avait pu le faire sans risque.

Jenn avait déjà revêtu sa combinaison. Chad Pederson vérifiait les bouteilles d'oxygène. Annie Taylor, elle, s'était avancée sur le quai pour scruter la surface de l'eau avec des jumelles.

— Tu vois quelque chose ? lui demanda Chad.

— Non, répondit Annie.

Lorsque Becca interrogea son moniteur sur l'objet de leurs recherches, il lui répondit que quelqu'un avait donné l'alerte. Elle comprit immédiatement ce qu'il voulait dire. Il y avait une petite cloche dans le minuscule parc sur First Street, au sommet de la falaise. Elle servait à prévenir les habitants du bourg qu'une baleine grise avait été aperçue dans la passe.

— Il ne manquait plus que ça, grommela Jenn. Première sortie en mer et une baleine se pointe…

Becca, qui se réjouissait plutôt de cette nouvelle, eut la sagesse de garder cette réflexion pour elle. L'atmosphère vibrait de murmures. Pour une fois, Becca n'avait aucun mal à deviner de qui ils émanaient. Jenn était passée de : *La grosse fait moins la maligne maintenant…* à *en finir une bonne fois pour toutes et me remettre au foot, sinon je suis foutue.* De son côté, Chad commentait intérieurement les formes avantageuses d'Annie : *bien par-derrière, enfin je suppose…* Ce qui n'avait pas grand sens aux yeux de Becca. Pendant ce temps-là, la chercheuse guettait peut-être une baleine, mais c'était Nera qui occupait ses pensées. *La pause dont j'ai besoin* suggérait qu'elle ne connaîtrait pas de repos tant qu'elle ne serait pas parvenue à ses fins, quelles qu'elles soient.

A cause de la température extérieure, et de celle de l'eau, ils portaient des combinaisons étanches. Une fois équipés, ils se dirigèrent tous les trois vers la mer, Chad entre ses deux élèves.

— Nous ne descendrons pas à plus de trois mètres la première fois et nous resterons près du quai. Allez-y progressivement, prenez le temps de vous accoutumer aux sensations.

Si l'eau était transparente dans l'enceinte du port, au-delà, elle était troublée par le sable, la boue et les cailloux. A une dizaine de mètres du rivage, ils purent s'immerger entièrement et enfiler leurs palmes. Bientôt, ils virent leurs premiers poissons. Becca ne put retenir un sourire. Elle aimait la sensation de l'eau autour d'elle. C'était le seul endroit où elle n'avait pas besoin de son brouilleur pour ne pas entendre les pensées des autres.

Chad les guida le long des piliers de la jetée, où s'accrochaient, par grappes, des étoiles de mer et des bernacles. Il descendit plus bas jusqu'à ce qu'ils se retrouvent à environ trois mètres de la surface. Becca avait l'impression de pénétrer dans un univers magique.

Le calme ne tarda pas à être troublé, pourtant, par un tourbillon qui les attaqua de plein fouet, tel un courant violent que personne n'avait vu venir. Pivotant sur elle-même, Becca avisa la situation d'un coup d'œil : un phoque charbonneux fondait à toute allure sur Jenn.

Celle-ci remonta à la surface avec la rapidité de l'éclair. Chad Pederson la suivit presque aussi vite. Becca se retourna, à droite puis à gauche, pour voir où était passé le phoque. Elle ne vit rien d'abord, puis l'eau tourbillonna à nouveau. La femelle réapparut. Elle fit le tour de la jeune fille. Une, deux, trois fois. Avant de filer vers les eaux plus profondes de la passe de Saratoga, elle plongea ses yeux dans ceux de Becca, et celle-ci eut la sensation qu'un courant électrique circulait entre elles.

Elle émergea en plein chaos : Chad hurlait sur Jenn, qui s'époumonait aussi, tandis qu'Annie Taylor les invectivait tous deux depuis le quai.

— ... folle ? C'était simplement un phoque ! cria Chad.

— J'ai paniqué, OK ? Elle a surgi de nulle part ! se défendit Jenn.

— C'était Nera ? s'écria Annie. Nera est là ?

— Je vais très bien, riposta Jenn, merci de t'en soucier. Oui, merci.

Leurs murmures crépitaient dans l'air eux aussi. *Elle ne s'intéresse qu'à... Je dois mettre la main sur... c'est le seul moyen... je dégage d'ici... cinq minutes suffiront... n'aurais jamais dû commencer...* Un peu comme un match de tennis, où trois joueurs serviraient en même temps.

— Ecoute, Jenn, tu ne peux pas faire ça, d'accord ? insista Chad. Je ne te délivrerai pas de certificat tant que tu ne m'auras pas prouvé que tu es capable de ne pas paniquer au moindre signe de vie sous l'eau.

— Parce que tu crois que j'en ai quelque chose à faire ? vociféra Jenn en se dirigeant vers le rivage. Tu t'en cognes de toute façon. Tout le monde s'en cogne !

— Allons, Jenn, intervint Annie. Ne sois pas comme ça...

— Cette idée était débile. Tu es débile, il est débile, ce phoque est débile.

Hors de question, hors de question... répétait-elle en boucle dans sa tête.

— Tu veux que quelqu'un plonge avec toi, Annie ? ajouta-t-elle tout haut. Emmène la grosse.

— Quoi ? s'étonna Chad. Tu parles de qui, là ?

— De moi. Elle parle de moi, répondit Becca, ce qui les réduisit tous au silence.

Dès qu'ils eurent retrouvé la terre ferme, Jenn se précipita vers les vestiaires pour prendre sa douche. Becca ne la suivit pas. Elle prit le temps de retirer sa bouteille d'oxygène ainsi que le reste de son équipement, n'étant pas pressée de rejoindre Jenn. Elle se servit du point d'eau sur le quai pour nettoyer ses palmes, sa cagoule et ses gants. Elle surprit la conversation entre Annie et Chad lorsqu'ils remontèrent la jetée.

— Je dois m'approcher suffisamment pour avoir une meilleure photo, dit-elle. Cet émetteur pourra m'apprendre beaucoup. Et il me faut un échantillon. Un bout de peau m'irait, mais quelques gouttes de sang seraient mieux.

Becca réalisa aussitôt qu'ils n'abordaient pas ce sujet pour la première fois et, comprenant qu'ils parlaient du phoque, elle tendit l'oreille.

— Tu pourras t'approcher suffisamment, la rassura-t-il. Ne t'inquiète pas. On se servira de bouées et d'un filet.

— Je ne veux pas la blesser. Les guetteurs me pendraient ! Et tous les habitants de Langley avec eux.

— Personne ne la blessera. Il s'agit juste de l'immobiliser pour quoi... dix minutes ? Quinze ?

— Tout dépendra de sa faim. Et de l'appât.

— Oh, l'appât lui plaira, tu as ma parole.

Becca se rendit directement au Heart's Desire, alors qu'elle n'était pas censée travailler ce jour-là ; elle devait mettre Ivar au courant des projets d'Annie et de Chad.

Il refusa d'abord de croire qu'elle avait vu Nera de ses propres yeux.

— Elle a été aperçue juste à côté de Glendale hier. Elle doit se trouver près de Clinton maintenant. Je te parie qu'elle traîne dans le sillage du ferry. C'est là que tu l'as croisée ?

Il se trouvait dans la cuisine, où régnait le désordre. Il avait sali les plans de travail, la cuisinière et l'évier pour préparer une couronne aux fruits confits. Le gâteau trônait sur l'un des feux. Armé d'un nettoyant écologique, il aspergeait toutes les surfaces disponibles puis étalait le produit avec un torchon. Becca lui prit la bouteille et le torchon des mains. Il ne protesta pas.

— Je l'ai vue dans le port de Langley, dit-elle. C'était notre premier plongeon en mer. Elle était là.

— Impossible, Becca. Il devait s'agir d'un autre phoque. S'il s'agissait de Nera, l'un des guetteurs l'aurait vue à Sandy Point et aurait signalé sa présence sur notre site.

— C'était un phoque noir, Ivar.

Quand elle lui parla de la conversation qu'elle avait surprise entre Annie et Chad, il écarquilla les yeux derrière les verres épais de ses lunettes et sortit de la cuisine. Becca lui emboîta le pas. Ne s'étant jamais aventurée plus loin dans la maison, elle découvrit un salon vieillot. De grandes portes doubles donnaient sur l'entrée et la porte principale, que personne n'utilisait.

Ivar était monté à l'étage. Lorsqu'elle l'entendit fureter et marmonner dans sa barbe, elle se décida à le rejoindre. Sa chambre donnait sur Useless Bay et accueillait un télescope dernier cri placé devant la fenêtre. Ivar était en train d'effectuer des recherches sur un ordinateur, dans le coin opposé de la pièce. Il s'était connecté au site des guetteurs de Nera. Ses murmures la renseignèrent sur son état d'esprit : *ne peut pas vraiment être… aurais dû voir… doit se tromper.* Sur ce dernier point, Becca n'avait aucun doute ; elle ne se trompait pas.

Ivar remonta ses lunettes sur l'arête de son nez, puis lui jeta un coup d'œil.

— Tu es sûre de toi, Becks ?

— Certaine. Chad a dû la voir, lui aussi. Sinon il n'aurait pas discuté avec Annie du moyen de l'immobiliser. Il s'agit forcément de Nera, non ? Je ne vois pas pourquoi ils auraient évoqué un autre phoque...

— Elle s'est approchée de toi ?

Becca hocha la tête.

— Elle a collé la frousse à Jenn.

— Elle va bien ?

— Jenn ? Oui, bien sûr.

— Et toi ?

— Ça va. Je ne serais pas là, sinon.

— Je veux dire, Nera ne t'a pas fait peur ?

Elle ne lui avait pas fait peur, non. Becca était incapable d'expliquer à Ivar ce qu'elle avait ressenti lorsqu'elle s'était retrouvée nez à nez avec la femelle.

— Elle m'a regardée, c'était étrange.

Commencé ainsi... Becca comprit, à cette réflexion d'Ivar, qu'il ne lui disait pas tout ce qu'il savait. Il ne le disait sans doute à personne.

— Comment ça ? lui demanda-t-il sèchement.

La jeune fille marchait sur des œufs : elle devait être prudente si elle voulait continuer à entendre ses pensées.

— Eh bien, elle m'a regardée... un peu comme un être humain aurait pu le faire. Un inconnu que j'aurais croisé dans la rue, et qui aurait plongé ses yeux dans les miens. C'est ce qui s'est passé. Je ne sais pas si je suis très claire... Ça paraît sans doute idiot.

— Pas du tout, Becks.

Les murmures d'Ivar se bousculaient : *Que faire ?... vient un moment où la responsabilité de chacun... mais pourquoi maintenant, voilà ce que j'aimerais...* Tout haut, il déclara :

— Les choses bougent.

— Quelles choses ?

Il avait reporté son attention sur l'ordinateur et lisait les commentaires postés par les guetteurs. Elle dut répéter sa question et prononcer son prénom pour obtenir une réponse.

— Cette chercheuse, Becks. Elle n'arrêtera pas tant qu'elle n'aura pas obtenu satisfaction. Ce qui ne nous laisse pas d'autre choix que de l'arrêter nous-mêmes.

Ce qu'Ivar n'expliqua pas, c'est pourquoi il était impératif d'agir. En tout cas, il ne l'expliqua pas de façon satisfaisante. Becca comprenait que l'usage de filets, de bouées et d'appâts pour attirer le phoque puisse être synonyme d'ennuis. En revanche, elle ne saisissait pas pourquoi Ivar était obnubilé par l'idée qu'Annie Taylor s'approche de Nera. La chercheuse voulait seulement prendre une photo et prélever un échantillon d'ADN, non ?

Ivar justifia sa réaction par une dérobade :

— Certaines choses sont censées rester inexpliquées. Ce phoque, notamment.

Il digressa sur la nature en général : les pingouins qui marchent jusqu'à l'Antarctique pour pondre leurs œufs, les éléphanteaux qui meurent de chagrin. En même temps, il se répétait en boucle, dans sa tête : *me croire… me croire… la convaincre.* Ce qui poussa Becca à le presser davantage qu'elle ne l'aurait fait en temps normal.

— Mais quel mal y a-t-il à vouloir trouver une explication au retour annuel de Nera ? Je ne vois pas où est le problème…

— C'est ce qui en découle qui est mal, insista-t-il. Et les moyens pour y parvenir.

Il tambourina sur son bureau, cherchant visiblement à prendre une décision, ainsi que l'indiquaient ses murmures : *le moment est venu… impossible de reculer…*

Becca patienta, à l'affût d'autres indices : *que lui dire… comment… si elle savait tout… la confiance est toujours la clé... montré beaucoup de patience...* Il finit par reprendre tout haut :

— Les gens s'imaginent parfois pouvoir dompter et comprendre la nature, Becks. J'ai appartenu à cette catégorie de personnes à une époque. J'étais comme Annie Taylor, il y a longtemps.

— Un scientifique, vous voulez dire ?

Il éclata de rire.

— Tu trouves vraiment que je parle comme un savant ? Non. J'avais tendance à vouloir enquêter sur des choses qui ne me regardaient pas. Je voulais tout savoir sur ce phoque plutôt que l'accepter tout simplement. Nera est secrète, et je l'ignorais. Je me suis approché trop près et elle m'a cassé le bras en voulant m'échapper.

— Oh, je ne savais pas ! Vous craignez qu'Annie...

— Nera se défendra, et leur rencontre ne se déroulera pas sans heurt.

— C'est d'ailleurs ce que répète ce type... Eddie Beddoe.

L'air parut soudain crépiter autour d'elle. Il avait suffi qu'elle prononce ce nom pour que l'atmosphère de la pièce change du tout au tout. Chaque objet devenait porteur d'une charge émotionnelle en provenance d'Ivar, même s'il tentait de le cacher. *Et voilà où on en vient... si près de ce que j'aurais dû...* Becca devina que les deux hommes avaient eu un différend. Ce qu'Ivar confirma quelques instants plus tard :

— Disons qu'Eddie Beddoe m'en veut.

Marié avec elle et il refuse... Eclairée sur la cause de leur désaccord, Becca demanda :

— C'est à cause de Sharla, non ?

— Il l'a perdue et maintenant qu'elle vit chez moi il n'hésite pas à tirer des conclusions hâtives. Je n'ai pas cherché à le détromper, et j'aurais sans doute dû. On a failli en venir aux mains plus d'une fois, lui et moi. Il y a des années de cela. Il lui avait fait beaucoup de mal.

Il sembla lire de l'inquiétude sur le visage de Becca, car il précisa :

— Je veux dire qu'il l'avait blessée affectivement, Becks. Il ne l'a pas frappée, ni rien. Je sais seulement qu'elle est partie un temps, loin de l'île, quand ils vivaient à Possession Point. A son retour, elle ne voulait plus entendre parler de lui. Il s'est pointé ici, une fois, et je l'ai chassé à coups de pelle. Je ne laisserai personne embêter Sharla.

Becca se rappela soudain sa découverte récente dans le poulailler : la malle qui contenait, entre autres, les petites salopettes.

— Sharla a l'air vraiment triste, non ? s'enquit-elle avec prudence.

— Pour être triste, elle l'est, convint-il.

— A cause d'Eddie ?

— Je n'en sais rien.

— Ils ont des enfants ?

L'explication était peut-être à chercher de ce côté-là…

— Sharla et Eddie ? Non, répondit-il.

— Avec quelqu'un d'autre, peut-être ?

Comme Ivar la dévisageait avec insistance, elle s'empressa d'ajouter :

— Je réfléchissais juste aux raisons de son chagrin. Elle aurait pu avoir un enfant auquel il serait arrivé quelque chose. Comme une noyade ?

— Pas d'enfants, affirma Ivar. Le seul qui a failli se noyer, c'est Eddie.

— Le jour où il a perdu son bateau, je me trompe ?

— Exactement. Quand Nera a fait « couler » son bateau et qu'il a nagé jusqu'au rivage.

Il avait bien insisté sur le mot « couler », le prononçant avec dérision.

— Bien sûr, reprit-il, s'il avait su naviguer pour commencer, les choses se seraient passées différemment, mais c'est du Eddie tout craché, ça. Toujours soucieux de posséder plus, de s'élever. Et lorsqu'il échoue, ce qui arrive systématiquement, il rejette la faute sur les autres. Je suis d'ailleurs surpris qu'il ait pris Nera comme bouc émissaire. Remarque, Sharla n'était pas avec lui cette nuit-là, il pouvait donc difficilement lui reprocher quoi que ce soit, sinon l'accuser d'avoir trafiqué le bateau.

Ce détail retint l'attention de Becca, qui le mit en relation avec l'énigme des vêtements d'enfant découverts dans le poulailler. Quelqu'un mentait.

29

Becca arriva largement à temps à Langley. Elle était fière d'assurer, question vélo, désormais. Et pour ne rien gâcher, elle s'était débarrassée de ses kilos superflus. Certes, Jenn continuait de l'appeler « la grosse », mais ça ne correspondait plus à la réalité. Seules deux choses n'avaient pas changé depuis son arrivée sur l'île : la quantité de maquillage qu'elle s'appliquait quotidiennement, ainsi que ses lunettes bidon à grosse monture. Si l'on y ajoutait les vêtements mal coupés qu'elle portait, elle était à peu près certaine que Jeff Corrie ne la reconnaîtrait pas s'il revenait sur l'île et croisait son regard.

Elle traversa le bourg pour se rendre chez Diana Kinsale, et trouva celle-ci dans le chenil. Ses cinq chiens s'ébattaient sur la pelouse devant la maison pendant qu'elle ramassait leurs crottes.

C'était une belle journée. Sur cette portion de la côte ouest, le mois de mars semblait s'étendre sur près de trois mois. La pluie tombait sans relâche, et, quand il ne pleuvait pas, il y avait les dégradés de gris, le brouillard ou les bourrasques de vent. Peu à peu, la nature devenait verte et luxuriante. Certains jours, cependant, la profusion de végétation ne parvenait pas à remplacer la caresse chaude du soleil sur la peau.

Les chiens accueillirent Becca avec des aboiements joyeux. Ils bondirent autour de son vélo. Oscar, le caniche, gardait ses distances, à son habitude, l'enthousiasme débraillé de ses compagnons manquant cruellement de dignité. Il laissa néanmoins Becca caresser la douce touffe de poils frisés sur le sommet de son crâne. Il la suivit à pas feutrés lorsqu'elle se dirigea vers le chenil.

— Besoin d'un coup de main ? proposa-t-elle à Diana, qui prit appui sur sa pelle.

— Il y a certaines limites à ne pas franchir, et demander à une amie de ramasser des crottes de chien en fait partie.

Becca éprouva une plaisante sensation de chaleur en entendant Diana la qualifier d'amie. Observant les copeaux de bois qui recouvraient le sol de l'enclos, elle dit :

— Je n'imaginais pas que cinq chiens pouvaient faire autant de besoins.

— La prochaine fois, crois-moi, je prendrai plutôt des mulots.

Diana se remit à pelleter les crottes avant de demander :

— Qu'est-ce qui t'amène ici ?

Becca évoqua le phoque, Annie Taylor, la plongée. Elle passa de la plongée à Ivar, puis d'Ivar à Sharla. Diana vivait sur l'île depuis plus de trente ans. Si Ivar avait menti au sujet de Sharla, elle serait sans doute en mesure de renseigner Becca.

— Des enfants ? répéta-t-elle à la fin de son récit. Non, elle n'en a pas eu à ma connaissance. Bien sûr, elle aurait pu tomber enceinte dans son adolescence… Elle devait vivre dans le nord de l'île à l'époque, à Oak Harbor, et si elle a eu un bébé, elle a dû le faire adopter. Quoi qu'il en soit, elle ne m'a jamais parlé de quoi que ce soit. Pourquoi cette question, Becca ? Que se passe-t-il ?

— Elle me semble triste, c'est tout.

Diana arqua un sourcil : elle savait que Becca ne lui disait pas tout. La jeune fille lui avoua ce qu'elle avait trouvé au Heart's Desire, les trois salopettes ainsi que les minuscules tee-shirts et la paire de chaussures. Avec une logique implacable, Diana répondit :

— Es-tu certaine que la malle appartenait à Sharla ? Elle pourrait très bien être à Ivar, surtout si elle était dans le poulailler. Ivar a une fille, lui. Steph. Elle vit en Virginie.

— Non, toutes les affaires qu'elle contenait appartenaient à Sharla. Les photos, les vêtements, les objets…

— Intrigant en effet.

— Et je me demandais si… Avez-vous déjà senti quelque chose de particulier en sa présence ?

Becca n'osait pas évoquer plus ouvertement le don de Diana, capable de transmettre et de comprendre beaucoup de choses rien qu'en touchant les gens.

— J'ai perçu sa tristesse, moi aussi. Mais j'ai toujours eu l'impression que Sharla avait des raisons d'être triste.

— A cause de son mariage avec Eddie Beddoe ?

— En partie, oui. Je soupçonne d'autres malheurs…

Becca n'en apprendrait pas davantage sur la nature des malheurs en question… Elle connaissait Diana : quand celle-ci avait terminé, on ne pouvait plus rien tirer d'elle. Même si elle en savait plus qu'elle ne voulait le dire. Et sur ce point, Becca n'avait pas le moindre doute. Tout comme elle avait la certitude que Diana connaissait ses intentions : découvrir de quoi il retournait. La jeune fille se demandait par où commencer son enquête lorsqu'elle atteignit le motel de la Falaise. Elle perdit le fil de ses pensées en apercevant le terrain vague qui jouxtait le parking.

Josh jouait avec son « parrain », Derric. Ils construisaient une cabane dans le recoin le plus éloigné ; ils clouaient des matériaux de récupération en écoutant du rap à fond.

Elle réalisa alors qu'elle avait retardé ce moment. Le courage avait beau lui manquer pour affronter Derric, elle lui devait quelques explications. Celles-ci approfondiraient sans doute la haine qu'il lui portait, mais tout était terminé entre eux, ça ne pouvait pas être pire.

Elle déposa son vélo à l'entrée du terrain vague. Josh l'aperçut le premier.

— Becca ! s'écria-t-il. Regarde ce qu'on construit ! Ça va être trop cool.

Elle lui adressa un signe de la main. Derric, qui plantait un clou dans une planche, lui accorda à peine un regard. Elle faillit battre en retraite, mais se força à avancer. Après avoir admiré comme il se devait leur œuvre, guidée par Josh, elle dit au petit garçon :

— Ça t'embête si je t'emprunte Derric une seconde ?

Il posa les yeux sur son parrain.

— Pas trop longtemps, hein ? On a du travail à faire.

— Pas trop longtemps.

— D'accord, conclut-il avant de reprendre son marteau.

Derric ne cacha pas son peu d'enthousiasme à la suivre, et Becca se mettait à sa place. Elle avait semé une sacrée pagaille en sortant les lettres de leur cachette. Sa décision avait provoqué une réaction en chaîne aboutissant à leur perte, et elle se doutait qu'il n'avait pas pour projet de lui pardonner.

Elle retira son écouteur puis lui dit :

— Je suis allée voir à l'Armée du Salut.

Ah ouais, comme si ça changeait quelque chose... j'aurais mieux fait de ne pas... Alors que ces murmures lui échappaient, il afficha une expression indiquant à Becca qu'il devinait très bien ce qui allait suivre.

— Les meubles qu'ils ne gardent pas partent pour Coupeville. Le jour même, un camion les transporte sur le continent, dans une autre décharge.

— Tu espères m'apprendre quelque chose, Becca ? J'étais au courant, je te remercie. Ma mère les a appelés.

Complètement débile... elle ne crée que des ennuis... si je n'avais jamais... elle n'aurait pas... qu'elle parte, sinon je jure que...

— Ecoute-moi, s'il te plaît, dit-elle, interrompant le cours des pensées de Derric. Avec Seth, on est allés à Coupeville juste après ton coup de fil. Enfin, le lendemain, parce qu'il faisait déjà nuit et que la décharge aurait été fermée.

— Et ?

— Et ils nous ont dit qu'ils envoyaient tout à Burlington. On y est allés. Là-bas, ils nous ont expliqué qu'ils réunissaient les déchets de Whidbey, de Camano Island et des villes voisines. Ça ne s'arrête pas là. Tout part ensuite pour l'est de l'Etat de Washington...

Tais-toi, tais-toi, tais-toi… Tu es arrivée trop tard, Becca, tu ne veux pas te mettre ça dans le crâne ? Le murmure qui venait d'échapper à Derric était si limpide et si compréhensible que, pour la première fois de sa vie, elle laissa échapper un cri de surprise. Elle se prit le ventre à deux mains, transpercée par une douleur subite.

— Qu'est-ce qui t'arrive ?

Et maintenant elle fait son cinéma ! Aucune chance que ça prenne avec moi.

Elle se plia en deux : les mots étaient comme de petits êtres vivants qui pénétraient dans son ventre et s'y installaient. Des êtres avides, qui la dévoraient de l'intérieur. Les murmures n'auraient jamais dû lui faire cet effet.

— A Burlington, reprit-elle, on leur a expliqué qu'on voulait récupérer un fauteuil. Seth a beaucoup insisté, et ils nous ont autorisés à jeter un coup d'œil, même s'ils nous ont certifié qu'on ne trouverait rien. Il y avait tellement de déchets… Comment pouvaient-ils être aussi sûrs d'eux ?

Parce qu'ils ne sont pas aussi débiles que toi.

— S'il te plaît, chuchota-t-elle, ne sois pas aussi injuste.

— Quoi ? Je peux savoir quand tu as été juste envers moi ?

— Je suis désolée, d'accord ? Je suis désolée. J'essaie juste de te dire qu'on était prêts à pousser jusqu'à la décharge principale, mais que ça n'aurait servi à rien. Il y aurait eu des tonnes de déchets et, le temps qu'on arrive, tout aurait sans doute été déjà enterré.

Pendant tout ce temps, Derric s'était refusé à la regarder, fixant la façade du théâtre, et plus précisément l'affiche de la prochaine production municipale de *Cyrano de Bergerac.* Ce détail avait ravivé, dans la mémoire de Becca, le souvenir du film *Roxanne,* et elle repensa à Nelson, la ville de Colombie-Britannique où le tournage avait eu lieu. Puis à sa mère, qui devait s'y trouver depuis le mois de septembre. Pourquoi, oui, pourquoi n'était-elle pas encore revenue la chercher, elle, sa fille, pour l'emmener loin de cette île, dans un endroit où elles seraient toutes deux en sécurité ? Elle cligna des paupières pour chasser les larmes qui montaient.

— Je suis désolée, répéta-t-elle, même si elle ne savait plus à qui s'adressaient ses excuses.

Derric, elle-même, sa mère, les trois ? Quelle importance quand la seule chose qu'elle regrettait vraiment était d'avoir surpris les murmures de son beau-père, ce qui les avait mises en danger, sa mère et elle. Et si la réaction en chaîne déclenchée par cet événement aboutissait à un dénouement aussi tragique que pour les lettres de Derric ? Ce serait vraiment la cerise sur le gâteau, non ?

— Ouais, lâcha Derric.

Loin d'acquiescer, il lui signifiait que la conversation était terminée. Il tourna les talons pour rejoindre Josh. Elle le regarda s'éloigner, tête baissée, poings enfoncés dans les poches, et elle se demanda si elle pourrait jamais se sentir plus mal qu'à cet instant. Sans doute pas.

SIXIÈME PARTIE

Sandy Point

Le monde de Cilla

Je suis constamment attirée par l'odeur des embruns. Arrivée à un carrefour, je ressens le besoin irrépressible d'emprunter la route à droite, qui descend à pic. L'air est chargé de sel tout à coup. Je prends un tournant, puis un second, un virage en tête d'épingle et un autre. De grands arbres menaçants bordent la chaussée luisante de pluie.

Lorsque la route devient droite et régulière, j'aperçois un chemin de gravier à travers les arbres. Au loin, une faible lumière. Je me dirige vers elle, pas par envie mais par nécessité.

Enfin s'étale devant moi une vaste étendue d'eau salée au parfum capiteux. De l'autre côté du bras de mer, des points lumineux clignotent, telles des étoiles tombées du ciel. Cette côte est trop longue pour appartenir à une île comme celle sur laquelle je me trouve. Un ferry scintillant de mille feux l'a quittée, faisant route dans ma direction.

Juste à côté de moi, d'autres lumières brillent. Elles proviennent d'une caravane aux parois mangées par la rouille, évoquant du lierre mort. Elles proviennent d'une vieille maison grise à la véranda en ruine. Les cheminées de ces deux endroits recrachent des volutes de fumée. L'odeur qui les accompagne masque presque celle des embruns.

Je m'approche de l'océan. Mes pieds s'enfoncent dans le sable et j'avance jusqu'à ce que l'eau vienne me lécher les orteils. Je fais aussitôt un bond en arrière. Je regarde. J'observe. Il n'y a rien à voir, jusqu'à ce que…

Un aileron fend la surface des flots. Suivi d'un deuxième et d'un troisième. Tous énormes, tous semblables à des voiles noires. Si je sais qu'ils représentent un danger pour moi, j'ignore d'où me viennent les termes précis : *orques* et *tueuses*. En leur présence je ne suis plus en sécurité.

Je recule lentement. Puis je me mets à courir. Je voudrais me cacher, mais mon regard tombe sur les losanges d'un grillage et, au-delà, un bassin étincelant. M'introduisant dans l'enclos, je découvre que la surface de l'eau est agitée de petits bouillons, produits par des poissons. Ils jettent un éclat argenté dans la nuit et j'éprouve le désir de les toucher pour sentir leurs corps lisses glisser entre mes doigts. Pour cela il faudrait que je plonge ma main dans l'eau, et j'en suis incapable.

Je regarde autour de moi. Un long bâton terminé par un filet est accroché au grillage. Je m'en empare et le plonge dans l'eau. Quand je le ressors, j'ai attrapé plusieurs poissons qui grouillent. Ils brillent au clair de lune et sont secoués de soubresauts violents, comme s'ils voulaient se frayer un chemin entre les mailles du filet.

Je comprends alors : leur désir et ma mission. Je comprends pourquoi j'ai été attirée vers cet endroit.

Je sors de l'enclos et me dirige vers l'océan, avant de jeter en l'air ma prise. Les poissons jaillissent, telles les pièces que l'on lancerait dans une fontaine. Des pièces vivantes qui, au moment d'entrer dans l'eau, ne coulent pas et se mettent à décrire des ronds. Un, puis deux. Et enfin ils sont libres.

30

Jenn se servait de la piste d'athlétisme du lycée pour s'entraîner à la course fractionnée en fin de journée. C'était plus compliqué de rentrer chez elle ensuite – elle devait prendre un des bus de l'île plutôt que le car de ramassage scolaire, ce qui impliquait de marcher de Bailey's Corner à Possession Point, en général dans le vent et la pluie. La piste d'athlétisme était cependant cent fois plus adaptée à l'exercice que le chemin de terre devant chez elle ou même la route qui partait de Possession Point. En outre, chaque fois que Jenn se préparait pour l'entraînement, Annie Taylor débarquait et sollicitait son aide.

Minus la trouva sur la piste quelques jours après leur exposé de Civilisations occidentales. Il s'assit sur le gradin du bas. Elle l'aperçut, mais ne s'arrêta pas pour autant. Ils ne s'étaient pas vraiment reparlé depuis qu'il avait tenté de la peloter, et elle savait que la situation ne pourrait se résoudre que de deux façons. En prétendant qu'il ne s'était rien passé ou en en discutant. De son point de vue, la première option était, et de loin, la meilleure.

Elle l'ignora jusqu'au moment où elle comprit qu'il était prêt à poireauter toute la nuit si nécessaire. Puis la pluie se mit à tomber, et elle dut se mettre à l'abri. Elle se traîna jusqu'aux gradins et s'affala à côté de lui.

— Il était temps, râla-t-il avant de rabattre la capuche de son anorak sur sa tête.

— Les essais pour l'équipe de foot approchent, se justifia-t-elle. J'ai pris vachement de retard, je suis dérangée sans arrêt.

— Je te remercie.

— Je ne parlais pas de toi, rétorqua-t-elle, agacée malgré elle.

— Parce que j'ai trouvé ce que tu voulais.

— Comment ça ?

— J'hallucine ! C'est quoi, ton problème ? Tu m'utilises et après tu me jettes ?

La conversation s'engageait sur le terrain qu'elle voulait précisément éviter.

— Tu m'en veux de ne pas t'avoir laissé me toucher les seins, hein ?

— Non, pas du tout. Ce sont tes seins, tu fais ce que tu veux avec. Je m'en fous.

— Sérieux ?

Il écarta une mèche de son visage.

— Bon, d'accord. Je ne m'en fous pas complètement. Et je croyais que toi non plus.

— Bien sûr que je ne m'en fous pas.

Pour autant, elle ne savait pas très bien de quelle façon elle tenait à lui. Ni pourquoi. Ni si ses sentiments étaient sincères. Elle avait l'étrange impression de mentir et de dire la vérité à la fois – une vérité qui n'était pas limpide.

— Bref...

Elle espérait qu'il allait accepter de passer à un autre sujet. Il saisit la perche qu'elle lui tendait.

— Ton émetteur, expliqua-t-il.

— Celui que porte Nera ?

— Parce qu'il y en a un autre ?

N'attendant pas sa réponse, il poursuivit :

— J'ai parlé à une nana de la fac. J'ai appelé une dizaine de personnes avant de tomber sur elle. Elle enseigne des trucs en rapport avec l'océan, ne me demande pas quoi, je ne me souviens pas. Je lui ai dit que je préparais un exposé pour le bahut, et je l'ai interrogée sur cette histoire d'émetteur. Elle m'a expliqué que ça signifiait sans doute que quelqu'un surveillait les déplacements du phoque. Pour étudier ses trajets, son alimentation, son activité reproductrice.

— On s'en doutait déjà, fit Jenn.

— Oui, sauf qu'elle a ajouté qu'il ne pouvait absolument pas s'agir d'un modèle ancien. Ces boîtiers-là ne sont jamais restés en place. Il a fallu en inventer un nouveau type. D'après elle, celui qu'Annie a repéré était abîmé. Il ne peut pas s'agir d'un vieil appareil. Elle a été catégorique.

— Annie est sûre d'elle. Annie...

— Donc, l'interrompit Minus avec une pointe d'irritation, j'ai appelé l'aquarium, comme convenu.

Elle le prit par le bras.

— Tu es le meilleur !

— J'ai eu la nana qui s'occupe des mammifères marins, loutres, phoques et compagnie. Selon elle, si notre phoque ne s'est pas débarrassé de cet ancien modèle, on tient « un spécimen très intéressant ».

Jenn ne voyait pas en quoi cette information les avançait. Ils savaient bien que Nera entrait dans la catégorie des spécimens intéressants. Presque tous les habitants de l'île partageaient cet avis. Minus avait gardé l'essentiel pour la fin, cependant.

Les émetteurs étaient tous, sans la moindre exception, numérotés. S'ils réussissaient à récupérer le numéro sur l'appareil, ils pourraient remonter la trace de celui qui l'avait installé et répondre aux questions suivantes : pourquoi ? quand ? où ? C'était ça, l'information capitale, car si l'émetteur était aussi ancien, et si Nera n'avait jamais mué, alors quelqu'un en savait plus long qu'eux sur ce phoque. Et ils devaient mettre la main sur cette personne. Pour cela, il fallait d'abord dégoter le numéro du boîtier.

— Super, soupira Jenn. Et comment tu comptes procéder ?

— Aucune idée, à moins que tu n'apprennes à la chevaucher...

— Ah ouais, merci pour l'idée, Minus.

— Parce que tu as cru que j'étais sérieux ?

Après avoir réfléchi un moment, il soupira et reprit :

— Tu plonges maintenant, non ?

— Plus ou moins. La dernière fois, j'ai flippé et j'ai eu droit à une méga-leçon de morale de mon moniteur. S'il m'autorise encore à aller dans l'eau, ce sera un vrai miracle.

De toute façon, je ne suis même pas certaine d'avoir envie de retenter l'expérience.

— Tu n'as pas le choix, à mon avis. Tu vas devoir le faire. Enfin, toi ou quelqu'un d'autre. On a besoin du numéro de série de cet émetteur.

Jenn laissa échapper un juron. Elle revit Nera foncer droit sur elle. Et elle pensa à ce qui risquait d'arriver si l'animal s'approchait encore plus près.

— Alors ? insista Minus.

— J'aimerais tellement qu'il y ait une autre solution… Je préférerais oublier toute cette histoire.

— Pourquoi ? Enfin, je ne vois pas bien où est le problème… On parle d'un simple phoque, pas d'un requin.

Jenn avait de plus en plus de doutes sur ce point : Nera était tout sauf un « simple phoque ». Devant son silence, Minus ajouta :

— D'un autre côté, on pourrait étudier les photos à la loupe.

— Il y en a des centaines, grommela Jenn. Tu en as déjà vu une assez détaillée pour apercevoir le numéro de l'émetteur ? Parce que moi, non.

— Qu'est-ce que tu proposes, alors ?

Comme elle ne répondait pas, il insista :

— Pourquoi tu t'intéresses à ce phoque, de toute façon ?

« A cause d'Annie. » C'était la vraie raison. Sauf que Jenn ne voulait pas l'avouer. Elle conduirait à un autre pourquoi, et elle n'avait pas la réponse à ce dernier.

Jenn tenta de se convaincre qu'il y avait un moyen d'obtenir le numéro sans plonger. Pourtant, à moins de réussir à mettre la main, par miracle, sur une photo en gros plan, elle ne voyait pas lequel. Elle effectua quelques recherches sur Internet avec l'aide de Minus, sans succès. Il ne lui restait plus qu'à retourner dans l'eau. Et pour cela, elle devait se réconcilier avec Annie.

Après l'incident dans le port, elle n'avait pas accepté qu'Annie la reconduise chez elle. Alors que Jenn venait de connaître la frousse de sa vie, celle-ci était au comble de l'excitation. La réaction de la chercheuse avait tellement excédé la jeune fille qu'elle avait refusé de lui adresser la parole et de monter dans sa voiture. A trois occasions depuis, Annie lui avait demandé de passer à la caravane. Jenn avait fait mine de ne pas entendre, et Annie avait baissé les bras.

Une occasion se présenta deux jours plus tard, à son retour du lycée. Jenn s'apprêtait à gravir les marches du perron lorsqu'elle aperçut son père et la biologiste dans l'enclos près du cabanon. Accroupi devant le bassin, Bruce McDaniels pointait le doigt dans différentes directions tout en parlant à Annie par-dessus son épaule. Celle-ci secouait la tête d'un air sérieux. Et lui gesticulait, visiblement à cran. Il semblait porter des accusations contre quelqu'un. Jenn s'approcha.

— Ça pourrait être un raton laveur, non ? suggéra Annie.

— Les ratons laveurs n'escaladent pas les clôtures, rétorqua-t-il. Et à ma connaissance, ils creusent encore moins des galeries sous une dalle de béton.

— Un chat alors ?

— Avec une canne à pêche ? ironisa Bruce. Je parierais plutôt sur un héron, sauf que le grillage représente un risque trop grand pour un oiseau de cette taille. Il ne nous reste donc qu'une option… l'intervention humaine.

Jenn les rejoignit près du bassin. L'eau cristalline troublée par les mouvements des harengs paraissait en ébullition.

— Salut ! Qu'est-ce qui se passe ?

Son père lui adressa un sourire tout en conservant un regard grave.

— Il nous manque des appâts. Quelqu'un est venu se servir, et ce voleur n'y est pas allé de main morte. Je suis furax.

— Il avait faim, tu crois ? demanda gentiment Jenn.

— Je n'en ai pas la moindre idée. Il compte peut-être s'en servir pour pêcher. Et dans ce cas, il en a assez pour se lancer dans les affaires.

Elle riva à nouveau les yeux sur l'eau, ne comprenant pas comment son père pouvait affirmer qu'il manquait des poissons, alors qu'elle ne voyait qu'une succession d'éclairs argentés. Il maîtrisait la question, pas de doute là-dessus. S'il disait que des poissons avaient disparu, c'était le cas. Or les McDaniels ne pouvaient pas se permettre un tel manque à gagner. Si Jenn se refusait à croire qu'Annie pouvait avoir une quelconque responsabilité dans cette affaire, tout la désignait pourtant comme la coupable idéale : elle avait besoin d'appâter Nera, non ?

— Qui voudrait se donner un mal pareil ? s'étonna la chercheuse. Descendre jusqu'à Possession Point, s'introduire sur votre propriété, utiliser… quoi ? Un filet pour récupérer des harengs ? Ça ne serait pas plus simple d'aller les attraper dans la passe ?

— Vous oubliez un détail, ma bonne dame : le prix de l'essence. Et le temps pour poser les filets, puis les relever. Ça vous paraît vraiment plus simple que de venir ici ?

Il promena son regard autour de lui, sans doute à la recherche de réponses, d'abord en direction de Possession Sound, puis sur le terrain entourant la maison. Il inclina la tête vers le grillage, au pied duquel était abandonné son filet. Celui-ci n'était pas rangé à sa place habituelle.

— C'est toi qui as posé ça là, Jenn ?

— Pourquoi j'aurais fait ça ?

— Andy ou Petey alors ?

— Ils ne peuvent pas ouvrir la porte, papa. Ils pourraient toujours escalader la clôture, mais ils savent très bien ce qui les attendrait s'ils essayaient.

— Et vous ? demanda-t-il en se tournant vers Annie. Enfin, je vois mal ce que vous feriez de ces appâts…

Jenn observa la chercheuse à la dérobée : elle en aurait, au contraire, l'usage…

— Pour tout vous dire, j'ai justement besoin d'appâts, expliqua la jeune femme. Je suis d'ailleurs venue vous trouver pour cette raison. Il me faudrait aussi de plus gros poissons, si possible.

— Pourquoi ? Qu'est-ce que vous voulez attraper ?

— Un phoque. Et je ne veux pas l'attraper, simplement l'immobiliser quelques minutes.

Bruce secoua la tête d'un air grave.

— Il s'agit encore de ce satané phoque noir, je me trompe ? Si vous essayez de l'approcher, c'est le tollé général garanti. Cet animal n'a rien apporté de bon à personne depuis qu'il traîne dans le coin. Et ça fait des lustres. A voir la réaction des gens, on croirait que la Sainte Vierge en personne nous gratifie de sa visite annuelle !

— Elle a fait du bien à Langley, souligna Jenn. Du point de vue du tourisme.

— Les habitants de Langley créeraient un événement autour d'un calamar tueur s'ils en trouvaient un. Les commerçants sont prêts à tout pour attirer dix touristes et leur vendre un tee-shirt, Jenn.

— J'ai juste besoin de l'immobiliser deux minutes pour prélever un échantillon de sa fourrure, précisa Annie. Je veux étudier son ADN. Sa couleur inhabituelle suggère...

Bruce McDaniels balaya d'un revers de la main les explications de la chercheuse. Pour lui, Nera avait une couleur inhabituelle, un point c'est tout. Il avait des sujets de préoccupation plus importants, comme des bouches à nourrir.

— Et vous pensez vraiment pouvoir obtenir son ADN en lui filant des harengs ? lui demanda-t-il.

— Oui.

Bruce croisa les bras et dévisagea Annie, cherchant à jauger sa sincérité. Il finit par conclure :

— C'est mon métier de vendre des appâts, je vais donc le faire. Mais j'espère que vous n'avez pas l'intention de vous lancer dans cette petite entreprise toute seule. Ce phoque est beaucoup plus costaud que vous, et s'il se met à paniquer alors que vous êtes dans l'eau avec lui...

— Je suis une scientifique, monsieur McDaniels, le rassura Annie. Je sais ce que je fais. Et je ne le ferai pas seule.

Jenn suivit Annie jusqu'à la caravane. Elle repéra une nouveauté parmi le monceau d'affaires. Sur la table était étalée une carte de l'île. Et une seconde, maritime. Sur chacune, une grande croix rouge marquait un emplacement.

Annie expliqua :

— Chad a trouvé le bateau d'Eddie.

— Vous allez vous lancer aux trousses de Nera.

— On va commencer par le bateau. Je veux récupérer mon loyer.

— Que comptez-vous faire ? Hisser l'épave à la surface ? Comment ?

— Je vais me contenter de prendre des photos pour prouver à Eddie que j'ai découvert son emplacement. Il m'a demandé de le trouver, pas de le lui rapporter. Il n'a pas intérêt à changer les termes du marché maintenant.

— Et ensuite ? Ce sera au tour de Nera ?

— Chad a promis de m'aider.

— Ah… fit Jenn, réalisant aussitôt que son ton trahissait une pointe de déception. Chad, bien sûr. Vu sa façon de reluquer ton cul…

— On va encore avoir cette discussion ? Chad n'est qu'un ami, Jenn. J'en ai beaucoup. Et il deviendra aussi le tien, si tu en as envie.

— Sans façon.

— Comme tu veux. Ecoute, je dois avancer dans mon projet. L'enjeu est énorme pour moi. J'ai besoin d'informations sur ce phoque. Chad m'aide en échange d'un salaire, fin de l'histoire. J'aurais aimé que ce soit toi, mais…

— Moi qui quoi ?

— Toi qui m'aides sous l'eau. Toi qui m'aides à récupérer l'échantillon d'ADN. Après l'incident de la dernière fois… Il est clair, je crois, que tu détestes plonger, et je ne tiens pas à te forcer la main.

— Et si je suis partante quand même ?

— Partante pour quoi ? Plonger ?

Annie secoua la tête avant de reprendre :

— Tu n'étais pas vraiment comme un poisson dans l'eau, si ?

— J'ai juste paniqué ! Elle a foncé sur moi, ça m'a surprise. Ça ne se reproduira plus.

Annie réfléchit quelques instants, puis passa la main dans ses cheveux rouge vif.

— Tu devras subir un dernier examen, pour obtenir ton certificat.

— Très bien, je le ferai. Je veux t'aider.

— Tu es sûre ?

— Sûre et certaine.

Après l'avoir dévisagée un moment, Annie conclut :

— Entendu.

Elle effleura la joue de Jenn avec une tendresse toute maternelle qui fit sursauter la jeune fille. Elle n'était pas une enfant !

— Je ne suis pas...

Annie retira sa main.

— Pardon. Pardon, c'est ma faute. Je ne voulais pas...

Elle laissa la fin de sa phrase en suspens.

— Quoi ? Tu ne voulais pas quoi ?

— Rien. Rien du tout.

Annie replia les cartes, l'une après l'autre, avant de dire :

— Je vais prévoir l'examen. J'expliquerai à Chad que c'est toi qui m'accompagneras.

— Ça ne va pas lui plaire.

— J'en fais mon affaire.

31

Le bateau de Chad dansait sur l'eau, à un jet de pierre de Sandy Point. Les quatre passagers portaient des combinaisons étanches. Jenn et Becca passeraient les différentes étapes du certificat sous la supervision de leur moniteur ; pendant ce temps-là, Annie descendrait à quinze mètres de profondeur pour prendre les photos qui prouveraient à Eddie Beddoe qu'ils avaient bien retrouvé son bateau.

— On est bien d'accord sur la suite des événements ? s'enquit Chad.

Le silence général eut valeur d'accord tacite. Jenn remarqua que la grosse observait le jeune homme et la chercheuse avec plus d'insistance qu'à son habitude. Elle en déduisit que Becca en pinçait pour Chad et qu'elle essayait de savoir s'ils étaient passés à l'acte. Comme si elle avait une chance... Chad Pederson ne pourrait jamais la préférer à Annie !

Jenn se rendit alors compte que Becca rougissait. Quelle que soit la raison de son trouble, celle-ci se maîtrisa rapidement et s'occupa de préparer son équipement, en commençant par cracher dans son masque avant d'étaler sa salive. Elle semblait d'un calme olympien. Evidemment, à part quand elle était coincée avec ce minable de Tod Schuman, elle ne ratait rien. Enfin, elle avait été incapable de garder Derric Mathieson, malgré tout.

Jenn, elle, était à cran. S'il y avait eu un autre moyen d'approcher Nera, elle aurait volontiers tiré un trait définitif sur la plongée. Ça n'était vraiment pas son truc.

— Prête ?

La question de Chad la tira de ses pensées. Elle répéta la même opération que Becca et cracha dans son masque. Annie était déjà dans l'eau. Chad, lui, resta sur le bateau pour pouvoir juger le saut de ses deux élèves. Jenn maîtrisait ce point, au moins.

Quelques secondes plus tard, ils nageaient tous les trois dans les eaux glacées de la passe de Saratoga. Plus bas, les flashs de l'appareil photo jetaient des éclairs ; la chercheuse s'était approchée de l'épave d'Eddie. Jenn eut l'impression d'apercevoir, par intermittence, les contours de la silhouette fantomatique sous ses palmes.

L'examen prit moins de temps qu'elle ne se l'était imaginé. Chad lui demanda d'exécuter plusieurs manœuvres dans l'eau avant de faire la même chose avec Becca. Son sourire, que le détendeur ne parvenait pas à masquer, les informa qu'elles avaient réussi haut la main. Après quinze minutes passées à envisager toutes les situations possibles – perte de l'équipement, récupération de celui-ci, réaction à un dysfonctionnement, entraide entre les deux plongeuses, et autres cas de figure –, Chad leur fit signe que tout était bon.

Il leur indiqua ensuite les profondeurs, plus précisément l'endroit où Annie prenait des photos, et inclina la tête. Le message n'était pas difficile à saisir : puisqu'elles étaient en compagnie d'un moniteur, elles pouvaient descendre au-delà de cinq mètres. Voulaient-elles voir ce que la chercheuse avait découvert ?

Jenn n'en avait aucune envie. Qui s'intéressait au foutu bateau d'Eddie Beddoe ? Becca, elle, hocha la tête aussi énergiquement que si on lui proposait d'explorer l'épave du *Titanic.* Jenn décida de suivre le mouvement. Après tout, ça ne serait pas long, et la mer était calme.

Ils s'enfoncèrent ensemble dans l'eau. A mesure qu'ils descendaient, la forme du bateau se précisait. Il ne restait presque plus que la coque, traînée à cet endroit par les courants puissants qui agitaient la passe de Saratoga à chaque marée. Quand ils furent assez près, Jenn discerna un énorme trou dans la carcasse. On aurait dit qu'une torpille avait déchiré la fibre de verre, permettant à l'eau d'entrer à flots.

L'embarcation avait dû couler en quelques minutes. Eddie Beddoe avait une sacrée veine de ne pas s'être noyé.

Jenn vit qu'Annie se dirigeait vers le pont, ou ce qu'il en restait, les flashs de son appareil photo se réfléchissant sur un objet au fond de la passe. Bizarre que la lumière puisse être renvoyée à cette profondeur... Elle prenait cette direction lorsqu'une ombre passa au-dessus d'elle. Jenn fit volte-face pour signifier à la grosse de la lâcher. Elle n'avait pas besoin qu'on lui tienne la main, même si Becca se pensait une « experte » en plongée. Elle constata alors que celle-ci se trouvait à la même profondeur qu'elle, un peu plus loin. Ça ne pouvait donc pas être son ombre.

Soudain, le flash d'Annie crépita. Qu'est-ce qui lui prenait de mitrailler le bateau ? Jusqu'à présent, elle s'était contentée de quelques clichés, par-ci par-là.

Trente secondes plus tard, Jenn eut la réponse à sa question. Elle sentit qu'on l'effleurait et pensa encore à Becca. Le flash de l'appareil photo éclaira alors le phoque.

Pendant un moment, la femelle resta suspendue au-dessus d'elle, telle une bouée agitée par le ressac. Puis tout s'enchaîna à la vitesse de l'éclair. A commencer par Nera, qui se mit en branle d'un coup et fondit sur elle comme une fusée. Elle filait droit vers son visage. Ne panique pas, ne panique pas, ne panique pas, se répéta-t-elle, ce n'est qu'un phoque. La situation se compliqua pourtant... Son masque et son détendeur lui furent arrachés. Le choc fut si violent qu'elle crut bien qu'elle allait y laisser des dents. Des bulles bouillonnaient autour d'elle, l'aveuglant. Elle se dirigea vers la surface pour sauver sa peau. Ses poumons étaient sur le point d'exploser et elle battait des jambes frénétiquement.

Soudain on la retint par la cheville. Nera ! Elle tenta de repousser la bête de toutes ses forces et perdit une palme, obnubilée par une idée fixe : l'oxygène. Au désespoir, elle se démenait pour se libérer, en vain. Elle allait se noyer.

Elle comprit alors que c'étaient deux mains qui lui tenaient la cheville et tiraient dessus. Baissant les yeux, elle aperçut Becca. La grosse maligne est en train d'essayer de me tuer !

songea-t-elle. Elle lui décocha un coup de pied en pleine face. Becca perdit son masque, mais ne la lâcha pas pour autant. Bon sang, elle avait autant de force qu'un lutteur ! Plus Jenn se débattait pour remonter, plus sa camarade serrait les doigts. Elle proposa alors son détendeur à Jenn, qui s'en empara, n'oubliant pas de souffler avant de respirer. La vague de panique reflua. Et elle constata que du sang coulait sur le visage de Becca.

Elles regagnèrent la surface, Chad et Annie juste derrière elles, le premier avec leurs masques, la seconde avec la palme de Jenn. Becca avait une entaille sous l'œil, et le sang mêlé à l'eau de mer donnait à sa figure une teinte betterave.

Ayant évalué sa blessure d'un coup d'œil, Chad jura puis grimpa à bord du bateau. Il l'attrapa par les aisselles et la hissa sur le pont. Jenn et Annie les suivirent. Ils n'eurent, d'abord, que des échanges très succincts au sujet de la plaie. Ce ne fut que lorsqu'il eut sorti la trousse de premiers secours et appliqué un pansement que Chad demanda :

— Qu'est-ce qui s'est passé, bordel ? Le phoque vous a attaquées ou quoi ? Tout va bien ?

Jenn se contenta de répondre :

— Tu as intérêt à nous donner nos certificats, ou tu es mort.

— Bien sûr que je vais vous les donner. Vous vous en êtes tirées comme des chefs ! Becca a bien réagi en te passant son détendeur. Et vous avez pris le temps de remonter par paliers malgré l'incident. Bien joué, les filles, vous avez été irréprochables.

Jenn coula un regard en biais à sa camarade. Un mot de celle-ci, et elle était cuite. Chad n'avait rien vu, il ignorait tout du véritable déroulement de la scène. Il avait complètement failli à ses devoirs : c'était lui qui était responsable d'elles sous l'eau. Quant à Annie, qui n'avait pas non plus assisté aux événements, elle était penchée sur son appareil photo et passait en revue ses clichés. Jenn se tourna vers Becca.

— Merci pour le coup de main. Et désolée pour…

Elle haussa les sourcils et inclina la tête vers leurs deux masques, posés sur le pont.

— Aucun souci. Tu as été super. C'est bizarre, ce qui est arrivé, non ? Tu as vu quelque chose ?

Becca n'avait aucune raison de la couvrir, pourtant c'était ce qu'elle faisait.

— J'ai une dette envers toi, reprit Jenn, sans toi je ne m'en serais pas aussi bien sortie.

Le message était limpide pour qui savait lire entre les lignes : Jenn remerciait Becca pour sa discrétion, car, une fois de plus, elle avait paniqué à cause de Nera.

Le bruit ne tarda pas à circuler. A leur retour à la marina, l'un des nombreux guetteurs de Nera était justement en train d'amarrer son bateau. Aucun détail ne lui échappa, et surtout pas le pansement de Becca. Il posa des questions. Et le téléphone arabe se mit en route, d'un bout à l'autre de l'île.

Il en résulta une énième réunion. L'affluence fut telle qu'il fallut la déplacer du foyer municipal à l'église méthodiste à l'angle de Third Street. Les guetteurs avaient réussi à attiser les passions des différents camps. Lorsque Jenn et Annie arrivèrent, la plupart des participants se disputaient déjà.

Ils étaient trop nombreux pour investir l'église sans troubler le calme du sanctuaire et s'étaient donc retrouvés dans une salle de réunion attenante, sur des chaises installées sans ordre. Derrière le pupitre en provenance du chœur de l'église se tenait Ivar Thorndyke. Il tentait de rétablir le calme tandis que Becca, assise juste à côté, patientait, à la torture. Elle constituait la principale preuve pour étayer le plaidoyer qu'il s'apprêtait à délivrer contre tous ceux qui étaient décidés à approcher le phoque.

Penchée en avant, une casquette vissée sur le crâne, elle portait une telle quantité de maquillage qu'on aurait dit un clown. Quelqu'un devrait se charger d'expliquer à la grosse qu'elle n'avait pas besoin de se tartiner le visage de la sorte.

A cette pensée, Jenn sursauta intérieurement : difficile de continuer à l'appeler comme ça alors qu'elle l'avait sauvée de la noyade, non ? La vie était vraiment étrange. Jenn n'aurait pas imaginé un instant que Becca cesserait un jour d'être, à ses yeux, la grosse maligne. La jeune fille lui adressa justement un signe de la main, puis signifia, d'une grimace, qu'elle était mal à l'aise d'être ainsi exposée. Jenn l'invita à les rejoindre, Annie et elle. Becca articula en silence : « Peux pas », avant de désigner Ivar. Il comptait sur sa présence pour enfoncer le clou, lui qui était en train d'haranguer l'assemblée :

— Combien de fois va-t-il falloir que je vous le répète ? Nous parlons d'un animal sauvage, et j'insiste sur ce dernier mot. Sauvage. Si vous vous entêtez à vouloir l'approcher, le sang va couler ! Et je pense à des blessures bien plus graves que celle de cette jeune fille. Allez-vous enfin ouvrir les yeux ? Nous devons de toute urgence trouver le moyen de tenir les gens à l'écart ! Les articles de journaux ne suffisent apparemment pas... Nous serons sans doute contraints de placer des panneaux sur toutes les plages publiques.

— Si vous voulez mon avis, s'écria une femme, cette bête doit être abattue ! Elle pourrait être enragée.

Quelqu'un lui répondit en hurlant :

— Les poissons n'attrapent pas la rage.

Des éclats de rire accueillirent cette remarque.

— Un phoque n'est pas un poisson, idiot !

Annie se pencha vers Jenn.

— Je dois leur faire entendre raison...

Elle se leva et, tentant de couvrir le brouhaha, elle cria :

— Ecoutez-moi ! C'était un accident. Personne n'a été blessé.

— Regardez l'œil de cette fille !

— A un centimètre près, elle était borgne !

— C'est dans la nature des phoques d'être curieux, s'entêta Annie. Ils sont joueurs et...

— Joueurs !

— Vous n'auriez jamais dû vous approcher, intervint Ivar.

— Personne ne s'est approché délibérément, monsieur Thorndyke. Nous explorions l'épave d'un bateau qu'on m'avait demandé de retrouver. Chad Pederson peut vous le confirmer. Nous prenions des photos pour son propriétaire quand le phoque a surgi.

A ces mots, Eddie Beddoe bondit de sa chaise, tout au fond de la salle.

— Vous n'avez rien à faire près de mon bateau ! s'époumona-t-il. Laissez-le tranquille !

Quoi ? Jenn n'en croyait pas ses oreilles. Elle l'avait entendu mettre Annie au défi de retrouver cette maudite carcasse ! Qu'est-ce qu'il racontait ?

Chad répliqua qu'Eddie en personne avait chargé Annie de cette mission. Où était le problème ? Elle ne pouvait pas explorer les fonds marins seule, il devait bien se douter qu'elle solliciterait l'aide de quelqu'un.

— Je n'ai pas demandé à quatre personnes de partir à la recherche de ce bateau, s'entêta Eddie, qui venait de se retourner pour faire face à Chad. J'exige des explications !

— La question n'est vraiment pas là, intervint Annie. Nous avons trouvé l'épave ensemble, nous sommes descendus prendre des photos, le phoque était dans le coin, fin de l'histoire.

Elle se dirigea vers la table sur laquelle Ivar avait installé son ordinateur pour projeter les photos du phoque que tous avaient déjà visionnées cent fois. Elle lui montra son appareil photo.

— Je peux ? hasarda-t-elle. S'il vous plaît ?

Il coopéra à contrecœur. Annie fit défiler les clichés à l'écran, jusqu'à ce qu'elle trouve celui qu'elle cherchait : un gros plan sur lequel Nera semblait fixer l'objectif. Annie expliqua à l'assemblée que la femelle phoque ne se trouvait qu'à quelques centimètres d'elle lorsqu'elle avait appuyé sur le déclencheur et que celle-ci n'avait pas eu l'air effrayée par l'appareil. Elle ajouta que l'incident avec Becca et Jenn était le fruit d'un hasard extraordinaire et qu'il n'avait aucune chance de se reproduire.

Alors que les débats faisaient rage, Jenn étudia la photo. Elle se sentit soudain traversée d'un frisson, et les poils sur ses bras se dressèrent. Il y avait quelque chose dans le regard de ce phoque. Elle ignorait quoi, mais elle était certaine de ne pas se tromper. Elle reporta son attention sur Becca. Leurs regards se croisèrent, et cette dernière opina du chef. Comme si elle avait lu dans ses pensées et était du même avis.

Ivar avait repris la parole :

— Vous nous affirmez que ce n'est pas dangereux, mademoiselle Taylor, pourtant ces deux jeunes filles étaient dans l'eau avec Nera et nous aimerions les entendre avant de prendre une quelconque décision.

— La seule décision à prendre, c'est de ne rien faire, riposta Annie. Jamais vous ne songeriez à exercer un contrôle sur une orque, je me trompe ? Pour quelle raison traitez-vous ce phoque différemment ?

— La seule solution, s'exclama Eddie Beddoe, c'est de tuer cette fichue bestiole ! Ça aurait dû être fait il y a des années, quand elle s'est mise à traîner par ici.

— Tu veux dire au moment où elle a coulé ton bateau, Eddie ? ironisa quelqu'un.

Des rires fusèrent de toutes parts. Eddie vira au cramoisi, puis remonta son jean. Un geste généralement annonciateur d'une attaque en règle. Ivar Thorndyke lui coupa l'herbe sous le pied.

— Ecoutons Becca et Jenn. Ce sont elles qui ont vu le phoque de plus près. Viens ici, Jenn, et raconte-nous ce qui s'est passé.

Elle rejoignit le pupitre en traînant les pieds. Becca avait son écouteur. Jenn aurait volontiers, elle aussi, écouté de la musique à cet instant précis. Becca se leva et lui murmura à l'oreille :

— On garde la même version ?

— Ça me paraît bien, répondit-elle tout bas.

En présence de Chad et d'Annie, elles pouvaient difficilement en raconter une autre, de toute façon. Elle laissa donc Becca expliquer que le phoque leur avait fait peur.

— On ne l'a pas vu tout de suite. Il était plus bas, près de l'épave, avec Annie, et...

— Ce bateau m'appartient ! Et tout ce qui se trouve dedans aussi !

La voix d'Eddie évoquait un crissement.

— Qu'est-ce que tu planques là-dessous ? l'apostropha un vieux pêcheur. Un trésor de pirate ?

— Plutôt de l'alcool, rétorqua un autre.

Eddie se dirigea avec fracas vers la sortie. Il s'arrêta sur le seuil pour balayer, une dernière fois, l'assemblée du regard, et conclut :

— Vous ne voulez rien faire au sujet de cette bête ? Très bien. Libre à vous. Mais moi, je vous le dis, quelqu'un va s'en charger.

32

Becca était de plus en plus convaincue qu'Eddie Beddoe avait joué un rôle très louche dans cette histoire. Premièrement, on ne criait pas sur les toits qu'un phoque avait coulé un bateau, parce que c'était impossible, surtout quand le bateau en question possédait un moteur. Ces bêtes n'avaient pas de pouvoirs magiques ! Deuxièmement, on ne chargeait pas quelqu'un de retrouver une épave pour ensuite lui reprocher d'y être parvenu. Troisièmement, on ne faisait pas une fixation sur un mammifère qui ne représentait aucun danger. Et quatrièmement, si on se laissait aller à ces trois travers, on devait avoir une bonne raison de le faire. Dans le cas d'Eddie Beddoe, cette raison semblait liée à un secret, lui-même lié à la fameuse épave. Lorsqu'elles avaient plongé, Jenn et elle, Nera se trouvait près du bateau. De là à conclure qu'il y avait un rapport entre Nera et celui-ci... Et si Nera revenait année après année à Langley à cause de ce bateau, ne pouvait-on pas en déduire qu'il ne s'agissait pas d'un simple pèlerinage ? Eddie Beddoe devait transporter quelque chose au moment où il avait coulé dans la passe de Saratoga. Voilà la conclusion à laquelle Becca avait abouti.

Bien sûr, il lui était déjà arrivé, par le passé, de se tromper de A à Z. Dans ce cas précis, cependant, ses pensées paraissaient avoir suivi un cheminement logique. Elle décida donc de les partager avec quelqu'un pour s'assurer qu'elle ne faisait pas fausse route – et ne fonçait pas tout droit à la catastrophe.

Ce quelqu'un ne pouvait pas être Ivar. Il suffirait qu'elle évoque un lien possible entre Eddie Beddoe et le phoque pour qu'un nouveau drame éclate. Sharla, de son côté, cachait bien trop de choses, à commencer par ces salopettes d'enfant. Quant à Annie Taylor, elle était trop obnubilée par son objectif – récupérer l'ADN de Nera – pour se montrer d'une quelconque aide. Seth trouvait toute cette histoire ridicule. Chad Pederson n'avait qu'une idée en tête : Annie Taylor. Diana Kinsale lui donnerait sans doute un conseil agaçant, du genre attendre d'obtenir davantage d'informations. C'est pourquoi, alors même que ça ne l'enchantait pas, Becca n'eut d'autre choix que de se tourner vers Jenn.

Elle tenait à s'entretenir avec elle en privé, ce qui ne pouvait pas avoir lieu au lycée. Elle monta donc juste derrière elle dans le car de ramassage scolaire, le lendemain après-midi, et s'affala à côté d'elle, sur une banquette du fond. Après avoir retiré son écouteur, elle se lança :

— Salut.

Qu'est-ce qu'elle... La suite de la question intérieure de Jenn se révéla moins agressive que d'habitude et ne mentionna pas, pour une fois, la silhouette de Becca. Se sentant encouragée à poursuivre, elle interrompit le fil des pensées de sa camarade – principalement alimentées par la surprise.

— J'ai besoin de te parler.

Jenn la détailla de la tête aux pieds en se demandant : *Bon sang, elle est gay ou quoi ?* Becca entendit cette interrogation avec une clarté telle qu'elle faillit rétorquer : « Non, et de toute façon je ne vois pas en quoi ça te regarde. » Elle réussit néanmoins à se contrôler.

— Ecoute-moi, d'accord ? Je n'en ai pas pour plus de cinq minutes, je descends à l'arrêt suivant.

— Si ça peut te faire plaisir, dit Jenn en levant les yeux au ciel.

— Tu veux bien m'écouter ?

— J'ai le choix ? Tu es quasiment assise sur mes genoux. Tu pourrais te décaler de quelques centimètres au moins ?

Becca ne put retenir un sourire.

— Bien sûr, désolée.

Alors qu'elle s'écartait, elle fut décontenancée par les murmures qu'elle surprit : *l'embrasser... plutôt mignonne... mince alors...* Elle dévisagea Jenn, étonnée. Celle-ci conservait un visage de marbre.

— Quoi ? lui demanda-t-elle. Quoi, quoi, quoi ?

— Rien, tu avais l'air... Laisse tomber. Alors voilà...

— Pitié ! A ce rythme-là, tu vas te taper des kilomètres pour revenir en ville.

— OK. Je crois qu'il y avait quelque chose sur le bateau.

— Quel bateau ?

— Jenn... Il y en a beaucoup qui nous intéressent ? Tu sais bien lequel.

— Ah, oui... Celui-là.

— Exactement. Celui-là. Je suis convaincue qu'il y avait quelque chose à bord quand il a coulé. C'est la seule explication aux événements des dernières semaines. Eddie Beddoe flippe à l'idée que quelqu'un découvre de quoi il s'agit. Nera, elle, est au courant. Sans doute depuis la nuit de la tempête.

Jenn cligna des paupières.

— Tu te rends compte de ce que tu dis ? Tu as l'air d'une folle furieuse ! Bientôt tu vas m'expliquer que Nera a coulé ce bateau pour récupérer ce qu'il y avait dessus.

— Je sais que ça paraît dingue, mais écoute-moi une seconde. Rappelle-toi ce qui s'est passé pendant la plongée. Elle a d'abord tourné autour de l'épave pendant qu'Annie la prenait en photo.

— Ouais, et... ?

— Elle se montrait... plutôt coopérative avec Annie. Comme si elle essayait de communiquer avec elle. En revanche, lorsqu'elle s'est approchée de nous, elle semblait agitée, comme si elle s'impatientait. Je suis convaincue qu'elle cherchait quelque chose.

— Quelque chose qui se trouve dans le bateau, fit Jenn. C'est ce que tu penses ?

— Ça paraît fou, je sais... Tu vois le gros plan qu'Annie a réussi à prendre, celui où Nera regarde l'objectif en face ?

Il y avait une lueur particulière dans ses yeux, non ? J'ai l'impression qu'elle tentait de lui faire passer un message et qu'Annie, elle, ne voulait qu'une chose : obtenir des photos. Du coup, elle est venue vers nous. Vers toi en particulier.

— Super… Alors je suis la fille qui murmurait à l'oreille des phoques maintenant ? Tu réalises que ta théorie est complètement bancale ? Il n'y a rien dans ce bateau, tout simplement parce qu'il n'y a plus de bateau. Il ne reste plus que la coque, une partie du pont et rien d'autre.

— Ce qu'elle cherche sera tombé dans le sable au fond de la passe. Mais c'est là.

— Admettons. Pourquoi ne le récupère-t-elle pas, alors ? Pourquoi ne l'a-t-elle jamais fait ? La carcasse est à l'abandon. Si elle a réussi à venir jusque-là, pourquoi…

Becca agita ses doigts sous le nez de Jenn.

— Parce qu'elle n'a pas de mains ? Comment voudrais-tu qu'elle ramasse quoi que ce soit ?

— Qu'est-ce que j'en sais, moi ! Avec sa bouche, ses nageoires, je ne sais pas ! Et son nez ? Quelle importance de toute façon ?

— Ça en a pour Eddie Beddoe. Au point qu'il a voulu la tuer, Jenn. Je l'ai vu un jour, avec un fusil. En tout cas, pour moi, la raison du retour annuel de Nera se trouve sur ce bateau.

— Vu l'importance que Langley attache à sa fête annuelle en l'honneur de Nera, on ferait mieux de s'assurer que ce truc ne bougera pas.

— Mais elle est désespérée ! Tu l'as senti aussi bien que moi. Je l'ai lu dans ton regard, ne prétends pas le contraire. Personne ne l'a vue d'aussi près que nous, et nous connaissons aussi bien l'une que l'autre le désespoir.

— Ah vraiment ? répliqua Jenn avec une pointe d'acidité. Et on peut savoir ce qui te désespère tant que ça ? Et moi, puisque tu sembles avoir une opinion sur la question ?

Quitter cette île… décrocher une bourse, le seul moyen… oh là là, je dois vraiment me remettre au foot ou… une pauvre fille et je refuse… Les murmures de Jenn se précisaient de plus en plus.

— Je veux dire, reprit Becca, constatant qu'elle s'était approchée au plus près de la vérité de Jenn McDaniels, qu'on sait aussi bien l'une que l'autre ce que c'est que de désirer quelque chose à tout prix. Comme tout le monde d'ailleurs, non ?

— Sans doute...

— Pourquoi on ne l'aiderait pas dans ce cas ? Peut-être qu'Eddie Beddoe finira par la laisser tranquille. Et Annie Taylor aussi. Parce que, entre toi et moi, je ne suis pas certaine que ses intentions soient aussi nobles qu'elle le prétend.

Jenn se plongea dans ses pensées. *Toutes ces photos et n'a même pas remarqué... Les appâts manquants... Si elle a fait ça à mon père... Mais elle affirme qu'il n'y a aucun mal, qu'elle agit dans l'intérêt de la science et de sa carrière...* Becca se demanda à nouveau pourquoi elle entendait les murmures de sa camarade avec autant de clarté.

— Eddie Beddoe veut maintenir Nera à distance de son bateau. Je crois qu'il est de notre devoir d'aider ce phoque.

Jenn se tourna vers la vitre.

— C'est à cause de ce maudit bateau que tout a commencé. Je ne sais même pas par quel miracle il a pu l'acheter...

— Qu'est-ce que tu veux dire ?

— Tu devrais voir où il vit. Ou plutôt où il vivait. Un vrai taudis. Les bateaux coûtent cher. Je me demande par quel moyen il s'est procuré l'argent nécessaire.

— Il était assuré lorsqu'il a coulé ?

— Sans doute pas. Il n'est vraiment pas malin, c'est certain.

— Tu sais quand c'est arrivé ?

— L'accident ?

Elle secoua la tête, puis ajouta :

— Avant ma naissance. Je pourrais interroger mon père. Mais enfin... pourquoi ? Ça a de l'importance ?

— Ça pourrait en avoir. Alors, tu es partante ?

— Partante pour quoi ?

— Pour découvrir ce qui se cache sur ce bateau, ou à côté.

— Je crois, oui. Mais Eddie ne nous le dira jamais.

— Je ne comptais pas là-dessus. On a notre certificat maintenant, on va plonger.

— Hors de question. La plongée et moi, Becca…

Elle s'interrompit. *Je viens d'appeler la grosse par son prénom ?* Becca sourit intérieurement et fut tentée de répondre : « En effet. Pour la toute première fois. Ça signifie quoi, à ton avis ? » S'interdisant de relever, elle dit :

— Je ne peux pas plonger seule, Jenn, et on a été formées ensemble. Ça ne durera pas longtemps. On doit agir, et vite, avant qu'Eddie Beddoe ne commette l'irréparable. Lui ou quelqu'un d'autre.

— Tu veux parler d'Annie.

— Euh… oui.

Jenn se frictionna le front, puis contempla par la fenêtre la forêt qui entourait à présent la route.

— D'accord, d'accord, finit-elle par dire.

Becca la serra dans ses bras, et elle ne la repoussa pas.

33

Lorsque le car redémarra et que Becca lui fit signe depuis le bas-côté, Jenn lui répondit, par réflexe. Juste avant de se donner un grand coup sur la tête.

— Ça va pas, non ? dit-elle tout haut.

Puis elle se demanda à quel moment la situation avait basculé. Elle ne pouvait pas saquer Becca King. Qu'est-ce qui lui prenait de lui faire coucou par la vitre ?

De son point de vue, Becca se comportait exactement comme les autres habitants de l'île avec ce phoque débile. A croire que l'animal ensorcelait tous ceux qui posaient les yeux sur lui, pour une raison que Jenn ne parvenait pas à élucider. Elle comprenait pourquoi il y avait autant de festivités autour de Nera. Son miraculeux retour annuel dans les eaux de Langley était synonyme d'argent pour tous. Quel meilleur argument ? En revanche, elle ne s'expliquait absolument pas comment on pouvait être à ce point passionné par cette bête quand on ne vivait pas du tourisme.

Même Minus, incarnation parfaite de la raison, commençait à se laisser gagner par la folie ambiante. Pas plus tard que ce matin-là, juste avant le cours de civilisations occidentales, il lui avait dit : « Il nous faut le numéro de cet émetteur, Jenn. Une fois qu'on l'aura, on récupérera les informations qui nous manquent. Tu m'as bien expliqué qu'Annie prenait des photos, non ? Tu dois impérativement mettre la main dessus. Si elle l'a eue en assez gros plan, on pourra sans doute lire les chiffres. »

Son existence allait-elle tourner encore longtemps autour de ce satané phoque ? Quant aux fameuses photos… Celles-ci se trouvaient dans l'ordinateur portable d'Annie, et Jenn ne voyait pas comment elle pourrait les consulter sans qu'Annie devine ce qu'elle manigançait. Elle devrait tenter sa chance en l'absence de la jeune femme. Sauf que celle-ci fermait toujours la caravane avant de partir. Bien sûr, elle n'aurait aucun mal à crocheter la serrure, voire à défoncer la porte, si fragile et rouillée qu'elle tenait à peine sur ses gonds. Mais elle risquait de se trahir en agissant de la sorte… A moins qu'elle ne parvienne à se faufiler à l'intérieur à un moment où la chercheuse serait sortie quelques minutes, pour descendre sur la plage ou discuter avec son père. Une urgence pourrait aussi l'attirer à l'extérieur. Les quatre pneus de sa Honda crevés d'un coup ? Le pare-brise en miettes ? Un début d'incendie à quelques mètres de la caravane ? Un bateau en détresse dans la passe de Possession ? Ou, encore mieux, une personne à l'eau ? Sauf qu'avec la température de la mer à cette période de l'année celle-ci serait sans doute morte avant qu'Annie ait le temps d'intervenir. A court d'idées, Jenn parvint à la conclusion que tout serait beaucoup plus simple avec un double des clés. Puis elle songea que son père en avait peut-être un – Eddie Beddoe lui avait après tout confié ce tas de ferraille qui faisait office de caravane.

Lorsqu'elle arriva enfin chez elle après avoir descendu la longue route depuis l'endroit où le car l'avait déposée, elle partit à sa recherche.

Bruce était dans sa brasserie, où il vérifiait la qualité de la bière contenue dans six énormes pichets en verre. Il relevait les informations indiquées par un bidule au sommet de chacun des récipients, tout en murmurant, à l'adresse de sa production :

— Papa n'en a pas fabriqué de meilleure jusqu'à présent… Et toi, ma chérie, tu mérites de décrocher une médaille d'or.

Il n'entendit pas tout de suite Jenn, qui dut l'appeler à plusieurs reprises pour qu'il accepte de s'arracher à la contemplation de ses « petites beautés ». Se retournant, il lui adressa un salut chancelant. Avec un soupir, elle devina qu'il ne s'était pas contenté de juger les bières... à leur couleur. Sa mère allait avoir une mauvaise surprise. Jenn devait agir vite, car celle-ci rentrait généralement pour l'heure du dîner.

— Je dois déposer un message à Annie, papa. Tu as une clé de la caravane ?

— Elle n'est pas là ? demanda-t-il avant d'ajouter, sans attendre la réponse : Pourquoi tu ne le laisses pas sur la porte ? Sinon, elle a bien un portable quand même ? Appelle-la.

— Pourquoi tu ne me dis pas plutôt si tu as un double de la clé.

— Ne t'adresse pas à moi sur ce ton, Jenn.

— Pardon, papa, mais c'est important. C'est au sujet du phoque.

Levant les yeux au ciel, il rétorqua :

— Je maudirais le jour où cet animal a pointé le bout de son nez si je ne craignais pas de heurter ta mère. Tu la connais...

Il secoua la tête et poursuivit :

— Depuis la marée noire et l'apparition de ce phoque, tout est parti à vau-l'eau.

— Tu veux parler de l'accident d'Eddie ?

— Et de Sharla qui errait sur la plage jour et nuit comme une veuve guettant le retour de son mari parti en mer.

— C'était à quelle époque ?

— Après cette foutue marée noire. Elle est le point de départ de tout. La côte a été polluée, les gens se sont mis à déambuler en combinaisons et les pêcheurs à acheter des appâts ailleurs. D'ailleurs, je les comprends. Et puis ce maudit phoque avec ses visites annuelles, sans oublier tout le reste.

— Le bateau d'Eddie aussi ?

— Comment ça ?

— Quand est-ce qu'il l'a acheté ?

— Il l'a acheté après la marée noire et Dieu seul sait avec quel argent. A moins qu'il n'ait touché une indemnité à cause des dégâts sur notre plage. Enfin, ça m'étonnerait, parce que je n'ai pas vu la couleur d'un dollar, moi.

La curiosité de Jenn avait été piquée, même si le lien entre ces différents événements lui échappait. Quoi qu'il en soit, elle n'avait toujours pas réussi à mettre la main sur un double des clés, à supposer qu'il y en ait un.

— Alors, papa, reprit-elle, tu as une clé ? Pour que je puisse lui déposer un message ?

— Non. Pas que je sache… Tiens ! J'entends sa voiture, non ? En tout cas, ce n'est pas celle de ta mère.

Tendant l'oreille, Jenn identifia en effet un bruit de moteur. Elle passa la tête par la porte de la remise et constata que son père avait vu juste. Annie était de retour dans la lumière déclinante de la fin d'après-midi. Son appareil photo dans une main, et son ordinateur portable coincé sous le bras. Elle regagna la caravane sans remarquer Jenn. Exactement comme la veille, lorsque Nera l'avait attaquée. La jeune femme n'avait qu'une seule chose en tête.

Jenn frappa à la porte d'Annie dix minutes plus tard. N'obtenant aucune réponse, elle tourna la poignée, qui ne lui opposa aucune résistance : c'était ouvert. Elle s'introduisit à l'intérieur.

Annie prenait une douche, ce qui la surprit, vu l'heure. En plus du bruit de l'eau qui coulait dans la salle de bains, il y avait de la musique. Jenn s'apprêtait à manifester sa présence, quand elle se rendit compte qu'elle tenait une occasion en or. A pas furtifs, elle s'approcha de la table où Annie avait laissé son portable et s'assit sur la banquette. La chance était avec elle : Annie avait laissé sa session ouverte.

Une photo de Nera servait d'écran de veille, illustrant l'idée fixe de la chercheuse. Dans un monde idéal, il se serait agi d'un gros plan de l'émetteur du phoque, sauf qu'il ne fallait pas rêver. Le cliché représentait la tête de l'animal, de face ; c'était celui qu'Annie avait montré à la réunion. Jenn s'attarda sur l'expression du regard de Nera, une expression à vous glacer les sangs. Peut-être que Becca n'avait pas tort, après tout.

L'eau cessa de couler. Annie devait être du genre à la couper pendant qu'elle se savonnait, songea Jenn avant de parcourir les différents dossiers rangés sur le bureau de l'ordinateur. Le mot « Photos » lui indiqua où poursuivre ses recherches. Elle cliqua dessus. Le dossier contenait des dizaines de sous-dossiers, classés par dates. Elle les fit défiler.

Annie se mit à fredonner. Jenn l'entendit farfouiller dans un tiroir. Puis brancher un sèche-cheveux. La jeune fille ouvrit le dernier dossier, le plus récent. S'il y avait une photo de l'émetteur, elle serait là.

Sauf que les clichés ne représentaient pas Nera... mais Chad. Nu comme un ver, et visiblement excité, il fixait l'objectif avec un sourire. Derrière lui, Jenn reconnut la cabine de son bateau ; les draps de la couchette étaient roulés en boule, les oreillers éparpillés. Des vêtements jonchaient le sol à ses pieds. Parmi eux, le col roulé vert olive d'Annie.

Saisie d'un haut-le-cœur, Jenn ne parvint pas à détacher ses yeux de l'écran. Ce fut plus fort qu'elle, elle se mit à parcourir toutes les photos. Chad et Annie. Annie et Chad. Chad seul. Annie seule. Prenant la pose en riant, à moitié habillés ou nus. « Je partage ma vie avec quelqu'un. Elle s'appelle Beth. »

Quels autres mensonges avait-elle proférés ? Sur quels autres sujets ? Et pourquoi ces cachotteries d'abord ?

— Jenn ?

La jeune fille sursauta. Elle n'avait pas remarqué que le sèche-cheveux avait cessé de fonctionner. Annie se tenait dans le petit couloir qui menait à la chambre. En tenue d'Eve, comme sur les photos.

— Qu'est-ce que tu regardes ? demanda-t-elle avant de s'approcher.

Pétrifiée, Jenn ne savait même plus comment quitter le dossier qu'elle consultait. L'ayant rejointe, Annie baissa les yeux vers l'écran.

— Oh… Oups ! Je vois que tu es au courant. C'est ça que tu cherchais ? Tu aurais pu m'en parler, tu sais. Je t'aurais dit la vérité.

Jenn ne réussit qu'à articuler :

— Et Beth ?

Annie la dévisagea sans esquisser le moindre geste pour cacher sa nudité.

— Comment ça ?

— Je croyais que tu vivais avec quelqu'un. Une certaine Beth Tu m'as laissée penser…

— Je partage en effet ma vie avec une femme qui s'appelle Beth.

— Tu la trompes.

— En tout cas ça y ressemble…

Annie finit par s'éloigner et disparaître dans sa chambre, à l'autre bout de la caravane. Elle en revint vêtue d'un pantalon de jogging et d'un sweat-shirt, des chaussettes aux pieds. Jenn n'était pas habituée à la voir en tenue aussi décontractée. La jeune femme ne semblait ni honteuse ni même gênée. Pourtant, elle aurait bien dû manifester un de ces sentiments, non ? Honte, gêne, regret, contrition… En tout cas, la situation n'avait rien de naturel ou d'agréable. Et c'était cependant l'impression qu'elle donnait.

— Beth et moi, on reprend chacune sa liberté quand on est loin l'une de l'autre. On ne se fixe pas de règles. Si je connais bien Beth, et je la connais très bien, elle est en train de se taper un jeune interne, à l'heure qu'il est. Ça ne veut rien dire, tu sais. C'est purement… sexuel.

Jenn sentit ses yeux s'embuer de larmes, sans pouvoir s'expliquer sa propre réaction, ce qui la mit en colère.

— Tu es contrariée, ajouta Annie. Je suis désolée. Mais tu n'avais pas à regarder mes dossiers personnels.

— Pourquoi as-tu pris ces photos ? On voit tout… c'est dégoûtant.

La jeune femme lui sourit.

— Ça n'a rien de dégoûtant, tu le comprendras plus tard. A moins que tu n'aies déjà eu un rapport sexuel. Avec un homme qui savait ce qu'il faisait, ou une femme.

— Je ne suis pas lesbienne !

— Je n'ai pas dit ça. Mais j'ai bien vu la façon dont tu me regardes. A mon âge, Jenn, j'ai une intuition plutôt fiable pour ces choses-là.

— Arrête ! Je t'ai demandé d'arrêter, non ?

— Il y a un moyen de le découvrir, répliqua Annie, si ça te tente.

Elle lui caressa les cheveux et souffla :

— Ça te tente ?

Jenn eut l'impression de recevoir une décharge électrique et bondit de la banquette.

— Ne m'approche pas, espèce de tarée ! hurla-t-elle avant de la bousculer pour sortir de la caravane.

Il s'était mis à pleuvoir.

Une fois dehors, elle s'efforça de reprendre son souffle. Tout en s'interdisant de pleurer.

La pluie qui ruisselait sur son visage et ses cheveux coulait dans son dos, mais elle la sentait à peine. Elle aurait dû se mettre à l'abri, pourtant elle se sentait incapable de rentrer chez elle. Le taxi de sa mère était garé devant la maison. Au premier coup d'œil, celle-ci devinerait que quelque chose venait de se produire. Et elle voudrait savoir quoi.

Jenn n'avait aucune envie d'aborder ce sujet avec sa mère. De parler d'Annie et de Chad. Des photos qu'elle n'aurait jamais dû voir. De la proposition que la chercheuse venait de lui faire et qui la rendait malade. Elle ne connaissait pas Jenn. Personne ne la connaissait.

La jeune fille se rendit alors compte qu'elle avait tout gâché. Elle n'avait même pas réussi à mettre la main sur les photos de Nera, ce qui n'avait pas fait avancer d'un pouce son enquête, au sujet de l'émetteur. D'une certaine façon, elle avait trahi Minus. Et elle avait oublié de demander à Annie si elle pouvait lui emprunter son matériel de plongée. Or elle en avait besoin pour aider Becca à fouiller cette épave débile sans éveiller les soupçons de personne. Du coup, elle avait trahi Becca aussi…

Une seule chose pouvait approfondir sa déprime : songer aux sélections de foot qui approchaient et à son manque d'assiduité pour les entraînements. A cet instant précis d'ailleurs, elle aurait dû être en train de pousser le ballon, en dépit de la pluie. Or elle ne le faisait pas. Elle ne faisait rien du tout, d'ailleurs. Elle était la plus grosse nullarde de la terre, et dans quelques petites semaines, lorsqu'elle ne serait pas retenue dans l'équipe, tout le monde serait au courant.

Quelle importance ? Oui, quelle importance après tout ? Elle ne quitterait jamais cette île stupide, elle avait été idiote d'y croire. Elle ne décrocherait pas de bourse – ni grâce à ses exploits sportifs ni grâce au reste – ou, si un miracle se produisait, elle atterrirait dans la pire fac du pays, dans le trou le plus paumé qui soit. Quand elle aurait obtenu son diplôme dans la matière qu'elle aurait choisie, elle ne réussirait pas à trouver de travail et serait contrainte de reprendre le chemin de l'île. Elle était faite comme un rat, prisonnière d'un navire en train de couler, et la seule chose qui pouvait lui rendre la vie supportable…

Un gémissement la tira de ses réflexions. Elle s'était arrêtée sur la volée de marches devant la caravane, mais le gémissement ne provenait pas de l'intérieur. Jenn se concentra pour en repérer l'origine. Si la pluie tambourinait sur le toit, elle ne s'accompagnait d'aucun souffle de vent. La musique d'Annie jouait toujours, discrètement. Le portable de la jeune femme retentit soudain. Le gémissement reprit. Il semblait si proche, comme s'élevant à ses pieds.

Jenn bondit au bas des marches. Une part d'elle-même lui soufflait de détaler : elle n'avait aucune envie de savoir ce qui se cachait sous la caravane. Il s'agissait probablement d'un animal blessé, et il pouvait se révéler dangereux. Elle devait aller chercher son père. Une autre voix intérieure lui conseilla d'ignorer tout bonnement la présence de cet intrus, qui aurait disparu au matin. La plainte se transforma cependant en cri, poussant Jenn à réagir.

Elle contourna la caravane, zigzaguant entre des bûches, des filets de pêche, quatre seaux et un tas de bouées. A l'arrière du véhicule, à l'endroit où se trouvait le réservoir de propane, elle entendit à nouveau le gémissement suivi d'un hurlement.

La jupe de bas de caisse de la caravane avait été en partie démontée – Jenn avait oublié de la remettre en place après avoir donné un coup de main à Annie pour rendre l'endroit plus vivable. Elle se faufila sous la caravane.

Elle suivit le son. Un pleurnichement. Accompagné d'un cri et d'une quinte de toux grasse. Une toux humaine, songea aussitôt Jenn. Ce n'était pas un animal qui se terrait là, c'était une personne.

Elle faillit battre en retraite. L'obscurité était épaisse là-dessous et la nuit tombait si vite qu'elle ne pourrait bientôt plus rien distinguer. Progressant avec prudence, elle hasarda :

— Où êtes-vous ? Je ne vous vois pas… Qui êtes-vous ? Vous allez bien ?

Le même geignement lui répondit. Tout à coup, devant elle, elle discerna une ombre plus dense. Elle se dirigea vers elle, le cœur battant la chamade.

— Tout va bien ? reprit-elle. Vous avez besoin d'aide ?

Ses questions restèrent sans réponse. Jenn continua sa progression et, soudain, tout fit sens.

Un mince rai de lumière filtrait à travers le plancher usé de la caravane. Il éclairait un bras tendu et une main aux doigts repliés en signe de prière. Le bras appartenait à une fille aux cheveux si longs qu'ils semblaient atteindre ses genoux. Elle avait de la crasse sur le visage et des traces de boue sur les vêtements. Elle portait une veste, un jean, un pull-over, une paire de chaussettes et une seule basket, une Nike boueuse. Elle avait l'air blessée à l'autre pied et, de façon plus générale, à moitié morte.

Lorsque ses yeux croisèrent ceux de Jenn, elle se recroquevilla.

— Ne bouge pas, lui dit Jenn, comme si celle-ci risquait de prendre ses jambes à son cou malgré son état. Je vais chercher mon père.

34

— Tu devrais accélérer un peu, conseilla Jenn à sa mère.

Elles filaient sur la route qui suivait le contour de Cultus Bay. Bruce McDaniels avait appelé le centre médical de Langley pour s'assurer que Rhonda Mathieson était bien là. Jenn était terrifiée à l'idée que l'étrange fille allongée sur la banquette arrière trouve la mort avant qu'elles n'arrivent à destination.

— Il faut qu'on reste prudentes, chérie, rétorqua Kate McDaniels. Si une biche surgissait d'entre les arbres, nous pourrions avoir de gros ennuis.

— Elle a l'air très mal en point.

— Dans ce cas, prions.

Elle s'exécuta sur-le-champ. Elle avait la foi si chevillée au corps qu'elle connaissait divers moyens de s'adresser à Dieu. Il lui arrivait parfois d'utiliser une langue incompréhensible, mais pas dans ce cas précis, et Jenn lui en fut reconnaissante. Sa mère se contenta de demander au Seigneur de ne pas les abandonner et de les guider selon ses voies.

Jenn observa l'inconnue, qui fermait les yeux et haletait. Ils l'avaient portée jusque dans la voiture avant de l'emmitoufler dans une couverture. Son pied blessé, qui dépassait, empestait la viande avariée. Jenn vit que du pus suintait de sa chaussette. Le cœur au bord des lèvres, elle se détourna.

— Tu la connais, Jenn ? l'interrogea sa mère.

— Non.

— Bizarre…

Ça l'était, en effet. La pointe sud de l'île était peu peuplée. Et Possession Point, encore moins. Ses rares habitants se connaissaient tous. Or Jenn n'avait jamais vu cette fille.

Dès leur arrivée sur le parking, Rhonda Mathieson sortit du centre médical en remontant la fermeture éclair de sa veste polaire pour se protéger du vent frisquet d'avril. Elle jeta un coup d'œil à la banquette arrière tandis que Jenn et sa mère descendaient de la voiture.

— On va l'emmener à l'intérieur, leur dit-elle.

Elles redressèrent la blessée en position assise pour pouvoir la porter. Elles l'installèrent dans une des salles d'examen, bientôt envahie par la terrible puanteur qui émanait de son corps, de ses cheveux et de ses vêtements sales. Ainsi que de son pied gravement infecté. Sans faire le moindre commentaire, Rhonda tendit à Jenn et sa mère des masques médicaux.

— Bruce m'a expliqué que tu l'avais trouvée par hasard, c'est bien ça ? demanda-t-elle à la jeune fille.

— Sous la vieille caravane d'Eddie Beddoe, répondit Jenn. J'ai entendu du bruit et je me suis approchée.

— Tu as bien fait, approuva-t-elle en enfilant des gants chirurgicaux et en se munissant de son stéthoscope.

La tête de la fille oscillait sur sa poitrine. Elle était assise au bord de la table d'examen, à demi consciente, les paupières closes. Elle se mit soudain à pencher d'un côté, Kate McDaniels la retint et l'allongea. Rhonda entreprit de l'ausculter, en commençant par la poitrine.

— Les voies respiratoires sont dégagées, mais ses poumons sont sérieusement congestionnés.

— Une pneumonie... murmura Kate.

— Plutôt une bronchite.

— Elle va mourir ? s'enquit Jenn.

— Non. En revanche, elle a besoin de soins.

— Et son pied ? demanda Kate.

— On va regarder ça.

Rhonda le manipula avec douceur. Il n'était pas cassé, mais en très mauvais état. Il faudrait le soigner et la patiente ne pourrait pas le poser à terre pendant un moment. Le « soigner » impliquait d'abord de retirer la chaussette répugnante pour exposer la peau infectée. La plaie purulente était pleine de corps étrangers, et lorsque Rhonda entreprit de la nettoyer, Jenn fut prise d'écœurement. Lequel redoubla quand un objet tomba, avec un tintement métallique, dans un petit récipient en acier inoxydable. La jeune fille s'écarta de la table pour aller s'adosser au mur. Dans un gémissement, la patiente se mit à battre des paupières.

— On dirait qu'elle a fait des kilomètres et des kilomètres, murmura Rhonda. Comment a-t-elle pu avec un pied dans un état pareil ?

Elle observa attentivement la jeune fille allongée sur la table, les yeux toujours clos.

— Quel est ton nom, trésor ? lui demanda-t-elle. D'où viens-tu ?

Elles obtinrent une réponse avant de quitter le centre médical, grâce à un coup de fil de Bruce McDaniels. Après le départ de sa femme et de sa fille, il avait cherché, avec ses deux fils, Andy et Petey, des indices. Ils avaient découvert une vieille valise à roulettes derrière le tas de bois. Elle contenait des vêtements. Plusieurs fruits pourris. Ainsi qu'un régiment de barres énergétiques. Et enfin, un message. Rhonda mit le haut-parleur lorsqu'il le lut : « Je m'appelle Cilla et j'ai dix-huit ans. Je suis quelqu'un de bien, même si je ne peux pas parler. J'entends parfaitement, mais je ne comprends pas toujours ce qu'on me dit. Le moment est venu pour moi d'apprendre à vivre seule. Je suis capable de travailler, il suffit de me montrer quoi faire. J'aimerais offrir mes services en échange d'un lit et de nourriture. »

Les yeux de Kate s'embuèrent de larmes.

— C'est bizarre qu'elle puisse entendre et pas parler, non ? s'étonna Jenn.

— Tu crois qu'elle souffre d'autisme, Rhonda ?

— Dans ce cas, ses parents mériteraient d'être abattus... Est-ce qu'ils l'ont laissée à Possession Point ?

Elle reprit le combiné pour donner des instructions à Bruce McDaniels :

— Garde ce message bien précieusement. Tu m'entends ? Mets-le à l'abri.

— Aucun problème. Je peux te demander pourquoi ?

— Parce que Dave va vouloir enquêter sur cette affaire. Quelqu'un a abandonné cette pauvre petite, et qu'elle ait dix-huit ans ne change rien à l'affaire... On n'abandonne pas une adolescente muette. Ça me met hors de moi ! Dave va te contacter, Bruce.

— Je peux la conduire jusqu'à l'hôpital, si tu penses qu'elle supportera le trajet, proposa Kate. Jenn n'aura qu'à s'asseoir à côté d'elle, derrière...

Plutôt mourir, songea celle-ci, rebutée à la perspective d'être contaminée par la puanteur de la blessée.

— Si tu appelais pour les prévenir de notre arrivée... ajouta Kate.

— Vu comme elle est craintive, l'hôpital risque de la traumatiser. Je la prendrais bien à la maison, mais elle doit être placée sous surveillance constante. Il faut s'assurer qu'elle prendra ses médicaments. Tu crois que... Ça me gêne de te demander ça, seulement je sais que Bruce est souvent chez vous.

Kate n'hésita pas une seconde. Ce qui ne surprit guère Jenn. Sa mère connaissait la Bible sur le bout des doigts et il y avait forcément un passage évoquant la nécessité de veiller sur les malades.

— Elle partagera la chambre de Jenn, ajouta-t-elle. Jusqu'à ce que Dave retrouve la trace de sa famille.

Super ! s'exclama intérieurement Jenn. Trop hâte...

Rhonda leur remit une paire de béquilles, ainsi que le nécessaire pour changer le pansement. Cilla ne devait pas se servir de son pied blessé. L'aide médicale leur confia aussi trois boîtes d'antibiotiques différents. L'un pour soigner ses poumons, deux autres pour sa plaie.

— Veillez à ce qu'elle les prenne tous, leur dit-elle avant d'ajouter à l'intention de la jeune fille : Cilla ? Tu dois suivre le traitement à la lettre, d'accord ? Pas de triche, hein ? Cilla, trésor, tu m'entends ?

A ces mots, celle-ci ouvrit les yeux pour la toute première fois. Rhonda lui sourit.

— Bien. Tu reconnais ton prénom, n'est-ce pas ? Tu es plutôt mal en point, ma chérie, mais tu guériras vite si tu suis mes instructions. Je parie que ton pied te fait souffrir le martyre.

Lui tendant les béquilles, elle conclut :

— Ça va te soulager.

Cilla se recroquevilla tel un chiot s'attendant à être frappé. Rhonda approcha la main pour lui caresser doucement la tête, malgré sa saleté.

— N'aie pas peur, lui dit-elle. Tu es en sécurité avec nous.

Un comité d'accueil les attendait à Possession Point. Même Annie était sortie – les garçons l'avaient prévenue qu'une fille à demi morte s'était cachée sous sa caravane et qu'elle aurait très bien pu être assassinée dans son sommeil. C'était Jenn qui l'avait découverte, pleine de sang, de l'écume aux commissures des lèvres, telle une bête enragée. Voilà ce que Petey avait ajouté. Son père l'avait giflé puis sommé de surveiller son langage. Il avait néanmoins réussi à piquer la curiosité d'Annie, qui abandonna toute activité dès qu'elle entendit la voiture arriver.

Tout le monde remarqua d'abord l'odeur de la fille.

— Beurk ! hurlèrent les garçons en jouant des coudes pour avoir une meilleure vue sur la nouvelle venue.

— Papa dit qu'elle s'appelle Cilla, s'écria Petey.

— Hé, Cilla ! Cilla ! l'apostropha Andy.

Bruce attrapa chacun des garçons par les épaules et les secoua comme des cocotiers. La fille, qui s'était faite toute petite, jetait des regards apeurés autour d'elle. Elle tendit alors le bras vers la caravane d'Annie.

— Elle a l'air de reconnaître l'endroit, fit Bruce.

Lorsqu'ils voulurent l'aider à descendre du véhicule pour la conduire chez eux, ils comprirent rapidement que Cilla ne se laisserait pas faire. Elle se débattit en poussant des cris inarticulés et projeta son bras vers la caravane, doigts écartés.

— Seigneur, soupira Kate. Elle ne peut tout de même pas préférer cet endroit…

Elle s'empressa d'ajouter :

— Je vous demande pardon, Annie, mais…

La jeune femme l'arrêta d'un geste.

— Aucun problème. Il n'y a pas assez de place pour deux de toute façon.

C'était compter sans l'obstination de Cilla : ils essayèrent de l'entraîner vers la maison de bardeaux gris, mais en furent empêchés par les mouvements frénétiques de la jeune femme. Elle se cabrait et rejetait la tête en arrière avec des hurlements. Bruce en conclut qu'ils n'avaient pas le choix, et Kate se rangea à son avis. Les garçons protestèrent, bien sûr :

— C'est pas juste ! On la voulait chez nous !

Ils martelèrent les marches branlantes du perron d'un pas lourd et leur père les semonça une nouvelle fois.

— Annie ? hasarda Kate.

Jenn guetta sa réaction. Voilà qui risquait de limiter sa liberté de mouvement. Et donc, de la gêner dans ses projets professionnels. Annie n'avait pas vraiment le choix cependant : les McDaniels s'étaient engagés à veiller sur la malade. Elle ne pouvait pas les laisser tomber. Elle accepta donc à contrecœur.

— Elle pourra toujours dormir sur le canapé…

— Bruce, va chercher des draps et un oreiller, s'empressa de commander Kate, comme craignant que leur voisine ne change d'avis.

Jenn comprenait la réaction de sa mère. Annie ne donnait pas vraiment l'impression de dérouler le tapis rouge pour

Cilla. Une fois à l'intérieur de la caravane, il ne fallut pas plus de cinq secondes pour comprendre où était la priorité. La pièce tout entière empestait déjà. Quelqu'un devait se charger d'aider la jeune femme à faire sa toilette.

— Nous pourrions... Pourquoi ne pas commencer par ses cheveux ? suggéra Kate. On les lavera dans l'évier, puisqu'elle doit garder son pied au sec.

Cela s'avéra plus complexe que prévu. Cilla semblait terrorisée par l'eau. Lorsque, après l'avoir conduite à l'évier, elles ouvrirent le robinet pour laisser à l'eau le temps de se réchauffer, elle bondit en arrière, perdit l'équilibre et faillit tomber.

— On veut seulement te laver les cheveux, chérie.

Ne parvenant pas à la rassurer, elles n'obtinrent que des piaillements effrayés. Lesquels crûrent encore quand elles voulurent la forcer à se courber au-dessus de l'évier. Jenn était persuadée qu'on devait l'entendre jusque dans les maisonnettes de Possession Shores, à un kilomètre de là.

Pour autant, elles devaient impérativement laver Cilla. La frictionner pour ôter la couche de crasse qui recouvrait son corps et brûler les vêtements qu'elle portait. Et sans tarder, sinon elles risquaient de perdre connaissance.

— Elle doit avoir peur que vous ne lui fassiez du mal, signala-t-elle.

— Jenn a raison, approuva Kate. Ça ne marche pas.

— On ne va tout de même pas la passer au karcher dehors, si ? s'impatienta Annie.

Cette visite inopinée lui mettait de sacrés bâtons dans les roues. Kate se renfrogna devant le ton de la jeune femme. Elle parut jauger celle-ci un instant avant de reporter son attention sur Cilla et de s'adresser à elle avec la délicatesse dont Rhonda avait fait preuve à la clinique. Elle ponctuait chacune de ses phrases de son prénom. Elle lui expliqua leurs intentions :

— Fais-nous confiance, chérie, nous voulons juste te laver les cheveux. Tu ne cours aucun danger. Aucun.

Tout en parlant, Kate lui frottait le dos. Fut-ce la douceur de sa voix, la chaleur de son contact ? Elle réussit à calmer Cilla, qui se laissa conduire jusqu'à l'évier. Kate continua à la rassurer et à la caresser – presque comme un animal, songea Jenn –, tandis qu'Annie se chargeait de ses cheveux.

Il fallut ensuite s'attaquer au reste. La caravane n'était pourvue que d'une douche, et il était évident que Cilla ne pourrait jamais se laver toute seule. Quelqu'un devait donc se porter volontaire pour l'accompagner. Après qu'elles eurent enveloppé son pied bandé dans un sac en plastique, Annie déclara, avec un soupir :

— Je vais m'en charger.

Jenn pensa aussitôt à ce qui risquait d'arriver. Elle se rappela les avances qu'Annie lui avait faites et l'imagina seule avec cette pauvre fille qui ne savait même pas se servir de sa langue.

— Non ! s'écria-t-elle sans hésitation.

Annie la considéra longuement avant de rétorquer :

— Oh, je t'en prie, Jenn. Ce n'est pas ce que tu crois.

Le regard de Kate McDaniels circula de sa fille à Annie, puis elle fronça les sourcils. Jenn devinait qu'elle se posait des questions, et qui aurait pu le lui reprocher ? Il était cependant exclu qu'elle explique à sa mère la raison de son coup d'éclat.

— Je me disais juste… commença-t-elle, sans trouver rien d'autre à ajouter que : Tu ne réussiras pas à la faire entrer dans la douche sans maman.

— Je n'ai pas vraiment le choix, si ? rétorqua Annie. On tient à peine à deux dans cette salle de bains, on n'entrera jamais à trois. Alors à moins que tu ne veuilles t'en charger…

Elle insista sur cette dernière phrase et Jenn sentit son visage s'embraser. Elle haussa les épaules en silence. Une fois qu'Annie eut entraîné Cilla vers la salle de bains, sa mère lui demanda tout bas :

— Jenn, il se passe quelque chose ?

Refusant de lui répondre, elle sortit sans un mot. Son père et les garçons avaient laissé la valise à roulettes dans la véranda. Les fruits pourris s'étaient amplement répandus sur les vêtements. Pas un seul n'avait été épargné par l'odeur de la nourriture avariée. Elle se mit à farfouiller dans les placards de la maison. Ses propres affaires seraient bien trop petites pour la fille. Celles de sa mère aussi. Elle dénicha cependant dans la penderie de son père une chemise en flanelle et un jean usé jusqu'à la corde. Elle les apporta à la caravane, suivie de Petey, Andy et Bruce. Ce dernier portait des draps, des oreillers et des couvertures. Les frères de Jenn, eux, s'étaient chargés, chacun, d'une boîte de soupe à la tomate et au riz. Poussés par la curiosité, ils traversèrent le terrain au pas de charge et gagnèrent la caravane. Ils venaient à peine de franchir la porte que Cilla sortit de la salle de bains. Tous retinrent un cri de surprise en la voyant.

Les vêtements que Jenn avait récupérés se révélèrent inutiles : Annie avait prêté à Cilla une tenue de yoga. Ce ne fut pas cet accoutrement, pourtant, qui provoqua la réaction générale, mais la fille elle-même. Ou plutôt sa beauté. Elle avait la peau la plus pâle que Jenn eût jamais vue – à croire qu'elle n'avait pas passé plus de cinq minutes de sa vie au soleil –, et les yeux les plus sombres. Ses cheveux étaient si noirs qu'ils paraissaient presque bleus. Elle flottait dans les vêtements d'Annie, n'ayant sans doute pas mangé de repas digne de ce nom depuis des semaines. Et malgré tout, même dans cette tenue peu flatteuse, elle aurait sans doute réussi à provoquer un accident de la circulation.

— Eh bien… souffla Bruce McDaniels.

— Dieu soit loué, convint sa femme.

Les autres n'avaient rien à ajouter, et ça tombait bien puisqu'on frappait à la porte. Annie ouvrit à Dave Mathieson. Le shérif adjoint du comté de l'île avait une planchette à pince à la main et un appareil photo numérique dans sa poche.

— Rhonda m'a raconté que vous aviez eu des émotions, commença-t-il. Je suppose qu'il s'agit de la demoiselle en question.

SEPTIÈME PARTIE

Le Heart's Desire

35

Derric était affalé dans son nouveau fauteuil en cuir, celui qui remplaçait la vieille poire. Il lançait des boulettes de papier dans la nouvelle corbeille sous le nouveau bureau, tout en s'efforçant d'éprouver de la reconnaissance. Sa mère n'avait pas fait une seule fausse note : elle s'était efforcée de le préparer à devenir adulte, allant jusqu'à transformer sa chambre de petit garçon en chambre d'homme quand elle avait senti son abattement.

Pourtant il lui menait la vie dure depuis qu'elle s'était débarrassée de ce fauteuil. Il était maussade et refusait toute communication. Comme si, avec la disparition des lettres à Réjouissance, il était devenu quelqu'un d'autre. Il n'aimait pas la façon dont il se conduisait avec sa mère, mais il ignorait comment redevenir le Derric qu'il avait été.

S'agitant dans son fauteuil, il attrapa un de ses cahiers et l'ouvrit sur une page blanche. Tout en haut, il écrivit *Chère Réjouissance,* ainsi qu'il l'avait fait si souvent au cours des huit années passées. Puis il observa les deux mots en se demandant ce qu'il fabriquait.

Qui pensait-il tromper, hein ? Qui avait jamais été dupe ? Sa sœur n'avait pas lu une seule de ses lettres et ça ne changerait pas. Et s'il les lui avait postées, aurait-elle été en mesure d'en prendre connaissance ? Savait-elle lire ? Il n'avait pas la moindre idée de l'endroit où elle se trouvait, pour commencer ! Elle avait peut-être été adoptée, elle aussi, et il n'avait aucun moyen de le découvrir. Elle pouvait très bien être morte, même !

Il déchira la feuille, la roula en boule et la lança dans la corbeille, où elle rejoignit toutes celles qui avaient subi le même sort.

On frappa à la porte de sa chambre, et la voix de son père s'éleva :

— Derric ? Je peux entrer ?

— Oui, bien sûr.

Dave Mathieson portait encore son uniforme, son couvre-chef dans une main, un sac en plastique dans l'autre. Il devait rentrer à l'instant du travail. Derric consulta le réveil qui trônait sur sa table de nuit : il était presque l'heure de dîner.

— Je crois que ça t'appartient, lui dit son père en ouvrant le sac en plastique pour en sortir deux liasses d'enveloppes.

Le jeune homme comprit aussitôt de quoi il s'agissait. Il eut l'impression qu'un bloc de glace l'emprisonnait de la tête aux pieds. *Réjouissance* était écrit sur l'enveloppe du dessus, comme sur toutes celles des deux liasses, maintenues par un élastique. Derric se prépara au pire. Car que peut bien dire un père qui vient de découvrir que son fils adoptif a abandonné sa petite sœur en Ouganda puis passé huit années à lui adresser des lettres bidon ?

— Je ne les ai pas lues, précisa-t-il.

Il les posa sur les genoux de Derric avant de s'asseoir au bord du lit flambant neuf.

— Elles sont bien à toi, non ?

— Comment ont-elles atterri entre tes mains ? réussit-il à articuler.

— Un artiste de Coupeville les a déposées au poste ce matin. Il a récupéré ton vieux fauteuil dès qu'il l'a vu dans la benne. J'ai appris que c'était un habitué de la décharge. Il réalise des œuvres d'art à partir d'objets de récupération.

— Comme un fauteuil poire ?

Derric avait du mal à y croire. Son père lui sourit.

— C'est aussi ce que je me suis dit. Mais c'était le rembourrage qui l'intéressait. Il a mis du temps à éventrer le fauteuil, il attendait d'avoir une œuvre à expédier. Il a découvert les lettres, en a lu quelques-unes. Quand il a vu qu'il était question de l'Ouganda et qu'il a reconnu ton nom, ça a fait tilt.

— Il lui a suffi de ces deux mots ? Ouganda et Derric ?

Dave secoua la tête puis expliqua :

— Il a lu le papier qui t'était consacré dans *Record,* l'automne dernier, au moment de ton accident. Il te connaissait, du coup.

Dave se tapa les cuisses avant de se lever.

— Il les a laissées au poste à ton intention, reprit-il. Qu'est-ce que t'en dis ? Plutôt sympa de sa part, non ? Il aurait pu tout simplement s'en débarrasser. J'ai noté son nom et son adresse si tu veux le remercier.

Il dévisagea son fils avec gravité, puis lui demanda :

— Tu le feras ? Tu le remercieras ?

Hochant la tête, Derric prit les enveloppes que son père avait déposées sur ses genoux. Il aurait voulu les presser contre son cœur, mais il ne voulait pas éveiller davantage la curiosité de son père. Plusieurs questions restaient en suspens. Il ignorait cependant comment les affronter et comment y répondre. Sans parler de savoir ce qui arriverait s'il le faisait.

Dave marqua un arrêt sur le seuil de la chambre. Il donna un léger coup de poing contre le montant.

— Fiston, je ne veux pas me montrer intrusif. Je sais que tu vis des choses compliquées en ce moment. Ta rupture avec Becca, puis avec Courtney. Et maintenant cette Réjouissance…

Il inclina la tête en direction des lettres.

— Papa, rétorqua Derric d'une voix grave, presque menaçante.

— Je sais, je sais, ce sont tes affaires, pas les miennes. Seulement je me souviens de mes seize ans. Ce que j'ai pu faire et ressentir… Tu as manifestement passé beaucoup de temps à écrire à quelqu'un en Ouganda et je me demandais… Je sais que la vie a été difficile pour toi là-bas. Avant l'orphelinat, mais aussi pendant. Tu peux me parler, d'accord ? Si tu en as envie, je suis là.

Derric s'arrêta sur ce mot, *envie.* Il n'y en avait pas de plus juste. Il avait envie de se confier à son père. De lui raconter l'histoire de A à Z. Cependant, la réalité s'opposait à la satisfaction de cette envie. Il lut de l'inquiétude sur les traits de son père. Ainsi que de l'amour dans son regard. L'inquiétude et l'amour ne suffisaient pas, toutefois.

— Je vais bien, papa, lui dit-il avec un sourire narquois.

Il brandit les lettres et ajouta d'un ton complice :

— Les filles, tu sais...

— Très bien, conclut Dave, qui ne semblait pourtant pas dupe de la bonne humeur affichée par son fils.

36

Becca attendait que Jenn lui fasse signe : celle-ci devait se manifester dès qu'elle aurait réussi à emprunter le matériel d'Annie Taylor. Il était inutile de solliciter l'aide d'Ivar tant que Jenn ne serait pas prête. Or elle montrait si peu d'enthousiasme pour la plongée que Becca décida de revenir à l'attaque et de la convaincre qu'explorer l'épave d'Eddie Beddoe était le seul moyen de faire évoluer la situation. Elle l'aborda avant le début des cours, le lendemain :

— Alors ? Tu as le matériel ?

— Mince, non. J'ai oublié.

Les murmures qui accompagnaient la réponse de Jenn – *après l'incident avec Cilla, ça m'est complètement...* – lui indiquèrent qu'elle ne mentait pas. Pas plus qu'elle ne cherchait à gagner du temps. Pouvant difficilement demander des précisions sur cette fameuse Cilla, Becca se contenta de dire :

— La poisse ! Tu as oublié ? Qu'est-ce qui s'est passé ?

Elle espérait obtenir davantage d'informations.

— Annie accueille une fille en ce moment. Elle est malade. On a tous été réquisitionnés pour prendre soin d'elle. Je l'ai accompagnée au centre médical de Langley avec ma mère. Ensuite, tout s'est... Ça nous a occupés toute la soirée, et... ça m'est sorti de la tête.

Une grimace déforma soudain ses traits et elle se frappa le front du plat de la main.

— Minus comptait sur moi, lui aussi. Pfiouh... J'ai tout foiré.

— Minus ?

— Ouais. Je devais récupérer des informations... C'est sans doute sans importance, mais je lui avais promis d'essayer et il va être en pétard, parce qu'il ne pourra rien faire sans...

Ses murmures prirent le relais : *ça explique peut-être pourquoi je n'ai pas aimé quand il a mis la langue... enfin, hors de question que je tente le coup avec elle.*

Becca eut du mal à dissimuler sa surprise. D'où sortait cette histoire de langue ?

— D'accord, je comprends, Jenn, seulement... C'est important. Tu le sais, non ?

La jeune fille se braqua.

— Bien sûr que je le sais ! Détends-toi, par pitié. J'ai des tonnes de trucs à gérer en ce moment, et il faut absolument que je reprenne l'entraînement de foot pour les sélections qui ont lieu... La vache ! Dans une semaine ! Je suis en train de me saborder...

— D'accord, d'accord, je comprends, répéta Becca, un peu perdue néanmoins.

A la fin des cours, elle se rendit en ville. Si la situation restait au point mort en ce qui concernait l'exploration de l'épave d'Eddie Beddoe, elle avait d'autres fers au feu. Elle devait notamment trouver un nouveau toit. Le charme de la cabane s'était depuis longtemps évanoui et, avec le retour des beaux jours, le grand-père de Seth allait très probablement arpenter ses bois. Ne serait-ce que pour entretenir les sentiers... Il voudrait sans doute aussi s'assurer que la cabane avait bien passé l'hiver, non ? Ce qui le mènerait tout droit à elle. Elle prit donc le bus jusqu'à Langley et descendit à l'arrêt près du motel de la Falaise.

Elle ne gagna pas directement la réception, mais traversa la rue et rejoignit le théâtre. Elle se cacha dans l'ombre d'un arbre couvert de jeunes feuilles pour observer l'établissement et ses dix chambres. Et réfléchir à l'importance de ces dix chambres pour Debbie Grieder.

Elle détestait l'idée de lui demander une faveur : elle savait que Debbie accepterait sans la moindre hésitation de lui réserver une chambre. Elle était de ce genre-là. Et si tout poussait Becca à profiter de la situation, elle n'avait aucune envie de profiter de Debbie. Bien sûr, elle travaillerait en échange de son hébergement ; elle l'aiderait pour le ménage, elle garderait Chloe et Josh pendant que leur grand-mère se rendrait aux réunions des Alcooliques anonymes. Seulement lui donner un coup de main, ce n'était pas lui remplir les poches, et Becca avait des scrupules. Tout dans la vie se réduisait à des questions d'argent, conclut-elle avec morosité. Sans parler de l'autre problème posé par le motel : lors de son unique visite sur l'île, Jeff Corrie avait choisi de descendre là. S'il décidait de revenir... Elle ne pouvait pas courir ce risque.

Entendant Josh crier, elle vit que Derric et lui venaient de sortir de la réception – l'appartement de Debbie se trouvait juste derrière. Ils installèrent une cible contre l'un des arbres du terrain vague.

— Je te parie que je serai le premier à mettre dans le mille, s'époumona Josh. Je te parie que je vais gagner !

— Dans tes rêves, mon pote, lui répondit Derric.

Becca les espionna un moment, cachée dans l'ombre. Son cœur se serrait chaque fois qu'elle pensait au jeune homme. Josh et lui prirent position avant de décocher des flèches en caoutchouc. C'était un jeu pour les enfants, et elle constata que Derric faisait très attention à ne pas casser son arc. Sa flèche partit complètement sur le côté. Josh, lui, atteignit la cible, mais loupa le centre. Il poussa un cri de victoire, en gesticulant. Derric s'esclaffa et lui frictionna le sommet du crâne. Josh aperçut alors Becca.

— Hé, Becca ! Tu veux jouer avec nous ?

Elle dut retenir une grimace, tellement elle se sentait idiote d'avoir été surprise.

— Salut, Josh ! Vous avez l'air de bien vous amuser.

Elle tourna les talons pour se diriger vers le centre-ville, mais c'était compter sans Chloe, qui venait de sortir à son tour.

— Becca ! Becca ! Mamie a préparé des cookies aux flocons d'avoine et aux raisins secs ! C'est sa spécialisation... euh, sa spécialité ! J'en apporte à Josh et à Derric.

Elle brandit deux biscuits enveloppés dans du papier, un dans chaque main. Becca n'eut pas le cœur d'ignorer la fillette. Elle traversa donc la rue et lui caressa la tête avec tendresse.

— Des cookies aux flocons d'avoine et aux raisins ? Ce sont les meilleurs !

— Alors tu ferais mieux d'en manger un tout de suite, parce que Josh et moi on va les finir ce soir !

— Je ne suis pas certaine que ta mamie sera d'accord.

— Chut ! Il ne faut rien lui dire ! souffla Chloe avant de détaler.

Becca décida que le destin lui envoyait un signe. Elle passa donc par la réception, puis traversa le salon avec son mobilier en bois d'érable, vieux mais confortable, retrouvant avec plaisir le bazar que les deux bambins semaient toujours dans leur sillage. Debbie était dans la cuisine, occupée à former des petites boules de pâte sur une plaque de cuisson. Une vingtaine de cookies refroidissaient déjà sur une grille. Leur odeur fit saliver Becca. Debbie lui sourit. Elle avait ramené ses cheveux poivre et sel en une queue-de-cheval de traviole, et son front barré d'une cicatrice était orné d'une trace de farine, qui avait la forme de la main de Chloe. Elle portait un tablier couvert de pâte à cookies. Surprenant le regard de Becca, elle songea : *Rien ne lui échappe… Il faut dire que j'en ai mis partout…* Elle éclata alors de rire et décréta tout haut :

— Je ne suis pas la reine de la cuisine, ce n'est pas à toi que je vais l'apprendre, chérie. Cela dit, tu ne connais pas mes cookies… Je te conseille d'y goûter. Il y a du lait dans le frigo. Sers-nous un verre à chacune.

Becca sortit les verres, avec l'aisance de celle qui connaît bien les lieux. Ce faisant, elle surprit de nouveaux murmures : *tant perdu… jolie avec ses cheveux… mais je dois me fier à lui, ce gosse sait ce qui est le mieux.* Elle en déduisit que Debbie pensait à Derric et soupira. Raison supplémentaire de ne pas revenir au motel… Il était souvent dans les parages, avec Josh, et il risquait de s'imaginer qu'elle le harcelait, ou quelque chose dans ce goût-là. S'il y avait une leçon qu'elle avait apprise ces derniers temps, c'était que la situation, aussi dramatique fût-elle, pouvait toujours empirer.

Lorsque Debbie eut enfourné la nouvelle tournée de cookies, elle en prit un sur la grille puis s'affala sur une des chaises autour de la table. Elle récupéra un exemplaire du quotidien local sur le siège voisin et, tout en mordant dans son biscuit, dit à Becca :

— Tu as vu ça, chérie ? Il y a une nouvelle fille mystérieuse sur l'île. Comme toi.

Elle poussa le journal vers Becca. La photo de Cilla s'affichait en une, en pleine page. *Connaissez-vous cette personne ?* était le titre de l'article. Becca le parcourut en diagonale. Les informations capitales lui sautèrent aux yeux : Possession Point, Jenn McDaniels, une caravane, une valise contenant un message, une fille qui ne savait pas parler – ou s'y refusait –, le centre médical de Langley. Suscitant un millier de questions.

N'ayant aucune précision à lui fournir, Debbie suggéra à Becca, si elle voulait en apprendre davantage, de se tourner vers Rhonda Mathieson – elle avait dû voir l'inconnue au centre médical. Elle pouvait d'ailleurs commencer par interroger Derric, qui était justement dehors avec Josh…

— Ça ira, merci, l'interrompit Becca.

La dévisageant, Debbie lui demanda :

— Ça s'est envenimé entre lui et toi ?

— J'ai l'impression. C'est ma faute. Et peut-être un peu la sienne. Je ne sais pas… Enfin, bref !

Les gosses… Voilà la réponse que Debbie lui apporta en son for intérieur. Becca ne lui en voulut pas pour le ton, mélange d'amusement et de résignation, sur lequel elle se faisait ces réflexions. Toute cette histoire était complètement débile, et Debbie serait sans doute consternée de découvrir que la jeune fille avait été en dessous de tout.

— L'amour véritable s'accompagne toujours de heurts, ma grande, déclara-t-elle.

Becca ne partageait pas ce sentiment. L'amour véritable coulait de source, non ? En tout état de cause, elle ne pouvait pas rester au motel – ne serait-ce que pour dormir sur le canapé du salon. C'était déjà difficile de croiser Derric au lycée. Le voir ailleurs la mettrait au supplice.

Il ne lui restait qu'une chose à faire : aller à son travail. Au moins réussissait-elle à mettre un peu d'argent de côté, ce qui lui permettrait de se payer un logement quand elle en aurait trouvé un. Dès qu'elle eut terminé son cookie, elle prit le chemin du Heart's Desire. Après un changement de bus, elle finit par rejoindre l'endroit où elle avait laissé son vélo, caché derrière les arbres. Elle remonta Double Bluff Road à toute allure, puis tourna à droite au stop pour prendre la dernière côte qui la conduirait au sommet de la falaise, à l'endroit où se tenait la ferme.

Elle fut accueillie par les aboiements euphoriques des chiens de Diana, dont elle repéra rapidement le pick-up. Quatre d'entre eux s'ébattaient dans la cour devant la maison sous le regard vigilant d'Oscar, qui s'était posté dans la véranda.

Dans la cuisine, l'air embaumait. Becca souleva le couvercle de la casserole où mijotait la sauce pour se délecter du parfum, et les odeurs réveillèrent de vieux souvenirs d'enfance : elle se revit au retour de l'école, découvrant l'arôme des haricots préparés par sa mère. Sa gorge se serra, et elle dut faire un effort surhumain pour chasser la boule qui s'y était formée.

Non, non, non ! Il était hors de question qu'elle s'engage sur cette voie. Les choses étaient bien assez compliquées. Se dirigeant vers le salon de coiffure pour aller saluer Sharla, elle constata que Diana était installée dans le fauteuil. Celle-ci avait les cheveux mouillés et les épaules protégées par une serviette plastifiée. Sharla se tenait derrière elle. Leurs deux regards étaient rivés sur le miroir et elles semblaient réfléchir à la meilleure coupe possible.

Lorsqu'elle aperçut Becca, Diana la dévisagea longuement avant de lui tendre la main. La jeune fille la prit, et les doigts noueux de Diana remontèrent bientôt sur son bras. Becca éprouva l'habituel soulagement qui accompagnait ce contact chaleureux, comme s'il la débarrassait d'un poids.

— Ne bouge pas de là. J'ai besoin de toi pour surveiller le travail de notre amie. Et pour me donner du courage. Ça te va, Sharla ?

— Aucun problème. Ce sera son tour ensuite. Et je ne veux rien entendre, mademoiselle Becca, je te vois venir. Ça commence à ne plus ressembler à rien, et il est hors de question que l'on puisse confondre l'œuvre de Sharla Mann avec celle d'un toiletteur pour chiens.

Pendant que la coiffeuse réglait la hauteur du fauteuil, l'atmosphère de la pièce se modifia. Becca sentit une légère pression sur son bras – Diana n'avait pas retiré sa main –, et sa vision se réduisit à une multitude de points gris et noirs. L'espace d'un instant, elle crut qu'elle allait s'évanouir.

Avant qu'elle ait pu manifester sa surprise d'une quelconque façon, une image surgit dans son esprit. Aussi précise qu'une photographie, elle s'anima soudain pour se transformer en film, en une succession saccadée de plans – exactement comme lorsqu'un réalisateur veut donner l'impression que la réalité est vue à travers les yeux d'un des protagonistes.

Des rideaux fleuris qui masquaient une fenêtre et à travers lesquels filtrait la lumière du jour. Un canapé aux coussins aplatis. Une chaise dans une cuisine, et dessus une grande pile de couvertures surmontées d'une écharpe. Enfin, semblant tout droit sorties d'une vidéo familiale, les images hachées d'un jeune enfant mal assuré sur ses jambes. Et un adulte qui lui offrait un doigt auquel se raccrocher.

Becca reprit son souffle, puis laissa échapper un râle. Diana, qui venait de retirer sa main, lui demanda :

— Tout va bien, ma chérie ?

Ces mots sortirent Becca de sa transe, et le salon de coiffure réapparut devant ses yeux. Sharla touchait les cheveux de Diana du geste expert d'un coiffeur juste avant le premier coup de ciseaux. L'expression de Diana apprit à Becca qu'elle savait ce qui venait de se produire.

Sans que la jeune fille se l'explique, elle avait franchi un nouveau cap. Elle ignorait la nature, et la destination, du voyage qu'elle avait malgré elle entrepris. Elle devinait cependant qu'elle approchait du but, quelle que soit sa raison d'être.

37

« Tu as le matos ? » Tel était le contenu du message que Becca transmit à Jenn en cours de civilisations occidentales le lendemain. Sa camarade lui répondit d'une grimace des plus éloquentes, et Becca en déduisit que la mystérieuse fille qui avait fait son apparition à Possession Point pouvait en être la cause. Elle lui fit donc passer un second message : « C'est quoi, l'histoire avec Cilla ? J'ai lu un article dans le journal. » Jenn articula en silence : « Je t'expliquerai plus tard. »

Minus, cependant, attendait Jenn à la sortie de la classe.

— Ecoute, tu veux que je t'aide, ou pas ? Parce que dans ce cas tu dois remplir ta part du contrat, toi aussi.

— Détends-toi un peu, mec. Ce n'est pas comme si je restais les bras croisés.

Becca dut donc attendre la fin de la journée pour parler à Jenn. Et ce fut grâce à sa persévérance qu'elle obtint des réponses.

— Alors ? s'enquit-elle en se laissant tomber à côté de Jenn dans le car de ramassage scolaire.

— La vache ! Je n'ai jamais vu quelqu'un d'aussi insistant.

Elle lui raconta l'histoire de la fille qu'elle avait découverte sous la caravane d'Annie : la visite au centre médical de Langley et sa réaction lorsque les McDaniels avaient voulu la faire entrer dans leur maison – à croire qu'ils l'emmenaient à l'échafaud ! Elle n'avait retrouvé son calme qu'une fois installée chez Annie. Elle était dans un sale état, ce qui présentait cependant un grand avantage : la chercheuse n'avait pas réussi à s'échapper assez longtemps pour courir après Nera.

Jenn accompagna son récit d'un commentaire intérieur : *Je parie que ce pauvre Chad est dégoûté de ne pas la voir... Quelle blague !* Becca en déduisit qu'à force de dévorer la jeune femme du regard il était parvenu à ses fins. Avant qu'elle ait eu le temps d'interroger Jenn à ce sujet, elle surprit une nouvelle pensée : *Les antibiotiques auraient dû agir...* Becca ne fut donc pas étonnée de l'entendre ajouter :

— Les médicaments n'ont aucun effet sur elle.

Après une seconde de silence, elle reprit :

— Elle avait une valise à roulettes. Etant donné son aspect, on pourrait croire qu'elle la traîne derrière elle depuis le Canada. Il y avait quelques fringues à l'intérieur, de vieux fruits pourris et des barres énergétiques. Un message aussi. C'est comme ça qu'on a su qu'elle pouvait nous entendre, mais pas parler. Elle se contente de pousser des petits cris.

— Quel genre ?

— Je... je ne sais pas trop, Becca. Tu n'as qu'à venir juger par toi-même. Si elle est réveillée. Et il se pourrait très bien que ce ne soit pas le cas, vu son état.

Des petits cris, songea Becca, le front plissé par l'étonnement. Elle regarda les champs se transformer, de part et d'autre de la route, en une forêt dense tapissée d'ombres. Ce n'était pas parce qu'elle ne pouvait pas parler qu'elle ne pouvait pas penser, conclut-elle. Il y avait de fortes chances pour qu'elle puisse surprendre ses murmures.

Possession Point n'était qu'un empilement de gris, cet après-midi-là. Le ciel et l'eau avaient la couleur de l'acier inoxydable ; la couverture nuageuse promettait de la pluie et des vagues déchaînées venaient se briser contre les tas de bois flotté sur le rivage.

Annie ouvrit la porte de la caravane au premier coup frappé par Jenn.

— Dieu merci ! J'ai l'impression d'avoir passé ma journée en prison ! J'ai besoin de faire une pause. Ta mère a disparu depuis des heures et ton père… Je n'ai pas la moindre idée de l'endroit où il se trouve. Sans doute en train de goûter des bières. Sous la table. A moins qu'il n'ait déjà perdu connaissance… Enfin, tu vois l'idée.

— Hé ! s'emporta Jenn.

— Pardon. Je te l'ai dit, j'ai besoin d'une pause. Tu peux rester ?

Annie salua Becca puis invita les deux jeunes filles à entrer avant de poursuivre :

— Son état ne s'améliore pas. Je répète sans arrêt à ta mère qu'il faut l'emmener à l'hôpital. Je l'ai dit à ton père, aussi. Ça n'a servi à rien.

Becca surprit les réflexions qui accompagnaient ces paroles : *Chad pourrait, mais… pas assez de temps et je dois impérativement…* Le désordre régnait dans la caravane. Les affaires d'Annie étaient éparpillées un peu partout. Elle avait dû essayer de travailler : il y avait des documents sur la table, des dossiers par terre, son ordinateur était allumé et la banquette disparaissait sous des monceaux de diagrammes annotés.

Promenant son regard autour d'elle, Jenn demanda :

— Où est-elle ? Je croyais que tu l'avais installée sur le canapé ?

— Dans la chambre. Comme elle ne va pas mieux, j'ai pensé à la mettre dans le lit… Elle aura plus chaud. Et puis quand elle est ici, elle passe son temps à me fixer, c'est déconcertant. J'ai appelé Rhonda Mathieson. Elle est venue deux fois et elle m'a dit que ces choses-là prenaient du temps… Parce que j'ai du temps à perdre, moi, peut-être ?

Elle se dirigea vers le canapé pour récupérer sa veste.

— Tu es de garde à partir de maintenant, conclut-elle. Je dégage d'ici. Heureuse de t'avoir vue, Becca.

Cette dernière lui répondit d'un signe de tête avant de lui adresser un sourire, surtout pour masquer son étonnement : les rideaux au-dessus du canapé étaient les mêmes que dans sa vision. Elle avait aussi reconnu le canapé. Et le lino sur lequel le jeune enfant faisait ses premiers pas.

Becca croyait que Jenn la conduirait à Cilla dès le départ d'Annie. Au lieu de quoi, sa compagne se jeta sur l'ordinateur de la chercheuse et se mit à taper frénétiquement sur le clavier. Ses murmures renseignèrent Becca sur ses intentions – *image de l'émetteur... ce numéro...* –, ce qui ne l'empêcha pas de l'interroger.

— Minus dit que l'émetteur de Nera porte un numéro de série, lui expliqua Jenn. Avec, on pourra en apprendre davantage sur elle. Par exemple savoir d'où elle vient et pourquoi elle ne mue pas.

Voyant mal en quoi ça pourrait les aider – notamment pour approcher du bateau d'Eddie Beddoe –, Becca laissa Jenn dans le salon. Dans la chambre, elle aperçut une forme allongée sous les couvertures, le visage tourné vers le mur.

— Bonjour, murmura-t-elle. Tu es réveillée, Cilla ?

Le visage bascula vers elle et de grands yeux sombres plongèrent dans les siens, voilés par la peur.

— Tout va bien, la rassura-t-elle. Je suis une amie de Jenn.

Comme cela ne semblait guère suffire, elle ajouta :

— La fille qui habite dans la grande maison grise ? Sa famille s'est occupée de toi.

La malade poussa un long et faible gémissement, semblable à celui d'un chien réclamant à manger. Elle explora à tâtons l'oreiller sous sa tête. Puis elle montra brièvement les dents et se recroquevilla.

Becca tendit l'oreille. Dans la caravane silencieuse, elle entendit le cliquetis des touches du clavier de l'ordinateur, ainsi que la respiration de Cilla, irrégulière. Elle ne perçut rien d'autre. Pas un seul murmure n'émanait d'elle. Elle était bien consciente pourtant. Il fallait être mort pour présenter une telle inactivité cérébrale. Tous les êtres humains murmuraient, à moins que... Il y avait bien une personne, sur l'île, qui exerçait un contrôle absolu sur ses propres pensées.

Diana Kinsale devait examiner Cilla. Si quelqu'un pouvait comprendre la mystérieuse fille, c'était elle.

38

Jenn ne comprenait pas pourquoi Becca tenait à ce que Diana Kinsale rende visite à Cilla. D'un autre côté, elle ne voyait pas non plus de raison de s'y opposer. Elle avait trouvé l'objet de ses recherches dans l'ordinateur d'Annie et elle voulait transmettre le numéro de série de l'émetteur à Minus sans tarder. Elle avait aussi déniché, parmi les papiers qui jonchaient la banquette, des notes de la main d'Annie. La jeune femme avait une longueur d'avance sur eux : elle avait recopié ce numéro de série, accompagné d'un numéro de téléphone. Et de la mention : « Monterey !!! » Ils devaient élucider ce mystère au plus vite.

Voilà pourquoi, lorsque Becca lui demanda si elle pouvait revenir accompagnée de Diana Kinsale afin que celle-ci essaie de parler à Cilla, Jenn répondit :

— Si tu veux... Bon, on a fini ici, non ?

Elle dut se retenir de chasser Becca de la caravane. Elle lui fit remarquer qu'elle était à une sacrée trotte de Langley, et Becca lui demanda l'autorisation de passer un coup de fil. Jenn aurait évidemment préféré qu'elle ne mette pas les pieds chez elle, mais elle ne voyait pas comment lui refuser l'usage du téléphone. Becca appela Seth Darrow et lui expliqua où elle se trouvait. Elle lui proposa un marché. Si elle commençait le trajet à pied, serait-il prêt à... ?

— Merci, Seth. Ma dette envers toi ne cesse de s'agrandir.

Il répondit quelque chose qui la fit rire, et Jenn éprouva un petit pincement au cœur. Serait-elle jalouse ? Et de quoi ? Impossible...

Les deux jeunes filles sortaient de la maison pour remonter Possession Point Road, quand elles tombèrent nez à nez avec le père de Jenn, qui gravissait d'un pas lourd les marches du perron.

— Hé ! Mais qui voilà ! s'exclama-t-il en découvrant qu'ils avaient de la visite.

Jenn comprit aussitôt qu'il avait passé son après-midi à goûter sa production de bière. Il n'était pas complètement saoul pour autant et, avec un peu de chance, Becca le classerait dans la catégorie des excentriques chaleureux. Il en avait l'apparence, en tout cas. Plus que jamais sa coiffure ressemblait à celle de Benjamin Franklin et, pour une raison étrange, il avait choisi d'enfiler un short de course ce jour-là. Ses jambes évoquaient des pattes de poulet plantées dans des sandales. Et des chaussettes à rayures lui montaient aux genoux.

Jenn fit les présentations. Sans réfléchir à ce qu'elle disait, elle annonça :

— Papa, une amie, Becca King. Je vais au lycée avec elle. Et on a pris des cours de plongée ensemble.

Elle se sentit bizarre en réalisant qu'elle avait employé le mot « amie » sans hésitation. Becca lui adressa un sourire. De son côté, Bruce se réjouissait d'apprendre que Jenn avait au moins une amie fille. Elle le lut sur son visage. Si sa mère avait été présente, ils auraient sans doute tenu à rendre grâces en faisant un sacrifice sur l'autel familial. Jusqu'à présent, elle n'avait eu que des garçons pour amis, n'ayant jamais entretenu de rapports très étroits avec les autres joueuses de l'équipe de foot. Qu'elle se révèle capable d'avoir une amie, et surtout de l'inviter chez elle après les cours, signifiait aux yeux de son père qu'elle était une adolescente comme les autres... Jenn accepta avec résignation sa réaction enthousiaste.

— Bienvenue chez nous ! s'exclama-t-il. Tu es chez toi dans notre humble demeure ! Et pour être humble, elle l'est, n'est-ce pas ? Qu'est-ce qui t'amène ici, jeune fille ?

Se tournant vers Jenn, il ajouta :

— J'espère que tu lui as offert à boire.

Jenn s'abstint de répondre qu'il y avait autant de boissons dans le frigo que de lingots d'or dans la cave.

— Je partais justement, s'empressa de répondre Becca. Je suis juste passée…

Elle consulta Jenn en silence, qui compléta pour elle :

— Elle voulait voir Cilla.

— Il y avait un article dans le journal, expliqua Becca.

Le regard de Bruce circula de sa fille à son amie. Il semblait dubitatif.

— Ça a piqué ta curiosité, alors ?

— L'article disait qu'elle pouvait entendre mais pas parler, se justifia Becca.

— Tu as pensé pouvoir l'identifier.

— On ne sait jamais, convint-elle.

Elle posa alors la question la plus étrange qui soit, du point de vue de Jenn en tout cas.

— Est-ce qu'un jeune enfant a vécu dans cette caravane, monsieur McDaniels ?

— Un enfant ?

— Il y a longtemps.

— Pas que je sache, répondit-il avant de couler un regard en biais à Jenn. Pourquoi me demandes-tu ça ?

— Je m'interroge, c'est tout, répliqua Becca. Je me suis dit que Cilla avait peut-être un ami dans le coin, autrefois. Ça pourrait expliquer sa présence ici.

— Impossible, affirma-t-il. Jenn, ta mère a laissé des instructions pour le dîner ?

Sa fille devina qu'il changeait délibérément de sujet. Ce qui n'avait sans doute pas échappé à Becca, non plus.

— Je ferais mieux de partir, s'empressa-t-elle de dire.

Bruce attendit à peine le départ de Becca pour passer sa fille au gril.

— Qu'est-ce que vous mijotez ?

— Comment ça ? demanda Jenn du ton le plus innocent.

— Tu sais très bien de quoi je veux parler.

Jenn se rendit dans la cuisine pour voir ce qu'elle pouvait préparer à manger. Elle découvrit deux malheureuses côtelettes de porc dans le frigo. Sur un plan de travail, cinq pommes de terre, une botte de carottes molles et quatre oignons. Un ragoût ? Avec un peu de viande, et beaucoup de légumes... Pendant qu'elle sortait un faitout, son père revint à la charge.

— Jenn, tu veux bien me répondre ?

— Pour quoi faire ? Je croyais que tu lisais dans mes pensées.

— Ne joue pas à ça avec moi.

— Je ne joue à rien du tout. Tout ce que je sais, c'est que Becca voulait rencontrer Cilla et qu'elle m'a donc suivie ici après les cours. Annie nous l'a confiée avant de partir. On est restées un moment avec elle, puis elle s'est endormie. Je ne vois pas ce que je peux te dire d'autre. Sinon que Becca travaille certains après-midi chez Ivar Thorndyke. Sharla habite avec lui. Comme elle a vécu dans la caravane, elle a peut-être parlé d'un gosse à Becca... Je n'en sais vraiment pas plus.

Elle se mit en quête de l'économe et trouva la brosse à légumes dans un tiroir. Elle attendait que son père parte, mais il s'attardait.

— Personne n'a vécu ici avant Eddie et Sharla. Et cet endroit leur a fait beaucoup de mal. Il s'est imaginé qu'il pouvait pêcher au gros, et elle s'est mise à déambuler sur la plage en s'adressant à un phoque en peluche, qu'elle appelait son bébé, jusqu'à ce qu'on l'enferme dans un asile. Voilà ce qui arrive quand on reste trop longtemps dans cette caravane. Annie Taylor serait bien avisée de ne pas traîner.

— Une caravane ne peut pas rendre les gens fous, se moqua Jenn. Tu crois vraiment qu'elle aurait pris possession de leur esprit ? On n'est pas dans un roman de Stephen King, papa !

— Si tu savais ce que j'en pense, de ton Stephen King... Moi, tout ce que je sais, c'est qu'Eddie Beddoe ne portait pas de combinaison quand il a participé au nettoyage de la plage, après la marée noire. Il a rapporté du mazout dans la caravane. Sharla et lui ont baigné dedans et, depuis, ils n'ont plus été les mêmes. Tu passes d'ailleurs beaucoup trop de temps là-bas. Il faudrait voir à y mettre le holà.

— Arrête, papa. Cette caravane ne me fait aucun mal.

— Ah oui ? Depuis combien de temps ne t'es-tu pas entraînée pour les sélections de foot ? Tu peux répondre à cette question, Jenn ?

— Je m'entraîne.

— Tu ne me feras pas gober ça. Tu as l'esprit occupé par d'autres choses. Ça commence toujours comme ça. C'est arrivé à Eddie, et à Sharla. Je refuse que ça t'arrive, à toi.

Jenn leva les yeux au ciel.

— Tant que tu ne m'auras pas démontré que j'ai tort, garde tes distances avec cet endroit, lui ordonna-t-il.

Lorsqu'elle transmit à Minus le numéro de série de l'émetteur, accompagné du numéro de téléphone et de la mention de « Monterey », il s'exclama que cette ville accueillait l'un des plus grands aquariums du monde. Celui-ci employait forcément des spécialistes de la faune marine qui pourraient les renseigner sur les différentes races de phoques. La réaction de Minus rappela à Jenn qu'Annie avait pris de l'avance sur eux dans l'enquête sur Nera. A l'évidence, la jeune femme se révélait un bien meilleur stratège qu'eux.

A la fin des cours, ils se rendirent chez Minus pour utiliser son ordinateur et son téléphone. Contrairement à ce qu'ils avaient espéré, le numéro de téléphone n'avait aucun lien avec l'aquarium. Il leur fallut un peu de temps pour remettre les pièces du puzzle en place, découvrir qui Annie avait contacté et pourquoi. Le numéro les conduisit en effet au département de sciences et vie de la terre de l'université d'Etat de Californie. Ils se crurent dans une impasse jusqu'à ce qu'ils réalisent que l'établissement était situé juste au-dessus de la baie de Monterey.

Jenn observa Minus tandis qu'il enchaînait les coups de fil, endossant une identité différente selon son interlocuteur, de l'étudiant à l'officier de police, en passant par l'assistant de recherche et le participant bénévole à une opération de sauvetage en mer. Elle s'émerveilla de sa capacité à engager naturellement la conversation avec des étrangers.

Il finit par trouver une piste. Elle regarda par-dessus son épaule ce qu'il écrivait sur un carnet : *évolutionniste*, *écologique*, *micro*, *humain*, *marine*. A force de persévérance, il réussit à joindre la personne qu'Annie Taylor avait appelée. Il n'eut pas à la mentionner, se contentant d'évoquer Whidbey et le vieil émetteur qui avait été installé sur un phoque. Aussitôt, son interlocuteur se mit à parler et Minus n'eut plus qu'à prendre des notes, à toute vitesse.

Lorsqu'il lui adressa un signe de victoire, le pouce levé, Jenn l'enlaça et l'embrassa sur la joue avant de lui lécher l'oreille. Il la repoussa et lui fit comprendre de patienter une seconde, le temps de conclure son échange d'un ton cérémonieux.

— Vous avez été d'une grande aide, docteur Parker. Grâce à vous, nos recherches vont pouvoir avancer... Oui, tout à fait. Fergus Cooper. F-E-R-G-U-S... Dans les remerciements ? Naturellement, cela va sans dire ! Sans vous, nous étions bloqués.

— Alors, alors, alors ! le pressa Jenn dès qu'il eut raccroché.

— Je dois l'avouer : parfois, je m'impressionne moi-même.

— Accouche !

— Tu t'offriras à moi si je le fais ?

Elle lui pinça le bras.

— Aïe ! D'accord, d'accord ! J'ai les infos. Annie Taylor est passée avant nous, on s'en doutait. Il a suffi que je prononce le nom de Whidbey pour que...

— Ouais, j'avais compris.

— Le type que j'ai eu, le docteur Michael Parker, m'a tout raconté. Et il a précisé qu'il avait fourni les mêmes explications à Annie. Alors, pour commencer, ce modèle d'émetteur a plus de vingt ans, et le type était surpris que Nera ne l'ait pas perdu.

— Ça signifie qu'il est encore plus vieux que la marée noire, souligna Jenn. Ce qui prouve que Nera n'est pas une sorte de mutant, qui serait apparu suite au désastre écologique.

— Exactement. L'émetteur a été installé dans le cadre d'une étude de la faune de la baie de Monterey. Mais ce n'est pas le plus intéressant. J'avais à peine mentionné un phoque tout noir que ce type a su de qui je parlais. Ou plutôt de quoi, puisque Nera n'est pas un être humain... Enfin bref, il m'a dit qu'ils avaient placé sous surveillance tous les phoques et toutes les otaries de cette portion de la côte californienne. Dans le cadre d'une étude sur les habitudes alimentaires et les problèmes de reproduction. Des trucs dans le genre. C'était pour l'EPA[1] et leurs recherches s'étendaient de Cambria à Santa Cruz... Soit en gros une étendue de quatre ou cinq cents kilomètres, ce qui est énorme. Et le fameux phoque noir avait disparu des radars une semaine plus tard.

Minus fit une pause, semblant s'attendre à ce que la fin de son exposé soit célébrée par un feu d'artifice.

— Et ?

— Le docteur Parker m'a expliqué que c'était totalement inhabituel pour un phoque. Il n'en revenait pas qu'elle soit remontée aussi haut vers le nord. Et il a carrément halluciné quand Annie a mentionné les visites annuelles de Nera à Langley, pour ainsi dire à date fixe. Il a ajouté qu'il avait eu l'impression qu'elle avait compris qu'ils voulaient étudier son comportement. Et qu'elle avait disparu pour cette raison. C'est vrai qu'elle s'est éloignée comme pour échapper à leur surveillance. Lorsque Annie lui a appris que Nera avait toujours l'émetteur, il a conclu que c'était un « spécimen hors normes ». Il croit d'ailleurs qu'Annie se fera un nom dans le domaine de la biologie marine si elle réussit à mettre la main sur ce phoque. Surtout s'il appartient à une nouvelle espèce. Il m'a dit que, dans son dépar-

1. Agence de protection de l'environnement américaine (Environmental Protection Agency).

tement, tout le monde était convaincu qu'il avait ce truc de peau... Comment on appelle ça déjà ? Le contraire de l'albinisme ?

— Le mélanisme. En tout cas, c'est le mot qu'Annie a employé.

— Oui ! C'est ça ! Apparemment, elle ne pense plus qu'il puisse s'agir de ça, puisque Nera ne ressemble à aucun autre phoque de ce coin de la planète. Conclusion : si elle ne s'est pas débarrassée de cet émetteur et si elle ne souffre pas de mélanisme, sa couleur serait l'indice de son appartenance à une nouvelle race qu'aucun biologiste marin n'a jamais identifiée.

— Jusqu'à Annie Taylor... observa Jenn d'un ton morose.

— Elle va sans doute vouloir résoudre ce mystère, c'est certain. Quel chercheur ne le ferait pas à sa place ? Si tu veux mon avis, ce type-là, Parker, doit déjà être en train d'acheter un billet d'avion pour pouvoir la prendre de vitesse.

Les nombreuses implications de ces révélations perturbèrent Jenn. A commencer par les risques encourus par Nera. Si elle ignorait quelles preuves il fallait rassembler pour démontrer l'existence d'une nouvelle espèce, elle était convaincue qu'une poignée de photos ne satisferaient pas la communauté scientifique. Il fallait bien plus pour élever Annie au rang de découvreuse d'un nouveau genre de mammifères. Les scientifiques voudraient voir l'animal en question. Ou au moins examiner un échantillon de son ADN.

Minus la sortit de ses pensées en ajoutant, d'un ton songeur :

— Il y a quand même un truc étrange dans toute cette affaire...

Affalé sur le canapé, il fixait le plafond. Il avait croisé les mains sous sa nuque. Son tee-shirt, légèrement remonté, dévoilait une bande de peau blanche ainsi qu'une touffe de poils roux qui disparaissait sous son jean. Se sentant rougir, Jenn se détourna.

— Quoi ? lui demanda-t-elle.

— Eh bien, tous ces cinglés de guetteurs sont au courant de son existence, non ? Ils lui ont dédié un site Internet et ils donnent l'alerte dès qu'elle pointe le bout du nez. Ils se réunissent pour parler d'elle et… comptent sur Ivar Thorndyke pour empêcher quiconque de l'approcher. Depuis le temps, quelqu'un aurait dû remarquer qu'elle était différente, et pas seulement à cause de sa couleur, non ?

— Tu veux dire avant l'arrivée d'Annie ?

— Ouais. Bien avant son arrivée. Du coup, je me demande pourquoi ça n'est pas le cas. Ou alors, quelqu'un était déjà au courant…

Il lui jeta un regard de biais.

— On pense tous les deux à la même personne, non ?

— Ivar.

— Qu'est-ce qu'il sait, à ton avis ? demanda Jenn.

— La question n'est pas là, d'après moi.

— Ah non ? Et elle est où ?

— Pourquoi est-ce qu'il ne veut partager ces informations avec personne ?

Il bâilla en se grattant le ventre. Voyant que Jenn avait suivi du regard le mouvement de sa main, il reprit :

— Alors… tu es prête pour ma récompense ?

— Tout de suite ?

— Tout de suite, confirma-t-il avant de retirer son tee-shirt.

Elle n'hésita pas longtemps. Contrairement à Annie, elle n'était pas lesbienne. Elle ôta son tee-shirt.

39

Diana Kinsale avait appris la présence d'une fille mystérieuse à Possession Point par le même biais que tout le monde : le quotidien local. Elle comprit donc immédiatement de qui Becca parlait. Elle convint que la situation était pour le moins étrange. Lorsque Becca lui raconta que Cilla n'émettait aucun murmure, Diana s'approcha de la baie vitrée, dans sa véranda, et observa la passe de Saratoga pendant quelques minutes.

Dans ces moments-là, Becca regrettait de ne pas pouvoir entendre ses pensées. Diana fixait l'océan avec une telle gravité que la jeune fille se fit à nouveau la réflexion que certains adultes de cette île cachaient des secrets insondables.

Diana finit par se retourner vers elle.

— Je ne suis pas certaine de pouvoir être d'une grande aide en ce qui concerne sa condition physique.

— Je ne m'attends pas à ce que vous la guérissiez, répondit Becca. J'ai juste pensé… eh bien, qu'à nous deux, peut-être, nous réussirions à en découvrir davantage sur son compte. À trouver une piste qui nous permettrait de remonter jusqu'à ses parents. Ils aimeraient sans doute être informés de son état.

En prononçant ces mots, Becca sentit la petite boule de tristesse qui logeait en permanence dans sa poitrine s'alourdir. Des parents. Une maman. La sienne. Elle s'éclaircit la gorge puis déglutit, les lèvres pressées. Diana la dévisagea avec inquiétude.

— Allons-y, dans ce cas, souffla-t-elle. Je ne sais pas ce que l'on pourra faire, mais autant essayer quelque chose plutôt que rester les bras croisés, non ?

A leur arrivée à Possession Point, elles constatèrent que la camionnette de Chad Pederson était garée à côté de la voiture d'Annie. La famille McDaniels n'était apparemment pas dans les parages. Chad et Annie, eux, se trouvaient sur la jetée. Becca les étudia un moment sous ses paupières plissées. Leur conversation semblait animée. Annie indiqua un point au large, vers le nord-est, avant de montrer l'endroit, sur sa droite, où les pêcheurs accostaient pour acheter des appâts au père de Jenn. Ils étaient si absorbés par leur échange qu'ils ne remarquèrent pas la présence de Becca et Diana. La jeune fille y vit un avantage : elles pourraient passer un peu de temps avec Cilla sans qu'Annie Taylor envahisse l'atmosphère avec ses murmures.

Elle conduisit Diana à la caravane. Cilla était allongée sur le canapé, sous une couette qui lui remontait jusqu'au menton. Sa respiration heurtée et ses yeux mi-clos donnaient l'impression qu'elle était assoupie. Ses longs cheveux noirs formaient une masse vaporeuse et emmêlée autour de ses épaules puis tombaient jusqu'au sol. Diana ramassa une mèche, qu'elle caressa dans ses paumes.

— Bonjour, Cilla, dit-elle en s'asseyant sur la chaise que Becca avait approchée pour elle. Comment vas-tu, ma chérie ?

La malade n'émit pas le moindre son. Becca se tenait derrière Diana, se concentrant pour entrer dans l'esprit de Cilla, en vain.

Avec délicatesse, Diana posa les doigts sur la tempe de la jeune fille et murmura :

— Tu es en sécurité ici. Tu as entrepris un long voyage pour arriver. Je suppose que, plus que tout, tu désires rentrer chez toi.

Diana déplaça ses doigts de la tempe de Cilla à son front, sur lequel elle exerça de petites pressions.

— Ce serait formidable, n'est-ce pas, d'être dans un endroit où le danger n'existerait plus ?

Becca sentit sa gorge se serrer. Comme la mystérieuse inconnue, elle avait du mal à respirer. Elle non plus n'avait pas connu la tranquillité depuis qu'elle était sur l'île de Whidbey. Cette scène évoquait le souvenir d'une caresse sur un front enfiévré. Lui rappelait douloureusement tout ce qu'elle avait perdu.

Diana se tourna vers elle et sembla lire sur son visage ce qu'elle ressentait.

— Si je le pouvais, je t'aiderais à rendre ton voyage plus facile, dit-elle à Cilla. Mais mes pouvoirs sont limités. Et les tiens aussi.

Tout en prononçant ces mots, et sans retirer sa main du front de la jeune femme, elle attira Becca à côté d'elle. Puis elle lui passa un bras autour de la taille, et une chaleur réconfortante chassa la tristesse infinie qui l'avait envahie.

Soudain, Becca vit apparaître, à la place de Cilla, de l'eau. Une étendue aussi calme et sombre que le ciel nocturne au-dessus d'elle. Elle filait dessus... Elle plongeait et réémergeait. Elle entendit résonner le vrombissement d'un moteur et, brusquement, l'eau devint aussi lourde qu'une toile lestée d'un millier de plombs. Elle se précipita à la surface, mais la nuit était d'un noir impénétrable. Elle ne pouvait plus respirer. Elle se débattait en tous sens, à la recherche d'une aide, de quelqu'un ou quelque chose, jusqu'à ce qu'elle sente des mains, aussi douces qu'un souffle d'air, envelopper son corps. Elle était un papillon se libérant de son cocon, et dehors il y avait de l'air. De l'oxygène ! Suivait un trou noir, puis elle chancelait sur des jambes mal assurées et tombait sur la plage, au clair de lune. Ensuite, des bruits de pas. Un râle. Et, de l'océan voisin, jaillissait une tête lisse. De vives lumières surgissaient alors de partout, et la tête dans l'eau disparaissait.

La vision de Becca se dissipa. Son cœur battait la chamade. Elle réalisa que Cilla avait les yeux grands ouverts et rivés sur elle. Diana ne la tenait plus par la taille. Et elle la regardait, elle aussi.

— Il est arrivé quelque chose, je me trompe ? dit-elle à Becca. Et Sharla est concernée, non ?

Becca ignorait comment répondre à sa question. Les mots lui manquaient. Elle était à la fois dans la caravane, avec Cilla et Diana, et ailleurs. A la fois avec Sharla et Diana, et ailleurs. Ça ressemblait à ce qu'elle éprouvait lorsqu'elle entendait des murmures, en plus intense. Elle ne savait pas comment appeler ce phénomène.

— L'explication est à chercher dans l'eau, chuchota-t-elle. Pour tout le monde. Je ne peux pas dire pourquoi.

D'un air pensif, Diana observa :

— L'expérience m'a appris que les choses se terminent généralement là où elles ont commencé.

— Eddie Beddoe. C'est avec lui que tout a commencé. Tu te rappelles ce jour où il tirait dans l'eau, à Sandy Point...

— Oui.

Elles se rendirent au garage automobile situé en face du vieil entrepôt rénové qui contenait dorénavant plusieurs boutiques et était connu sous le nom de Bayview Corner. Diana se gara un peu avant l'ancienne station-service reprise par Eddie Beddoe et déclara :

— Il serait judicieux qu'on ait une bonne raison d'aller le voir...

Elle descendit et trifouilla sous le capot. Au moment où elle remit le contact, le moteur poussa un inquiétant grondement métallique. Diana roula au pas jusqu'au garage, dans la cour qui accueillait autrefois les pompes à essence. Attiré par le vacarme mécanique, Eddie sortit de la boutique en s'essuyant les mains sur un chiffon rouge et crasseux.

Diana jeta un coup d'œil à Becca.

— Prête ? lui demanda-t-elle.

— Je crois.

Elle n'avait pas la moindre idée de la façon dont elles allaient procéder pour soutirer des informations à l'homme revêche... Il faudrait sans doute guetter le moment où il baisserait la garde.

— Le moteur fait un drôle de bruit, lui expliqua Diana. Tu aurais le temps de jeter un œil, Eddie ? Pour tout te dire, je redoute le verdict. Si c'est le joint de culasse, je suis dans le pétrin.

Eddie considéra brièvement Becca avant de répondre, avec une certaine affabilité :

— Ça ne m'avait pas l'air d'être ça quand vous êtes entrées dans la cour.

Ses murmures, néanmoins, dévoilaient la véritable nature de ses sentiments. *Sales petites pestes, toutes les deux... tous les ennuis... impossible qu'elles... avec cette chercheuse qui a le feu aux fesses...* Becca n'eut aucun mal à les interpréter, bien qu'ils lui parvinssent par bribes.

— Je vais regarder ça, ajouta-t-il à l'intention de Diana.

Il souleva le capot, puis annonça, au bout d'un moment :

— Ce n'est pas le joint de culasse. Tu veux bien couper le moteur ?

Dès que Diana se fut exécutée, il tripatouilla un moment avant de se redresser en brandissant deux bougies d'allumage.

— Le voilà, ton problème ! Il y en a une morte, et une autre sur le point de lâcher. Attends une seconde.

Il disparut dans la boutique.

— Tu as quelque chose ? lui chuchota Diana.

— Je sais seulement qu'il est en pétard contre Jenn et moi. Ou contre vous et moi, difficile à dire. Et qu'il n'est décidément pas très sympathique. Enfin, je n'avais pas besoin d'entendre ses pensées pour le deviner.

Eddie revenait déjà, et Diana lui sourit. Il plongea à nouveau dans le moteur, remplaça les bougies défectueuses et lui demanda de redémarrer. Cette fois, un doux ronronnement s'éleva.

— Merci, lui dit-elle. Combien est-ce que je te dois ?

— Suis-moi à l'intérieur.

Becca leur emboîta le pas. La boutique sentait l'huile de moteur et la graisse. Tout était si sale qu'elle veilla à ne rien toucher – les bactéries devaient proliférer dans une telle crasse –, restant à l'affût d'une opportunité d'en apprendre davantage.

Pendant qu'Eddie préparait la facture, Diana lui dit d'un ton amical :

— J'ai appris la bonne nouvelle pour ton bateau, Eddie. Il a été retrouvé, alors.

A son habitude, elle posa une main chaleureuse sur son bras.

— C'est Becca qui me l'a dit, reprit-elle. Vous vous connaissez, non ? Elle était avec moi sur la plage de Sandy Point, l'autre jour, mais je ne crois pas vous avoir présentés.

Elle tendit la main vers la jeune fille, qui l'accepta, comprenant ce que son amie essayait de faire.

— Ah oui, c'est vrai. Bonjour, dit-elle en approchant.

— Becca et moi, poursuivit Diana, nous nous sommes rencontrées dans les circonstances les plus inhabituelles…

La jeune fille n'entendit pas la suite, plongée dans un silence subit.

Elle était en pleine mer. Sur un bateau, cette fois. Elle voyait la poupe, les vagues qui déferlaient sur le pont… et, juste derrière, la tête lisse et noire de Nera. Elle était à une dizaine de mètres et ne cherchait pas à couvrir la distance qui les séparait. Elle franchissait les vagues avec aisance. Le moteur du bateau rugissait. La situation dégénéra complètement au moment où l'embarcation changea de cap, filant droit vers le phoque. Nera plongea. Une lame balaya le pont.

Becca tenta de libérer sa main de celle de Diana. Elle devinait ce qui allait se dérouler devant ses yeux. Eddie était en train de grommeler :

— … vieux rafiot. Ah, si j'avais été plus malin ! Je vais te dire une chose, les gens doivent garder leurs distances avec cette épave. Elle représente un danger, et ces deux filles feraient bien de s'en souvenir.

Il ne regarda pas Becca en prononçant ces mots, et elle lui en fut reconnaissante : elle avait la tête qui tournait, sentant monter la nausée. Conséquence de son petit tour en mer, mais pas uniquement. Son malaise tenait aussi à ce qu'elle avait découvert : s'il avait pu mener son projet à bien, Eddie Beddoe n'aurait pas hésité à tuer Nera.

40

Il n'y avait qu'un moyen d'accéder au bateau d'Eddie Beddoe. Et seules deux personnes pouvaient aider Becca : Chad Pederson et Ivar Thorndyke. Un mot à Chad, et Annie Taylor serait au courant que Jenn et elle manigançaient quelque chose. La chercheuse voudrait évidemment découvrir quoi. Ivar accepterait peut-être de les conduire là-bas, mais sans doute à la condition que le phoque noir ne soit pas dans les parages.

— Aucun problème, conclut Jenn lorsque Becca lui exposa le problème. Le site des guetteurs de Nera la suit à la trace. Si elle est dans le coin de l'épave, on le saura.

Le mieux, leur parut-il, était d'associer Ivar aux préparatifs de leur expédition. Becca le trouva dans la cuisine de sa ferme, occupé à cuisiner un chili con carne très relevé. Elle mit un peu d'ordre sur les plans de travail en attendant qu'une occasion se présente de lui exposer leur projet.

Elle se servit d'un argument vieux comme le monde : on conseillait bien aux cavaliers de remonter en selle après une chute. Jenn et elle avaient eu une grosse frayeur, et il lui semblait que ce serait une bonne idée de plonger à nouveau près de l'épave d'Eddie Beddoe. A présent qu'elles avaient leur diplôme, la présence de Chad Pederson n'était plus nécessaire.

— Vous voudriez bien nous accompagner ? demanda-t-elle à Ivar. Un jour où vous iriez pêcher par exemple.

Dans un premier temps, Ivar lui opposa un refus catégorique. Nera traînait souvent autour de ce bateau. Et elle était imprévisible. Elle avait même été aperçue près de Bell's

Beach, plus haut dans la passe de Saratoga. Personne ne pouvait prévoir où elle allait se montrer ensuite. Becca n'insista pas.

La conversation se poursuivit autour du dîner, et du fameux chili con carne. La soirée était douce, ils purent donc manger sur la vaste véranda, qui faisait tout le tour de la maison. Le repas se composait aussi d'un pichet de citronnade, de crackers et d'une salade verte. Sharla, qui s'était jointe à eux, ne participait pas à l'échange, mais le suivait avec attention. A la première mention du bateau d'Eddie Beddoe, l'air se mit à vibrer de ses murmures.

Là où il a coulé... l'endroit précis où... je jure, oui, je jure... tout est terminé à moins qu'il ne puisse... s'il accepte, j'irai... tous les deux. Becca comprit que son calme de façade dissimulait un grand trouble intérieur. Puis les pensées d'Ivar vinrent s'ajouter à celles de Sharla : *essayer quelque chose... je sais que c'est ce qui va arriver... quand elle approchera du rivage... bon sang... si je n'avais pas surpris cette satanée bonne femme...* Ainsi, Annie Taylor occupait encore une grande place dans l'esprit de l'homme. Becca décida de l'entraîner sur ce sujet, l'air de rien.

— Au fait, j'ai aperçu Annie Taylor et Chad Pederson sur la jetée de Possession Point, l'autre jour. Ils semblaient manigancer quelque chose. Comme les photos de Nera ont été prises près de l'épave, je me demandais... Et si tout était lié ? En plongeant là-bas, avec Jenn, on pourrait comprendre la raison de la présence de Nera.

Les murmures de Sharla s'emballèrent instantanément : *Non, non, non ! Pas ça... Pas intérêt... Si tu l'emmènes...* Ceux d'Ivar n'étaient guère en reste : *l'arrêter... si elle le découvre, il ne nous restera plus qu'à prier.*

Plus que jamais Becca éprouvait la nécessité impérative de retourner explorer cette épave. Elle aurait voulu hurler : « Si je découvre quoi, Ivar ? » Au lieu de quoi, elle réitéra sa démonstration. En plongeant, Jenn et elle pourraient en apprendre davantage sur les intentions d'Annie Taylor.

Ivar finit par céder. Ils parlèrent organisation. Une fois que Jenn aurait réussi à récupérer l'équipement d'Annie, elles plongeraient.

Jenn s'acquitta de sa mission sans la moindre difficulté. Annie et Chad consacraient leurs journées à réunir le matériel dont ils avaient besoin pour attraper le phoque : filets, bouées et les appâts de Bruce McDaniels. Le reste du temps, Annie s'occupait de Cilla ou, ajouta Jenn avec un rictus méprisant, de Chad, « si tu vois ce que je veux dire ». Bref, il n'y aurait aucun problème. La chercheuse ne remarquerait même pas que son équipement avait disparu.

Les deux jeunes filles enfilèrent leurs combinaisons étanches pendant qu'Ivar sortait du port. Becca avait un plan pour retrouver l'emplacement de l'épave, et le pêcheur l'avait approuvé. Elle se rappelait que le bateau d'Eddie était à proximité de la côte, à l'est de Sandy Point. A cet endroit, un funiculaire reliait une maison juchée sur la falaise à la plage. Dès qu'ils verraient le funiculaire en question, ils couperaient le moteur et approcheraient du rivage – jusqu'à ce que la jauge de profondeur leur indique qu'il n'y avait plus que quinze mètres d'eau. Jenn et elle plongeraient alors.

Une fois en pleine mer, Ivar mit les gaz. Sandy Point n'était pas loin, le funiculaire encore moins. Dix minutes plus tard, il arrêtait le moteur, ayant un point de vue imprenable sur le rail à flanc de falaise. Il ne restait plus qu'à surveiller la jauge. Ils pénétrèrent lentement dans la baie ; ses eaux transparentes scintillaient au soleil. Quand il y eut quinze mètres de profondeur, Ivar jeta l'ancre, avant de dire à Becca :

— Sois prudente.

Se tournant vers Jenn, il ajouta :

— Toi aussi. Si vous n'êtes pas remontées dans quinze minutes, je viens vous chercher, combinaison ou pas. Compris ?

Elles opinèrent du chef, puis finirent de s'équiper.

— Prête ? demanda Becca.

Chad ne sera pas là s'il arrive quelque chose... songea Jenn.

— Ne t'inquiète pas, voulut la rassurer Becca. On est ensemble.

Jenn ne parut guère réconfortée, cependant elle acquiesça courageusement. Sous l'eau, Becca prit la direction des opérations. Les guetteurs avaient repéré Nera dans le coin de Glendale. Elle faisait route vers Columbia Beach. Ces deux endroits se situaient au nord de Possession Point. Et le trajet du ferry reliant Mulkiteo à l'île passait entre Sandy Beach et eux. Nera pouvait revenir à l'épave, mais sans doute pas aujourd'hui. Du moins, c'est ce que Becca avait conclu – et dit à Ivar lorsqu'il lui avait montré Columbia Beach sur une carte de l'île.

Elles s'enfoncèrent. Peu à peu, les contours de l'épave se précisèrent, comme la fois précédente. Becca, qui gardait les yeux grands ouverts, à l'affût du phoque, ne remarqua rien, à l'exception de poissons qu'elle aurait été incapable d'identifier, de crabes qui rampaient au fond et de trous en forme de torpille, creusés par les baleines grises à la recherche de crevettes fantômes.

Elles n'avaient pas le temps de passer les lieux au peigne fin. Heureusement pour elles, l'eau salée, les marées et les tempêtes leur avaient mâché le travail. Il ne restait pas grand-chose autour du bateau, si bien que quand Becca aperçut une boîte à demi enfouie dans le sable, elle fut certaine de tenir quelque chose.

Elle se tourna vers Jenn pour lui indiquer l'objet. Celle-ci hocha la tête avant de jeter des regards craintifs autour d'elle, comme si elle s'attendait à ce que Neptune surgisse pour lui planter son trident dans les fesses. Elle suivit Becca de si près que cette dernière eut l'impression de lui chatouiller le visage avec ses palmes.

La boîte, en métal rouillé, servait de support à nombre de petits crustacés. Renversée sur le côté, elle se révéla moins lourde qu'il n'y paraissait. Sa légèreté fut même une source de déception. Becca et Jenn eurent à peine à tirer pour la dégager du lit sablonneux. A croire qu'elle attendait leur venue. Becca put, sans aucune difficulté, coincer la boîte sous son bras. De toute évidence, ce trésor n'était pas constitué de pièces d'or…

Elles remontèrent progressivement à la surface, veillant à respecter les paliers de décompression. Ivar guettait leur retour à la poupe du bateau, près du moteur. Becca lui tendit la boîte et accepta la main qu'il lui offrait. Ce fut ensuite au tour de Jenn.

Ivar souleva le petit coffre et le secoua.

— Qu'est-ce qu'il y a là-dedans ?

— Je ne sais pas exactement, répondit Becca, mais je parie que c'est ce qui intéressait autant Nera.

Ils inspectèrent la boîte, fermée par un cadenas en mauvais état. Même avec la clé ils n'auraient pas pu l'ouvrir.

— On peut le faire sauter ? s'enquit Jenn.

— J'ai tout ce qu'il faut à la ferme, répondit Ivar. Si vous pensez que ça vaut le coup.

— Je n'ai pas le moindre doute là-dessus, affirma Becca.

41

Tout aurait dû être simple à partir de ce moment-là. La vie en décida autrement, pourtant. Ils reprirent la route de la marina, et Ivar réduisit sa vitesse lorsqu'ils approchèrent des eaux portuaires. Jenn sentait Becca piaffer d'impatience à côté d'elle. Son regard circulait constamment de la boîte à Ivar. Elle semblait essayer de lire dans les pensées du pêcheur.

Au moment d'atteindre la jetée, elles avaient toutes deux retiré leurs combinaisons. Ivar coupa le moteur, Becca s'occupa des amarres, et Jenn des pare-battage pour protéger la coque. Il rassembla leur équipement puis le tendit, pièce par pièce, à Jenn, pour qu'elle le range dans la vieille brouette en plastique dont ils s'étaient servis à l'aller afin de tout transporter en un seul voyage, de la camionnette au bateau. Quand il eut terminé, il confia la boîte à Becca, qui la coinça sous son bras. C'est alors qu'Eddie Beddoe surgit de derrière le bateau de plaisance occupant l'emplacement voisin. Il était armé. Tous se pétrifièrent.

— Je vais te débarrasser, jeune fille, dit-il à Becca. Merci de l'avoir rapportée à la surface.

Jenn prit le coffret et le serra contre elle.

— C'est nous qui l'avons trouvé, il nous appartient. Vous connaissez la règle.

— Ce que je sais, c'est que vous avez en votre possession mon bien. Et si vous avez deux sous de jugeote, vous me le remettrez sans faire d'histoires. Sinon il risque d'y avoir un blessé.

Il redressa son fusil et l'appuya contre sa hanche. Ivar quitta le bateau d'un bond.

— Tu comptes vraiment nous tirer dessus, Eddie ? Ça ne te suffit plus de casser des bras ?

Un cri de surprise échappa à Becca.

— C'était lui ? Pas le phoque ?

— Oui, c'était lui… Eddie, pose ce maudit fusil avant de faire une chose que tu regretteras.

— Une fois que la demoiselle m'aura remis la boîte, s'entêta-t-il, s'approchant d'eux avec décontraction.

Paniquée, Jenn regarda autour d'elle. Ils avaient besoin de renforts ! La marina était malheureusement déserte. Les lumières de la boutique de Chad étaient d'ailleurs éteintes, et son pick-up n'était pas sur le parking.

— Maintenant, donne-moi ça, Jenn, reprit Eddie. Tu ne veux pas qu'il arrive du mal…

— Vous n'aurez jamais le courage de tirer, l'interrompit Becca.

Elle semblait si sûre d'elle que Jenn n'en crut pas ses oreilles.

— De quoi avez-vous si peur ? persista-t-elle. Qu'y a-t-il dans cette boîte ?

— Ça ne te regarde pas.

— Ça regarde qui, alors ?

— Rendez-moi cette foutue boîte !

Pour prouver sa détermination, Eddie épaula son arme pour mettre Becca en joue.

— Hé ! s'exclama Ivar.

— Il ne tirera pas, le rassura la jeune fille.

— Tu es cinglée ! s'écria Jenn. Tenez, ajouta-t-elle en tendant la boîte à Eddie, qui la lui arracha des mains.

— Non ! hurla Becca au même moment. Ne lui donne pas !

Pendant que l'homme remontait le quai au pas de course, Ivar cria :

— Il y a certains secrets que tu ne réussiras pas à enfouir, Eddie. Même si tu t'y échines !

— On verra bien ! lui répondit-il.

— Elle l'a prévenu, souffla Ivar d'un air dépité. Elle a dû l'appeler. Il n'aurait pas pu savoir autrement…

Ils fonçaient sur la route principale de l'île. Si Becca semblait savoir de qui il parlait, Jenn, elle, était perdue. Tout leur équipement était entassé sur le plateau du pick-up. Crispé sur le volant, Ivar gardait le regard rivé sur le bitume devant lui. Becca, elle, ne le quittait pas des yeux. Elle battait régulièrement des paupières, comme éblouie, et plissait le front. La situation était trop tordue pour que Jenn espère y comprendre quoi que ce soit. Il se passait quelque chose, elle le sentait.

Ils avaient pris la direction du nord, et elle finit par en déduire qu'ils se rendaient à la ferme d'Ivar. Et que la femme qu'il venait de mentionner était Sharla Mann. Ce qui impliquait qu'elle était au courant pour la boîte et son contenu, sinon pourquoi aurait-elle prévenu Eddie de leur expédition.

Au Heart's Desire, Ivar arrêta la voiture dans un crissement de pneus, au pied des marches du perron. Ils entrèrent par la cuisine et il demanda aux deux filles de l'attendre dans le salon.

— Vous êtes sûr ? s'enquit Becca.

— Je n'ai jamais été aussi sûr de rien, Becks, répondit-il gravement avant de s'éloigner.

Jenn l'entendit alors dire à Sharla :

— Il est temps qu'on ait une petite discussion, toi et moi. Eddie et son fusil nous ont accueillis dans le port de Langley, il y a une vingtaine de minutes.

— Eddie ? Oh, mon Dieu !

— Oui, tu l'as dit. « Oh, mon Dieu ! » J'ai deux lycéennes traumatisées dans le salon, Sharla. Personnellement, Eddie Beddoe ne me fait ni chaud ni froid. Il peut bien me casser l'autre bras et les deux jambes, si…

— C'était Eddie ? Il t'a cassé le bras ? Tu as toujours prétendu que c'était le phoque !

— Un peu que c'était Eddie ! Et j'ai été trop bête de vouloir te protéger en te le cachant. Parce que tu savais déjà qu'il était capable du pire, non ? Je me fiche de ce que ce vieux fou peut faire ou non, tant qu'il ne pointe pas un fusil sur deux gamines ! Or il n'y a qu'une personne qui a pu l'informer de nos projets, et elle se tient justement devant moi !

— J'ai seulement pensé...

— Sharla, je me contrefous de ce que tu as pu penser. L'heure est venue de parler. Je t'attends dans le salon.

Il traversa la cuisine pour venir les retrouver, Becca et elle. Son visage était un masque impassible. Après quelques minutes d'un silence particulièrement tendu, Sharla les rejoignit. Elle portait sa blouse de travail, tachée par les produits de coloration, et elle jeta des regards inquisiteurs tout autour d'elle, tel un oiseau en quête de nourriture. Ses yeux se posèrent d'abord sur Jenn, puis sur Becca.

— Je suis désolée, leur dit-elle en s'essuyant les mains sur sa blouse. Ce n'est pas un mauvais bougre, il n'a plus toute sa tête... Autrefois il l'avait, mais... il l'a perdue en partie.

Jenn remarqua que Becca plissait les paupières pour aiguiser sa vue – à croire qu'elle parvenait à lire entre les lignes. Puis son regard circula rapidement d'Ivar à Sharla, comme interprétant un dialogue muet entre eux. Tout le monde s'épiait, et la curiosité de Jenn fut attisée. Soudain, elle se rappela que Sharla et Eddie avaient partagé leur existence dans la fameuse caravane de Possession Point. Tout s'éclaira.

— Mince ! s'écria-t-elle. C'est la faute de cette marée noire, non ? Vous vous êtes calfeutrés dans la caravane après la catastrophe, tous les deux. Eddie n'avait pas mis de combinaison étanche, il a aspiré des émanations toxiques, il y avait du mazout partout... Il a changé à partir de ce moment-là !

— Cette maudite marée noire... observa Ivar. Elle a bouleversé la vie de tout le monde, à Possession Point.

Sharla prit une profonde inspiration avant de rétorquer :

— Pas la vie de tout le monde, non. Juste celle d'Eddie et la mienne.

Elle s'assit à l'extrémité du canapé, telle une femme prête à bondir sur ses pieds et à prendre la fuite. Sauf qu'elle n'irait pas très loin. Ils se trouvaient sur la falaise surplombant Useless Bay.

— L'heure est venue, déclara Ivar. Je ne sais pas quel est ce secret, Sharla, mais il se dresse entre nous deux. Il est temps.

— J'ai découvert les salopettes, lâcha alors Becca. A l'intérieur d'une malle entreposée dans le poulailler.

— Oh non… souffla la femme. C'était la seule chose… Il s'est occupé de tout, il a tout vérifié plusieurs fois… et ça lui a échappé. C'était tout ce qu'il me restait.

— De quoi ? s'enquit Jenn d'une voix à peine plus forte qu'un murmure. Tout ce qu'il vous restait de quoi ?

— Il y avait du mazout sur la plage, répondit Sharla.

— Pas seulement… compléta Becca.

La tête baissée, Sharla poursuivit d'une voix étranglée, comme si les mots avaient du mal à sortir.

— Il y avait un enfant. Une toute petite fille qui savait à peine marcher. Elle était assise là, sur la plage, dans le froid. Nue. C'est Eddie qui l'a trouvée. Seule, nue et grelottant dans la nuit. Elle ne faisait pas le moindre bruit. On aurait dit… on aurait dit qu'elle savait qu'il viendrait la chercher. Il l'a ramenée à la caravane. Elle n'avait personne d'autre pour veiller sur elle qu'Eddie et moi.

Tous conservèrent le silence. Jenn se tourna vers Ivar, qui avait l'air grave, puis vers Becca : celle-ci avait les yeux fermés et les poings serrés sur ses genoux. Jenn attendit la suite du récit, même si elle devinait le tour qu'il allait prendre : leur réclusion, qui s'expliquait par la présence de l'enfant, désormais.

— Dès que j'ai vu cette petite, reprit Sharla, j'ai su qu'elle était notre chance. Je ne comprenais pas comment elle était arrivée sur la plage, seule, sans la moindre égratignure ni trace, alors que l'océan déversait du pétrole sur le sable et les rochers. Elle était parfaitement intacte. J'ai dit à Eddie que ce devait être un cadeau de Dieu, et il a approuvé.

Ivar se leva et Sharla se recroquevilla sur le canapé. L'espace d'une seconde, Jenn s'imagina qu'il allait fondre sur elle, au lieu de quoi il s'approcha de la fenêtre et perdit son regard vers Useless Bay. Son poing heurta doucement le carreau, mais il ne dit rien. Becca l'observait, la bouche arrondie par la surprise.

— Je croyais avoir entendu une histoire, reprit Sharla en s'adressant au dos d'Ivar. Je croyais l'avoir lue quelque part. L'histoire d'un bateau qui s'était échoué, et d'un noyé. Cet accident aurait eu un lien avec la petite. Je me suis convaincue qu'il y avait une explication, alors qu'en réalité il n'y en avait pas. J'ai demandé à Eddie si on pouvait la garder tant qu'un avis de recherche ne serait pas diffusé. Il n'a pas refusé. On a attendu. Un mois, six semaines, je ne sais plus. Personne n'a parlé d'un enfant perdu. Alors j'ai dit à Eddie : « Qui abandonnerait une fillette sur la plage au milieu de la nuit ? Ceux qui ont fait ça n'en veulent pas. Ils lui feront du mal s'ils la retrouvent. » Je savais que j'étais capable de m'occuper d'elle, je le désirais plus que tout, et Eddie l'a compris.

— Seigneur… chuchota Ivar avant d'appuyer son front contre la vitre.

— Eddie a accepté de jouer le jeu dans un premier temps… Il faut que vous compreniez, j'étais dingue de cette petite. Personne n'aurait jamais accepté de nous confier un enfant alors que nous vivions dans une caravane aussi misérable. J'avais l'impression que Dieu répondait à nos prières. Mais Eddie a fini par penser que ce n'était pas un endroit pour élever une petite fille, il l'a donc emmenée. Je m'attendais à ce que le shérif débarque, qu'il me demande pourquoi je n'avais rien dit, or je n'ai reçu aucune visite. J'ai surveillé la presse, guettant un article qui parlerait d'un enfant confié aux autorités ou découvert quelque part, à l'endroit où Eddie l'aurait laissé. Il n'y avait rien. Et alors… et alors… je n'ai pas osé l'interroger, j'avais trop peur d'apprendre ce qu'il avait fait d'elle.

Jenn sentit le sang refluer de son visage tandis que les pièces du puzzle se mettaient en place. Une petite fille. Une boîte sur le bateau d'Eddie Beddoe. Une boîte si légère qu'elle ne pouvait contenir ni or ni bijoux, mais quelque chose de terrible et d'effrayant. Au point qu'Eddie était prêt à tout pour la récupérer. Et s'en débarrasser.

— Oh, Sharla... soupira Ivar.

Elle se mit à sangloter.

— Je suis vraiment désolée, haleta-t-elle.

42

Dès qu'elle fut dans le pick-up, Becca fouilla dans son sac pour récupérer son aide auditive. Elle avait été bombardée de murmures depuis qu'Eddie Beddoe les avait attaqués dans le port de Langley, et sa tête menaçait d'exploser. Pour ne rien arranger, ce déferlement l'empêchait de réfléchir. D'autant que les murmures passés se mêlaient à ceux du présent.

Elle venait à peine de mettre l'écouteur dans son oreille que Jenn lui souffla vigoureusement :

— Qu'est-ce qui te prend ? Je n'arrive pas à croire que tu écoutes de la musique dans un moment pareil !

Il était grand temps de lui servir l'explication officielle au sujet du brouilleur, à savoir qu'il lui permettait de supporter son hypoacousie et masquait les bruits parasites.

— Ah, c'est donc ça, répondit Jenn. Je m'étais toujours demandé pourquoi tu n'avais jamais été collée alors que tu as toujours ce truc en cours.

Le dossier était enfin classé.

— Je vous ramène chez vous, déclara Ivar. J'ai des choses à régler et aucune de vous n'a besoin d'y assister.

— Euh… Il faut surtout appeler le shérif, non ? On a une idée assez précise de la raison pour laquelle Eddie voulait cette boîte, il me semble… A mon avis, le shérif tiendra à connaître son contenu… Et Eddie cherchera, lui, à s'assurer qu'il ne le découvre pas.

Ivar posa les yeux sur elle, puis sur Becca.

— Peut-être bien. Mais je veux laisser à ce vieux bougre une chance de prendre la bonne décision au moins une fois dans sa vie.

— C'est-à-dire ?

— Remettre de lui-même la boîte aux autorités. Et leur avouer la vérité.

— Ça ne risque pas de le conduire directement à la case prison ? Enfin, il a enlevé un enfant, si on en croit Sharla. Il s'en est même débarrassé. Je ne vois pas comment il pourrait vouloir en parler de lui-même.

— En effet. Et c'est pour cette raison que je compte vous reconduire chez vous avant de me charger de le convaincre.

— Hors de question, s'emporta Becca. Si vous allez le voir seul, personne ne pourra l'empêcher de commettre une folie, Ivar. Contre nous trois, que pourra-t-il faire ? Nous abattre tous d'un seul coup de fusil ? Tirer sur l'un de nous et courir le risque d'avoir deux témoins de son crime ? De toute façon, son arme n'était pas chargée.

Ivar et Jenn la considérèrent avec étonnement.

— Et tu le sais comment ? s'enquit cette dernière.

— Je le sais, c'est tout.

Qu'aurait-elle pu répondre d'autre sans révéler qu'elle avait entendu les pensées d'Eddie ?

— Ça me rassure carrément, ironisa Jenn.

— Je suis sûre de moi, insista Becca avant de se tourner vers Ivar. Tout ira bien. Où est-il à votre avis ? Quel est le meilleur endroit pour faire disparaître cette boîte ?

Après quelques minutes de réflexion, Ivar conclut :

— Glendale. Eddie possède une maisonnette là-bas, au milieu des bois. Il lui suffit d'enterrer la boîte pour que plus personne ne la retrouve jamais.

Il en prit la direction, pied au plancher, choisissant le chemin le plus rapide, autrement dit la nationale. Il emprunta la sortie de Cultus Bay Road et fila ensuite entre des champs et des bois. Ils atteignirent enfin une petite forêt particulièrement dense qui serpentait sur les berges de Glendale Creek, une rivière qui faisait une profonde entaille dans la côte puis rejoignait Possession Sound.

Ils aboutirent à un minuscule hameau composé d'un ancien hôtel à l'abandon, des vestiges épars d'une jetée avançant dans l'eau et d'une poignée d'habitations assaillies par le vent et la pluie. Loin du village de vacances idyllique, ce lieu réservé aux plus aventureux, à l'écart des sentiers battus, semblait oublié de tous.

Dès qu'ils virent surgir l'océan devant eux, Ivar s'engagea sur un chemin de terre dont l'entrée était difficile à distinguer. Celui-ci creusait un passage sombre et étroit entre les arbres, jalonné seulement par un réflecteur bleu et trois boîtes aux lettres délabrées qui ne tenaient debout que grâce à des planches plantées dans la terre.

Ils dépassèrent un mobile home, que recouvraient toutes les variétés de plantes grimpantes présentes dans la forêt, puis une maison devant laquelle était garée une fourgonnette Volkswagen, immobilisée par des cales. Enfin, ils atteignirent la propriété d'Eddie Beddoe ; une chaîne en barrait l'accès. La pancarte fatiguée qui y était suspendue indiquait : Interdiction d'entrer.

La chaîne n'était pas fermée par un cadenas. Jenn descendit du pick-up pour l'enlever et permettre à Ivar de passer. Il s'arrêta trois cents mètres plus loin, lorsqu'ils aperçurent un toit de tôle rouge juste au-dessus de la cime des arbres. Il demanda aux filles de rester en retrait. Becca décida de débrancher son aide auditive afin de s'imprégner de l'atmosphère des lieux. Elle ne perçut rien, sinon les murmures décousus d'Ivar. Il pensait à la petite fille recueillie par Sharla, il s'inquiétait du tour qu'allaient prendre les événements. Jenn, elle, s'enjoignait de rester calme.

Eddie n'était pas loin. Sa camionnette était garée juste à côté de la maisonnette devant laquelle ils débouchèrent. Ivar n'eut qu'à jeter un coup d'œil à l'intérieur pour repérer le fusil, abandonné sur le plancher, et le récupérer. Après avoir vérifié le chargeur, il considéra Becca avec perplexité. Le murmure qu'elle surprit – *Comment a-t-elle su ?* – s'écrivait en lettres capitales sur son front. Elle hocha la tête. Soit Eddie avait usé toutes ses munitions à force de tirer dans l'eau – dans l'espoir insensé d'atteindre Nera –, soit il n'avait pas eu d'autre intention, en débarquant au port, que de leur faire peur. Dans tous les cas, ils étaient en sûreté, à moins qu'il n'ait une autre arme sur lui.

— Ecoutez… leur dit Jenn tout bas.

Ils ne remarquèrent d'abord que le chant d'un geai, ainsi que le cri haut perché d'un aigle planant dans le ciel. Puis, soudain, un son métallique se réverbéra sur la façade de la bicoque à la peinture écaillée. Le bruit provenait de l'autre côté.

Ivar se tourna vers les deux filles.

— Ne me faites pas regretter de vous avoir emmenées. Restez derrière moi. Ce type n'est pas foncièrement dangereux, mais il n'a plus toute sa raison, vous avez pu le constater. Alors pas de bêtise, compris ?

Elles acquiescèrent, et Becca ajouta :

— Faites attention, vous aussi.

— Ne t'inquiète pas.

Ensemble, ils contournèrent la maisonnette et trouvèrent Eddie armé d'une hache ; il se servait du manche pour faire céder le cadenas fermant la boîte en métal. Il se tenait dans une petite clairière cernée, sur tous les côtés, par des bois denses, où proliféraient, au pied des arbres, fougères, gaulthéries, ronces, ainsi qu'une masse menaçante de lianes. Becca songea qu'Ivar avait vu juste. Si Eddie comptait cacher le contenu de la boîte dans cette forêt, personne ne pourrait jamais mettre la main dessus.

Restait la question du pourquoi. Pourquoi s'escrimait-il sur ce cadenas au lieu de se munir d'une pelle et d'aller enterrer la boîte au milieu des fourrés ? Becca chercha la réponse à proximité ; elle ne tarda pas à tomber dessus. Eddie avait préparé un énorme tas de bois, qui s'embraserait dès qu'il aurait craqué une allumette : l'air empestait le liquide d'allumage. Jenn agrippa Becca par le bras.

— Il va brûler la petite ! souffla-t-elle. Il va détruire ses restes !

— Il a l'intention de brûler quelque chose, c'est certain, confirma Ivar.

Il s'avança, le fusil d'Eddie à la main, et lui dit :

— Tu vas avoir besoin des flammes de l'enfer pour détruire ces preuves. Qu'as-tu fait à cette enfant ? Comment est-elle morte ?

Eddie pivota vers eux. *Bordel ! Cette imbécile leur a dit… j'aurais dû la cacher… me débarrasser de… insuffisant…* Ces murmures crépitèrent dans l'atmosphère tandis que d'autres mots franchissaient les lèvres de l'homme.

— De quoi parles-tu, Thorndyke ?

— Tu l'as noyée ? Tu l'as assommée ? Tu lui as filé des somnifères, puis tu as lesté cette boîte avant de jeter le tout par-dessus bord ?

Les pensées d'Ivar, elles aussi, révélaient un autre état d'esprit que ses paroles. *Aurais dû me douter… aurais dû voir… à quoi bon aimer si ça finit comme ça…* Becca, qui ne comprenait pas très bien le sens de tout ça, n'avait pourtant jamais autant désiré accéder à la vérité du lien entre ces deux hommes. Y avait-il une chance pour que… Elle avait eu besoin de Diana jusqu'à présent, mais peut-être que… Peut-être que si elle touchait Eddie comme Diana l'avait fait, dans cette situation des plus désespérées…

— Il n'y a pas de petite fille, s'emporta ce dernier. C'est ce qu'elle t'a raconté, Thorndyke ?

— Tu pourrais l'avoir fait tomber sur la tête. Par accident. Et tu n'as pas pu l'avouer. Alors tu l'as enfermée dans cette boîte et tu l'as jetée à la mer.

— Je t'ai expliqué qu'il n'y avait pas de petite fille, vieux fou. Si tu ne me crois pas, appelle les flics et dis-leur d'apporter leurs menottes.

— Je te donne une chance de réparer tes erreurs. Dis-moi la vérité sur cette petite et je pourrai apaiser l'esprit de Sharla.

— Sharla ! railla Eddie, donnant à son prénom des accents injurieux. Tu as des vues sur elle depuis le début, je me trompe ? Eh bien, elle est à toi ! Et si tu avais un peu de bon sens, tu me laisserais aller jusqu'au bout de ce que j'ai entrepris. Ça vaudra mieux pour tout le monde !

— Tu comptes me répondre, oui ou non ? Tu as caché cette petite jusqu'à ce que tu puisses la tuer ? Puis tu lui as brisé les os pour la faire entrer dans cette boîte et…

Eddie fut secoué d'un rire si violent que Becca crut, un instant, qu'il était saoul. Ses murmures lui apprirent pourtant que ce n'était pas le cas. Ajoutés à ceux d'Ivar et de Jenn, ils rendaient l'air presque irrespirable pour elle.

Ce qu'il s'imagine... vieux fou... aurais dû rentrer... quelque chose de grave va... quelqu'un doit appeler... laisser arriver, quelle importance... Sharla, Sharla... si seulement je ne l'avais pas emmenée... le phoque revient sans arrêt parce que... elle était nue et belle alors... Becca ne savait plus où donner de la tête. Rien de ce qu'elle entendait ne faisait sens. Elle sentit qu'elle devait toucher Eddie si elle voulait résoudre ce mystère.

Elle fit un pas hésitant vers lui, mais Ivar la retint par le bras.

— Je t'ai dit de rester...

— Tu dois me faire confiance. S'il te plaît.

Perdre... pas vivre avec... cinglée... Jenn exprimait la même défiance pour le projet de Becca. Celle-ci écarta cependant la main d'Ivar et se rapprocha d'Eddie.

— Tu devrais appeler le shérif, Thorndyke ! criait-il. Sers-toi du téléphone à l'intérieur. Il va être enchanté de se taper toute la route jusqu'ici pour voir ce que je m'apprête à brûler. Vas-y, Thorndyke ! Vas-y ! Décroche ce satané téléphone ! De toute façon, tu ne m'écouteras jamais ! Tu préfères croire une femme qui débloque depuis sa naissance.

Il souleva la hache, abattant cette fois la lame contre le cadenas. Celui-ci céda et Eddie ouvrit la boîte.

— Approchez, leur dit-il. Vous êtes tous si impatients de découvrir mon petit trésor... Venez, venez l'admirer !

Il retourna la boîte et la fourrure d'un tout petit phoque s'en échappa : une peau entière, parfaitement conservée, qui aurait presque pu servir de déguisement.

— Qu'est-ce que...

Jenn n'alla pas jusqu'au bout de sa question. Ivar se décomposa en silence.

— Voilà ce que j'ai trouvé sur la plage cette nuit-là, bande d'abrutis ! Voilà le bébé dont Sharla vous a parlé ! Le bébé ! Elle a cousu la fourrure et l'a remplie de rembourrage, puis elle l'a bercée comme une folle furieuse jusqu'à ce que je la lui enlève !

— Comment ça ? demanda Jenn. Vous voulez dire que Sharla a récupéré un phoque et l'a… dépouillé ?

— Bien sûr que non ! Il n'y a jamais eu de phoque. Il n'y a jamais rien eu ! Rien d'autre que cette fourrure, couverte de mazout. Comme un imbécile, j'ai cru que je pourrais la nettoyer et en tirer quelque chose. Mais Sharla s'est mise à la traîner partout, à la prendre pour son animal de compagnie, ou son gosse, bon Dieu ! Elle l'avait emmitouflée dans une couverture, elle ne la lâchait pas. Jusqu'à ce que je la lui arrache et que je la jette à la flotte.

L'histoire n'était pas aussi simple, ainsi que Becca le comprit en surprenant des murmures mêlés : *Sharla a dit… de plus en plus étrange… quelqu'un… nous allons découvrir… la tuer quand j'en ai eu l'occasion… la mise en garde de papa… ma femme et pas la tienne, jamais la tienne… je suis responsable… elles deux et maintenant.* Toutes ces pensées luttaient les unes contre les autres. La vérité était à portée de main, mais Becca ne la tenait pas encore tout à fait. Personne ne croyait ce que disait l'autre.

Ils s'étaient approchés assez près d'Eddie pour qu'elle puisse se hasarder à le toucher, s'il retrouvait son calme.

— Je peux voir ? demanda-t-elle. Pourquoi voulez-vous la brûler ?

— Parce que, à cause d'elle, je suis maudit !

Malgré le danger qui émanait de lui, elle fit un pas de plus dans sa direction tandis qu'Ivar et Jenn observaient la fourrure par terre. Elle posa une main sur son bras. Elle sentit ses muscles, aussi électrisés que des fils sous tension. Elle perçut la folie désespérée que peut générer la culpabilité. Elle vit alors un tout petit enfant sur une plage et, dans les mains de l'enfant, cette même fourrure, qu'il frottait sans relâche, comme si c'était sa seule source de réconfort.

— Non, dit-elle. Il y avait bien un enfant. Sharla n'a pas menti.

Eddie se dégagea d'un mouvement brusque.

— Tu es aussi tarée qu'elle.

— Cette nuit-là, sur la plage… La nuit de la marée noire. Il y avait un bébé.

— Tu racontes n'importe...

Jenn émit un drôle de son, entre le miaulement du chaton et le cri d'effroi.

— La chronologie, geignit-elle alors que tous les regards se braquaient sur elle. La chronologie ne colle pas.

— Quelle chronologie ? s'étonna Ivar.

— Mon père m'a raconté... Le bateau, Becca. Tout est lié au bateau.

— Tu délires complètement ! railla Eddie.

— Où avez-vous trouvé ce bateau ? le pressa Jenn. Comment l'avez-vous acheté ? Mon père m'a dit que vous étiez arrivé un jour avec. Et qu'il se demandait bien avec quel argent vous l'aviez payé. Un bateau de ce genre coûte des milliers de dollars, et vous n'aviez pas les moyens. Sinon pourquoi auriez-vous vécu dans cette misérable caravane ? D'où vient ce bateau ? Où l'avez-vous eu ?

— Nera, dit Becca.

Car tout se tenait enfin, et d'une seule pièce.

— Nera sait, reprit-elle, non ? Et c'est pour ça que vous tenez à la tuer.

Pour toute réponse, Eddie s'écria :

— Ce maudit phoque !

Puis il jeta la hache au loin et repoussa la boîte d'un coup de pied. La peau, en revanche, il ne la toucha pas.

43

— C'est ce qu'elle voulait depuis tout ce temps. La peau ! Voilà pourquoi on l'a croisée près du bateau. Et voilà pourquoi elle revient à Whidbey chaque année !

Jenn considéra Becca attentivement. Ils étaient remontés dans le pick-up d'Ivar et laissaient Glendale derrière eux, suivis par Eddie Beddoe. Ivar ne lui avait pas donné le choix : soit il les accompagnait, soit il devrait expliquer au shérif comment il s'était retrouvé avec un bateau qu'il n'avait pas les moyens d'acheter.

Eddie avait accueilli cette menace d'un ricanement.

« Tu crois vraiment que le shérif se soucie de savoir comment j'ai payé un bateau qui est au fond de la mer depuis près de vingt ans ?

— Je crois, oui, que ça l'intéressera une fois qu'il se sera entretenu avec Sharla, avait rétorqué Ivar. Et si tu veux éviter un interrogatoire, tu vas nous aider à mettre un point final à cette histoire.

— Quel point final ?

— Celui qui te terrifie depuis des années. »

Ivar avait soutenu le regard d'Eddie en prononçant cette dernière phrase, comme pour lui faire passer un message silencieux. Jenn s'était tournée vers Becca pour obtenir confirmation de son intuition. Celle-ci observait les deux hommes.

Le point final auquel pensait Ivar était à Possession Point. Ils y arrivèrent en fin d'après-midi. La forêt qui surplombait la baie projetait de longues ombres caverneuses sur la route. Une brise légère agitait les jeunes feuilles des peupliers et des aulnes, annonçant la venue d'un vent plus fort avec la tombée de la nuit.

Jenn s'efforçait de suivre le fil des événements. Becca semblait sauter d'une déduction à une autre – elle avait ainsi établi un lien entre Nera et la fameuse peau. Jenn, elle, ne voyait pas pourquoi un phoque tiendrait à récupérer la fourrure d'un autre phoque. Elle avait beau tourner et retourner le problème dans sa tête, elle ne trouvait aucune explication. Becca dut percevoir son trouble, car elle finit par lui dire :

— Tout est lié à cette marée noire. A quand remonte-t-elle, Jenn ? A quelle période de l'année, je veux dire ? Je suis prête à parier que c'était au début du printemps et que c'est pour cette raison que Nera arrive toujours à ce moment-là dans les parages de l'île.

Ivar jeta un coup d'œil à Becca, puis à Jenn. Elle avait vu juste, il suffisait de lire l'expression de l'homme pour le comprendre.

— Elle a dû assister à la catastrophe, cette nuit-là, murmura Becca. Elle devait être présente.

— Mais Eddie a expliqué qu'il ne s'était pas débarrassé de la peau aussitôt. Elle aurait attendu qu'il l'enferme dans une boîte ? Pourquoi ? Ça ne tient pas la route. Et puis, comment est-ce que tu peux affirmer qu'il y avait un enfant ?

— Je pense que nous aurons bientôt les réponses à toutes nos questions, répondit Becca.

L'inquiétude plissait le front d'Ivar : il redoutait apparemment le tour qu'allait prendre cette histoire. Et il avait de bonnes raisons pour cela. Alors qu'ils s'engageaient sur le terrain devant la propriété des McDaniels, plusieurs éléments retinrent l'attention de Jenn. Le taxi de sa mère n'était pas là, et le tas de boue familial non plus – son père avait donc emmené les garçons quelque part. La camionnette de Chad était garée à côté de la Honda d'Annie, en revanche. Une fois qu'Ivar eut dépassé leurs véhicules, elle aperçut les deux jeunes gens sur la jetée, près de l'endroit où les pêcheurs amarraient leurs bateaux. D'énormes seaux remplis de harengs étaient posés à leurs pieds. Ils jetaient des poissons dans l'eau. La tête de Nera, lisse et noire, dépassait des vagues. Elle allait et venait, hésitant à accepter la nourriture qu'ils lui offraient. Dès que Chad, ou Annie, envoyait un hareng suffisamment loin de la jetée, elle s'en emparait. Elle se méfiait néanmoins d'eux, et elle avait bien raison. Car sur le rivage au bout de la jetée, à un mètre de l'eau, se trouvait un filet de pêche. Et juste à côté, une chaise en provenance de la caravane. Dessus était disposé un ordinateur, ainsi qu'un ensemble d'objets que Jenn ne reconnaissait pas, mais dont Annie se servirait sans doute pour prélever des échantillons d'ADN. Récipients, tubes, lames, papier absorbant, etc. Pour que ce matériel puisse être utile, il fallait que Nera se laisse enfermer dans un filet et traîner sur la plage.

Ivar freina brusquement et fut dehors avant même qu'Eddie Beddoe ait eu le temps de se garer derrière eux.

— Arrêtez ça tout de suite ! s'époumona-t-il.

Le phoque s'éloigna vers le large. Faisant volte-face, Annie s'écria :

— Ivar ! Restez où vous êtes ! Nous ne lui voulons aucun mal ! Vous l'effrayez !

Ivar courut vers la jetée.

— Vous êtes inconscients. Ce phoque est dangereux ! Il l'a toujours été ! Il est capable de tout. Nera a déjà attaqué des hommes, elle recommencera.

— Il sait, chuchota Becca. Il sait depuis le début. Il a toujours su.

— Hein ? s'exclama Jenn.

Becca tressaillit comme si elle venait de recevoir une poignée de sable en plein visage. Jenn remarqua qu'elle jouait avec son écouteur et ne le portait pas.

— Ivar, expliqua-t-elle. Il sait tout depuis le début. Pour Nera.

— Tu parles d'une révélation ! Depuis que je le connais, il n'a que ce nom à la bouche. Et il n'est pas le seul.

— Pas pour les mêmes raisons.

Se rendant alors compte que son amie avait les yeux rivés sur Ivar, Jenn se retourna. Il avait atteint la jetée et agitait les bras avec frénésie. Nera s'était éloignée du rivage. Annie, elle, vociférait :

— Fais quelque chose, bon sang ! On la tenait presque !

Elle s'adressait apparemment à Chad, qui fonça sur Ivar alors que celui-ci criait à Nera :

— Va-t'en ! File !

Le phoque se mit à rugir. Un grognement si retentissant que la falaise en renvoya l'écho. Comme en réponse, les mouettes se mirent à crier. Soudain, alors que Chad barrait la route d'Ivar pour l'empêcher d'atteindre Annie, Eddie beugla :

— Tu as intérêt à me protéger de cet animal, Thorndyke ! Je ferai ce qu'il faut faire, mais tu dois me protéger !

— Qu'est-ce qu'il...

Jenn s'interrompit en découvrant ce qu'il avait dans les mains : la boîte métallique grande ouverte, avec la peau de phoque à l'intérieur.

Au lieu de prendre la direction de la jetée, il s'avança vers un énorme morceau de bois flotté, parmi la centaine qui jonchaient la plage. Celui-ci se trouvait à l'écart, loin des autres. Nera entreprit de le suivre dans l'eau.

— Arrête-le ! beugla Annie. Chad ! Arrête-le !

— Ne touche pas à Nera, Eddie ! lui intima Ivar.

— Tu crois vraiment que j'ai envie de l'approcher ?

— Chad ! Je t'en prie !

Nera, elle, rugissait de plus belle. Chad bondit de la jetée pour se lancer aux trousses d'Eddie. Jenn et Becca échangèrent un simple regard avant de se ruer vers lui. Ivar courut dans leur direction en criant :

— Tu sais très bien ce qu'elle veut, Eddie ! Tu connais la raison de sa présence. Donne-lui cette peau, qu'on en finisse ! Tout de suite !

Alors que Chad filait déjà sur le sable, Annie se précipita vers la plage. Elle hurlait :

— Prends le filet, Chad ! Le filet !

Il dut rebrousser chemin pour le récupérer ; les autres saisirent cette occasion. Ivar immobilisa Annie alors qu'elle tentait de le dépasser. Becca et Jenn plaquèrent Chad au sol. Eddie atteignit le morceau de bois flotté et déposa la petite fourrure dessus. Dans l'eau, Nera l'observait. Elle allait et venait en grognant. Son regard circula de la peau à Eddie puis aux autres êtres humains sur le rivage. Elle continuait à rugir.

— Lâchez-moi ! vagissait Annie. Je n'en ai pas pour longtemps, elle ne souffrira pas ! Je le jure ! Elle ne court aucun danger !

— Vous êtes totalement inconsciente, et ce depuis le début, grogna Ivar. J'ai essayé de vous mettre en garde, mais ça tient de l'obsession chez vous.

— Le bébé…

Jenn entendit Becca prononcer ce mot, tout bas. Chad avait cessé de se débattre, cependant elles continuaient à le maintenir à terre. Le visage de Becca suggérait qu'elle était ailleurs. En transe.

— Il y avait bien un bébé… Un bébé phoque, oui, un bébé phoque, je ne comprends pas comment c'est possible… Il parle du bébé phoque, du bébé du phoque, qu'est-ce que ça veut dire ?

— Qui ça ? la pressa Jenn.

Annie, tout en donnant des coups à Ivar, gémissait :

— Ma carrière est en jeu ! Lâchez-moi, lâchez-moi ! J'ai le droit de…

— Vous n'avez aucun droit, l'interrompit Ivar en lui bloquant les bras et en l'éloignant du rivage. Nous devons les ramener dans la caravane ! cria-t-il à Jenn et Becca. Tu m'entends, Becks ? On doit se mettre à l'intérieur, fermer les rideaux et attendre.

— Non ! mugit Annie d'une voix si suraiguë que Jenn sursauta.

Chad profita de sa surprise pour s'échapper et fondre sur Ivar. Eddie se mit à courir dans sa direction, lui aussi. Dans l'eau, Nera continuait à grogner.

— Eddie, murmura Becca. Il sait tout, lui aussi.

Jenn avait l'impression que le monde entier devenait fou. La porte de la caravane s'ouvrit alors, et Cilla sortit.

Le monde de Cilla

J'ai vécu pour cet instant. Je l'ignorais, car jusqu'à maintenant le monde n'était qu'un endroit terrifiant.

Encore à présent, je ne suis sûre de rien. Les gens crient, les vagues viennent s'échouer sur les galets du rivage et un phoque rugit dans la mer. Voilà ce que je reconnais enfin. La première certitude de ma vie. Sans que je puisse me l'expliquer.

J'ai été réveillée par le bruit du chaos dehors. Mes forces m'ont désertée avec la maladie, mais je sais, tout en écoutant le vacarme, que je suis censée prendre part à ce qui se déroule derrière ces murs fragiles. Dès que je vois la scène, je comprends. Tout s'éclaire : je suis enfin à ma place depuis que la maman et le papa m'ont abandonnée.

Je m'appelle Cilla. J'ai dix-huit ans. Je suis incapable de parler, pas d'entendre. J'obéirai aux gens qui seront bons avec moi. Il en a toujours été ainsi.

Au-delà des murs de la caravane, je découvre la femme qui s'est occupée de moi. La fille qui m'a trouvée. A quelques mètres, j'aperçois un homme près d'un morceau de bois flotté aussi vaste qu'une orque. Je pensais ne jamais revoir son visage de toute ma vie. Un visage enfoui dans mes souvenirs les plus anciens. La mémoire me revient peu à peu. Je me rappelle ses bras lorsqu'il m'a soulevée. Je me rappelle avoir vu, par-dessus son épaule, la nuit et l'eau, aussi profondes que noires.

Et le voilà qui s'éloigne de l'orque en bois. Il a déposé un objet dessus. Un petit tas informe, vers lequel je suis attirée. Je sors et sens la brise sur mes joues.

Les gens s'écartent. La femme qui a veillé sur moi crie quelque chose, mais je ne l'entends plus que vaguement. Un vieil homme crie aussi. Je regarde dans leur direction avant de me détourner. Je les dépasse tous pour rejoindre le morceau de bois. Et ce qui trône dessus.

44

Le phoque noir prit la direction du rivage avec prudence. Sur la plage, personne ne parlait. Les murmures, en revanche, formaient un brouhaha retentissant. Becca focalisa son attention sur Cilla, qui atteignait le morceau de bois flotté où Eddie avait placé la petite peau de phoque. La jeune femme se hissa sur l'immense débris et pressa la fourrure contre son visage. A quelques mètres de là, Nera décrivait des cercles dans l'eau.

— Elle veut sortir de l'océan, indiqua Becca.

— Elle ne peut pas faire ça ! s'emporta Ivar.

Dans sa surprise, il avait oublié qu'il retenait Annie prisonnière, et celle-ci en profita pour s'échapper et aller récupérer le seau rempli de poissons, comme espérant attirer l'animal vers elle. La chercheuse jeta des harengs à Nera, qui l'ignora. Tout comme elle ignorait Chad, qui suivait ses mouvements.

Cilla gardait le visage enfoui dans la fourrure, aussi noire que la nuit qui s'annonçait… Et aussi noire que Nera. Becca comprit alors la véritable raison du retour annuel de l'animal.

— C'était la sienne, chuchota-t-elle. Voilà pourquoi elle continue à revenir. C'était la sienne.

— Tu veux parler… de la peau ? lui demanda Jenn. Impossible. Avec Minus, on a découvert… Nera ne mue pas, Becca.

— Pas celle de Nera, celle de la petite fille. La peau était la sienne.

— Qu'est-ce que tu racontes ?

Becca riva son regard sur Ivar et se concentra de toutes ses forces. Parmi le vacarme des pensées intérieures, elle perçut : *Pas ici pas maintenant garde tes distances… ils en seront témoins sinon et quand ils sauront…* La jeune fille sut qu'elle avait vu juste. Ivar Thorndyke connaissait depuis longtemps toute la vérité sur le phoque couleur charbon.

Cilla se redressa. Munie de la fourrure, elle se dirigea vers la lisière de l'eau. De son côté, Nera s'approcha du rivage. Elle était à présent dans des vagues si peu profondes qu'elle ne pouvait plus s'immerger entièrement.

Annie s'avança sur la plage à sa rencontre. *Ça y est… ça y est…* Elle continuait à lui jeter des poissons.

— Chad ? Chad ! Tu viens m'aider ?

Il resta pétrifié cependant, incapable de détacher ses yeux de Nera. Cilla pénétra dans l'eau pour la rejoindre.

— Non… souffla Ivar alors qu'elles allaient l'une vers l'autre.

Si ça arrive à présent, je ne pourrai plus protéger…

— Non ! Non ! s'écria-t-il en s'élançant vers Annie.

Nera observa tour à tour Cilla et Chad, juste à côté, puis la chercheuse, qui lui jetait des poissons, et qui s'était armée du filet de pêche, ainsi que d'un scalpel scintillant dans la lumière déclinante du jour.

— Non ! répéta Ivar.

Pas se terminer dans ces conditions… Chad finit par sortir de sa torpeur, bloquant Ivar. Nera, elle, n'était plus immergée que dans quelques centimètres d'eau à présent. Cilla la rejoignit.

— Arrêtez-la ! hurla Ivar.

— Chad, lui dit Annie. Retiens-le.

Elle posa le seau et prit le filet entre ses deux mains. Elle se dirigea vers le phoque, qui suivait Cilla des yeux.

— Pour l'amour de Dieu, gémit Ivar, empêchez-la de faire ça ! Becca ! Jenn ! Ne la laissez pas approcher de Nera.

— Allons-y, chuchota Jenn.

Au moment où les deux amies s'élançaient vers Annie, Eddie – qui s'était réfugié derrière la caravane – surgit devant elle. Armé de son fusil.

— Assez maintenant ! Vous vous êtes suffisamment mêlées d'une situation qui ne vous regarde pas.

De sa main libre, il arracha le filet à Annie. Elle poussa un cri. La mettant en joue, il gronda :

— Si vous approchez de cet animal, vous aurez affaire à moi. Et personne ne passera un bon moment, croyez-moi.

— Doux Jésus... geignit Ivar.

— Jésus n'a rien à voir là-dedans, Ivar, répliqua Eddie, et tu le sais aussi bien que moi. Reculez, tous autant que vous êtes. Ouste ! Du balai ! A commencer par vous, mademoiselle le génie des sciences. Et bas les pattes, monsieur muscles ! Fichez la paix à Thorndyke. Si quelqu'un doit lui coller son poing dans la figure, c'est moi. Alors dégagez tous !

Ils n'avaient pas le choix. Si Becca et Jenn savaient que le fusil n'était pas chargé, Annie et Chad, eux, l'ignoraient. Ils reculèrent, tandis que Nera s'échouait sur le sable. Dans la lumière crépusculaire, la suite leur apparut à la façon d'un rêve.

Le phoque noir se débarrassa de sa peau. Aussi simplement que ça. Pour laisser place à une femme nue, plus pâle que la lune et dotée de longs cheveux noirs qui lui tombaient jusqu'aux genoux. Elle portait sa fourrure comme s'il s'agissait d'une cape et non d'une part intégrante d'elle-même.

— Oh, mon Dieu... dit Jenn tout bas. Qu'est-ce que c'est ? On est où, là ?

— Une *selkie,* lui répondit Ivar. Et tu es toujours à l'endroit où tu as passé toute ta vie. Whidbey.

— Une... quoi ? C'est une quoi ?

— Une *selkie.* Humaine et phoque à la fois. Capable de vivre sur terre et dans la mer grâce à sa peau.

— Vous savez depuis le début, souligna Becca. Et Eddie aussi.

Cilla et Nera se rejoignirent. Cilla lui remit la peau de bébé phoque. Après avoir étudié celle-ci, Nera la plaça sur les épaules de la jeune femme. Puis elle lui toucha le visage. Cilla fit de même.

Jenn chuchota alors :

— Cilla ! C'est elle qu'Eddie a trouvée sur la plage, cette nuit-là. Et cette fourrure, c'est la sienne, non ? Depuis toutes ces années, Nera revient pour elle !

Becca l'entendit, mais ne détacha pas ses yeux d'Ivar. *Trop tard, ma chère et tendre...* Le murmure, qui lui parvenait avec une clarté parfaite, s'accompagna d'une vision – elle n'aurait su dire si celle-ci appartenait à Ivar ou si elle était le produit de sa propre imagination. Une femme émergeait de l'océan sous un ciel nocturne. Une belle femme aux longs cheveux d'ébène, une femme qu'Ivar apercevait depuis le rivage.

— Il est trop tard, déclara-t-il à voix haute.

— Trop tard pour quoi ? s'étonna Jenn.

— Pour ce qu'elles désirent toutes les deux.

Becca regarda les deux femmes enlacées et comprit enfin tout.

— Elle ne voulait qu'une chose, s'occuper de sa petite fille...

Comme la plupart des mères après tout. Y compris la sienne.

Sous les yeux des témoins réunis sur la plage, Nera tendit à Cilla la peau dont elle s'était débarrassée en sortant de l'eau. La jeune femme l'enfila aussi aisément que s'il s'agissait de la sienne propre. L'espace d'un instant, elle fut encore Cilla la fille qui ne parlait pas. Puis elle devint, à la lisière de l'eau, l'image de sa propre mère, se transforma en phoque et disparut dans les vagues.

Nera la regarda s'éloigner, la minuscule peau pressée contre sa poitrine, avant de pénétrer dans la mer à son tour. Elle plongea et s'enfonça rapidement dans les profondeurs, où l'eau était la plus glaciale. Et où, sans protection, elle ne survivrait pas plus de quelques minutes.

Les êtres humains assemblés sur la plage conservèrent le silence un long moment. Becca percevait leurs pensées par bribes, mais tentait de les ignorer : pour une fois, elle voulait se concentrer sur ses murmures à elle. Réfléchir à ce qu'elle venait d'apprendre et de voir sur la plage. Elle parvint à la conclusion qu'Eddie Beddoe avait assisté à la transformation de cette femme en phoque, la fameuse nuit de la marée noire. Il n'y avait, après tout, pas d'autre explication possible. Nera et son bébé avaient été touchés par le mazout ; ce dernier n'aurait jamais survécu sans se débarrasser de l'épaisse couche toxique qui recouvrait sa peau. Sa mère l'avait donc déposé sur le rivage, et les deux créatures s'étaient transformées. Eddie les avait surprises à ce moment-là, découvrant une mère au désespoir, prête à tout pour sauver son enfant, et qui avait pris la seule décision possible, n'ayant pas les moyens de nettoyer la fourrure souillée. Le faisceau de la lampe torche était tombé sur elle, et elle avait, d'instinct, fui le danger que cette lumière représentait. Elle avait laissé l'enfant derrière elle et il s'en était emparé, comprenant instantanément que personne ne viendrait jamais réclamer le petit qu'il avait trouvé, sinon un phoque. Il avait saisi l'occasion qui se présentait à lui. Et ensuite ? se demanda Becca. Ce fut Ivar qui lui fournit la réponse.

— Sharla croit que tu as tué ce bébé, dit-il à Eddie. Elle se trompe, n'est-ce pas ? Tu l'as vendu. Ou échangé, non ? Pour acheter ce satané bateau.

— Quelle importance maintenant ? s'emporta Eddie. Tout le monde a obtenu satisfaction. Sauf elle, bien sûr.

Il voulait parler d'Annie, plantée près de son matériel, la mâchoire décrochée. Celui-ci ne lui serait plus d'aucune utilité. D'autant qu'elle avait oublié de sortir son appareil photo et que lui seul aurait pu prouver une histoire que personne, à l'exception des cinq autres témoins réunis sur la plage, n'accepterait de croire. La femme *selkie* avait disparu à présent, sa fille aussi, et Annie pouvait dire adieu à ce qu'elle espérait obtenir d'elles.

— Tu n'as jamais donné à Sharla ce dont elle avait besoin, conclut Ivar. Aujourd'hui tu vas le faire. Allons-y, Eddie.

— Je ne suis pas…

— Je vais te dire ce que tu es : un homme qui va avouer la vérité à son ex-femme. Pas la vérité au sujet de Nera, parce que qui croirait ce que nous venons de voir, tous les six ? Je te parle du bébé. Tu vas rendre sa liberté à Sharla en lui racontant ce que tu as fait exactement. Il est temps de tourner la page, vieux fou. Et tu le sais aussi bien que moi.

Eddie soutint longuement le regard d'Ivar puis se tourna vers Becca et les autres témoins de la scène.

— A quoi bon, hein ? Cette foutue marée noire nous a causé assez d'ennuis comme ça !

— Tu viens de faire une bonne action en rapportant cette peau ici, Eddie, ne t'arrête pas en si bon chemin.

Ivar prit la direction de son pick-up, et Becca lui emboîta le pas. Avant de disparaître derrière la caravane, elle s'assura que Jenn pouvait rester seule.

— Ça va ?

Son amie hocha la tête et posa les yeux sur Annie.

— Je ne suis pas sûre que ce soit son cas…

Suivant le regard de Jenn, Becca entendit un murmure – *beau gâchis* –, dont elle ne sut s'il venait d'Annie ou de Chad, qui rejoignait la jeune femme sur la plage. Agenouillée à côté de son matériel, elle semblait abasourdie. Chad lui posa une main sur l'épaule en prononçant son prénom. Elle le repoussa.

— Trop tard, dit-elle.

— Oui, convint-il.

En revanche, il n'était pas nécessairement trop tard pour Sharla et Ivar. Il ressortirait peut-être du bon de toute cette histoire.

45

Les sélections pour l'équipe de foot féminine de l'île eurent lieu deux jours plus tard. La prestation de Jenn se solda par un fiasco. Elle ne pouvait s'en prendre qu'à elle-même.

— L'an prochain, conclut le sélectionneur, entraîne-toi davantage au lycée et en dehors, tu auras une bonne chance d'être prise. Tu as la vitesse nécessaire, mais tes passes manquent de précision. C'est là-dessus que tu dois travailler. Je veux te revoir l'an prochain, entendu ? Hé ! Ne fais pas cette tête d'enterrement ! Tu as… quoi ? Quinze ans ? Tout n'est pas perdu.

Elle en avait pourtant l'impression en arrivant chez elle. Elle s'assit sur les marches du perron, se préparant à annoncer à ses parents qu'elle avait gâché sa seule chance de réussir dans la vie. Son regard tomba sur la caravane d'Annie, et elle pria pour que le véhicule explose en un millier de morceaux. Et la chercheuse avec.

Celle-ci apparut à la porte. La veille, elle avait commencé à emballer ses affaires en prévision de son retour en Floride. Elle avait fait du tri, transportant ce qu'elle ne jetait pas jusqu'à sa Honda gris métallisé. Rejoignant Jenn, elle lui annonça qu'elle avait terminé.

— Je vais prendre la route.

Jenn l'examina. Son apparence n'avait pas changé, son style restait inégalable, des cheveux rouges coiffés en pétard au vernis grenat sur ses orteils, en passant par le short jaune. Cependant, elle n'était plus la jeune femme que Jenn avait tant admirée. Beaucoup d'eau avait coulé sous les ponts, et elle avait emporté cette Annie Taylor-là au loin.

— Tu me sembles aussi peu heureuse que moi, poursuivit la chercheuse. Les choses ne marchent pas toujours comme on le voudrait.

— Si tu le dis... Tu rentres ?

— Je vais retrouver Beth.

— Et Chad ?

Annie secoua la tête, l'air de penser : Tu ne comprends toujours pas, la môme ? Tentée de lui envoyer son poing dans la figure, Jenn réussit cependant à se retenir.

— Ecoute... finit par répondre la jeune femme. On voulait juste s'amuser.

— Je croyais que tu étais... tu vois.

— Lesbienne ? Je le suis. Plus ou moins. La plupart du temps.

Elle se passa la main dans les cheveux, sans faire bouger ses épis si soigneusement travaillés.

— Et le reste du temps, reprit-elle, le reste du temps n'a aucune importance, tu comprends ? Ce n'est qu'un gosse.

Elle inclina la tête avant d'ajouter :

— Il pourrait être à toi, tu sais. Il se laisse facilement faire. Mais il faut que tu en aies envie. Tu en as envie, Jenn ? Parce que j'ai senti quelque chose, entre toi et moi, dès le jour de notre rencontre.

Jenn se leva brusquement.

— Bonne route, dit-elle en se dirigeant vers la porte. Je saluerai mes parents de ta part.

— D'accord. Jenn...

Annie plissait les yeux à cause du soleil, ce qui changeait sa physionomie. Elle avait un air évasif, sournois presque.

— Si tu as envie de m'appeler un jour... si tu te sens prête à parler de choses qui te gênent peut-être encore... n'hésite pas.

— OK, répondit-elle, ajoutant en son for intérieur : « Cours toujours. »

Elle se réfugia dans la maison et n'en ressortit qu'après le départ d'Annie.

Contrairement à ce qu'elle craignait, ses parents accueillirent sans faire de drame la nouvelle de son échec aux sélections de foot. Sa mère évoqua la volonté divine. Son père, lui, déclara qu'elle aurait une nouvelle chance l'année suivante. Jenn eut néanmoins l'impression qu'ils étaient surtout soulagés pour leurs finances : ils n'auraient ni équipement sportif ni cours particuliers à lui payer. Elle dut se retenir de leur dire que c'était en prévision de ces frais supplémentaires qu'elle avait accepté de travailler pour Annie Taylor – consciente que ses parents n'auraient jamais les moyens nécessaires. Rien ne s'était déroulé comme prévu, en fin de compte.

Elle s'en plaignit à Becca le lendemain. Celle-ci ne voyait pas du tout les choses de cette façon.

— Hé ! Tu m'as, moi ! Une super copine.

— Ouais, approuva Jenn sans enthousiasme. Qui aurait pu imaginer ça ?

Moi et la grosse maligne, ajouta-t-elle intérieurement. Becca plissa les yeux.

— J'ai perdu beaucoup de poids, dit-elle.

Alors que Jenn allait l'accuser de lire dans ses pensées, elle ajouta :

— C'est ce que m'a rapporté cette histoire. Une copine et une nouvelle silhouette. Plutôt cool, non ?

— Si tu le dis… Tu vas où ?

Becca rassemblait ses affaires, après avoir avalé, en un temps record, un œuf dur et des bâtonnets de carotte.

— Je file à la bibli.

Comme Jenn s'en étonnait, Becca lui répondit qu'elle allait se renseigner sur les *selkies* – elle n'employa pas ce terme, bien sûr, mais dit, tout bas, « ce fameux phoque ».

— Tu peux m'accompagner si tu veux, ajouta-t-elle. Les vraies amies sont inséparables, tu sais.

Après avoir levé les yeux au ciel, Jenn lui emboîta cependant le pas. Dix minutes plus tard, Becca se connectait à

Internet et entrait le mot « selkie » dans le moteur de recherche. Jenn tira une chaise et s'assit à côté d'elle.

— A quoi ça va te servir ? Personne ne voudra jamais nous croire, de toute façon.

— Je sais bien, c'est juste... Comment dire ? Tu n'as pas l'impression qu'il nous manque une partie de l'histoire ?

— C'est-à-dire ? Tu espères découvrir qu'il s'agit en réalité d'une tarée qui se baigne en costume de phoque depuis dix-huit ans ? Remarque, ce serait beaucoup moins fou que... que ce qu'on a vu.

— Et Cilla alors ? D'où vient-elle, Jenn ? Tu n'es pas surprise qu'elle ait su réagir à la seconde où cette femme lui a remis sa peau ?

— Comment ça, d'où vient-elle ? On est déjà parvenus à la conclusion que c'était un bébé selkie, non ?

Becca suivit du bout du doigt, sur l'écran, le texte qu'elle lisait. Elle se connecta à un deuxième site. Puis à un troisième et un quatrième. Incapable de suivre sa cadence, Jenn ne s'y essaya même pas et s'installa plus confortablement. Dos à la table où se trouvait l'ordinateur, en appui sur les coudes et les jambes étendues devant elle, elle fut surprise de constater qu'elle se sentait parfaitement à l'aise avec cette fille qu'elle avait haïe la première fois qu'elle l'avait vue. C'était quand même dingue, non ? Peut-être que rien n'était impossible après tout...

— Voilà l'explication, lui dit Becca.

— Quelle explication ?

— Sur la reproduction des *selkies.*

— Si tu as besoin d'infos sur la reproduction animale, je te conseille d'aller voir la mère de Derric. Tu auras droit à une explication très détaillée. Avec anecdotes en prime. Sans parler de la cargaison de capotes qu'elle te filera au cas où tu voudrais mettre en pratique ses leçons.

— Je suis sérieuse, Jenn. Ecoute ça. Les *selkies* sortent de l'eau pour se reproduire avec un homme. Pas un phoque, Jenn, ni un *selkie,* mais un homme.

Becca se tourna vers elle, les sourcils haussés, ajoutant :

— Tu comprends ce que ça veut dire ?

— Ça ne peut pas vouloir dire qu'elle avait un faible pour Eddie Beddoe.

— Pas lui, non. Je te rejoins là-dessus.

— Qui alors ?

Jenn devina soudain où Becca voulait en venir.

— Tu penses à Ivar ? Cilla serait sa... sa... quoi ? Fille ? Sa descendante ?

Becca se déconnecta du site Internet et rétorqua :

— Je vois mal qui ça pourrait être d'autre.

— En tout cas, ça expliquerait sa détermination à protéger Nera. D'autant qu'il connaissait la vérité à son sujet depuis le début. Sinon pourquoi aurait-il mis autant d'énergie à tenir les gens à l'écart ?

Becca hocha la tête.

— C'est triste quand même, non ? Il ne savait sans doute même pas qu'elle avait eu un bébé et qu'il était le père.

— Les boules ! confirma Jenn juste avant de se frapper le front. Et les festivités annuelles ? Elles sont censées avoir lieu le week-end prochain. Ça sera un vrai fiasco si Nera ne se pointe pas.

— Tu veux aller voir ça avec moi ?

— Un peu, que je veux !

Plus tard seulement, Jenn se rendit compte qu'elle avait accepté l'invitation de Becca sans une seconde d'hésitation.

46

Derric n'était pas très impatient de se rendre à Langley pour célébrer le retour annuel de Nera, mais il avait promis à Josh de l'accompagner. Il tint donc parole. La journée était exceptionnellement ensoleillée et la démesure des moyens mis en œuvre parvint presque à le dérider. Tout le long de First et Second Street, des stands colorés proposaient de l'artisanat et des œuvres d'art, des ballons gonflés à l'hélium formaient d'immenses arches au-dessus des entrées principales de la ville ainsi qu'entre certains vieux bâtiments couverts de bardeaux. Nombre d'habitants déambulaient en costumes de créatures marines, aussi délirants que ridicules.

Le spectacle réjouissait Josh. Son excitation fit naître un sourire sur les lèvres de Derric. Après avoir dévoré un paquet de pop-corn, ils atterrirent dans l'ancienne caserne de pompiers, sur Second Street, où un souffleur de verre avait installé son atelier. Ils apprirent à fabriquer des « Nera ». Celle de Josh ressemblait à une limace. Celle de Derric, à un serpent en train de digérer un rat géant. Ils en riaient encore lorsque Derric aperçut Becca de l'autre côté de la rue.

Elle sortait de la chocolaterie Sweet Mona's. Elle était avec Jenn McDaniels et un couple de gens plus âgés, qui se tenaient par la main. Le type portait des culs-de-bouteille et une casquette dont dépassait une queue-de-cheval. La femme avait un jean, des bottines et un sweat-shirt fermé jusqu'au menton malgré la douceur de la température. Ils prirent tous les quatre la direction du foyer municipal, où se produisait un groupe de joueurs de marimba. Ils avaient à peine fait quelques pas que Minus Cooper interpella Jenn et la rejoignit. Il s'adressa à elle avec gravité.

Elle l'écoutait les bras croisés. Becca s'adressa alors à Minus puis à Jenn, et ces deux derniers s'éloignèrent, tandis que le couple plus âgé poursuivait vers le foyer municipal. Se retrouvant seule, Becca examina les environs, comme à la recherche de compagnie. Son regard croisa celui de Derric. Josh la découvrit à ce moment-là et s'écria :

— Regarde, Becca ! On vient de les fabriquer, Der et moi ! Laquelle est la plus réussie ? Tu dois choisir.

Elle traversa pour les rejoindre. Ils étaient en plein soleil et un rayon fit briller ses cheveux. Elle avait une mine resplendissante. Derric songea qu'elle paraissait heureuse. Très heureuse.

— Montrez-moi ça, dit-elle.

Elle retourna les figurines en verre soufflé en se mordillant la lèvre d'un air concentré.

— Eh bien… finit-elle par conclure. J'ai l'impression que la tienne est plus ressemblante, Josh. Et celle de Derric, plus… artistique. Evidemment, je n'ai jamais vu de limace jaune, mais…

— C'est Nera ! s'exclama Josh. C'est censé représenter Nera !

Elle écarquilla les yeux derrière les verres de ses lunettes à monture épaisse.

— Oups ! Pardon ! Dans ce cas, tu gagnes haut la main, Josh. J'ai été trompée par la couleur, maintenant je vois très bien la ressemblance.

— On ne voulait pas la faire noire.

— Excellent choix. Le jaune est plus joli, c'est certain. Le vert aussi.

Elle avait ajouté cette dernière remarque à l'intention de Derric.

— Ta mamie est là ? reprit-elle en se tournant vers Josh. Et Chloe ?

— Ils sont à Seawall Park. On va les rejoindre. Pour la cérémonie en l'honneur de Nera. On veut être là pour son retour.

Becca passa une main dans ses cheveux ébouriffés.

— Ça te ferait de la peine si elle ne venait pas ? Ça pourrait arriver, tu sais ?

— Bien sûr qu'elle va venir, affirma-t-il avec confiance. Tu veux nous accompagner ?

Becca jeta un coup d'œil à Derric. Il sentit les battements de son cœur se précipiter. Il aurait tant aimé pouvoir lui parler comme autrefois. Et si c'était une occasion de lui dire ce qu'il avait besoin de lui dire, de s'expliquer, de lui proposer...

— Avec plaisir, s'empressa-t-elle de répondre en reportant son attention sur Josh. Mais tu dois me promettre de ne pas être trop triste si elle ne vient pas. Les phoques migrent parfois. Les humains aussi. Ça arrive sans arrêt.

Alors que Josh s'élançait devant eux, Derric et Becca réglèrent leur pas l'un sur l'autre. Le cœur du jeune homme continuait à battre plus vite que de coutume. Il coula un regard en biais à Becca, qui observait la foule dans la rue. Un peu nerveuse, elle dit :

— Je ne pensais pas qu'il y en aurait autant.

— Tu veux parler des gens ? Ils viennent de toute l'île. Et même du continent, pour certains. Personne ne veut rater une occasion de s'éclater après l'hiver.

Elle sourit, découvrant des dents d'une blancheur impeccable.

— Voilà ce qu'ils devraient écrire sur les bannières ! « Eclatez-vous, c'est le printemps ! » Ce serait mieux que « Bon retour parmi nous, Nera ».

— Pas mal, en effet.

Il se tut. Pourtant, il avait tant de choses à dire. Mais il ne savait par où commencer.

Devant eux, Josh jouait des coudes pour se faufiler dans la cohue. Juste avant de disparaître, il leur lança par-dessus son épaule :

— Dépêchez-vous !

Becca ne pressa pas l'allure pour autant et promena son regard autour d'elle. A gauche et à droite, devant et derrière. Derric se rendit compte qu'elle cherchait quelqu'un. Et il n'eut aucun mal à deviner de qui il s'agissait.

— Il est en bas, à Seawall Park, dit-il alors que de cette direction montait de la musique.

Du jazz manouche, interprété par un trio à la guitare, à la basse et à la mandoline. Le groupe de Seth se chargeait de distraire le public en attendant l'arrivée de Nera. Becca écarta de son visage une mèche de cheveux blondis par le soleil puis répondit :

— Je ne cherchais pas Seth.

Qui alors ? Parce qu'elle était à la recherche de quelqu'un, et ce n'était pas lui. Lui, elle avait cessé de le chercher en novembre. Elle l'avait même plus ou moins fui. Il ne comprenait toujours pas pourquoi.

— Derric… murmura-t-elle d'un ton qui laissait penser qu'elle lisait dans son cœur. C'est ça, la raison ? La raison de ce qui s'est passé entre nous ? Je ne comprends pas… Je ne t'ai pas fui, je me sentais en sécurité avec toi.

Détournant le regard, il enfonça les mains dans les poches de son jean et voûta les épaules.

— Pas assez, apparemment.

— Quoi ?

— Je ne fais qu'énoncer une vérité, Becca.

Dès qu'elle avait eu besoin de quelqu'un, elle s'était adressée à Seth Darrow, pas à lui. Et c'était Seth, pas lui, qui connaissait ses secrets. La surprise arrondit les yeux de Becca, comme si tout prenait sens en un instant.

— Oh non, Derric ! Tu as cru que Seth comptait plus pour moi que toi ? Parce qu'il m'a aidée en novembre… Parce qu'il connaissait un endroit où je pouvais m'installer lorsque j'ai été obligée de quitter le motel… Parce que j'ai refusé de te raconter ce que je lui avais dit… Tu en as déduit…

Elle posa une main sur son bras. Il reconnut la sensation de chaleur qu'il avait éprouvée dès le début : cette fille étrange qui avait débarqué sur l'île et lui parlait comme personne d'autre.

Autour d'eux, la foule se dirigeait vers l'océan, et ils furent entraînés par le mouvement général, alors même que le monde extérieur avait cessé d'exister pour eux.

— Tu lui as fait confiance à lui, pas à moi.

— J'essayais de te protéger.

Il secoua la tête d'un air désolé. Il se sentait si petit.

— Je parais si fragile que ça ? Je suis tombé dans un ravin, Becca. Je me suis cassé la jambe. Cogné la tête. Ça ne signifie pas pour autant que je n'étais pas capable de veiller sur toi quand tu en avais besoin.

— Non, bien sûr, protesta-t-elle d'une voix aussi ténue que la sienne. Non…

— Alors pourquoi…

Un cri parcourut l'assistance. Les dernières notes de musique retentirent et ils furent soudain poussés vers l'eau. Ils dépassèrent l'ancien pub à l'abandon, le Dog House, puis descendirent dans Seawall Park, qui s'étendait en contrebas. Seth et les deux autres musiciens saluaient leur public sous des applaudissements nourris, alors que le maire de Langley montait sur une estrade érigée pour l'occasion. Il portait un haut-de-forme, au bord orné d'un phoque noir en peluche, bondissant tel un dauphin.

Il n'eut pas le temps de prononcer un seul mot dans le micro ; quelqu'un s'écria :

— Regardez !

Le phoque noir venait d'apparaître. Il n'était pas à cinquante mètres du rivage qu'un Zodiac s'approchait de lui : deux guetteurs attendaient, comme chaque année, le retour de l'animal. Cette fois, cependant, Nera ne s'arrêta pas pour manger les poissons qu'ils lui jetaient. Elle leva sa tête noire pour les observer, mais ne grogna pas. A la place, elle fit le tour du Zodiac à cinq reprises. Après avoir levé le nez une dernière fois, elle plongea. Et elle disparut.

— Je crois que c'était un au revoir, chuchota Becca.

Derric partageait son sentiment. Il fut, pour une raison inexpliquée, frappé par la tristesse du moment.

— Je n'ai pas du tout envie de ça, murmura-t-il.

— Quoi ?

Becca, qui fixait le large, se retourna vers lui et rougit légèrement lorsque leurs regards se croisèrent.

— Dire au revoir. Te dire au revoir, à toi. Je croyais que c'était déjà fait. Je croyais que je n'avais pas besoin de toi, ni de… de ce truc entre nous que je ne sais vraiment pas comment appeler. En vérité, sans toi, Becca…

Il se passa la main dans les cheveux et se rendit alors compte qu'il avait envie de se raser à nouveau le crâne, de redevenir celui qu'il était, le Derric de Kampala. A cette nuance près qu'à présent il était prêt à assumer pleinement ses actes, à reconnaître qu'il n'avait pas su tenir la seule promesse qu'il avait faite.

— Quelqu'un a rendu les lettres à mon père, reprit-il. Une sorte d'artiste qui avait récupéré le fauteuil pour utiliser le rembourrage et qui les a trouvées. Il a compris le reste tout seul. Je veux dire qu'il a déduit de ce qu'il a lu qu'elles m'appartenaient. Mon père a vu son nom.

— Celui de Réjouissance ?

— Il croit qu'il s'agit d'une fille de Kampala. Une ancienne copine. Il ne sait pas que c'est ma sœur.

Becca hocha la tête, puis plongea ses yeux au fond des siens.

— Que vas-tu faire ?

Un bref sourire étira les lèvres de Derric.

— Merci de me poser la question.

— Pourquoi tu dis ça ?

— Au lieu de me donner ton avis. Avant, c'était toujours ce que tu faisais.

— Je suis désolée. J'essaie de changer.

— Moi aussi, je suis désolé. Pour ce qui s'est passé… Courtney et moi… le reste…

Il se demanda s'il pouvait lui en parler, et plus particulièrement de ce qu'il avait appris sur lui-même au cours des moments enfiévrés partagés avec Courtney, à l'abri des arbres. Ils avaient eu une discussion depuis. Il lui avait expliqué qu'il était perdu ce jour-là, qu'il ne savait plus où il en était aujourd'hui, et qu'il était infiniment désolé que la situation ait pris cette direction, que les choses soient allées aussi loin… trop loin.

— C'est bon, c'est bon ! s'écria Becca, qui semblait se retenir de se boucher les oreilles.

Elle finit par se détendre et par reprendre :

— Chacun a sa vie, tu sais. Ta relation avec Réjouissance, par exemple. Elle ne regarde que toi. Tu devras régler le problème un jour, mais je n'ai pas à m'en mêler. C'est juste que, parfois… c'est difficile, tu vois ? De trouver sa place. C'est difficile.

— En partie, Becca. Mais pas forcément.

Il hésitait. Il ne savait pas comment lui dire ce qu'il avait sur le cœur, cependant il avait peur de laisser passer cette chance.

— Je voudrais que tu reprennes ta place dans ma vie, Becca. Dès maintenant.

Elle lui adressa un sourire des plus radieux.

— Moi aussi, je le veux. Plus que tout.

Il se sentit si soulagé qu'il eut l'impression d'être enfin rentré chez lui après un long périple. D'avoir redonné du sens à son existence. Lorsqu'il l'attira vers lui pour l'embrasser, il conclut que le voyage qu'il avait entrepris pour arriver là en valait la peine.

47

Jenn ne voyait pas du tout de quoi Minus pouvait bien vouloir discuter, mais elle le suivit. Ils remontèrent Second Street sans échanger un seul mot. Ce ne fut qu'après avoir traversé Cascade Avenue et s'être assis à côté d'elle sur le banc qui offrait une vue imprenable sur le lointain et magnifique mont Pilchuk qu'il retrouva sa langue.

Elle commençait à s'impatienter. Elle était avec Becca, Ivar et Sharla quand il avait demandé à lui parler d'un air très sérieux. A croire qu'il allait lui annoncer la mort subite d'un de ses proches ou son déménagement imminent dans un autre Etat. Il ne s'agissait ni de l'un ni de l'autre, en réalité. Il voulait évoquer leur « relation ».

— Je ne pige rien à ce qui se passe entre nous, déclara-t-il.

— Hein ? répondit-elle.

— Allez, Jenn. Tu sais très bien ce que je veux dire. C'était bien...

Il piqua un fard, puis se ressaisit :

— C'était bien toi l'autre jour, chez moi, non ? Sans tee-shirt, ni soutif, ni rien ?

Elle se sentit rougir à son tour. D'accord, ils s'étaient déshabillés et avaient quitté le bureau pour sa chambre. Mais ils n'étaient pas allés plus loin. Le frère de Minus les en avait empêchés en signalant son retour à la maison très bruyamment. Sur le moment, elle avait été déçue... ou plutôt elle l'avait cru. Après coup, elle s'était surtout sentie soulagée. Ils avaient renfilé leurs vêtements à la hâte tandis que Dylan fouillait les placards de la cuisine à la recherche de nourriture. Et les jurons qui montaient laissaient deviner sa frustration.

Celle de Minus était d'un tout autre ordre. Il ne parvint d'ailleurs pas à le cacher en remettant son boxer-short. Même avec son jean, son entrejambe continuait à former une bosse plus que visible. Ils retournèrent dans le bureau. Affalés sur le canapé, ils regardaient MTV sur l'écran plat lorsque l'odieux Dylan avait pointé le bout de son nez grêlé d'acné.

« Hé ! Je ne savais pas que vous étiez là, tous les deux. La forme, frangin ? Tu as réussi à convertir la lesbienne ou pas encore ?

— La ferme, répliqua Minus.

— Bonne idée », convint Jenn, avant de poser la main sur la cuisse de Minus, histoire d'enfoncer le clou.

Voyant clair dans sa manœuvre, Dylan éclata de rire.

« Tu crois vraiment me convaincre avec ça ? lui demanda-t-il. Tu t'es tapé la rouquine sexy ou pas, finalement ? »

Comme Minus la regardait avec étonnement, elle expliqua :

« Il veut parler d'Annie Taylor. Désolée, Dylan, j'ai l'impression que ça te ferait plaisir, malheureusement je ne m'intéresse pas aux filles.

— C'est ça, ouais. Crois-moi sur parole, frangin, tu perds ton temps. Jusqu'où tu as réussi à aller, avec elle ? Je parie qu'elle n'a rien voulu faire. D'accord, elle t'a peut-être laissé mettre la langue, mais tu n'iras jamais plus loin.

— Tu peux nous foutre la paix maintenant ? rétorqua Minus. Parce que je te préviens, Dylan, si tu ne te casses pas…

— Ouais, ouais, ouais. Faudra pas venir te plaindre après. Car il ne se passera rien. Rien, tu m'entends. *Nada, niente, nichts.* »

Minus avait fait mine de se lever pour lui sauter dessus, et Dylan avait battu en retraite jusqu'à sa chambre. Après avoir claqué la porte, il avait mis de la musique. Le volume à fond. Regarder MTV n'avait plus aucun intérêt.

Depuis, Jenn n'avait pas eu d'occasion de se retrouver seule avec Minus. Les événements s'étaient bousculés, entre Cilla, Nera, cette histoire de *selkie,* son échec aux sélections de foot. Pour être parfaitement honnête, elle n'avait pas pensé à lui une seule fois. En tout cas, pas de la façon dont il semblait penser à elle. Cela avait beau la faire culpabiliser, elle n'y pouvait rien.

Bref, à l'évocation de ce jour-là, elle répondit :

— Ah oui, chez toi. Enfin, Minus... On est potes, non ?

— On est plus que ça. Ou plutôt on l'était. Tu comprends ce que je veux dire. Si Dylan n'avait pas débarqué... il se serait passé quelque chose.

Il devint encore plus rouge, ce qui le rendait irrésistible. Jenn fut tentée de le serrer dans ses bras, tant il était gentil et élégant. Tant il était... lui. Elle se rendit cependant compte qu'elle n'avait pas envie d'autre chose que ça, le serrer dans ses bras. Ça n'avait jamais été sérieux pour elle. Elle avait cherché à se convaincre de quelque chose. A explorer son désir pour comprendre si Annie Taylor et cette raclure de Dylan avaient raison à son sujet. Elle n'avait pas encore trouvé la réponse, mais elle s'en approchait. Quand elle serait prête, elle accepterait la vérité.

— Sans doute, oui, convint-elle. Je ne suis pas certaine que j'en avais très envie. Enfin, sur le moment, je croyais que si. De toute façon, ça aurait été une grosse bêtise.

— Je te remercie, dit-il d'un ton aigre.

— Allez, Minus, sois honnête. On n'a que quinze ans.

— Et ? J'en connais plein qui...

— Je sais, je sais. Tu en connais plein qui ont déjà couché à douze ans. Dylan l'a sans doute fait à neuf ans, s'il en était capable. On n'est pas comme eux, Minus. Et même si c'était le cas, je... je ne suis pas très sûre de moi.

Minus lui coula un regard. Il était penché en avant, les bras en appui sur les cuisses. Une légère moue de dégoût apparut sur son visage.

— Il avait raison, alors ?

— Qui ça ?

— Tu sais bien. Il avait raison dès le début, et tout était... Tu voulais te prouver quelque chose et tu t'es servie de moi.

— Pas du tout ! protesta-t-elle avant de bondir sur ses pieds et de se planter devant lui. Toi et moi, on est amis depuis qu'on a cinq ans. Tu crois quoi ? Que ça ne signifie rien ?

— Tu m'as utilisé.

— Parce que toi, non ? Ça marche dans les deux sens, en général, et tu le sais. Tu espérais que tu pourrais le faire, et ça n'a pas marché. Et moi, je... je ne sais pas. Je voulais comprendre certaines choses, et tu étais là. On déconne toujours quand on est ensemble, on parle de sexe, d'amour, de mariage et de plein d'autres trucs... Tu serais malhonnête de dire que tu prenais tout ça au sérieux. Tu t'en es servi pour... pour ouvrir une porte. La porte, c'était moi. Et une fois qu'elle a été ouverte, j'ai pensé que je tenais une occasion de... de me regarder dans un miroir. Le miroir, c'était toi.

Il releva la tête vers elle, puis se laissa aller contre le dossier du banc. Tout en la dévisageant, il lança :

— Je ne te savais pas si loquace.

— Ah oui ? Eh bien, je te conseille de t'habituer. J'ai des tonnes de trucs à dire.

Un ricanement lui échappa, accompagné d'un léger grognement.

— Qu'est-ce qui te fait rire ? demanda-t-elle. Je déteste les gens qui font ça.

— Parce que ça ne t'arrive jamais ?

— Plus maintenant.

Elle attendit, une main sur la hanche, tapant du pied sur le gravier.

— Alors ? insista-t-elle.

Il se leva avec un soupir.

— Comme tu veux. On est amis depuis la maternelle, ce serait un peu débile de te larguer aujourd'hui.

— Ouais, mais quel genre d'amis ? On doit être clairs.

— Des amis… amis.

— Tu es sûr que ça te va ?

Il réfléchit un instant, fixa l'océan puis reporta son attention sur elle.

— Tant que tu gardes ton tee-shirt, ça devrait aller.

48

Ils s'étaient mis d'accord pour garder le secret sur Nera. Quant à Cilla… ils diraient qu'elle avait disparu de la caravane, un jour. Ces mensonges ne devraient pas leur donner trop de fil à retordre. Il n'y avait aucun indice qu'un malheur était arrivé à la jeune fille, et aucun des six témoins n'était en mesure de prouver la transformation du phoque. De toute façon, personne ne voudrait croire à l'existence des *selkies.* L'île de Whidbey était un lieu dédié à l'art et à la musique, à la magie et au mystère, bien sûr. La plupart de ses habitants, toutefois, ne seraient jamais prêts à accepter l'existence d'une réalité défiant l'entendement.

Becca, elle, connaissait toutefois une exception à cette règle.

Quelques jours après la grande fête de Langley pour le retour de Nera, elle rendit visite à Diana Kinsale. Depuis la terrasse qui donnait sur Sandy Point, elle lui raconta tous les tenants et aboutissants de l'histoire, avant de conclure par ce qu'elle avait vu, ce soir-là, à Possession Point.

Diana n'accusa aucune surprise. C'était une femme qui avait appris à admettre l'inexplicable. Elle se contenta de caresser la tête d'Oscar tout en observant ses autres chiens, qui gambadaient sur le gazon.

— Une *selkie,* dit-elle. Je me suis toujours demandé pourquoi Ivar se montrait si soucieux de tenir tout le monde à l'écart de ce phoque.

— Il voulait que personne ne soit au courant. Si des gens s'étaient approchés trop près, elle aurait pu sortir de l'eau et enlever sa fourrure devant eux. Qui sait ce qui lui serait arrivé ensuite ?

— On imagine aisément les émeutes qu'elle aurait provoquées, renchérit Diana avant de rire doucement. Seigneur, les pères fondateurs de Langley en auraient perdu… Quoi ?

— La boule ? compléta Becca. Toutes les chaînes de télé auraient débarqué.

Elles y réfléchirent en silence pendant un moment : que serait-il advenu si on avait découvert de quoi Nera était capable dès qu'elle touchait le sable ? Elle aurait eu droit à autre chose que de simples festivités. Le bourg aurait accédé à la notoriété, au prix d'un lourd tribut.

— Ivar Thorndyke est quelqu'un de bien, dit Diana. Il faut beaucoup de volonté pour protéger un tel mystère et prendre le risque d'être seul contre tous.

— Ils l'auraient pris pour un dingue s'il avait voulu leur expliquer la vérité sur Nera. Ils le prennent sans doute déjà pour un dingue.

— Nous le sommes tous un peu, conclut Diana, le regard rivé sur l'eau. Tu as d'autres nouvelles à m'annoncer, par hasard ?

Rougissant, Becca répondit :

— Derric et moi.

— Ah, approuva Diana avec un sourire. C'est arrangé ? Tant mieux. Ce jeune homme partage avec toi quelque chose de particulier.

— Il était… Il a été contrarié par mon amitié avec Seth.

Becca lui donna aussi les détails de cette partie de l'histoire. Diana l'écouta d'un air concentré.

— J'aimerais tellement avoir une vraie maison, conclut la jeune fille. Un endroit où je me sentirais chez moi. Comme… comme ici.

— Ça se passe mal chez Debbie ?

Becca se mordit la langue. Elle avait réussi à entretenir le mensonge pendant des mois… Cependant, si elle ne disait pas la vérité à Diana, elles ne pourraient pas aller de l'avant. C'était un risque à prendre.

— Je ne vis plus vraiment là-bas. Au motel de la Falaise.

Diana conserva une expression impassible.

— Où habites-tu alors ?

La confession de Becca se bouscula sur ses lèvres : la cabane, les bois, la propriété de Ralph Darrow, sa fuite de Langley en novembre.

— Tu as passé tout l'hiver dans une cabane ? Debbie était au courant ?

Becca ne put retenir une grimace. Elle poursuivit néanmoins :

— Elle me croyait ici.

Diana n'accueillit pas la nouvelle avec plaisir.

— Je ne suis pas fière de toi, Becca, vraiment pas. Tu m'as menti. Tu as menti à Debbie. Tu as vécu dans une cabane. C'était une idée de Seth ?

— Il n'y est pour rien. Je devais absolument quitter Langley. En novembre dernier, il y a eu…

Elle avait atteint ce point fatidique de la conversation où l'ombre de Jeff Corrie planait et où elle devait décider quelle partie de la vérité dévoiler. Elle ne pouvait pas tout révéler à Diana, et l'angoisse qui accompagnait cette réalité lui rongeait le ventre. Diana lui posa une main sur l'épaule, et son contact s'accompagna de l'habituelle chaleur réconfortante.

— Si seulement je pouvais m'installer ici… chuchota-t-elle.

Diana la fixa si longuement que Becca se détourna. L'entendant prononcer son prénom, la jeune fille finit par la regarder.

— Ce n'est pas encore le moment. Il viendra, ne t'inquiète pas. Tu vivras ici avec moi. Mais pas tout de suite.

— Vous me l'avez déjà dit.

— Parce que c'est vrai. Si tu habitais ici, tu passerais à côté des leçons que tu es censée apprendre. Je ne veux pas que ça t'arrive.

— Qu'est-ce que je vais faire, alors ? Me cacher dans cette cabane à tout jamais ? Où puis-je aller ?

— La vie t'apportera bientôt la réponse à cette question. Je suis d'ailleurs convaincue que tu la connais depuis toujours. Seule ton impatience t'empêche de la voir.

— Vous dites que je suis en sécurité sur cette île, seulement j'ai l'impression contraire, constata Becca avec amertume. Je n'ai pas le sentiment d'être à l'abri du danger.

Elle avait les doigts crispés sur le bras du fauteuil, et Diana recouvrit sa main de la sienne avant de lui dire :

— Ta place est ici, sur cette île, et c'est le cas depuis le début. Rien ni personne ne pourra t'arracher d'ici.

— Comment le savez-vous ?

— Je le vois.

— Comment le voyez-vous ?

— Parce que je suis patiente.

Becca, elle, ne l'était pas. Comment aurait-il pu en être autrement alors que tant d'aspects de son existence étaient en jeu ? Toujours en quête de réconfort malgré les paroles rassurantes de son amie, elle se rendit à la bibliothèque de Langley et tapa le nom de Jeff Corrie dans le moteur de recherche.

Comme précédemment, Internet lui proposa plusieurs pistes au sujet de son ancien beau-père. La première concernait sa société d'« investissement », sous la forme d'une vieille interview de Jeff, de son associé Connor et de leur prétendue volonté d'améliorer les revenus financiers des retraités de San Diego. Il y avait aussi des articles sur les projets mis en œuvre par Jeff et Connor dans la région pour encourager le développement des entreprises, mais aussi et surtout se faire mousser afin que leurs victimes se fient aveuglément à eux. Suivaient les mentions des premiers soupçons. Et les disparitions.

D'après le quotidien de San Diego, la police interrogeait Jeff sur trois disparitions à présent – et plus seulement sur celle de son associé. Sa femme et sa belle-fille manquaient également à l'appel. Comme toujours dans ce genre de situation, le seul à ne pas s'être volatilisé dans la nature était le principal suspect. D'autant que Jeff était le dénominateur commun entre toutes ces personnes. Ce qui avait mis la puce à l'oreille de la police, du FBI et du fisc.

Jeff s'était montré malin. Il avait refusé de dire quoi que ce soit en l'absence d'un avocat. Pour autant, sa situation n'avait rien de rassurant. Les portes de sa société restaient fermées et ses livres de compte étaient épluchés. Si Jeff n'avait pas encore été inculpé, son refus de parler aux autorités le faisait passer pour coupable.

Arrêtez-le ! Voilà ce que se disait Becca. Mais pour quel crime ? La police n'avait aucune preuve contre lui. Et à moins que Becca ne retourne à San Diego pour leur en fournir... Que pourrait-elle bien leur dire de toute façon ?

« J'entends les pensées des gens. C'est comme ça que j'ai appris que Jeff avait tué Connor. Du coup, ma mère et moi avons pris la fuite.

— Où est votre mère ? » lui demanderaient les inspecteurs avant d'échanger un regard suspicieux.

Le genre de regard qui précédait un coup de fil à l'asile du coin.

« Elle m'a laissée à Whidbey et n'est pas encore revenue me chercher.

— Quand vous a-t-elle laissée là-bas ?

— En septembre dernier.

— Quoi ? Toute seule ? Une gamine de votre âge ? Qu'est-ce qui lui a pris de vous abandonner ? Elle devait se rendre quelque part ? Pourquoi ? Vous savez qu'elle est dans l'illégalité la plus totale ? Où est-elle maintenant ? Nous devons la retrouver.

— Je sais bien l'impression que ça donne, mais les choses ne se sont pas vraiment déroulées ainsi. Nous savions ce que Jeff avait fait, vous comprenez ?

— Pourquoi ne pas l'avoir dénoncé ? »

Ils reparleraient à nouveau du don de Becca...

Quoi qu'il en soit, Jeff Corrie était encore en liberté. Et, en dépit de ce que lui avait dit Diana, Becca était inquiète. Jeff attendait son heure. Tant qu'il ne serait pas derrière des barreaux, il mettrait tout en œuvre pour les retrouver, sa mère et elle.

Résignée, Becca tenta de se consoler : au moins la météo s'était améliorée… un peu. On était déjà à la mi-mai ; elle aurait cru qu'à cette période de l'année la pluie en provenance du Pacifique nord-ouest aurait cessé, mais l'atmosphère restait toujours aussi humide. Les températures, en revanche, avaient remonté. Si elle n'avait pas le choix et devait rester quelques mois supplémentaires dans la cabane, elle n'aurait plus à s'inquiéter d'entretenir le feu dans le poêle jour et nuit.

Trouver un endroit où se laver se révélerait compliqué une fois les cours terminés. Peut-être qu'en continuant à travailler pour Ivar elle pourrait prendre une douche au Heart's Desire – et proposer en échange de nettoyer la salle de bains. Ou alors chez Derric ? Non. Ce serait trop risqué, à cause de son père. Il ne manquerait pas de l'interroger si elle venait régulièrement prendre des douches chez eux. Elle avait fait promettre au jeune homme, juste après lui avoir expliqué où elle vivait, de ne le répéter à aucun de ses parents.

Elle devrait se montrer créative. Elle avait d'ailleurs appris que, lorsqu'on était livré à soi-même, c'était indispensable.

Elle ruminait ces réflexions tout en traversant les bois. A l'issue de sa visite à Diana, elle s'était rendue au Heart's Desire pour son après-midi de travail, et, maintenant que la journée touchait à sa fin, elle rentrait se reposer. Elle avait laissé son vélo à l'endroit habituel, caché derrière un arbre. En remontant le chemin qui conduisait de Newman Road à la cabane, elle constata que le printemps faisait éclore la nature tout autour d'elle et que celle-ci empiétait progressivement sur le sentier. Elle devrait emprunter un sécateur à Ivar pour tailler les massifs de gaulthérie, de mûres et de myrtilles, qui gagnaient du terrain. Ralph Darrow ne tarderait sans doute pas à s'en charger de son côté. Il faudrait qu'elle fasse preuve de davantage de prudence dans ses déplacements.

Comme toujours, elle s'arrêta à la lisière de la clairière où les deux pruches enlacées servaient de fondations à la cabane. Elle tendit l'oreille, mais n'entendit que le piaillement des oiseaux et les cris d'avertissement des écureuils ayant repéré sa présence. Elle fila vers l'escalier. Alors qu'elle grimpait à toute allure jusqu'à la trappe, elle songea avec étonnement qu'elle était heureuse de rentrer chez elle – le plus surprenant étant que ce simple abri ait acquis cette qualité à ses yeux.

Au moment d'ouvrir la porte, elle fut étonnée de découvrir qu'elle avait de la visite. Assis sur un tabouret, Seth l'attendait les bras croisés, ce qui ne lui ressemblait pas. En temps normal, il jouait de la guitare, se battait avec son exemplaire corné de *Siddharta* ou s'occupait du poêle. Il ne restait jamais inactif.

— Salut ! s'écria-t-elle. Je n'ai pas vu ta voiture sur la route. Tu étais chez ton grand-père ?

Seth n'eut pas le temps de répondre ; une voix grave s'élevait déjà :

— Exactement. Viens donc te joindre à nous.

La gorge de Becca se noua aussitôt. Elle entra et referma la porte derrière elle. Ralph Darrow était assis sur son lit de camp. Il portait une veste en daim et un chapeau à large bord qui lui donnaient un petit air à la Wild Bill Hickock[1], avec ses longs cheveux d'un blond grisonnant qui lui tombaient aux épaules, et son impressionnante moustache. Le regard de Becca circula de Seth à son grand-père. Les mots lui manquaient, ce qui se révéla n'être pas un problème : Ralph Darrow comptait se charger de la conversation.

— Je suppose que vous êtes le professeur particulier de mon petit-fils. Celle qui lui donne des cours de mathématiques et qui a un petit copain jaloux.

Becca ne dit rien. Elle se concentrait pour entendre les murmures de l'homme, qui ne tardèrent pas à lui parvenir : *quand grandira-t-il enfin… graves ennuis… elle pourrait aussi bien… quel âge, cette petite… aucune idée des risques qu'il prend…* Ces réflexions ne l'aidèrent pas à savoir comment

1. Figure mythique de l'Ouest américain, au XIXe siècle, liée, notamment, à Calamity Jane.

répondre. Elle décida d'opter pour une vérité… aménagée. Et de croiser les doigts.

— Tout s'est arrangé entre Derric et moi, expliqua-t-elle. C'est mon copain. Il ne comprenait pas pourquoi je lui cachais certaines choses. Il s'est braqué, moi aussi, et la situation a dégénéré.

Elle jeta un coup d'œil à Seth : son visage ne laissait rien transparaître.

— Je vous crois volontiers, jeune fille. Cela dit…

Il promena son regard autour de lui avant de poursuivre :

— Je ne m'explique pas la nécessité, pour étudier les raffinements des mathématiques, d'un sac de couchage, d'un réchaud, d'une lampe-tempête et de réserves de nourriture. Lesquels, à l'exception de ces dernières, m'appartiennent. Soit dit en passant.

Becca eut la bêtise (ainsi qu'elle le conclurait plus tard en y repensant) de rétorquer :

— La nuit tombe de bonne heure en hiver, on avait donc besoin des lampes…

— Beck, l'interrompit Seth. Il sait tout. Il est venu ici comme chaque année au printemps. Pour vérifier que tout était en bon état.

— Un bon propriétaire veille sur ses biens, ajouta Ralph Darrow. Et cette modeste cabane se trouve justement sur mon terrain. N'est-ce pas ?

Une boule dans la gorge, elle murmura :

— Je suis chez vous, je sais.

— Et toi, petit-fils préféré ? ajouta-t-il à l'intention de Seth.

— Oui. Je sais que c'est chez toi.

— Combien de mensonges as-tu réussi à totaliser, cette fois, Seth ?

— Grand…

Pourquoi refuse-t-il de voir… maintenant il s'imagine… me dire la vérité tout simplement et lorsque je… la loi, c'est la loi…

— Il n'y a pas de « grand-père » qui tienne. Combien de mensonges as-tu à ton actif ? Mensonges par omission et mensonges intentionnels, inventions de toutes pièces. Ils se sont immiscés dans nos conversations depuis des mois. Dans notre relation. Chaque fois que tu posais le pied chez moi sans me parler de la jeune fille que tu avais installée ici. Quel âge as-tu ?

Cette question s'adressait à Becca, bien sûr.

— Quinze ans, monsieur.

— Bonté divine, Seth ! J'étais sincèrement persuadé que tu avais plus de jugeote.

A-t-il réellement… A quoi pense-t-il… il finira en prison, ce qui tuera son pauvre père… quinze ans quinze ans quinze ans… ne peut pas s'expliquer… impossible impossible… je le lis bien sur son visage…

— Il n'y a rien entre nous, monsieur Darrow, s'empressa de le rassurer Becca. Entre Seth et moi, je veux dire. Nous sommes de simples amis. Nous ne nous retrouvons pas ici pour… Les apparences sont trompeuses, je vous assure. Je vis ici, c'est tout.

— Qui s'occupe de toi ? Où est ta famille ?

D'un regard désespéré, Becca appela Seth à l'aide. Elle ne connaissait Ralph Darrow que de vue. Et elle savait que son ami était proche de lui. Aussi proche qu'elle l'avait été, elle, de son unique grand-mère. Elle n'avait aucune autre information sur le vieil homme. Et que pouvait-elle attendre, même du plus « cool » des grands-pères, quand elle s'était introduite en douce chez lui et qu'elle y avait vécu telle une fugueuse – car y avait-il une chance qu'il s'imagine autre chose sur son compte ?

— Je ne…

Comment lui expliquer ? Quelle version de son histoire serait crédible ? Où placer la frontière entre vérité et mensonge ? Comment rester en sécurité dans un monde aussi complexe ?

— Je n'ai aucune famille à Whidbey, dit-elle après réflexion.

— Ce qui signifie quoi, exactement ? insista Ralph Darrow.

— Grand-père, elle n'a personne sur l'île. Elle devait vivre chez Carol Quinn. Sa mère l'a déposée ici, Carol était censée l'accueillir. En arrivant chez elle, Becca a découvert qu'elle était morte…

— Si j'ai bonne mémoire, l'interrompit Ralph, Carol Quinn est morte en septembre, Seth. Et tu voudrais me faire croire que la mère de cette jeune fille l'a laissée sur le perron d'une maison sans s'assurer qu'il y avait bien quelqu'un pour veiller sur elle ? Sans un petit : « Bonjour, madame Quinn, je vous présente ma fille, elle va rester chez vous Dieu sait combien de temps et Dieu sait pourquoi ? » Tu espères vraiment que je vais gober ça ?

Toujours des mensonges… encore combien de temps… ce que je sais et ce n'est pas tout, bien sûr…

En surprenant les pensées de Ralph Darrow, Becca voulut voler au secours de Seth :

— Ma mère et moi, nous cherchions à échapper à mon beau-père. Nous savions qu'il se lancerait à nos trousses dès que possible, elle a donc décidé de me confier à Carol Quinn le temps qu'elle trouve un endroit où nous installer, au Canada. Enfin, je crois. Je n'ai ni l'adresse exacte ni aucun détail. Je… j'avais un portable, et je l'ai perdu. J'habitais chez Debbie Grieder, au début, au motel de la Falaise, mais j'ai dû partir parce que le shérif a débarqué et j'ai cru, à tort, qu'il en avait après moi. J'ai paniqué.

— Ensuite, elle a été au Dog House, ajouta Seth. C'est pour l'installer là-bas que je t'ai emprunté ton matériel de camping, au départ. Tu vois le Dog House ? L'ancien pub à Langley.

Ralph lui décocha un regard assassin.

— Je vis ici depuis soixante-douze ans, Seth.

— Désolé, j'essayais juste…

— Cesse d'essayer, le coupa-t-il sèchement. C'est comme ça que tu t'attires des ennuis.

Becca lut sur les traits de Seth qu'il était blessé. Les murmures qu'elle perçut lui indiquèrent qu'elle était la cause d'un grave malentendu entre le grand-père et son petit-fils. *Injuste… pas d'excuse cette fois… les gens ont besoin de toi et tu répètes toujours… bien agir, non… pas idiot, mais quand se comportera-t-il…*

— Tu es injuste avec moi, déclara Seth, apparemment sonné. Elle avait besoin d'aide, et tu aurais agi comme moi, à ma place. Tu l'aurais aidée, grand-père.

— Je n'en sais rien, et toi non plus. Mais nous aurions la réponse si tu m'avais dit ce qui se passait. Tu ne m'as pas fourni la possibilité de décider. Ce n'est qu'une de tes nombreuses erreurs, petit-fils. Le comprends-tu ?

— J'essayais…

— Seth, tu as fait beaucoup de faux pas au cours de ces dernières années, et je les excuse. On trébuche lorsqu'on grandit. Ce faux pas-là n'est pas comparable aux autres, malgré tout. Il se distingue par sa taille et ses répercussions. Je vois bien que tu avais les meilleures intentions du monde en ce qui concerne cette jeune fille. Seulement, il y a une grande différence entre avoir de bonnes intentions et prendre la bonne décision, et il est temps que tu l'apprennes. Je ne veux pas être tenu pour responsable de tes actions si tu te contentes d'écouter ton cœur et pas ta tête.

Pauvre type imbécile imbécile imbécile… Ces murmures renseignèrent Becca sur la façon dont Seth accueillait la leçon de son grand-père. Elle ne pouvait pas le laisser essuyer la tempête seul.

— Monsieur Darrow, c'est moi qui l'ai mis dans cette position. Il faut que vous compreniez. Mon beau-père a débarqué un soir au motel de la Falaise. Il ne fallait pas qu'il me trouve. Il n'a pas des desseins très… louables. Seth était avec moi, ce jour-là, et je lui ai demandé… non, je l'ai supplié, monsieur Darrow, de me sortir de là. Voilà pourquoi il m'a conduite ici. Et j'y ai été en sécurité. Grâce à lui, j'ai été en sécurité.

— Peut-être bien, répliqua le vieil homme. Ça ne l'empêche pas d'avoir enfreint la loi pour cela, et pas un seul Darrow avant lui ne l'avait fait sur cette île. Seth le sait. Il doit assumer les conséquences de ses actes. Maintenant rassemble tes affaires.

— Grand-père !

— Je ne veux plus rien entendre, Seth, j'ai eu ma dose. Elle n'a qu'à emporter le matériel de camping. La discussion est close.

Insensible… quand elle avait besoin d'aide et tu as toujours dit… fier de moi mais… ne voit pas les choses clairement lorsqu'il a besoin de… impliquer ses parents… aucun progrès…

Becca ne pouvait supporter d'en entendre davantage. Elle sortit son aide auditive. Le grésillement, puissant, lui apporta aussitôt du soulagement. Dans un état second, elle réunit ses maigres possessions : essentiellement des vêtements et des manuels scolaires – la plupart étaient déjà dans des sacs. Elle n'aurait pas besoin de faire plusieurs trajets pour vider la cabane. Aucun doute là-dessus.

Ils traversèrent les bois en procession solennelle. Ralph, qui ouvrait la marche, prit la direction de sa maison et non de Newman Road. Becca y vit un léger avantage. Elle pourrait certainement y laisser ses affaires le temps de trouver un nouveau toit. Elle entendit Seth souffler dans son dos :

— Désolé, Beck.

Il n'avait jamais eu un air aussi misérable.

— Tu n'y es pour rien. Je vais me débrouiller.

— Pas s'il appelle les flics…

— On verra.

Elle était inquiète, toutefois. S'il prévenait quelqu'un, ce serait Dave Mathieson, et elle voyait mal ce qu'il pourrait en ressortir de positif.

Le reste du chemin se fit dans un silence troublé seulement par le bruit de leurs pas sur le sol humide. Il commença à pleuvoir au moment où ils atteignaient les premiers rhododendrons. Les immenses massifs étaient en train de se couvrir de fleurs, petites taches rouges, roses, blanches et jaunes. D'ici une semaine environ, ils éclabousseraient de leurs couleurs vives le fond vert tendre formé par le feuillage des arbres.

Ils traversèrent la pelouse pour rejoindre la vaste véranda. Quatre fauteuils à bascule s'y trouvaient, ainsi qu'une table en bois flanquée de deux bancs, qui permettaient de manger dehors en été. Becca déposa ses affaires sur la table et se prépara à faire face à la suite des événements. Si le pire des scénarios se produisait, elle pourrait toujours tenter de prendre la fuite. Ralph Darrow n'allait pas l'attacher jusqu'à l'arrivée du shérif. Ça n'était pas son genre.

Il la toisa, cependant, quand elle se laissa tomber lourdement sur le banc, puis lui demanda, en se renfrognant :

— Qu'est-ce que tu fais, là ?

— J'espérais attendre ici si ça ne vous dérange pas. A moins que... Seth est venu en voiture, non ? Il pourrait m'accompagner...

Où ? Chez Diana ? Debbie ? Au Heart's Desire ? Au Dog House avec son décor lugubre ? Elle n'en avait aucune idée. Si seulement ça avait pu lui être égal...

— Pour être honnête, monsieur Darrow, je préférerais que vous n'appeliez pas le shérif.

— Ça n'est pas mon intention.

Décontenancée par cette réponse, elle consulta Seth du regard. Il observait son grand-père. Il avait posé le matériel de camping à ses pieds et, comme elle, il ne savait à quoi s'en tenir.

— Grand-père... commença-t-il avec prudence.

Ralph Darrow s'adressa à Becca :

— Prends tes affaires et entre dans la maison.

Elle hésita.

— Je ne comprends pas... Vous avez dit...

— Quoi ?

— Tu as dit que les Darrow n'enfreignaient jamais la loi, expliqua Seth.

Ralph hocha la tête et lissa sa longue moustache d'un air songeur.

— Les Darrow n'enfreignent pas la loi, c'est certain. Mais ils ne laissent pas non plus les adolescents vivre dans la forêt. Entre ces deux extrêmes, un Darrow doit choisir.

— Tu veux dire...

Ralph coupa son petit-fils :

— La prochaine fois que tu auras envie de prendre une décision qui me concerne, viens me trouver. Et maintenant, de deux choses l'une, soit on reste plantés ici pour discuter de la situation, soit on entre et on installe cette jeune fille dans une chambre digne de ce nom.

— Eh bien… je serais d'avis d'entrer, dit Seth. Et toi, Beck ? Ça te va ?

Ça lui allait mieux que bien.

— Monsieur Darrow…

— Pas un mot, l'interrompit-il avant de hocher la tête d'un mouvement définitif et d'ouvrir la porte.

MIXTE
Issu de sources responsables
FSC® C003309

Composé par Nord Compo Multimédia
7, rue de Fives, 59650 Villeneuve-d'Ascq

Cet ouvrage a été imprimé en France par

CPI
BRODARD & TAUPIN

à La Flèche (Sarthe)
en septembre 2013

N° d'impression : 3001724
Dépôt légal : octobre 2013